迎春

红楼疑案

梁归智 著

生活·读书·新知 三联书店

图书在版编目（CIP）数据

红楼疑案／梁归智著. —北京：生活·读书·新知三联书店，
2021.9（2024.4 重印）
（三联精选）
ISBN 978 – 7 – 108 – 07185 – 9

Ⅰ．①红⋯　Ⅱ．①梁⋯　Ⅲ．①《红楼梦》研究　Ⅳ．① I207.411

中国版本图书馆 CIP 数据核字（2021）第 108745 号

责任编辑　崔　萌
装帧设计　鲁明静
责任印制　董　欢
出版发行　**生活·讀書·新知** 三联书店
　　　　　（北京市东城区美术馆东街 22 号　100010）
网　　址　www.sdxjpc.com
经　　销　新华书店
印　　刷　北京隆昌伟业印刷有限公司
版　　次　2021 年 9 月北京第 1 版
　　　　　2024 年 4 月北京第 2 次印刷
开　　本　850 毫米 × 1168 毫米　1/32　印张 11.75
字　　数　235 千字
印　　数　5,001 – 7,000 册
定　　价　49.00 元

（印装查询：01064002715；邮购查询：01084010542）

目录
Contents

序

刘再复

　　最初结识梁归智先生是他把自己的文章《"大问题"——21世纪前十年红学发展领略》发来给我。这篇文章我读后真的拍案叫绝。此文把国内的红学家分为四类，一类他称为"痴人"，其代表是周汝昌先生。周先生痴迷《红楼梦》，酷似贾宝玉，研究红学成就最高，称之为"痴人"，非常恰当。第二类梁先生称之为"秦人"，其代表是刘心武，心武对秦可卿的研究登峰造极，确有许多前人未尝触及的发现。第三类梁先生称之为"乖人"，其代表是王蒙。王兄是大作家，谈论《红楼梦》以轻驭重、不拘一格，让梁先生觉得有点"乖巧"。第四类是"畸人"，梁先生说的是我。我觉得把我列为畸人，十分恰切，十分准确。"畸人"一词出自庄子的《大宗师》。原文是："子贡曰：敢问畸人。（孔子）曰：畸人者，畸于人而侔于天。"系指思维特别以至有点怪异的人。用"畸人"来描述我，非常合适。在《红楼梦》的阅读中，通常只有考证与论证，且都有成就。如周汝昌先生，我称他为"考证高峰，悟证先河"。实际上，他是考证高峰、论证高峰，他论

1

中有悟，为我开辟了道路。而作为私淑周汝昌先生的忘年交，梁归智先生全面继承周先生的精神与方法，先做好考证与"探佚"，再做论证与悟证，把红学研究推向新的水平。可惜他英年早逝，能理解他的成就者恐怕不多。梁先生在世时，李泽厚兄就提醒我要特别注意梁归智先生的红学成果，尤其是他的探佚成果。有此前提，再展开你的悟证。

梁归智先生非常谦虚，对李泽厚先生和我格外尊重。无论政治形势如何变迁，也不论我们个人情况怎样不同，他总是敬重我们，而且总是抱着一种讨教的态度。这种态度感动了剑梅。她特安排明年春季请他来科大与我进行一场关于《红楼梦》的对话，这是继白先勇之后的第二场对话，没想到他永别而走，让清水湾的科技大学永远留下遗憾。更让我难忘的是，他的《周汝昌传》第二版，竟然请我作序。在他的谦卑与诚挚面前，我只能从他之命。写作前，他特叮嘱我要放开笔，不要在乎我们对《红楼梦》程高本的不同看法。他的叮嘱，真的让我感到一个好学者的广阔胸襟，也帮助我解放思想，奋笔直言。归智兄，想起你在电话里对我说的那些深邃诚恳的话，我就热泪盈眶，悲伤而不能自禁。

此时，我的伤感压倒一切，也压倒思索。但还想说，北京三联真是很好的出版社。通常都是"人一走，茶就凉"，而三联却"人虽走，茶不凉"。我出国那么久了，他们仍然出版我的19部著作。梁先生不在了，他们仍然出版先生的名著《红楼疑案》。只要是好作品，三联就不计功利得失。这就是品格，就是风度，就是大出版社之所以长期不衰不灭的秘密。梁先生在《红楼梦》的探佚上真下了功夫，这部史话初稿（2008年，中华书局第一版）问世后李泽厚先生就向我推荐，说读此书可了解红学的大半，可谓"快捷方式之书"。我读进去之后果然收获不薄，对梁先生钦佩不已。

刘再复

2020年6月于美国

楔　子

1981 年，我写过一本书，名叫《石头记探佚》。这一年 7 月 24 日，著名红学家周玉言（汝昌）先生给我这本书写了一篇序，在序言中首次发明了"探佚学"的学术概念。周先生在序言中对这本书的写成如是谬奖："我认为，这是一件大事情，值得大书特书。在红学史上会发生深远影响。"

它真的发生了"深远影响"吗？

且看历史的轨迹：

《石头记探佚》经过了一年多从出版社到印刷厂的"妊娠期"，其间虽然曾遭遇胎死腹中的危险虚惊，却蒙曹雪芹在天之灵护佑，逢凶化吉，遇难呈祥，终于在 1983 年 5 月从山西人民出版社呱呱坠地，"问世传奇"。

1990 年文化艺术出版社出版的《红楼梦大辞典》有"《石头记探佚》"辞条，其中说此书的出版"兴起了一个红学分支——'探佚学'"。

1992 年，《石头记探佚》由山西教育出版社出了增订本，从原来的 17.3 万字增加到 48.4 万字。2005 年，第三次修订新版再由山西古籍出版社推出，变成 50 万字。

《石头记探佚》行世后，其所开创的探佚学日新月异，引起各方面的争相参与。到 2006 年年初为止，社会上以探佚为主题的论文已经发表了近百篇，探佚的专门著作也出版了上十种。

更有两件引起巨大社会反响的大事发生：

1987 年中央电视台推出三十六集电视剧《红楼梦》，八十回以后的故事基本上是依据探佚学勾出的轮廓"新编"的。由探佚导向的"新编"引起了长期而广泛的争论，此片也被重播了无数次，并出了录影带和 VCD 在市场销售，已经成为 20 世纪 80 年代的一个影视文化经典。

2004 年和 2005 年中央电视台科学教育频道《百家讲坛》先后推出"红楼六家谈"和"刘心武揭秘《红楼梦》"两个系列节目。前一个节目有我讲的两集"《红楼梦》的断臂之美"和"曹雪芹的超前之思"，其实就是"《红楼梦》探佚"，播出后影响良好且持久，被不少教育单位作为电化教育的重要教材反复使用；后一个系列更引起方方面面尖锐激烈的争论，成了当年一桩轰动的社会文化事件。

那些对探佚不"感冒"的人，酸酸地称探佚学为"超级红学"，虽然意在反讽，却也无可奈何地承认了探佚学大行其道是一个客观存在的现实。

《红楼梦》探佚学究竟是怎么回事？怎么能历二十余年而不衰，怎么会越来越红火热闹，越来越有后劲，越遭遇批评越引起关注和受到欢迎呢？

探佚学是怎样产生的？根据何在？

现在通行的一百二十回本《红楼梦》，只有前八十回是曹雪芹所著，后四十回则是高鹗和程伟元两个人续写的。红学界也有一种意见认为后四十回续书另有作者，高、程二人只是修订加工者。不管续书人是张鹗李鹗，王伟元赵伟元，总之不是曹雪芹所作。既然前八十回和后四十回不是一人手笔，就产生了两个问题：一是后四十回续书是否符合曹雪芹原来的构思？二是曹雪芹原著八十回后的本来面目究竟是什么样子？故事情节如何发展？人物命运如何演变？

红学界的回答是：曹雪芹原著不是一百二十回，而是一百零八回（或一百一十回），八十回后的"后三十回"已经基本写完，只是由于某种复杂的原因没有流传行世，而终于"佚"——遗失了。要解答以上两个问题，就必须"探佚"——探讨八十回后原著佚稿的内容。这就是红学的一个分支"探佚学"的任务。换一种说法，就是说在《红楼梦》这个天地中，还潜伏着一个"被迷失的世界"需要我们去寻找，去探索，需要我们去拨开迷雾，让那神奇的海市蜃楼呈现出来，固定下来，变成一个现实的世界。也可以说，在《红楼梦》里也有一个"真假西天"的问题。现在的后四十回续书是一个以假乱真的"小西天"，我们只有窥测到真正的"极乐世界"，才能不被"小西天"的"一派妖气"所迷惑，而识别出它的真相。自然，这是不容易的，需要有一双孙大圣的火眼金睛。

这本小书将分两大部分介绍探佚学的故事。

第一部分是和"探佚"有关的基础知识：探佚的根据是什么？或者说怎样进行探佚？这必将涉及《红楼梦》的版本知识、脂砚斋的批语、《红楼梦》的时代背景和曹家的家世背景、《红楼梦》的写作宗旨和创作方法等。这一部分尽可能简略些，只介绍基本情况。

第二部分是介绍探佚研究的历史和现状。这涉及八十回后佚稿主要故事情节的进展、主要人物命运的结局，以及如此进展和结局在思想内涵和艺术美学上的意义。这一部分则尽可能详尽一些。哪些问题红学界已基本上达成意见的一致，哪些问题还存在分歧？有几种分歧意见？它们各自的理由和根据是什么？笔者的判断意见，等等。

在写作方法上，本书尝试打破"体系化"的写作模式，写成活泼随意的"论笔"——随笔其形而论文其实，也是"让古典走向流行"的一种努力吧。

楔子，楔子，要短小精悍。就此打住，言归正传。

基础篇

两种版本系统，两种《红楼梦》

> 要真正理解和研究曹雪芹，尤其是要探讨
> 八十回后原著佚文情况，必须读脂批本系统
> 的本子。

要"探佚"，首先得知道两种版本系统的两种《红楼梦》。

一个是脂批本系统，一个是程高本系统。

脂批本系统的本子是传抄本，一般题作《脂砚斋重评石头记》，也有题《石头记》或《红楼梦》的，它的原始祖本是曹雪芹生前传抄出来的。这个系统的本子只有前八十回正文（个别本子有后四十回续书，是抄手后补的），上面有署名脂砚斋、畸笏叟等人的批语，所以简称脂批本或脂评本。目前已经发现的脂批本共有十二种，已经全部影印出版。它们分别是：甲戌本、己卯本、庚辰本、北师大抄本、戚序本、蒙古王府本、俄罗斯藏本、舒元炜序本、卞藏本、梦觉主人甲辰序本、杨继振题《兰墅太史手定红楼梦稿》本、郑振铎原藏本。其中戚序本又分戚沪本、有正大字本、有正小字本、戚宁本四种。

此外还有传说一度出现后又迷失的扬州靖氏藏本。

甲戌本的祖本是脂砚斋在乾隆十九年甲戌（1754）"抄阅再评"的《石头记》原稿本，题名《脂砚斋重评石头记》。这里强调"祖本"，

甲戌本《红楼梦》

就是说现在保存下来的甲戌本并不是曹雪芹的稿本，也不一定是甲戌那年抄出来的本子，而是根据那个祖本或祖本的抄本抄出来的本子，现存这个抄本本身的抄录时间也许靠后。这个本子残存十六回，即第一回至第八回，第十三回至第十六回，第二十五回至第二十八回。在回前还有一个其他抄本都没有的"凡例"。这个本子也许抄写时间靠后，但抄写态度认真，上面有许多其他脂批本所没有的重要批语。所以，无论从正文的角度还是从批语的角度，这都是一个非常重要的抄本，也是红学界公认最接近曹雪芹手稿原貌的抄本。

甲戌本经刘铨福、胡适先后收藏，后长期藏于美国纽约康奈尔大学图书馆。2005年上海博物馆从美国购回作为馆藏。此本有台湾胡适纪念馆影印本、中华书局影印本、沈阳出版社影印本、作家出版社邓遂夫校注本等。"红楼大观"网站有全文线上书影。

己卯本《脂砚斋重评石头记》，有人认为是清朝怡亲王府的原抄本，也有人认为不是原抄本而是一个过录本，其中有"己卯冬月定本"题记，后经董康、陶洙先后收藏。原存三十八回，后来又发现了几回，一共保存下来四十一回又两个半回。第一至第二十回、第三十一至第四十回、第六十一至第七十回（中缺第六十四、第六十七两回），现藏国家图书馆；第五十五回后半回、第五十六至第五十八回、第五十九回前半回现藏国家博物馆。己卯是乾隆二十四年（1759）。此本和庚辰本属于同一个祖本，但比庚辰本更接近于祖本的原貌，即更接近于曹雪芹的原稿。

此本有上海古籍出版社影印本、北京图书馆出版社影印本等。

庚辰本是乾隆二十五年庚辰（1760）脂砚斋"庚辰秋月定本"的《石头记》原稿本的抄本，题名《脂砚斋重评石头记》。原本八十回，中缺第六十四、第六十七两回，1955年影印时所缺两回据己卯本补入。现藏北京大学图书馆。此本抄写质量较差，最后一册问题尤其多，但此本比较完整地保存了七十八回文本，同时有许多脂批。

此本有人民文学出版社影印本、台北广文书局影印本、作家出版社邓遂夫校注本等。"红楼大观"网站有全文线上书影。

实际上己卯本和庚辰本是"己卯、庚辰原本"的两个阶段："己卯冬月定本"是第一至第四十回；"庚辰秋月定本"是第四十一回至第八十回。曹雪芹此时尚在世，但他并没有亲自参与文本的整理修订。

北师大抄本题名《脂砚斋重评石头记》，前八十回缺第六十四、第六十七两回，实存七十八回。此本现藏北京师范大学图书馆，系 1953 年从北京琉璃厂某书店购进，2001 年被重新发现。周汝昌认为此本可能抄自另一个和庚辰本同系的清代抄本。另外一些专家则认为这个抄本是一个以庚辰本为底本过录的近代抄本，同时也参考了甲戌、己卯、戚序、程甲各本。

此本有北京图书馆出版社影印本，题《北京师范大学藏脂砚斋重评石头记》。

戚序本《石头记》原由乾隆三十四年进士戚蓼生收藏并写了序言，故名戚序本。光绪年间张开模得到它的一个过录本，此本后归上海有正书局狄葆贤，故又称戚沪本、戚张本。原本共八十回，1957 年上海书店发现了前四十回，现藏上海图书馆。

有正书局 1911—1912 年据戚张本照相石印出版，定名为《国初钞本原本红楼梦》，并作了个别贴改，八十回全，前四十回贴加了书局老板狄葆贤的眉批。此本被称为有正大字本。后来人民文学出版社影印出版时改题《戚蓼生序本石头记》。

有正书局 1920 年据有正大字本剪贴缩影出版，1927 年再版，题名与大字本相同。八十回全，但第四十一至第八十回又加了后人批语，与戚序本原貌有了距离。此本被称为有正小字本，有台湾艺文印书馆影印本。

现藏南京图书馆的戚宁本乃陈群泽存书库旧藏，故又称作泽存本、南图本，八十回全。此本是与戚沪本共同底本的不同抄本。

戚序本是汇集了许多抄本整理的，前八十回俱存，批语也较多，字迹清晰，便于阅读。但因为是整理本，从版本演进的角度而言，不如甲戌、己卯、庚辰各本更具原始面貌。

蒙古王府本《石头记》抄本原为清朝某蒙古王府旧藏，现藏国家图书馆，简称蒙府本、王府本。此本原为八十回抄本，配抄成一百二十回。前八十回中第五十七至第六十二回、第六十七回乃后人据程甲本抄配，又补抄后四十回。但前八十回和后四十回纸质、抄写款式不同。

蒙古王府本与戚序本有共同的祖本，但无戚蓼生的序，同时独有六百条戚序本和其他本子所无的侧批。

此本有书目文献出版社（今北京图书馆出版社）影印本，题《蒙古王府本石头记》。

俄罗斯藏抄本《石头记》前八十回缺第五、第六两回，实存七十八回（第七十九回与第八十回未分开）。此本乃俄国人库尔梁德采夫于 1830 至 1832 年随旧俄宗教使团来华时所得，现藏俄罗斯圣彼得堡（苏联时期名列宁格勒）东方学研究所。这个本子在许多具体字句上有自己的特点，似乎更接近于曹雪芹原稿。俄罗斯藏抄本也被称为列藏本、圣彼得堡本、脂亚本等。

此本有中华书局影印本。

舒序本又称己酉本，抄本，名《红楼梦》，存第一至第四十回，前有舒元炜于乾隆五十四年己酉（1789）亲笔撰写的序。据序中所说，此本原有五十三回，另有二十七回是借"邻家"抄本补配。吴晓铃原藏，现归首都图书馆。

此本有中华书局影印本（"古本小说丛刊"）、上海古籍出版社影印本。

甲辰本又称梦觉本、梦序本、晋本，1953 年发现于山西，名《红楼梦》，前有梦觉主人乾隆四十九年"甲辰岁菊月中浣"（1784）序，前八十回全。现藏国家图书馆。甲辰本是由脂批本向程高本过渡的一个本子。

此本有书目文献出版社（今北京图书馆出版社）影印本。

杨藏本又称梦稿本，由最早收藏者杨继振题书名为《兰墅太史手定红楼梦稿》，影印时题作《乾隆抄本百廿回红楼梦稿》，共一百二十回。1959 年 3 月于北京琉璃厂文苑斋书店发现，现藏中国社会科学院图书馆。此本前八十回也是一个由脂批本向程高本过渡的本子。

此本有中华书局影印本、上海古籍出版社影印本等。

卞藏本，名《红楼梦》，卞亦文藏，存第一至第十回，2006 年发现。有北京图书馆出版社影印本。

郑藏本，郑振铎旧藏，现藏国家图书馆。回首题《石头记》，版心题《红楼梦》，残存第二十三、第二十四两回，无批语。学者考察认为与俄罗斯藏抄本关系密切。

此本有书目文献出版社（今北京图书馆出版社）影印本、中华书局影印本（"古本小说丛刊"）等。

靖藏本原为扬州靖应鹍家所藏，题《石头记》。1959 年由南京毛国瑶发现，1964 年后迷失。毛国瑶曾将此本与戚序本作了对勘，摘录了戚序本所无的批语 150 条，后发表于南京师范学院《文教资料简报》1974 年 8、9 月号，并撰文介绍。后有人质疑此本曾存在的真实性，现肯定、否定的两种意见并存。

程甲本为程伟元、高鹗两人合作整理修补完成，前八十回文字与脂批本相比有多处异文，并有后四十回续书，乾隆五十六年辛亥（1791）采用木活字排印，由萃文书屋印行，题作《新镌全部绣像红楼梦》。此书是《红楼梦》出版史上第一部印本，现存十部以上，国家图书馆、中国社会科学院文学研究所、北京大学、人民日报社、台湾大学及一些私人收藏。俄罗斯、日本等国也有少量收藏。此本被称为程甲本，首刊后，萃文书屋又多次修订再版。

此本首刊本有书目文献出版社影印本、吉林文史出版社影印本，还有北京师范大学出版社标点排印本、花城出版社标点排印本、中华书局标点排印本。据程甲本为主要底本翻刻的排印本，1949年以前已有200余种。

程甲本刊印七十多日后，乾隆五十七年壬子（1792）"花朝后一日"，萃文书屋又刊印了另一部《新镌全部绣像红楼梦》，即程乙本。此本与程甲本在文字上有两万多字的差异，并多出一篇由程伟元、高鹗联合署名的"引言"。此书现存数量略多于程甲本，国家图书馆等有藏。此本行世较多的有亚东图书馆标点排印本（其中有文字改动）、人民文学出版社标点排印本。

程甲本、程乙本有时俱被泛称为程高本。

流行标点本，1953年至1982年在大陆流行的《红楼梦》由作家出版社和人民文学出版社先后印行，以亚东图书馆重排本为底本，属于程乙本系统。1982年以后有红楼梦研究所校注、人民文学出版社印行的《红楼梦》，前八十回以庚辰本为主要底本而参校其他脂批本，后四十回以程甲本为主要底本。此后又有浙江文艺出版社印行蔡义江校注本《红楼梦》、江苏古籍出版社印行刘世德校订本《红楼梦》、齐鲁书社印行黄霖校订附全部脂批本《红楼梦》、山西古籍出版社印行梁归智校订评批本《红楼梦》、作家出版社印行郑庆山校订《脂本汇校石头记》、辽宁人民出版社印行冯其庸重校评批《红楼梦》，都是前八十回据脂批本，后四十回据程甲本的著名印本。周祜昌、周汝昌、周伦玲校订的十卷本《石头记会真》，是对现存各种脂批本详加比勘并颇有发明的前八十回文本，已于2004年5月由海燕出版社（河南郑州）出版。此本无后四十回续书，而另加《探佚论文》《〈石头记〉真故事探佚稿》等。2004年9月海燕出版社又推出周汝昌精校本《红楼梦》（八十回《石头记》）作为普及本，此本于2006年12月由人民出版社重新推出。

　　属于程甲本系统的著名印本，还有上海古籍出版社一再重印的清代护花主人、太平闲人、大某山民的三家评本《红楼梦》，以及文化艺术出版社和南昌出版社先后印行冯其庸新订《八家评批

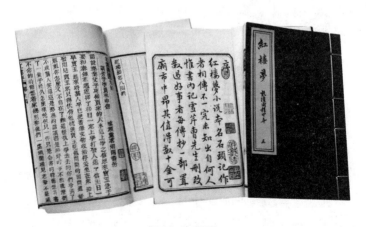

程甲本《红楼梦》

红楼梦》、北京师范大学出版社印行启功等校注的《红楼梦》、漓江出版社印行王蒙评点本《红楼梦》等，都是 20 世纪 80 年代以后有影响的印本。

清楚了从《石头记》到《红楼梦》的版本演变和流传的历史，也就明白了这样一个基本事实：在乾隆五十六年（1791）以前，当时社会上流行的是脂批本《石头记》。由于是手抄本，又只有前八十回，其流传的范围是有限的。自从程高本《红楼梦》排印发行后，就取代了脂批本《石头记》而成为社会上的流行本，这种情况一直延续到 20 世纪 80 年代初，垄断了近二百年。从 20 世纪 80 年代初至今的几十年里，就大众阅读层面而言，则进入了脂批本与程高本多元共存的时代。

当然，在程高本 1791 年刻版问世之前，已经有从脂批本向程高本过渡性质的抄本，如前面介绍的杨藏本《乾隆抄本百廿回红楼梦稿》，又比如乔福锦于 2004 年 7 月在上海图书馆发现的百廿回《红楼梦》旧抄本，都需要进一步研究。

不过有一点还是明显的，就是要真正理解和研究曹雪芹，尤其是要探讨八十回后原著佚文情况，必须读脂批本系统的本子，同时要尽量排除后四十回续书先入为主的成见干扰，因为脂批本《石头记》在曹雪芹生前即已流行，没有经过后人篡改，最接近于曹雪芹原作的真实面貌。

《红楼梦》的版本问题，绝不仅仅是红学研究者的事，而与每一个《红楼梦》的普通读者有直接关系。

徐恭时在《红楼梦版本新语》一文中谈道：

综看全部八十回故事，从脂评中寻绎线索，第八十一回的回目，似是《山雨欲来，红楼风满；商声羽调，翠馆清凉》；而现在八十一回的回目是《占旺相四美钓游鱼，奉严词两番入家塾》。在前后转变中，前拟目表示"一衰到底"的大过节；后者却还出现"旺相"，把痛恨"禄蠹"的宝玉，变换成另一种形象。七十八回里本来有一段贾政不再强迫宝玉读四书的原文，程印本删去了，才能接上"两番入家塾"之事。如果不删这段文字，八十一回的续书一开头，就会显示前后矛盾。还有雪片原稿第一百一十回的回目研究者曾予试复，当是《青埂峰下，重证前缘；警幻仙姑，归揭情榜》，而现在一百二十回的回目，却作《甄士隐详说太虚情，贾雨村归结红楼梦》，不论回目或正文，这个"末回情榜"，连丝毫的影子也不存在。这应是怎么说呢？如果不探索版本，怎么能发现这些问题呢？倘若把后续的四十回，当作雪芹原稿来评论，将会评出什么结论来呢？

这是很中肯的话，道出了《红楼梦》版本问题并非与一般读者无关的症结所在。

再如尤三姐这个人物也很能说明版本问题的重要。尤三姐的故事在前八十回已经基本完成，但程高本却作了改写，于是出现了两种《红楼梦》里的两个尤三姐。

曹雪芹笔下的尤三姐性格有多种折叠，也就是说，不是一个简单化而是一比较复杂的人物，用西方文艺理论术语的话，她的形象是"圆"的而不是"扁"的。她美丽，刚强，有主见，有决断，有反抗性，可是并不贞节，不是封建道德的烈女，也不是革命意识形态的圣母。她和贾珍早有淫行，她的动机是"取乐作践男人"，"竟真是他嫖了男人，并非男人淫了他"（注：《红楼梦》成书的时代还没有分出"她"）。她用这种变态的、放荡的、及时行乐的生活态度反抗自己的被玩弄，这是她的出身、她的个性与她所处环境共同作用的结果。

尤三姐这种个性特点，与她后来一片痴情、至死不渝地追求柳湘莲并不矛盾，而正是相反相成的。尤三姐这个人因此有了更深邃广阔的艺术内涵，让人感到生活的魅力，是个真人、活人，而不是"形象"。

同时，尤三姐的这种个性定位，也是她和柳湘莲后来爱情悲剧结局所必需的情节前提。柳湘莲要悔婚是有事实根据的，并不是误信了流言，这里面有解决不了的矛盾。尤三姐除了自杀外，是无法向柳湘莲证明自己的真情的。也就是说，柳湘莲和尤三姐的爱情悲剧的形成，因此才有了必然性的动因，而不是偶然性的动因。这个悲剧所包孕的社会批判意义也才更加深刻。这是一个不准女人改正错误的社会悲剧，是类似于祥林嫂捐了门槛却仍然得不到社会宽恕的悲剧。

高鹗和程伟元改写了的尤三姐则变了一个人，变成了一个传统道德的楷模，一个所谓"贞女"和"烈女"，她头上被安上了正统道德的光环，却失掉了生活和人性的色香，成了某种观念的化身。这种改写不仅缩小了尤三姐本身的艺术内涵，而且使她和柳湘莲的爱情悲剧变成了一种偶然误会的结果，变得意义平庸，并造成了情节上的不合理，经不住推敲。从更广阔的背景看，这种改写直接损害了《红楼梦》全书的有机整体，宣扬传统的贞节观念，和曹雪芹进步的伦理和美学思想针锋相对。

从尤三姐这个例子，也可以看出强调《红楼梦》的版本问题绝不是小题大做。我们后面评述"探佚"的研究概况时，就是立足于对两种不同版本系统《红楼梦》的研究基础之上。

另外，在过去的一些野史、笔记、诗文当中，都提到曾经有过一种不同于程高本《红楼梦》的"旧时真本《红楼梦》"，透露出这个"旧时真本"八十回后的故事情节，和程高本完全不同，倒和脂批所逗漏（即引逗泄漏）的佚稿内容比较接近。

虽然迄今为止，还没有找到这个"旧时真本"的实际文本，但野史传闻又那样言之凿凿，证明它确实存在过。这也是历史上常有的事，没有被保存下来并不等于它就不曾存在过，在时代运转的复杂变迁中被湮灭毁掉的文本何止千万？《兰亭序》的真迹被唐太宗带进了陵墓，并不等于王羲之就压根儿没有书写过它。有研究者推测，"旧时真本"很可能只是另一种续书，当程高本排印行世后就逐渐消失了。但无论如何，这是一个与程高本后四十回情节大相径庭的文本，是一个基本上符合前八十回"伏线"的文本。

下面把有关这个"旧时真本《红楼梦》"的记载和传闻中，八十回后的故事情节加以归纳整理，撮录要点，供探佚研究作参考。

（一）乾隆中期有一个叫富察明义的人，写了《题〈红楼梦〉》诗二十首，其中第十九、第二十首就记下了八十回后青蛾红粉已逝，顽石又回归大荒山青埂峰下的简单情节。

（二）乾隆五十五年庚戌，也就是程甲本首印前一年，雁隅购买到一百二十回本《红楼梦》和八十回本《石头记》。他并没有评述内容，只提了一句"微有不同"。（见周春《阅〈红楼梦〉笔记》弁首）

（三）道光咸丰年间，会稽的宗履辰所见到的后四十回本，说和程高本的内容有所不同，其中结尾的故事是贾宝玉穷困潦倒做看街兵谋生，史湘云再醮于贾宝玉共同度日。（见赵之谦《章安杂说》稿本）

（四）咸丰年间，有一位叫濮青士的，见到一本《痴人说梦》，里面记载《红楼梦》八十回后写贾宝玉娶了史湘云，晚年生活非常贫困，夫妇二人在京城中拾煤球过活。（见王伯沆《红楼梦》批语）

（五）咸丰十年间，泾县朱兰坡在京都门外以三百两银子购买到《红楼梦》抄本，六十回后和程高刊本情节迥异。（见李慈铭《越缦堂日记》）

（六）咸丰年间，杨继振曾见到《红楼梦》旧抄本，情节有贾宝玉婚配史湘云而不是薛宝钗。（见徐传经批本《红楼梦》）

（七）同治元年，余姚朱逌然（肯夫）在都门厂肆购得《红楼梦》抄本，和程高刊本大不相同，但卷数比较少。周汝昌撰有《异本纪闻》，疑为朱氏藏本。（见《红楼梦学刊》1979 年第 2 辑）

（八）同治年间，傅钟麟听友人谈，说见到抄本《红楼梦》，其情节和程高本不同。傅氏记下甄宝玉进京在贾宝玉走失之后的

一段情节。(见《石头记集评》)

(九)光绪初年,陈弢庵曾见旧本《红楼梦》,其中写薛宝钗嫁贾宝玉后,产后病死,史湘云出嫁而寡,终于和贾宝玉结合,宝玉落魄为街人,住堆子等故事。(见启功《记传闻之〈红楼梦〉异本事》)

(十)光绪年间,董康之母幼时见《石头记》抄本,内容有林黛玉、薛宝钗夭亡,荣国府宁国府衰败,贾宝玉糟糠之配是史湘云等故事。(见董康《书舶庸谭》)

(十一)光绪二十二年前,戴诚甫见吴中丞所藏旧时真本《红楼梦》,俞平伯有专文论述。(见俞平伯《红楼梦研究》)

(十二)宣统元年,褚德彝在京师端方家中看到所藏《红楼梦》手抄本,情节与程高本不同。褚德彝跋王冈绘《独坐幽篁图》扼要记录其相异情节。(见徐恭时《端方收藏的〈红楼梦〉抄本》)

(十三)民国初年,有一个号遍境佛声的人,听到相传的旧本《红楼梦》内容,有花袭人嫁蒋玉菡后又和贾宝玉会面的故事,和程高本大异。(见《红楼梦札记》)

(十四)民国初年,袁翼藏有《石头记》写本一部,据说是曹雪芹原稿。八十回后虽然没有完好的正文,但有备忘性质的简单纲要。(见吴恩裕《曹雪芹佚著浅探》第154页及胡文彬编《红楼梦叙录》第26页)

(十五)民国初年,有一个号唯我的人,见到一部《石头记》旧版本,不止一百二十回,贾府的结局有史湘云沦为女佣等情节。(见《饮水诗词集》跋)

（十六）民国三十二年间，张琦翔据日本儿玉童达所见三多六桥原藏百十回《石头记》内容，记下要点七项，如贾探春"杏元和番"等，材料颇为重要。（见周汝昌《红楼梦新证》等记述）

（十七）王衍梅在乾隆五十六年所读之《红楼梦》，人物结局有三人和程高本完全不同。（见徐恭时《红楼梦版本新语》中"凤鹃晴结局新探"一节）

根据以上各书所记述的材料，可以综合归纳为下列几项情节：

1. 宁国府和荣国府被抄没，极其萧条冷落。

2. 宝玉曾系狴犴（即被抓入狱），小红去监狱探访。

3. 小红和贾芸结合。

4. 黛玉夭亡，宝钗难产而死。

5. 宝玉贫困流落，沦为街兵。

6. 宝玉沦落时曾冲撞北静王车驾，宝玉呼救，被北静王认出，延请入府。

7. 史湘云夫死沦落，后与贾宝玉结合。

8. 花袭人嫁给蒋玉菡，夫妇二人曾救济贾宝玉。

9. 贾探春远嫁藩国，类似于王昭君和《二度梅》中的陈杏元。

10. 妙玉流落风尘。

11. 王熙凤被贾琏休弃。

12. 紫鹃在黛玉死后也早卒。

13. 大观园中青娥红粉全散。

14. 通灵玉复还本质，成为顽石，重新回归到大荒山无稽崖青埂峰下。

"曹学"——小说有"原型"吗?

"曹学"之所以重要,是基于这样一个事实:《石头记》这部小说有很强烈的"家族历史"和"传记"的性质。曹雪芹确有一种意图,即通过文学作品写"家史"和"传记"。

周汝昌先生提出"曹学""脂学""版本学"和"探佚学"是红学中"四大支柱"之说。而"探佚学"实际上是以前三"学"为基础的。上一节已介绍了版本学,这一节介绍曹学,也就是曹雪芹家世研究。

"曹学"之所以重要,是基于这样一个事实:《石头记》这部小说有很强烈的"家族历史"和"传记"的性质,这也是"新红学"中"自传说"的"合理内核"。当然小说是经过艺术再创造的,不能完全等同于曹家的历史和曹雪芹本人的自传。但《石头记》中许多故事确实有不少取材于曹家及其亲友家的真实生活遭际,它的不少角色都有真实的生活原型。在某种程度上,曹雪芹确有一种意图,即通过文学作品写"家史"和"传记",进而反映出曹家所处时代的政治社会变迁,对人生和历史作反思。

"曹学"之所以重要,还因为曹家的历史有其很大的独特性,不同于一般的官宦人家。曹家是一个特殊时代的特殊家族,这个家族的命运遭际凝聚着那一时代社会的许多错综复杂的矛盾,反射出一种独特的折光。《石头记》正是要以艺术手段写出这一特殊时代特殊家族的特殊故事,反映出那特殊的历史纠葛、社会矛盾和时代风云。不幸,《石头记》又是一本后半部"迷失"了的小说,那么,要探讨其完整的艺术构思,勾勒其大体轮廓,自然非研究"曹学"不可。因为文学艺术来源于生活,这是一条基本的文艺理论原则。

由于以上谈到的原因,《石头记》与曹雪芹本人的生活经历,与曹家的遭际变迁,与康熙、雍正、乾隆三朝的社会政治历史背景,有着更为直接和密切的关系,既不同于《三国演义》之于三国历史和罗贯中生平遭际间的关系,也不同于《水浒传》之于历史上的宋江起义和施耐庵生平遭际间的关系。《三国演义》与罗贯中,《水浒传》与施耐庵,不是没有关系,但那关系的性质,与《石头记》之于"曹学",是完全不同的。这就是红学的特殊性、个性。

周汝昌先生著有《红楼家世》和《文采风流曹雪芹》,将曹雪芹的家世上升到"氏族文化"的高度,"致力于家世研究,正是为了追寻曹雪芹身上的文化积累、造诣,以及他的宇宙、人生、社会观的思想真源及客观因素"。长话短说,曹雪芹的家世至少可以追溯到北宋谥号"武惠"的济阳王曹彬,此后世代流转迁徙,曹彬第三子曹玮之后代曹孝庆于南宋时落户于今江西南昌武阳渡,到了明成祖永乐年间,南昌曹端明、端广兄弟二人北迁,卜居今河北丰润,曹端广后来在明英宗正统初年出山海关落户于辽宁北部铁岭之腰堡(百户所)。再往后,从曹雪芹上溯六代之太高祖曹世选,于明万历年间因后金(即后来的清)在辽东崛起,攻陷铁岭南效十数堡，被俘，编为奴籍（包衣）。当然，这漫长的历史变迁烟云渺漫模糊，有许多难以一锤定音之处，因此在红学界有曹雪芹祖籍丰润、辽阳和铁岭三说并存，既互相争论，其实也互相补充。

从曹世选的儿子曹振彦起，史实相对明朗起来。曹振彦属于清初摄政王多尔衮统率的满洲正白旗——八旗是满族的一种政治军事的社会组织制度，正白旗在八旗中地位尊贵。满清大军入关，明灭清兴的战斗过程中，曹振彦跟从多尔衮，屡立战功。清朝定鼎中原后，曹振彦历任山西平阳府吉州（今山西西南部吉县）知州、大同府（今山西北部大同市）知府、两浙都转运盐史盐法道。曹家原是"包衣"奴仆身份，由于"从龙入关"，护驾有功，地位才得以上升，被分派到直接为皇帝服务的"内务府"。

曹振彦的儿媳妇曹孙氏，也就是曹玺的妻子、曹寅的母亲、曹雪芹的曾祖母，曾被选入清朝皇宫，当康熙皇帝幼时的"保母"（不同于今日所谓"保姆"，是负责教养小皇子日常生活起居各种活动的"教引嬷嬷"）。康熙登基之后，曹玺就成了亲信近臣。终康熙一世，六十年来，曹家都得到康熙皇帝的青睐照顾。对内虽然仍旧是皇帝的奴才，到地方上仕职，却是"直通帝座"的贵族官僚。从曹雪芹的曾祖父曹玺起，祖父曹寅、伯父曹颙、父亲曹頫，三世四人连任江宁（今南京）织造。

江宁织造是一个替皇帝管理染织，采办物资，以供应皇帝享乐的财赋要职。此外还负有监视江南一带官员"政治表现"，了解吏治民情，向康熙皇帝密报的特殊使命。比如曹玺到南京后曾两次回北京,向康熙皇帝奏报江南的社会情况,因而受到康熙的奖赏。曹玺由"郎中"晋升为"尚书",官阶是最高的正一品。此后曹寅、曹颙和曹頫都向康熙皇帝"密折奏事"。康熙六次南巡,有四次都以江宁织造府为行宫,也就是说,曹家主办过四次"接驾大典",实际上参加过在扬州、南京、苏州三处重要地点的大接驾盛典的各种仪式与场面多达十二次。《红楼梦》第十六回曾借凤姐和贾琏奶妈赵嬷嬷聊天的场合,艺术地影射过这一历史事实:"咱们贾府正在姑苏扬州一带监造海舫,修理海塘,只预备接驾一次,把银子都花的淌海水似的!""还有如今现在江南的甄家,嗳哟哟,好势派! 独他家接驾四次。"康熙三十八年康熙皇帝第三次南巡时,特意为保母曹孙氏题写了"萱瑞堂"的匾额,"萱瑞"是古代文化中喻指母亲健康福气的典故用语,康熙并亲切地说曹孙氏"此吾家老人也",那真是曹家辉煌荣耀的顶峰了。曹家自曹振彦发达算起,一直到康熙皇帝去世,确是一个赫赫扬扬的"百年望族"。曹家的重要亲友,如平郡王家、苏州织造李煦家、兵部右侍郎傅鼐家等,与曹家"连络有亲,一损俱损,一荣皆荣,扶持遮饰,俱有照应",形成一个庞大的官僚阶层的关系网。

可是到了康熙皇帝玄烨去世,雍正皇帝胤禛登基,曹家的厄运就到了。正如周汝昌《曹雪芹小传》中所说:

这六十年,以曹雪芹的曾祖曹玺为首,以他的祖父曹寅为中心人物,在江南的"红尘中一二等富贵风流之地",曹家经历了他们的"繁华"而又"风雅"的生活。不过,他们是康熙皇帝（玄烨）的私人家奴，他们的命运紧密地和康熙个人的一切联在一起。只要康熙坐在统治宝座上，他们就得其所哉；康熙一死，就有"树倒猢狲散"之势；而康熙生前所制造的一些事因，也就给他家栽种下了莫大的祸根。

南巡和夺位——就正是致曹家于败亡、使曹雪芹饱尝"特殊经历"的直接原因。

诸位皇子明争暗斗的结果，皇四子胤禛以阴险暴逆的手段获得全胜，登上宝位，是为雍正帝。紧接着是一场激烈凶恶的争斗和残害开始了：雍正将他的头号死敌们——手足兄弟——都治死了、幽囚了，并且穷治党羽，芟刈殆尽。同时，雍正对他老子作下的孽、给"奴才"们拉下的亏空、筑下的债台，也概不认账，要彻底清结。

糟糕极了的是：曹、李两家不但都是大"亏空家"，而且又都和雍正的死敌发生过往来的关系。于是，他们虽然只不过是包衣奴隶，雍正也绝不肯轻易地放过他们。

因此，曹、李都变为"奸党"，是雍正所决不能轻轻放过的。结果，李煦幸而免除一死，孤身前往"打牲乌拉"（黑龙江）苦寒之地，缺衣少食，只有佣工二人相依为命，当时的人说："今乌喇得流人，绳系颈，兽畜之。"两年后因冻饿折磨病卒；曹頫则抄家封产，田地、房屋、奴仆，都赏了别人……

周汝昌和刘心武有某些共同看法，认为曹家在雍正朝的败落与其与康熙废太子胤礽关系密切有关。周先生在给刘心武的信中说：

"废太子胤礽、弘晳一支的史迹,是为清代入关后第一大事,几乎'翻天覆地',曹家始终卷入此一旋涡而不能自拔——与'王爷级'竟会'同难同荣',实指非它,即此是矣。"(刘心武《红楼望月》)

周汝昌认为,曹家在雍正五年被抄家后,尚未一败涂地,到了乾隆皇帝登基,又稍稍"中兴"。但不久又卷入康熙废太子胤礽之子弘晳与乾隆的政治斗争,因为曹家与废太子一系有扯不断理还乱的关系,终于随着弘晳被乾隆幽禁而"最后的宣告彻底败落"。刘心武"日月之争"的说法与周汝昌有相通之处,当然对一些具体问题的看法并不完全一致。

雍正当皇帝是康熙传位还是阴谋夺位,史学界一直存在对立的看法。乾隆与弘晳的政治斗争的确发生过,但保留下来的具体史料很稀缺。对康熙、雍正和乾隆应该有怎样的政治和历史评价是历史学家的事,曹家作为深深陷入康、雍、乾三朝政治风云而被抄家败落的贵族,他的后裔曹雪芹因此被激发深沉的身世之感,通过文学创作表现自己的痛苦和反思。二者虽然关系密切,实际上又是两件并不完全相同的事。曹雪芹通过文学创作反映的艺术真实,他表达的感情和思想,既与历史上曾发生过的真实情况血肉相连,又应该与历史研究的学术评价分开。这就构成了红学的悖论。

关键是曹雪芹通过《红楼梦》的写作创造了"假作真时真亦假"的艺术,我们要欣赏这种卓越非凡而且相当独特的艺术,又必须对康、雍、乾三朝的政治背景和曹家的遭遇经历有所了解。十分微妙的小说艺术与本来就诡秘的历史风云牵扯到一起,使《红楼梦》

成了一部特殊的小说，也使红学成了一门格外有张力也最容易引起争论的学术，一种需要将"证"和"悟"有机结合的研究。

以上介绍的就是"曹学"的研究对象，也就是《石头记》的原始生活素材。贾、史、王、薛四个家族盛衰兴亡的故事与"曹学"因此有了千丝万缕的内在联系。引人瞩目的是，《石头记》八十回以后"迷失"了的佚稿正是写贾、史、王、薛被"抄没"而败落的，这么重要的内容偏偏"佚"了，"迷失"了，我们要"探佚"，要窥察"被迷失的红楼"，其生活基础——"曹学"，自然就具有了格外重要的价值。

"探佚"从"曹学"获得灵感和佐证，可举例说明。

《红楼梦》第十三回描写秦可卿魂魄给凤姐托梦，说："常言'月满则亏，水满则溢'，又道是'登高必跌重'。如今我们家赫赫扬扬，已将百载，一日倘或乐极悲生，若应了那句'树倒猢狲散'的俗语，岂不虚称了一世的诗书旧族了！"

而据史料记载，曹寅生前已经对家族的前途有不祥预感，"树倒猢狲散"成了他常说的话。对曹家的人来说，曹寅的这句口头禅是印象深刻的，尤其是后来经历了抄家之痛又写小说的曹雪芹，回想起来就会更加感慨良深。

这就是为什么除了第十三回，又在第二十二回"制灯谜贾政悲谶语"中，贾母作灯谜"猴子身轻站树梢"，而谜底是"荔枝"——谐音"离枝"，对"树倒猢狲散"再作艺术的表现，点明它是"谶语"。

第三十七回，贾探春写给贾宝玉发起海棠诗社的书柬，其中提到自己病中宝玉曾送给自己"鲜荔"——新鲜荔枝，其实还是同样的隐寓。

此外,小说写贾宝玉最是喜聚不喜散,但最后的大结局却是"家富人宁,终有个家亡人散各奔腾","好一似食尽鸟投林,落了片白茫茫大地真干净"……"散"正是《红楼梦》的一个"关键字"。

再如前面提到过,康熙南巡时曾给自己幼年时的"保母",那位曹家的老祖母曹孙氏题写"萱瑞堂"的匾额,小说第三回林黛玉初进贾府,去拜见贾政,作者特别描写:

> 进入堂屋中,抬头迎面先看见一个赤金九龙青地大匾,匾上写着斗大三个大字,是"荣禧堂",后有一行小字:"某年月日书赐荣国公贾源",又有"万几宸翰之宝"。

《文采风流曹雪芹》中说:"这是皇帝御书赐名而制成的巨匾,其赤金是指金箔贴装,九条龙围绕四周构成长方框架,那龙头都是另外雕成,用螺旋钢丝镶接于框上龙身之颈处的。框内青色底子衬托着乌黑的大楷字——这是御赐匾额的制作规格,非同小可——写得一丝不走。小说表面是说贾(假)府的事,真真切切,那么当年江南曹家是否也曾真有此匾的'原型'呢? 答曰:有之,不假。此匾的真实字迹,乃是'萱瑞堂'。'萱瑞'一匾,标志着曹家的'黄金时代',也即是康熙一朝的全盛时期,没有这个历史背景,也就产生不出曹雪芹这个人物与《石头记》这部稗史。"

在给刘心武的信中,周汝昌又说:"请看雪芹书中第三回,黛玉入府,初见'荣禧堂'大匾,是御笔(先皇,康熙大帝也),

故云'赤金、九龙、青地'的最高规制——而下面即又特写一副对联，道是：座上珠玑昭日月，堂前黼黻焕烟霞。……这副对联的落款尤为惊心动目：'同乡世教弟勋袭东安郡王穆莳拜手书'。'同乡'何义？都是辽北之人也。莫忘努尔哈赤破明，第一步是设计诱降了铁岭紧邻（东南接壤）抚顺，随即攻陷铁岭十几个戌守堡，而腰堡的曹世选（雪芹太高祖）被俘为奴，即在此役中（满洲'大金天命三年，戊午'）……'东安郡王穆莳'当即指皇太子胤礽。'莳'有'立也'一义，又有更（改）种（栽）一义，即移植义。此正合既立又遭废黜的史实。又，太子自古例称'东宫'，此殆'东安郡王'的隐意更显者；老皇御匾是'赤金'字，而对联特叙'錾银'字又正是皇帝与太子的'级别'标志。'穆'是美词、敬称，如《诗经》'穆穆文王'是例，有和厚欣悦等义。"（《红楼望月》）

又比如，小说中贾母的娘家史家，其原型是苏州织造李煦家，史湘云的原型是李煦的一个孙女，曹雪芹的一个表妹。在李煦于雍正元年被问罪抄家后，其家人命运也很悲惨，所以小说中用了各种各样的艺术手法影射史湘云是"抄没"后故事的女主角（可以参阅后面介绍有关探佚史湘云结局的章节）。我们要探讨八十回后佚稿中贾家、史家被抄没后的故事轮廓，曹家、李家被抄没时的原始情况当然有借鉴作用。

再比如，曹雪芹写贾元春是皇贵妃，此外在佚稿中要写贾探春远嫁海外做王妃。是不是有生活原型呢？在没有新的更确凿直接的史料发现之前，曹家曾有两个女儿做"王妃"的事实显然值得注意。那就是曹寅的长女嫁给平郡王纳尔苏做王妃，在一个奏折中透露曹寅还有另一个女儿也被康熙许配给一位王子。当然这两位原型都只是"王妃"而不是"皇妃"，也没有任何一个嫁到海外，她们都是曹雪芹的姑妈。而到了小说中，则都有了艺术变形，一个是皇贵妃，一个类似于和番远嫁的王昭君，她们也不再是贾宝玉的姑妈，却成了姐妹，而元春省亲的故事原型是"借省亲事写南巡"（脂批）——以曹家接待康熙皇帝的历史真实为细节素材。"原型"与小说人物、情节有关系，又不完全相同。"曹学"与《红楼梦》的人物、故事，二者的同异变化，大体如此吧。

总之，曹雪芹写《红楼梦》是以曹家及李煦家等亲友在康、雍、乾三朝的历史遭遇为生活素材的，小说中的许多人物也是有"生活原型"的。当然，这种"原型"又经过了某些艺术性的变形、夸张处理。多大程度上保存了"原型"的本来面目，又有哪些人物和情节是"虚构"的，艺术加工到何种程度，"假作真时真亦假"的那个"度"在哪里，这都是需要深入研究的课题，也必然要考验研究者学术功底的深浅、艺术感悟的灵性和逻辑推理的圆活。因此，读《红楼梦》，特别是探佚小说佚稿中的情节，是要文、史、哲会通的，要历史考证和文学感悟、理论思索彼此结合的，当然也是充满了探险趣味的，必然会引发争论的。

脂批——亲友小圈子参与的痕迹

脂砚斋、畸笏叟这些批书人与曹雪芹关系异常密切，他们既了解曹雪芹创作《红楼梦》的情况，又洞悉小说所依据的生活真实，更重要的是，他们还知道现在已亡佚了的原著八十回后的内容。

曹雪芹怀着深沉的家亡之痛，从这一特殊的经历上升到反思历史和了悟人生哲理的高度，写出了伟大的《红楼梦》。以脂砚斋、畸笏叟为代表的曹家亲友同样是含着家族之痛的血泪，在《红楼梦》的原稿《石头记》上写下了许多批语，即所谓脂批或脂评。

脂批更是进行"探佚"不可或缺的宝贵资料。当然，脂批需要鉴别、研究——这已发展成红学的一个分支，即脂学。尽管脂砚斋、畸笏叟等人的年龄、身份乃至性别等等，都还没有确定而言人人殊，却并不影响脂批的研究价值。比如脂砚斋，这是一个笔名。周汝昌先生认为此人是一位女性，就是《红楼梦》里史湘云的原型，苏州织造李煦的一个孙女，曹雪芹的表妹和续弦妻子。我们看"脂砚斋"这三个字，不是和小说中提到的曹雪芹居住的"悼红轩"意思接近吗？可能也就是借用曹雪芹的书斋名。"砚台"不是石头做的吗？不是和小说中贾宝玉原身是"神瑛"、通灵玉是补天不成的顽石等情节一脉相通吗？友人王瑞兵查出唐诗人李咸用有《谢友生遗端溪砚瓦》诗，其中有句云："娲天补剩石，昆剑切来泥。著指痕犹湿，停匀水未低。呵云润柱础，笔彩饮虹霓。"这不正是"脂砚"和"女娲补天所剩顽石"互相关联的典故来历吗？退一万步说，这位脂砚斋也是和曹雪芹关系亲密的一个亲友。曹雪芹创作小说的时候，同时就有一伙"圈内人"在他的小说抄本上写"批评"——批语和评语，其中脂砚斋写得最多最有代表性。

所以，这一点是肯定无疑的：脂砚斋、畸笏叟这些批书人与曹雪芹关系异常密切，他们既了解曹雪芹创作《红楼梦》的情况，又洞悉小说所依据的生活真实——曹家及其亲友家的命运遭遇。更重要的是，他们还知道现在已亡佚了的原著八十回后的内容。这已足以使脂批成为"探佚"的一个指南针，红学中的一块处女地。尽管脂批也有它的缺陷，如批书人的思想、立场、感情都与曹雪芹本人存在一定距离，但脂批所记多是看到故事，偶有触发，而随记一笔，并非预先知道《石头记》将成残璧、红学将成显学而有意为后人提供资料。

脂批的内容十分丰富。专门研究脂批的论文、著作也有不少，从普及性角度看，首推上海古籍出版社 1981 年出版的孙逊著《红楼梦脂评初探》，虽然也难免某些时代的局限性，但仍是介绍脂批比较全面且通俗的一本书。其中"脂批价值浅探"一章，从几个方面论述了脂批的内容与价值。可以说，几乎每一个方面都与"探佚"有直接或间接的关系。下面就借石攻玉，借花献佛，择要作一些简略分疏，说明脂批也是探佚研究的重要基础。

（一）批语暗示了小说隐去的政治斗争"真事"

小说作者和批者为什么要如此反复申明"此书不敢干涉朝廷"，同时又一再暗示小说确有"隐寓"？透过字面，我们不难感到作者和评者心灵深处的一种难以言喻的"隐痛"。乾隆皇帝的堂兄弟弘旿，曾在其堂侄永忠凭吊曹雪芹的诗上写下这样的批语："第《红楼梦》非传世小说，余闻之久矣，而终不欲一见，恐其中有碍语也。"这里，弘旿明说他并不是无法找到《红楼梦》抄本而是"不欲"见，也就是想看又不敢看，因为他怕其中有着关碍王朝政治纠纷的内幕秘辛——"碍语"，害怕自己看了以后脱不了干系，害怕有朝一日引火烧身。这就清楚说明，乾隆时的一些皇家宗室确实深知这部小说有政治意义，因而为全身远害计，有的人甚至不敢接触它。

通过这些吞吞吐吐、欲言又止的文字，我们不难看到"批书人"的苦心，即既想为作者的创作意图来一番遮饰，又想多少给出一点隐隐约约的逗漏，暗示一些什么，因而话才说得如此晦涩和难以捉摸。

脂批所揭示的小说隐去政治斗争"真事"的这一特点与"探佚"何干？——干系很大。佚稿是直接写到贾府"被抄""事败"的，那故事情节必然与隐去的清初政治斗争的"真事"有更直接的关联，也就是前面谈到的曹家、李煦家等在康、雍、乾三朝的遭际，他们与康熙皇帝、废太子胤礽及其子弘晳、争夺皇位的康熙诸子、雍正皇帝、乾隆皇帝等错综复杂的关系。这很可能是后三十回终于"迷失"的根本原因。今天我们探讨佚稿中的故事轮廓就必须注意这种"真事隐""假语存"的创作特点。同时也可见程高本后四十回续书完全违背原著宗旨，写了一个与贾府被抄完全脱离的、单纯包办婚姻框架的"宝黛钗爱情婚姻悲剧"，以及"贾氏复振，兰桂齐芳"等，和曹雪芹本来的构思实在南辕北辙。

（二）批语透露了小说写传统家族衰亡史的信息

脂批不仅暗示了小说隐去的政治斗争"真事"，而且透露了小说是写传统大家族衰亡史的信息。

如脂批反复说："作者之意，原只写末世。"脂批如此一而再、再而三地点明"末世"二字，当然绝不是泛泛之语，而是来源于对作者创作意图的深切了解。曹雪芹写《红楼梦》，他所要反映的就是处于"末世"的传统贵族阶级无可挽回的崩溃和灭亡。

又如脂批指出：传统大家族的"荣"和"损"是一部书之"根"，"偏于极热闹处写出大不得意之文"，等等。

脂批指出的《红楼梦》在艺术结构上的这一特点，对于探讨亡佚了的后三十回故事无疑很有意义，说明佚稿故事的重点笔墨落在以贾府为代表的四个家族的"损"和"衰"上面，宝黛钗的爱情婚姻悲剧，十二钗的悲剧下场，都是这一大形势下的产物，与贾府的整个命运密切相关，互相牵扯。因而也证明了程高本后四十回续书把"钗黛争婚"作为重点来写，而且基本上不与贾府衰亡的大形势发生关系，是完全违背曹雪芹创作意图的。

脂批涉及的以上两方面的内容，也有力证实"曹学"的确是"探佚"的基础。无论是小说隐去的政治斗争"真事"，还是小说写传统大家族衰亡史的意图，都是以曹家及其亲友家的真实遭遇为基础的，因此探讨佚稿内容必须研究"曹学"。

读脂批本，我们确实会强烈地感受到这一点。因为批书人经常由小说中的人物情节而联想到生活原型和"真事"，生发出感慨叹息。试举例如下：

第三回贾宝玉出场，小说描写宝玉"面若中秋之月，色若春晓之花"，脂批就说："少年色嫩不坚牢，以及非夭即贫之语，余犹在心，今阅至此放声一哭。"将小说人物与生活素材直接联系起来，并且透露出佚稿中写宝玉贫困落魄，"非夭即贫"。

第八回秦钟见贾母，"贾母与了一个荷包并一个金魁星"，有批语指出确有生活依据："作者今尚记金魁星之事乎？抚今思昔，肠断心摧。"

第十三回秦可卿给凤姐托梦，虑及贾家后事，说道"……若应了那句'树倒猢狲散'的俗语，岂不虚称了一世的诗书旧族了！"有脂批："树倒猢狲散之语，余犹在耳，屈指三十五年矣，哀哉伤哉，宁不痛杀！"这就是前面已经介绍过的想起了曹寅生前的那句口头禅。

第十六回为贾元春归省起造大观园，脂批曰："借省亲事写南巡，出脱心中多少忆昔感今。"这也是介绍"曹学"时已谈到的，元春省亲的生活素材取自康熙皇帝南巡曹家接驾的实事。脂学与"曹学"本来就是手心手背的关系。

……　……

这都是前八十回之例，那么八十回后佚稿中将直接写到"事败""抄没""狱神庙"等情节，当然更脱胎于曹家及其亲友家的真实遭际了。原稿既已"迷失"，要"探佚"，需要既重视"曹学"，也重视脂批，不言可知。

（三）批语揭示了小说强烈的反传统的思想倾向

批书人脂砚斋等也是曹家或其亲友家的劫后孑遗，可称雪芹知己。他们不仅看出了《红楼梦》强烈的反传统的锋芒，而且产生共鸣，给予赞赏。如脂批叹赏小说敢于讥讽君主专制，"他书中不得有此见识"，又指出小说对封建吏治嘲骂批评，"请君着眼护官符"，"骂得痛快"，"骂杀"，等等。脂批还揭示出小说对以儒家思想为核心的传统意识形态作了抨击，"此书不免腐儒一叹"，"宝玉又诮谤读书人，恨此时不能一见如何诮谤"……小说对佛、道二教的世俗宗教迷信揭露批判，"毁僧谤道"的调侃解构，脂批也见之明而言之切。

脂批这一方面的内容，与前八十回小说本文的思想倾向密切关联，也显示出八十回后佚稿内容的必然发展趋势。佚稿中将写到"损"与"衰"，那必然会有对传统上认为正统思想更无情的否定和批判。像程高本后四十回所写贾宝玉给巧姐讲"四书五经"，林黛玉劝宝玉"读书上进求取功名"，贾宝玉出家前考举人以"不枉天恩祖德"，以及"贾母赏花妖"、通灵玉丢失"知奇祸"、赵姨娘被鬼魂追逼而发疯等，都直接违背了前八十回的思想方向，也是从高级的诗化艺术向低级的通俗艺术之倒退。因为这些描写肯定落后的社会制度，歌颂传统的意识形态，渲染世俗的宗教迷信，洋溢着俗文学的低级趣味，全是与前八十回背道而驰的。这也就必然歪曲了前八十回人物的思想性格、精神境界，出现了两种《红楼梦》里的两个贾宝玉、两个林黛玉、两个王熙凤、两个薛宝钗、两个贾母、两个贾政、两个王夫人……

由此也可以明白一个非常简单的道理，即"探佚"是与前八十回本文的研究不可分的。只有对前八十回的思想、人物、艺术——前八十回的一切，有最切实深刻的感受、理解、认识、研究，才可能正确地探讨佚文。反过来说，也只有在探佚方面有所突破，才可能真正"读懂"前八十回。

（四）批语反映了小说成书过程中修改增删的点滴情况，并透露了小说八十回后情节发展的许多线索

脂批中这两部分内容更直接关系探佚本身。我们由此知道曹雪芹原著《石头记》虽然尚有待加工润色，却已基本写完全书，大体定稿，这留待后面专章介绍。脂批透露的佚稿线索，虽属只言片语，需要综合研究，却是探佚的重要资料，因为它们说的就是佚稿内容本身。

我早在 1981 年就写有《论"红学"中"探佚学"之兴起》（收入《石头记探佚》），里面就曾将直接揭示佚稿故事情节的脂批择要辑录：

黛玉之死有"证前缘"一回文字，那正是"眼泪还债"证合神瑛侍者甘露之赐的"前缘"，与程高续书中所写钗黛争婚、黛玉恨骂宝玉而死完全不同。

　　黛玉死后宝玉曾"对景悼颦儿"，这一回文字中有"落叶萧萧，寒烟漠漠"八字与第二十六回"凤尾森森，龙吟细细"成对应文字。

　　贾府被抄家，贾宝玉、甄宝玉等"展眼乞丐人皆谤"。

　　有"薛宝钗借词含讽谏，王熙凤知命强英雄"一回书，与第二十一回"贤袭人娇嗔箴宝玉，俏平儿软语救贾琏"前后对照呼应。

　　凤姐"身微运蹇"，曾"扫雪拾玉"，躬执贱役，"回首时无怪乎其惨痛之态"。

　　通灵玉被"误窃"。凤姐"扫雪拾玉"可能就是拾的通灵玉。

　　刘姥姥后来和巧姐（或凤姐？）"狱神庙"（或"嶽神庙"）相逢。巧姐堕落烟花巷成妓女，被刘姥姥救出来，嫁给了刘姥姥的外孙王板儿。

　　"狱神庙"（或"嶽神庙"）故事中还有小红和茜雪"狱神庙慰宝玉"。

　　柳湘莲一干人"作强梁"，成了绿林好汉。

　　妙玉"流落瓜洲渡口"，"红颜固不能屈从枯骨"。

　　有"卫若兰射圃"故事。

　　最后一回是"情榜"故事，金陵十二钗正、副、又副以及宝玉等俱有考语，宝玉是"情不情"，黛玉是"情情"。全书结尾时葫芦僧重新出现，归结全案，而节令是中秋，"用中秋诗收"。

　　（五）批语提供了小说作者及其家世生平的有关信息，并总结了小说的艺术特色

　　脂批中有关小说作者之生平家世的线索透露，属于"曹学"

内容，自然与理解八十回后佚稿情节有关系，前面已经详细谈到。而脂批中对小说的艺术成就、美学思想的点评总结，当然也对探讨佚稿至关重要，因为只有掌握了曹雪芹的艺术创作思想、美学宗旨，才能正确推考八十回后的故事发展和人物性格发展，也才能识别后四十回程高续书的谬误之处。

如脂批指出《石头记》不与旧小说"离合悲欢窠臼相对"，打破了"陈腐旧套"，这就抓住了曹雪芹一个根本性的创作思想，就是以写实求创新，追求小说像生活本身一样行云流水般自然的风格，而鄙弃人为的"穿凿"。那么原著八十回后的佚稿，其故事构成和写作风格也必然符合这一宗旨，这是探佚时必须注意的。

又如后四十回续书所写黛死钗嫁恰好在同一时辰的"戏剧性"安排，就恰恰违背了曹雪芹的创作思想，而成了伪造的铁证。曹雪芹的美学思想、创作笔法都与探佚息息相关，后面有专章讲论，这里暂不枝蔓。

脂批指出曹雪芹采用"草蛇灰线，伏脉千里"的奇特手法写小说，这是"探佚"之所以可能的最大根据。而我们能认识到这一点，也正有赖于脂批的多次提示。单凭这一点，探佚也要感谢脂批。

曹学与脂批，都是探佚学的基础。

"草蛇灰线"——伏脉在千里之外

我们介绍做探佚研究时最直接的一种文本根据，就是曹雪芹写小说的一种特殊手法："草蛇灰线，伏脉千里。""草蛇灰线"就是比喻在小说写作中到处留下对后文情节发展的暗示、伏笔，出自脂砚斋的批语。

探佚之所以可能，最大的根据是曹雪芹写《红楼梦》使用的独特"笔法"。所谓"笔法"，当然首先应该从广义上理解，它包括曹雪芹的创作宗旨、美学原则等更有理论性的一些内容。一部小说是一个有机整体，要根据现存的前八十回探讨佚去的后三十回，当然需要对前八十回文章发展的必然趋势有切实的了解和把握，而要达到这一点，当然涉及很多方面，如宏观上的作者写作的思想倾向、美学宗旨、艺术原则，以及微观上的一些具体的创作手法、技巧等等。

首先，我们介绍做探佚研究时最直接的一种文本根据，就是曹雪芹写小说的一种特殊手法："草蛇灰线，伏脉千里。"

"草蛇灰线，伏脉千里"是一句"脂批"——脂砚斋的批语。这句"草蛇灰线，伏脉千里"，脂砚斋等人不止写了一次，而是写过好多次，有时候表达方式略有变化——写成"草蛇灰线，在千里之外"，"伏后文"，等等。一言以蔽之，这是曹雪芹写小说时采用的一个基本的、全局性的艺术手法。

41

那么这句"写作手法概括",究竟是什么意思? "草蛇灰线"是两个比喻。"草蛇"是说一条蛇从草丛中窜过去,其身影时隐时现。"灰线"是说过去用石灰或者炉灰等从指缝中漏洒以成线,线痕也是时粗时细或断断续续的。"草蛇灰线"就是比喻在小说写作中到处留下对后文情节发展的暗示、伏笔,所以说"伏脉千里""在千里之外"。

这是一种十分奇特的写作方法。奇特在这种手法不是偶然使用一下,而是几乎贯穿在小说的每一章、每一回的许多具体字句之中,可谓俯拾即是。看懂这些"草蛇灰线",当然会增加我们阅读小说的兴趣。反过来,如果对这些满布文本字里行间的"草蛇灰线"完全熟视无睹,根本不知道它们的存在,当然会大大影响对小说"思想性"和"艺术性"的理解,也可以说就无法真正"读懂"这本小说。

"草蛇灰线"一共有几种表现形式呢? 大体上,可以归纳为五种。它们分别是:一、谐音法;二、谶语法;三、影射法;四、引文法;五、化用典故法。

同音字里有奥妙: "草蛇灰线"之一

中国的汉语言文字多为单音节,同一个音可以有多个不同的字形字义,当然在不同的上下文语境中,它们并不会引起理解的混乱。因此也产生了一种现象,就是中国文化中的"谐音文化"特别发达。谐音是借助同音或音近现象表达意思,同音词在语言表达上可以构成同音双关的修辞手法。这种谐音文化从古代的一些风俗习惯到现在的网络语言，都广泛存在。比如人们给亲戚朋友祝贺喜庆或者送礼什么的，都要"图口彩"，许多就是靠谐音，像"福"字要倒着贴，表示福气"到"。又比如，人们选用电话号码、房间号码等数字时，特别钟爱"八"和"六"，因为"八"可以谐音"发"，表示能发达、发财，而"六"则可谐音"溜"，预示"顺溜"、顺利，什么事都能办成。如此等等。

因此，人们说话时就多了些讲究，对有些说法要回避，要尽量让同音字引发美好的联想，避免不好的联想。所谓语言文明里也包含这种意思。要多讲吉利话、"好"话。把"不好"的话也往好的方面理解，其中谐音就是一个重要手段。

古代的等级制度特别严格，有所谓"避讳"，就是对父母尊长的名字要避免使用，而用读音或意思比较接近的字来代替，以表示尊重。汉语里许多语言现象就是这样产生的。比如"皮里春秋"后来改说"皮里阳秋"，用"阳"代替了"春"，因为当时有一个太后叫阿春，这个"春"字就得避免使用。再比如唐太宗叫李世民，因此当时逢"民"字往往写成"人"，连"观世音菩萨"也要简略成"观音菩萨"。唐代诗人李贺的父亲名字中有个"晋"字，李贺就连考进士也成了问题，因为"晋"和"进"同音。韩愈特别写了一篇文章为李贺辩护也没有起多大作用。

曹雪芹是一个文学天才，他灵机慧性，把汉字谐音文化的民俗运用到《红楼梦》的创作中，成了"草蛇灰线"的一种重要方法，这一点在小说中人物的姓名上面体现得特别突出。"甄士隐、贾雨村"谐音"将真事隐去，用假语存焉"（文本中是"假语村言"），京城的贾家对应着江南的甄家，贾宝玉对应着甄宝玉，这都是用谐音暗示小说中写的贾府故事有生活的原型"真事"。

贾家的四姐妹分别叫元春、迎春、探春、惜春，"元迎探惜"谐音"原应叹息"，通过谐音暗示了她们最后的悲剧命运。甄士隐的女儿甄英莲，后来改名叫香菱，无论"英莲"还是"香菱"，都是"应怜"的谐音。因为她本来出身有钱人家，却很小就被拐卖，经历人命官司，成了"呆霸王"薛蟠的小妾，最后薛蟠娶了夏金桂，被夏金桂虐待折磨，"娇怯香菱病入膏肓"，"自从两地生孤木，致使香魂返故乡"，这真是个"薄命女"，一生的命运也真"应怜"了。第五回"册子"里在使用谶语的同时，也用了谐音，如又副册第二页画着"一簇鲜花，一床破席"，"花""席"谐音花袭人的姓名；正册第一页上画着"两株枯木，木上悬着一围玉带"谐音林黛玉；"一堆雪，雪下一股金簪"谐音薛宝钗。

《红楼梦》里有许多小人物，他们的姓名不少都用谐音的方法形成某种暗示。比如第一回中贾雨村刚到甄士隐家，"方谈得三五句话，忽家人飞报：严老爷来拜"。这个严老爷在小说中就出现这么一次，是个绝对的情节过渡性小人物，但也用谐音暗示后文情节发展。脂批说："火将至矣。"暗示了甄家即将遭遇火灾，因为"严"是"炎"的谐音，是两片火，果然后面就写葫芦庙油炸供品引起火灾，"可怜甄家在隔壁，早已烧成一片瓦砾场了"。而甄士隐的老丈人叫"封肃"，谐音"风俗"，因为他对遭火灾后前来投奔他的女儿女婿不仅不雪中送炭，反而"半哄半赚"，骗取钱财，曹雪芹通过谐音讽刺这种"世道人心"是一种很坏却又普遍存在的"风俗"。

再比如第二回冷子兴向被革了职的贾雨村"演说"完荣国府后，来了贾雨村当官时的一个同僚，是当年因为"贪酷"案件一起被革职的，他前来报告喜讯，说"打听得都中奏准起复旧员之信"，就是被革职的官员又有机会重新做官。这个贾雨村的同僚名叫"张如圭"，脂批说"圭"谐音"鬼"，暗示这也是个品行不好的贪官。此外，如秦钟谐音"情种"，秦业谐音"情孽"，卜世仁谐音"不是人"，花袭人派人送东西给史湘云，就派"老宋妈妈"，"宋"谐音"送"，等等，不一而足。

小预言和大预言："草蛇灰线"之二

曹雪芹在《红楼梦》的写作中创造了又一种草蛇灰线法——谶语法，通过谶语暗示小说人物和情节在后文中的演变轨迹。当然了，曹雪芹对传统的化用十分巧妙，非常艺术，我们分类归纳，大体上可以把谶语法分为四种样式。

诗谶是第一种。第五回贾宝玉梦游太虚幻境，警幻仙姑让他看太虚幻境薄命司里的"册子"，上面不就是一幅画配一首诗吗？贾探春要远嫁海外，就画一片大海，一只大船，船上一个女子掩面啼哭，岸上两个人放风筝，配的诗则是："才自精明志自高，生于末世运偏消。清明涕送江边望，千里东风一梦遥。"贾惜春将来要当尼姑，就画一个女子在寺庙中念经，配诗则是："勘破三春景不长，缁衣顿改昔年妆。可怜绣户侯门女，独卧青灯古佛旁。"贾巧姐要在贾家抄家后被刘姥姥所救并嫁给王板儿，就画"一座荒村野店，有一美人在那里纺绩"，配上一首诗："势败休云贵，家亡莫论亲。偶因济刘氏，巧得遇恩人。"后面警幻仙姑又让幻境的十二个仙女"将新制《红楼梦》十二支演上来"给宝玉欣赏，载歌载舞，歌词曼妙，其实也是一样的诗谶。比如《终身误》："都道是金玉良姻，俺只念木石前盟。空对着山中高士晶莹雪；终不忘，世外仙姝寂寞林。叹人间，美中不足今方信。纵然是齐眉举案，到底意难平。"就是以一种预言谶语的形式十分微妙地象征了贾宝玉和林黛玉、薛宝钗的爱情婚姻悲剧。

除了这种类型的诗谶，小说里的才女们经常长吟短赋，贾探春还发起组织了海棠诗社，后来林黛玉又建桃花社，菊花诗、螃蟹咏、柳絮词，"堪怜咏絮才"的林黛玉更是多愁善感、诗意盎然，写下了许多美丽感人的诗词，《葬花词》《风雨词》《五美吟》……贵妃贾元春回来省亲也要弟弟和妹妹们写诗，贾宝玉一人要作四首，感到才力不济，林黛玉就"替考"，代作了一首……其实贾宝玉也是个大诗人，他作的《四时即事》诗被传诵，晴雯死后他还写了一篇至情至性的《芙蓉诔》……

这些诗词曲赋等作品，曹雪芹模仿小说中人物的性情声口，捉刀代笔却写得惟妙惟肖，如林黛玉的风流袅娜，薛宝钗的含蓄浑厚，史湘云的潇洒旷达……同时无论哪一首诗，又都或多或少地影射着人物命运和小说情节后文的进展。比如黛玉的诗句，就总是切合着她将要"眼泪还债"的夙缘和结局，暗示黛玉的夭亡。如第三十四回黛玉在宝玉送的旧手帕上题诗"眼空蓄泪泪空垂""抛珠滚玉只偷潜""彩线难收面上珠";第四十五回《秋窗风雨夕》"抱得秋情不忍眠,自向秋屏挑泪烛""连宵脉脉复飕飕,灯前似伴离人泣",等等。

小说中还有以灯谜出现的谜谶,有的谜语也采用七言绝句的形式,诗谶和谜谶统一了起来。这些谜语,典型的如第二十二回,回目就叫"制灯谜贾政悲谶语"。这一回元宵节期间在宫中的贵妃娘娘贾元春,送回家一个灯笼,上面是自己作的一首七言绝句形式的灯谜,贾宝玉和众位姐妹,甚至贾母和贾政也都作了灯谜,却都用各种形式透露了不祥之兆,所以贾政有了预感而觉得十分悲哀。此外,如第五十回的"暖香坞雅制春灯谜"和第五十一回的"薛小妹新编怀古诗",也是家族和个人的命运之谜。如薛宝钗的灯谜说"虽是半天风雨过,何曾闻得梵铃声",就暗示了未来贾宝玉"悬崖撒手"出家为僧、留下宝钗守寡的结局。而李纨的灯谜"观音未有世家传"则暗示了贾兰为母亲挣来珠冠凤袄后死亡,李纨断子绝孙的悲剧。

贾府这个大贵族家庭,日常的一项消遣娱乐是看戏听戏。后来贾元春封了贵妃,要归省,贾府就从苏州买来小女孩组成戏班子学唱戏。中国的戏曲从元杂剧正式成形,发展到清朝康熙、雍正、乾隆年间,杂剧、传奇等戏曲已经非常兴盛普及,后来"花部"(各种地方戏曲)互相融合,彼此吸收,就产生了京剧,所以那时各种杂剧和传奇风行天下,老百姓对剧情、角色等戏曲内容都耳熟能详,一些"折子戏"更是家喻户晓。小说中就有《西厢记》妙词通戏语,《牡丹亭》艳曲警芳心"的情节,第五十一回薛宝琴新编怀古诗，其中的"蒲东寺怀古"和"梅花观怀古"分别取材于《西厢记》和《牡丹亭》。薛宝钗思想保守，提出异议，黛玉就说："……难道咱们连两本戏也没看过不成？那三岁孩子也知道，何况咱们？"探春也附和说："这话正是了。"

曹雪芹又裁剪胸中锦绣，大展经纶，把某些戏曲的名称和内容，与小说情节的演变巧妙结合，创造了又一种"草蛇灰线"："戏谶"。

第十八回，元春省亲，贾家安排的一项重要庆祝活动就是演戏看戏。演什么剧目当然由贵妃钦点。元春点了四出折子戏，都是谶语。脂批针对性地指出：第一出《豪宴》——《一捧雪》中伏贾家之败；第二出《乞巧》——《长生殿》中伏元妃之死；第三出《仙缘》——《邯郸梦》中伏甄宝玉送玉；第四出《离魂》——《牡丹亭》中伏黛玉死，还作总结说："所点之戏剧伏四事，乃通部书之大过节、大关键。"这不就是用戏曲的内容影射小说佚稿中的重要情节发展吗？清朝的读者，包括民国年间的人，对上述那些戏曲的首尾关目都比较熟悉，他们一读到这些脂批就会恍然大悟，拍案叫绝原来如此。当然今天的读者由于文化教育背景变了，要真弄明白，就得看红学书籍的解释，甚至需要找剧本来好好读一读了。

再比如，第二十二回薛宝钗过生日，叫来戏班子演戏，凤姐点了《刘二当衣》，是逗笑的内容；宝钗点了《西游记》和《鲁智深醉闹五台山》，是热闹打斗戏。表面上是写凤姐和宝钗会讨贾母喜欢，专拣老年人爱看的节目，其实还有"戏谶"作用，就是《刘二当衣》暗示贾家未来经济状况每况愈下，而宝钗点的戏文都是和尚唱主角，暗示将来宝玉出家为僧和宝钗守寡的情节。

还有第二十九回贾母等人去清虚观打醮乞福，宁国府的贾珍代表贾母到神前拈戏——抓阄，意思是看神让演什么戏，结果拈了三出戏，小说接着描写，十分微妙：头一本《白蛇记》。贾母问："《白蛇记》是什么故事？"贾珍道："汉高祖斩蛇方起首的故事。第二本是《满床笏》。"贾母笑道："这倒是第二本也还罢了。"又问第三本。贾珍道："第三本是《南柯梦》。"贾母听了，便不言语。原来《满床笏》是唐朝安史之乱后郭子仪功高封汾阳王，七个儿子八个女婿都做大官，家中笏板满床；而《南柯梦》则是一个人做梦，到屋子南边的老槐树下的蚂蚁窝里，经历了一场从荣华富贵到败落毁灭的离合悲欢。这不是隐寓了贾家由开创到兴盛再到衰败三部曲的"草蛇灰线"吗？

语谶是另外一种谶语方法，就是小说中某些人物的某些对话也是"谶语"。当然这要具体情况具体分析，并不是说小说中人物的对话都是谶语。这和诗谶、谜谶和戏谶的无一不是谶语是不同的。研究者常举的一个例子，就是第七回：刘姥姥走后，因为刘姥姥是王夫人娘家的关系，周瑞家的找王夫人汇报情况，到了薛姨妈那儿，薛姨妈就拿出十二支宫花来，让周瑞家的送给迎春、探春、惜春、凤姐和黛玉。送到贾惜春时，小说安排了一个场景，就是惜春正和小尼姑智能在一起玩，惜春接了宫花，随口开了个玩笑，说："我这里正和智能儿说，我明儿也剃了头同他作姑子去呢，可巧又送了花儿来，若剃了头，把这花儿可戴在那里呢？"惜春相对不太重要，这是小说中第一次描写惜春说话，却让她一开口就说当尼姑，显然是影射她最后的结局。此外，小说中还有不少谶语，因为解说起来比较麻烦，就不多举例了。

这就是"草蛇灰线"的谶语法，它们包括：诗谶、谜谶、戏谶、语谶。

对影成三人："草蛇灰线"之三

"草蛇灰线"还有第三种表现形式，就是影射法。

影射法的具体表现形式是什么样呢？清代评点家说过，晴为黛影，袭为钗副。后来俞平伯等红学家则说，一个人物是另一个人物的"影子"。这其实是说，曹雪芹用了一种特殊的写作方法，让小说中的人物互相影射。这并不是主观臆断，因为我们每一个熟悉《红楼梦》的人，都能明显感觉到，小说中晴雯和林黛玉的容貌、个性都比较接近，是感性的人；而花袭人则和薛宝钗有一些类似之处，如都比较会做人，思想比较正统，是理性的人。很显然，这是作家有意这么写的，这种写法的目的，其实是让相类似的人物之间，其命运也产生某种类似性。

以晴雯和黛玉为例。第七十七回"俏丫鬟抱屈夭风流"，由于王善保家的诬告晴雯，晴雯在重病中被王夫人当作"狐狸精"，赶出了大观园，最后凄惨地死去，她是"抱屈"的，蒙受了不白之冤。那一回书写得十分富有悲剧气氛，读起来让人义愤填膺，撕心裂肺，对晴雯一掬同情之泪。

但更重要的，是这种"草蛇灰线"写法有"一击两鸣"的作用，就是影射佚稿中林黛玉的相关情节，她也将含冤而死，情况将更加严酷，电闪雷鸣，石破天惊。第七十八回"痴公子杜撰芙蓉诔"，贾宝玉写了一篇怀念晴雯的祭文，刚刚"读毕，遂焚帛奠茗"，忽然听人说"且请留步"，"那小丫鬟回头一看，却是个人影从芙蓉花中走出来，他便大叫：'不好，有鬼。晴雯真来显魂了！'"等看清楚了，原来是林黛玉。黛玉和宝玉讨论祭文的词句，说有些词句要再加一下工，改得更文雅一些。后来宝玉把"红绡帐里，公子情深；黄土垄中，女儿命薄"改成"茜纱窗下，我本无缘；黄土垄中，卿何薄命"，这样，就等于无形中说到黛玉未来的命运了，所以"黛玉听了，忡然变色，心中虽有无限的狐疑乱拟，外面却不肯露出"。这就是人物之间互相影射的艺术手法。

这是比较明显的例子，当然还有更加空灵曲折的，比如林红玉是林黛玉的另一个"影子"，"红玉"和绛珠仙草一脉相通，因为"绛"就是红色。而芳官是史湘云的"影子"，十二个小戏子又是十二钗的"影子"……

除了人物之间的互相影射，影射法还有另一种方式，就是用物品影射人，这是象征性的影射。

比如风筝影射贾探春。第五回中隐喻贾探春命运的"册子"上，画面有"两人放风筝"。第二十二回探春作了一首风筝谜，"游丝一断浑无力，莫向东风怨别离"。第七十回放风筝，又突出描写探春放了一个凤凰风筝，与另一个凤凰风筝绞在一起，再和第三个门扇大的玲珑喜字风筝缠成一团，然后三个风筝断了线飘摇远去。这一切描写，当然都影射探春将来要漂洋过海，远嫁海外做王妃。

再如对小说中正、副、又副三等"册子"中的一些重要的女儿，曹雪芹对每一个人都赋予一种花卉作为特定的象征物。林黛玉和晴雯是芙蓉花，薛宝钗是牡丹花，史湘云是海棠花，贾探春是杏花，李纨是老梅，麝月是荼蘼花，袭人是桃花。对这些花，再用唐宋诗词的名句赋予命运象征的意味，如探春的杏花是"日边红杏倚云栽"，其象征寓意则是："我们家已有了个王妃，难道你也是王妃不成？"这当然又和谶语法融为一体了。

《红楼梦》另一个书名叫《风月宝鉴》，影射法其实也是从"镜子"引申出来的。人和人之间好像"形"和"影"；人和物之间也可以彼此"照射"。小说就这样有了"镜子"效应，人物的命运在前面的章节和后面的章节中构成反衬，好像镜子正反对照，产生了"像外之像"和"影外之影"的特殊审美效果。

文章也有"导游"："草蛇灰线"之四

第四种"草蛇灰线"是引文法。就是前面有一段文章，它不是孤立的，而是遥遥"引伏"着后面的另一段文章，反过来说，也就是后面一段文章已经预先在前面那段文章中所"隐伏"。戚序本中有一段批语打了一个很好的比方，说这种写法像"常山之蛇，击首则尾应，击尾则首应，击腹则首尾俱应"。

最能说明这种引文法的，有一个经典的例子，就是小说第二十一回。这一回的回目叫"贤袭人娇嗔箴宝玉，俏平儿软语救贾琏"，其中讲两个故事。第一个故事，写花袭人因为贾宝玉的思想行为不符合当时的常规价值观，怎么劝也没有效果，就想了一个招，她假装生气，用感情要挟，希望用这种手段达到箴劝宝玉的目的，也就是一种"做思想工作"的苦心设计；另一个故事是贾琏趁着女儿出天花、凤姐和自己不同房的机会，找了一个女仆多姑娘偷情，后来平儿发现了多姑娘留给贾琏做纪念物的一绺头发，但当凤姐也来查问贾琏的行迹时，平儿却在凤姐面前替贾琏掩饰。耐人寻味的是，在这一回的小说正文之前，有这样一段脂批：

> 按此回之文固妙，然未见后三十回，犹不见此回之妙。此曰"娇嗔箴宝玉，软语救贾琏"，后曰"薛宝钗借词含讽谏，王熙凤知命强英雄"。今只从二婢说起，后则直指其主。然今日之袭人之宝玉，亦他日之袭人，他日之宝玉也。今日之平儿之贾琏，亦他日之平儿，他日之贾琏也。何今日之玉犹可箴，他日之玉已不可箴耶？今日之琏犹可救，他日之琏已不能救耶？箴与谏无异也，而袭人安在哉？宁不悲乎？救与强无别也，甚矣。今因平儿救，此日阿凤英气何如是也？他日之强何身微运蹇，展眼何如彼耶？人世之变迁如此光阴。

这段脂批透露了这样的信息，原著佚稿后三十回（注意：原著佚稿共三十回而非四十回）中，有一个回目叫"薛宝钗借词含讽谏，王熙凤知命强英雄"，而这一回的故事就是和第二十一回的故事前后呼应的。第二十一回的故事中女主角是花袭人和平儿，后面相应的一回中女主角则是薛宝钗和王熙凤，这就是所谓"今只从二婢说起，则则直指其主"。因为将来贾宝玉娶了薛宝钗，宝钗就成了袭人的女主人，凤姐是平儿的女主人那就不用说了。

第二十一回和后面对应的一回，两者之间形成一种"盛衰对照"的故事结构。前面袭人"箴宝玉"，虽然宝玉不接受袭人的劝谏，但还顾及和袭人的感情而顺口答应；后面宝钗"借词含讽谏"，那时的宝玉经历了许多痛苦沧桑，他的逆反思想却已经走得很远而"不可箴"了。前面平儿"救贾琏"，凤姐和贾琏的关系还是阴盛阳衰；到后面凤姐在家族中的地位则已经下降，脂批说是"身微运蹇"，她在贾琏面前已经是"强英雄"，很勉强地在撑门面了，贾琏和凤姐的关系彻底破裂而不可挽回，平儿也"不能救"了。总之，家族的盛衰，人物思想、地位和关系的变迁，都已经"景况光阴事却天壤矣"（脂批）！

"薛宝钗借词含讽谏，王熙凤知命强英雄"的具体情节虽然已经无法读到，但那大体的轮廓、情势、情境、情调则是可以仿佛想象的。这一回是第二十一回所引伏、对应的"后文"。

这种"引文法"，除了完整回目的故事前后"引伏"之外，还有某个情节的前引后应。比如前面有贾芸和小红交换手帕的故事，"引伏"着后面贾宝玉送林黛玉两条旧手帕的故事。再如第四十一回中，有一个小细节在王熙凤的女儿贾巧姐和刘姥姥的外孙王板儿之间发生，巧姐本来拿着一个柚子玩，看见了板儿手里的佛手，就要佛手，大人就哄着板儿用柚子交换佛手给巧姐。针对这一情节，有脂批说："伏线千里。"解释为："柚子即今香橼之属，应与缘通。佛手者，正指迷津者也。以小儿之戏，暗透前后通部脉络，隐隐约约，毫无一丝漏泄，岂独为刘姥姥之俚言博笑而有此一大回文字哉？"这是提示读者，板儿和巧姐交换柚子佛手这一看似无关的小细节，也是"伏线千里"的。那就是佚稿中贾家败落后，巧姐落难，刘姥姥费尽力气予以搭救，终于救了出来，把她嫁给了板儿。

典故如花，成语如叶："草蛇灰线"之五

中国文明史悠久，有数不清的文史典籍，五经四书，诸子百家，二十五史，唐传奇，宋话本，诗、词、曲、赋……这些浩如烟海的文本中许多故事、寓言和词语都活跃在人们的日常文化生活中，有的还凝聚成为四字成语。比如第九回贾宝玉要去学堂读书，林黛玉就调侃他要"蟾宫折桂"了。第十八回元春归省时宝玉作诗，宝钗教他把"绿玉"改成"绿蜡"，那是用唐诗中的"芭蕉之典"。黛玉葬花，是"飞燕泣残红"；宝钗扑蝶，是"杨妃戏彩蝶"。

曹雪芹对这一笔文化遗产又巧妙地予以利用，除了行文时典故如花、成语如叶之外，更了不起的艺术创造是他把典故化用作情节发展的"草蛇灰线"。

第三十七回大观园的才女们组织成立海棠诗社，大家说既然我们已经是有组织的诗人，不应该再以姐妹兄弟互相称呼，应该每人起一个雅致的别号。林黛玉的雅号是"蕉下客"贾探春送给她的："当日娥皇女英洒泪在竹上成斑，故今斑竹又名湘妃竹。如

今他住的是潇湘馆，他又爱哭，将来他想林姐夫，那些竹子也是要变成斑竹的。以后都叫他作'潇湘妃子'就完了。"

"潇湘妃子"是用"湘妃"的典故。娥皇、女英是姐妹俩，上古圣王尧的女儿，后来嫁给下代圣王舜做妻子。姐妹俩曾经帮助舜战胜后母和异母弟弟的陷害，渡过种种难关，辅佐他登上王位。后来舜到南方巡视，在异乡得病而死，两个妃子听说后非常悲痛，前去奔丧，一路哭泣，她们的眼泪滴到湖南的竹子上，就有了斑竹。最后娥皇和女英痛不欲生，跳进湘江自杀了，死后成了湘水的女神，就是湘妃。毛泽东就写过一首歌颂故乡的诗，其中有这样的句子："九嶷山上白云飞，帝子乘风下翠微。斑竹一枝千滴泪，红霞万朵百重衣。""帝子"就是说的娥皇、女英，因为她俩是尧帝的女儿。

这个典故用在林黛玉身上，真是妙趣横生、妙在其中。因为林黛玉的前身是"绛珠仙草"，她投胎做人本来就是向神瑛侍者——贾宝玉"眼泪还债"的。所以她爱哭，要做"潇湘妃子"。

但还有更妙处不传的妙言要道，因为"湘妃"是两位，除了娥皇，还有女英。那么谁是女英呢？就是史湘云。证据就是她姓名中那个"湘"字。第五回湘云的"册子"上判词有云"湘江水逝楚云飞"，其《乐中悲》曲子又说"云散高唐，水涸湘江"，都是暗示。还有，第七十六回中描写黛玉和湘云在大观园联句咏月，还特意描写两人是坐在"湘妃竹墩"上。

这就涉及对佚稿情节的探索。曹雪芹原著中的写法是贾宝玉的爱情婚姻经历了三个阶段：和黛玉的爱情是第一段，但黛玉后来"眼泪还债"死了；然后是和宝钗的婚姻，是第二段，当然这是一段缺少爱情的包办婚姻；后来抄家了，败落了，宝玉离开了宝钗，遇到同样遭遇抄家命运的史湘云，二人走到了一起，共度劫后余生。因为宝玉和宝钗之间虽有婚姻但缺少爱情，所以曹雪芹把"湘妃"的典故用到黛玉和湘云身上，暗示她们才是宝玉真正的爱人。这个典故也用得十分有技巧，如潇湘妃子明用"湘妃"典故，但是用在别号中；而史湘云暗用同一典故，却是在正式姓名中，使两位"湘妃"平分秋色，不相上下。

此外，小说中还有一些用典故隐伏情节发展的例子，如"潢海铁网山"用"弄兵潢池"之典，解释起来比较麻烦，有兴趣的话，可以去阅读《石头记探佚》。

"大旨谈情"——是打掩护，也是真主题

探佚不能局限于大体情节轮廓的推断，更不能陷于细节的胡乱猜测，而要考虑情节轮廓所体现的思想境界和情感向度。

"草蛇灰线"是探佚的指针，要正确使用这个指针，并不容易，因为种种"伏脉"和影射毕竟都是"暗"和"隐"的，需要"猜"，能不能"猜"得准确，有很大讲究。我曾经强调："这里最重要的是理解曹雪芹的思想和心灵，把握《石头记》总的思想和艺术倾向，在这个前提下，才能正确地发现'在千里之外'的'草蛇灰线'的来龙去脉，而有所突破，有所前进。"（《石头记探佚》）所以，了解曹雪芹创作《红楼梦》有哪些独特的审美思想和原则，也就是他在写作艺术中追求达到什么境界，是很重要的。

曹雪芹写作《红楼梦》，有一些很明白的主张和"大旨"，用今天的话来说，就是有明确的理论原则指导写作实践。这些原则大多数在小说第一回和第二回通过各种艺术手段揭示出来。都是些什么原则呢？我们先条列于下，再分节介绍。

一、追踪蹑迹，不敢稍加穿凿。

二、将真事隐去，用假语村言。

三、大旨谈情，非伤时骂世之旨。

四、用写诗的方法写小说。

五、陌生化，令世人换新眼目。

追踪蹑迹——写实！写实！

首先说第一条。

第一回中，那位空空道人和已经回到青埂峰下的顽石有一段对话。这块顽石已经历过"红楼梦"的全过程，把它们都记下来了，所谓"大石上字迹分明，编述历历……原来就是无材补天，幻形入世，蒙茫茫大士、渺渺真人携入红尘，历尽悲欢炎凉世态的一段故事"。石头回答空空道人的提问，说了一段很重要的话："至若才子佳人等书，则又千部共出一套，且其中终不能不涉于淫滥，以致满纸潘安、子建、西子、文君，不过作者要写出那两首情诗艳赋来，故假拟出男女二人名姓，又必旁出一小人其间拨乱，亦如剧中之小丑然。且鬟婢开口即者也之乎，非文即理。故逐一看去，悉皆自相矛盾、大不近情理之话，竟不如我半世亲睹亲闻的这几个女子，虽不敢说强似前代书中所有之人，但事迹原委，亦可以消愁破闷；也有几首歪诗熟话，可以喷饭供酒。至若离合悲欢，兴衰际遇，则又追踪蹑迹，不敢稍加穿凿，徒为供人之目而反失其真传者。"

曹雪芹在这里是用一种艺术手法举起了一面文学理论的旗帜，上面大书一个"真"字。搬用现代的术语，就是"写真实""现实主义"。"追踪蹑迹，不敢稍加穿凿"——严格地按照生活的本来面目创作文学作品。如果不联系传统思想对照比较，就不容易真正认识曹雪芹这一思想主张的突破性、革命性和深刻性。虽然我们过去常泛谈"现实主义"的"优良传统"，实际上这种传统是打了折扣的。从汉朝的儒生解释《诗经》开始，一直到金圣叹评点《水浒传》和毛宗岗评点《三国演义》，我们的民族文化实际上都更着重于强调文艺要为政治教化服务，也就是把"善"放在第一位，把"真"放在第二位，形成了一种"政教主义"的强大传统。这种传统当然有它好的一面，比如影响了中华民族爱憎分明的民族气质，但也有消极影响，就是容易导致文学作品出现概念化、公式化和脸谱化的倾向，出现艺术上的滥套：忠奸斗争、才子佳人、大团圆……走到末路，就形成了曹雪芹深恶痛绝的"千部共出一套"。"追踪蹑迹，不敢稍加穿凿"，突出"真"的审美观具有对传统思想、传统手法离经叛道的革故鼎新意义。所以鲁迅先生说："自有《红楼梦》出来以后，传统的思想和写法都打破了。"（《中国小说的历史的变迁》）

对探佚来说，明确这一点很重要。我们看前八十回《红楼梦》，真像行云流水，和生活本身一样自然生动、微妙复杂，确实体现了"追踪蹑迹"的创作大宗旨、大原则。因此前八十回的人物都是有血有肉的、活生生的，"其要点在敢于如实描写，并无讳饰，和从前的小说叙好人完全是好，坏人完全是坏的，大不相同，所以其中所叙的人物，都是真的人物"（《中国小说的历史的变迁》）。所以，在曹雪芹笔下，贾母是传统贵族家庭的太上权威，又是一个中国式的典型的老太太、老祖母；王夫人曾一个巴掌打得金钏儿投井自杀，把病重的晴雯赶出大观园，同时也有作为慈母和怜贫惜老的性格方面；薛宝钗是一个传统的淑女，喜欢说教，但也是一个品格奇特的"山中高士"；花袭人奴性较强，也有品德心灵高尚的一面；尤三姐性格刚烈，但也很另类……那么，八十回后佚稿中，故事情节的发展，人物性格逻辑的发展，都必须和前八十回保持一致。我们做探佚研究，要时刻考虑到这一点，任何违背这一原则的推测和考证都必然是片面的、错误的。

以后四十回续书为例。这里无论是故事情节还是人物性格都违背了曹雪芹以"真"为核心的审美准则，而倒退回了"佳人才子等书"的审美俗套，从理论上追究到底的话，就是又回到了突出政治教化的以"善"为核心的审美立场。比如那最为人赞赏的林黛玉之死的故事，林黛玉咽气和薛宝钗出阁恰好在同一个时辰，这种所谓"强烈对比"，实际上正是一种不"追踪蹑迹"（写实）的"穿凿"（巧合、戏剧性）。而凤姐"调包儿"，宝钗"鸠占鹊巢"的"宝黛钗爱情婚姻悲剧"也正是"故假拟出男女二人名姓，又必旁出一小人其间拨乱，亦如剧中之小丑然"的"陈腐旧套"（《红楼梦》第一回）。贾母由"古今中外一祖母"变成一个势利冷酷的老妇人，王夫人变成了性格特点模糊的机器人，林黛玉和薛宝钗都由内涵复杂的悲剧形象变成了世俗化女子……

这一切蜕化、变异之所以发生，从情节结构来说是宝玉的婚姻问题脱离了原著家族内斗的主线，简化为一个思想和情节都过于单纯的包办婚姻故事，而终极原因则在于后四十回续书的作者和曹雪芹在生活基础和审美的理想、境界以及世界观上都差距太大，不再有来自生活的生动活泼的真实人物和细节，不再有来自血泪人生经验的真实深沉的感情、感受，而是一些按照流行套路编造的浮浅的东西。因此，即使没有对续书与原著具体情节的考证，我们也可以断定，这不是曹雪芹的"原稿"。

总之，"追踪蹑迹，不敢稍加穿凿"的创作原则是检验探佚成果的一把标尺，也是做探佚研究时的一盏探照灯。

真事隐，假语存——是障眼法，也是艺术

表面看来很矛盾，一方面标榜"追踪蹑迹，不敢稍加穿凿"，另一方面又说"将真事隐去，用假语村言（存焉）"。第一回"甄士隐梦幻识通灵，贾雨村风尘怀闺秀"开头就说："因曾经历过一番梦幻之后，故将真事隐去，而撰此《石头记》一书也，故曰'甄士隐梦幻识通灵'……何为不用假语村言，敷衍出一段故事来，以悦人之耳目哉！"根据版本考证，这一段话原本是一段脂批，后来在抄本的流传过程中混入正文，但无论脂批还是正文，的确说明了小说的一个写作特点。

"追踪蹑迹"和"将真事隐去"是不是真的抵触矛盾呢？回答是：否，而且相反相成。要理解这一点，就必须联系前面介绍的"曹学"。

我们已经知道，曹家在康熙、雍正两朝，遭遇很不相同，由宠臣心腹而阶下囚，在乾隆朝也有前后期的差别，前期小有复兴，后期一败涂地。生活在曹家完全没落后的曹雪芹，过去的事情在朝野之中还记忆犹新，所以他以自己家族的遭遇为素材写小说时，就不得不采用各种隐讳曲折的手法。既要把真实的历史事实在小

说中反映出来，让人们心领神会，又要表现得迷离恍惚，以避免被人抓住把柄借口，遭遇政治麻烦。这就是"将真事隐去，用假语村言（存焉）"这一创作宗旨的背景。"假语村言"只是手段，它的目的却是要把"真事"假隐真现。而"追踪蹑迹"既是一种写作上的美学追求，也是要把"真事"艺术化地再现于小说，所以这两个创作宗旨实际上是一致的。

"真事隐，假语存"与"探佚"有什么关系呢？可以从两方面来说。

一方面，这个写作宗旨也可以帮助检验后四十回续书绝非曹雪芹作这一基本事实。比如，续书中完全放弃了这一创作的基本方法，你在后四十回中想找"假语村言"也找不到啊。原因其实也很简单，续书的作者既不了解"真事"——曹家曾经历的那些浸满血泪的生活秘密，当然也就没有什么可以去"隐"的。同时，后四十回在曹雪芹去世近三十年后才出现，曹家的事早已时过境迁很久了，续书作者也根本不会感到有什么"隐"的必要。

因此，续书的写作完全丧失了前八十回那种迷离恍惚、旁敲侧击的风格，整个叙述变得十分"平实"。同时，故事的重点也由家族的命运转移到宝玉、黛玉和宝钗的婚姻纠葛上，虽然后来也写了一下抄家，却又和宝黛钗的爱情婚姻悲剧完全脱离，基本上成了不相干的两张皮。"真事隐去"不需要了，"假语村言"也没有了。单凭这一点，也可证明后四十回续书非雪芹所作。

另一方面，当我们为探佚而研究前八十回，寻找有关的伏线时，又必须注意"真事隐，假语存"的写作特点。由于这样一种创作方法，前八十回有许多"狡狯之笔"，作家常常故意布置一些疑阵，弄一下"障眼法"。如果我们不敏感，不提高警觉，就常常会"被作者瞒过"，因而也会根据错误的理解去错误地推测八十回后的佚稿故事。

举一个例子。根据脂批提示，第六十六回已经出了家的柳湘莲在佚稿中还要以"强梁"的身份重新出现。柳湘莲与江湖强盗有瓜葛，前八十回也有一些暗示，但十分隐晦。如第四十七回柳湘莲和贾宝玉谈心："眼前我还要出门去走走，外头逛个三年五载再回来。"并对宝玉说："你不知道我的心事，等到跟前你自然知道。"字里行间逗漏出"心事"是江湖豪侠之事，与后来"作强梁"大有关系。可是以上描写又和柳湘莲打薛蟠而后出走的故事安排在一起，并标回目"冷郎君惧祸走他乡"，给读者造成错觉，似乎柳湘莲的出走纯粹是由于打了薛蟠而"惧祸"。这实际上就是一种"假语村言"，把"作强梁"的"真事"隐在幕后。我们明白了这些，才不至于"被作者瞒过"，以为柳湘莲的出走仅仅因为打了薛蟠躲避报复，因而对佚稿中柳湘莲将作为"强梁"重新登台表演不感到突兀和不好理解。

可见，了解"真事隐，假语存"的特殊写作方法也是做探佚研究所必需的。

大旨谈情——是打掩护，也是真主题

第一回描写，空空道人"将《石头记》再检阅一遍，因见上面虽有指奸责佞贬恶诛邪之语，亦非伤时骂世之旨；及至君仁臣良父慈子孝，凡伦常所关之处，皆是称功颂德，眷眷无穷，实非别书之可比。虽其中大旨谈情，亦不过实录其事，又非假拟妄称，一味淫邀艳约、私订偷盟之可比。因毫不干涉时世，方从头至尾抄录回来，问世传奇"。

这是曹雪芹通过艺术手段标举出来的又一条写作宗旨，与"将真事隐去，用假语村言"可谓异曲同工，都是为了"打掩护"。但这种"打掩护"却决定了写作风格，即不会正面描写政治方面的事，而采用旁敲侧击的暗写，作为主体故事，只是"几个异样女子，或情或痴，或小才微善"，"并无大贤大忠理朝廷治风俗的善政"，只重点描写十二钗的遭际命运、爱情婚姻故事，这就是所谓"大旨谈情"。

显然，这与八十回后佚稿内容的研究很有关系。佚稿中虽然涉及"抄家""事败"，表面上却要保持"大旨谈情"。因此我们探讨佚稿时，无论是"柳湘莲作强梁"，还是"狱神庙"故事，都不应忘记这一点。要明确指出：佚稿中涉及政治或武事时，会写得很隐晦，只是一种影影绰绰的背景，只是侧面皴染，绝不会有像《三国演义》《水浒传》那样刀对刀、枪对枪的场面，也不会有宫廷政治斗争的正面描写。

把握住这一点，我们也就可以理解，尽管探佚研究者所探讨出来的内容相当复杂，线索很多，却不会发生"后三十回篇幅能否容纳"的问题，要知道许多线索只是点到而已，不会正面描写而占据篇幅。曹雪芹会用各种各样巧妙的笔法来实现这一点，如象征、暗示、"补遗法"等等。

"谈情"的写作大旨制约着探佚,意义就在于此。

另一方面,"谈情"也是小说的真主题。周汝昌早就说过,"情"好比人生观,不是单指男女性爱的狭义俗文。后来他更把这个"情"字上升到中华文化的本质这一高度,认为"情"是中华文化最大最主要的主题。周先生的"理路"是这样的:

儒家六经之首的《易经》有一句话,叫作"圣人之情见乎辞"。只这一句话,就昭示了三个"亮点"和它们间的关系:人——情——辞。这三者,也就概括了中华文化的主要内涵。

人为万物之灵,人为天地之心,圣人也是人,是灵和心特别超卓的人,也就是"心灵"高过了一般凡夫俗子的人。人有情感,表现出来以文辞作为载体。圣人的情感比一般人的情感更深刻更伟大,表现它的语言载体也就成了经典。

《红楼梦》(《石头记》)从上古女娲补天的故事开始衍伸,女娲补天,也造人——她是用泥土和水相和捏而造人的,所以曹雪芹才能让贾宝玉说出"女儿是水作的骨肉,男人是泥作的骨肉"这样的话。补天不成的石头成了"通灵"的玉石,也就是有了人的心灵情感。

所以《红楼梦》"大旨谈情",也就是以中华文化的本质为主题。从文字学来说,凡以"青"构成的字都表示精华之义。米之核曰"精",日之朗曰"晴",水之澄曰"清",目之宝曰"睛",草之英曰"菁",女之美者曰"靓",男之俊者曰"倩",所以一切人、物的最宝贵的质素都借米之精而比喻成"精",而单指人的精神方面之"精"就是"情"。

　　曹雪芹写《红楼梦》,是继承了中华文化的"两条主脉"。一条是儒家代表的仁、义等思想道德主脉,另一条是《诗经》、《楚辞》(以《离骚》为典型)"美人香草"(既咏"美人",难免涉及"情爱")开始的艺术型主脉,特别是元朝王实甫《西厢记》、明朝汤显祖《牡丹亭》和冯梦龙《情史》,以及清朝洪昇《长生殿》对"情"的弘扬,或者说对从《易经》的"圣人之情见乎辞"直到屈原、宋玉、曹植、王实甫以降等所有的"情"而加以再扩充再提升,最后写出了"大旨谈情"四个大字。

　　这个"大旨"是超越前贤的,这就是中华文化的一个新境界——情文化。这个情文化包括了真、善、美三方面。贾宝玉信仰真,追求美,也就是向往善?什么样的善才至善?曰以真性情待人,给以真情体贴他人的甘苦辛酸、悲愁喜怒,这才是最大的善心。这也就是贾宝玉"意淫"的实质。贾宝玉为千红一哭,为万艳同悲,这才是出自深衷的真善和真美。总之,贾宝玉的至真至诚的"情",由人及物,一视同仁,要是追溯到中华文化的本质,这就是"天人合一"的精神境界。

　　理解曹雪芹的"情文化",对于八十回后的探佚同样重要。这就是说,探佚不能局限于大体情节轮廓的推断,更不能陷于细节的胡乱猜测,而要考虑情节轮廓所体现的思想境界和感情向度。

　　比如,后四十回续书写黛玉"焚稿断痴情",误会恨骂宝玉而死,就把"情"给"断"了,把精神方向从"情"背离了,到了相反的方面——恨。

又比如第一百二十回"甄士隐详说太虚情，贾雨村归结红楼梦"，甄士隐这样"总结"小说的主旨："大凡古今女子，那'淫'字固不可犯，只这'情'字也是沾染不得的。所以崔莺苏小，无非仙子尘心；宋玉相如，大是文人口孽。凡是情思缠绵的，那结果就不可问了。"这不是和前八十回的宗旨完全背道而驰吗？如果是曹雪芹，他怎么会写出这样的情节呢？

探佚是各种智力综合作用的研究，也就是我说过的逻辑思维、形象思维和灵感思维通力合作的研究，或者说在这种研究中是需要文、史、哲互相会通的。

用写诗的法子写小说

美国威斯康辛大学教授周策纵为周汝昌著《曹雪芹小传》写的序言中这样说："人人都知道《红楼梦》里的诗、词、曲子都作得相当好而恰当，但汝昌更能指出雪芹在这方面的家学渊源和特殊风格；能指出清代女诗人之多，女子作诗几乎已成为雪芹时代的一种习尚；更能指出《红楼梦》艺术上许多特点之一是以古典抒情诗的写法来写小说。"

用写诗的方法写小说，这可以说是曹雪芹写《红楼梦》的基本原则之一。我们看前八十回，的确充满了诗情画意，许多章节都像是从古典诗词中"化"出来的，经常被举例的，如黛玉葬花、宝钗扑蝶、湘云卧药、宝琴立雪……

后来周汝昌先生更深一步说，曹雪芹对自然景物，绝不肯多费笔墨，对于人物，主要也是"诗化"那人物的一切言辞、行动、作为、感发等，作为首要的手段。是怎样的描写就是诗化人物的言行呢？比如第四十三回宝玉出城私祭金钏儿的那一段描写：

> 天亮了，只见宝玉遍体纯素，从角门出来，一语不发跨上马，一弯腰，顺着街就趱下去了。茗烟也只得跨马加鞭赶上，在后面忙问："往那里去？"宝玉道："这条路是往那里去的？"茗烟道："这是出北门的大道，出去了冷清清，没有可顽的去处。"宝玉听说，点头道："正要冷清清的方好。"说着，索性加了两鞭，那马早已转了两个弯子，出了城门，茗烟越发不得主意，只得紧跟着。

比如第五十九回这样的描写：

> 一日清晓，宝钗春困已醒，褰帷下榻，微觉轻寒，启户视之，见苑中土润苔青，原来五更时落几点微雨。

再比如第四十五回宝玉看了黛玉后回怡红院，恰逢蘅芜苑的婆子奉宝钗之命来给黛玉送燕窝。周汝昌对这一段描写赏评："须看他丫鬟婆子，碧伞红灯，一群人影穿桥度水而越走越远——了不得！雪芹的这支神笔！你再看他写的：就在此刻，另一边也有人提灯打伞地度桥而来了！谁？蘅芜苑的人送燕窝来了。一来一往，两相辉映。啊，这一片文心匠意，这一幅秋窗风雨图，是'小说'吗？是诗呀，——无一字一句不是诗的笔触和境界呀！"

那么，这和探佚有什么关系呢？

首先，我们因此知道八十回后的佚稿故事将保持这种风格，由于佚稿中涉及死灭败亡等大事变，那文章必然具有浓郁的悲怆情调，充满了悲壮凄凉的意境之美，确是"《庄子》《离骚》之亚"（脂批）。

其次，我们因此也可以辨识出后四十回续书非雪芹原作，因为续书的写法完全丧失了那种空灵美丽的写意特色。比如续书写黛玉之死，描写什么"心中口中一丝游丝不断"，"回光返照"，"摸了摸黛玉的手，已经凉了，连目光也都散了"，"那汗愈出，身子便渐渐的冷了"……这样阴凄丑陋的"写实"，完全不是"用写诗的方法写小说"。把这些描写和前八十回所写晴雯之死、金钏儿之死、尤三姐尤二姐之死一对照比较，立刻可以看出两种笔墨、两种审美、两种风格。这也就自然推翻了续书是"原稿"的说法。

所以，把握曹雪芹原著的审美思想，他的创作宗旨和风格，对探佚研究的正确进行是很重要的。

陌生化

"陌生化"是现当代的文艺理论术语，用老话说，其实就是要有创新意识，要"出人意表"，就是打破一些习以为常的写作模式和套路，避免低级的胡编乱造，要让读者读了上文猜不着下文，总是保持一种对新鲜活泼的创造性艺术的阅读期待心理。

前面各章节介绍了曹雪芹创作《红楼梦》的一些独特的方法

和原则，可以总括为创造性地继承了中华传统美学中的精粹，力求艺术上的创新。这就是小说第一回所标举的："亦令世人换新眼目，不比那些胡牵乱扯，忽离忽遇，满纸才人、淑女、子建、文君、红娘、小玉等通共熟套之旧稿。"所谓"换新眼目"，就是让你换一双审美眼，要对曹雪芹的"陌生化"审美有所会心。

做探佚研究，把握这一点也是至关重要的。我们要时刻记住，任何以传统小说中"熟套"的模式推测佚稿故事的思路都必然要误入歧途，引出错误的结论。

就拿后四十回续书中的"钗黛争婚"的故事构成说，不正是过去才子佳人小说的又一次翻版吗？那些赞赏这一故事的人，实际上正是没有摆脱传统的审美习惯和通俗文学的套路，对曹雪芹"令世人换新眼目"的创新思想领会不深。旧的东西总有它的习惯势力，新创造总不是一下子就能让人理解和接受。八十回后的原稿偏偏又"迷失"（脂批），没有具体的感性的东西摆在那儿，仅凭前八十回让人们去感受体会，这就更困难了，也难怪有不少人会囿于老旧的传统，对后四十回完全违背曹雪芹原意的悖谬缺少感觉了。

另一方面，曹雪芹的"创新"并不是"无源之水，无本之木"，而是立足于对传统精华的继承之上，也就是俞平伯早就说过的《红楼梦》的"传统性"和"独创性"的辩证统一。

这就要求我们，在识别扬弃传统中那些"熟套"糟粕的同时，必须对传统文化和美学有深入的了解，这样才能够真正摸清和掌握曹雪芹的创作"秘密"，而有助于对佚稿的探索。

比如俞平伯曾说："再说《水浒》。这两书的关联表面上虽不大看得出，但如第二十四回记倪二醉遇贾芸，脂砚斋评云：'这一节对《水浒》记杨志卖刀遇没毛大虫一回看，觉好看得多矣。'这可以想见作者心目中以《水浒》为范本……《红楼梦》的古代渊源非常深厚且广，已可略见一斑。自然，它不是东拼西凑，抄袭前文，乃融合众家之长，自成一家之言。所以必须跟它的独创性合并地看，才能见它的真面目。"（《红楼心解》）

举例说明。比如我们传统的民俗节日，有元宵节、清明节、端阳节、中秋节、重阳节……曹雪芹在写作中就予以艺术的点化，把这些节日巧妙地用作小说故事情节的"大过节、大关键"（脂批），特别以元宵节和中秋节作为贾府"盛衰"的象征，形成小说"春秋两扇面"的隐喻结构。这种写法确实借鉴了某些传统戏曲、小说的传统写法而加以创新，真有点铁成金之妙。比如明代戏曲作家汤显祖的《牡丹亭》中，写女主人公杜丽娘伤春生病，到中秋夜亡故，而在八十回后的佚稿中写林黛玉之"眼泪还债"而死时，是巧妙地借鉴和化用了这一写法的，当然不是机械地照搬，而有变化。

再谈一谈《红楼梦》的"网状结构"和探佚的关系。因为小说的结构特点是"网状结构""立体交叉"，或者如周汝昌先生所说的"建章宫千门万户法"，所以在探佚时不应该仅仅循一个个单线索进行，而要考虑到横向关系。为了分析问题和写作的方便，探佚文章大多是集中在某一个人物或某一个问题上"单打独斗"的，但我们却应该想到，曹雪芹写小说时是将众多的人物故事"网状"地"立体交叉"地写，绝不同于其他旧小说里的"花开两朵，各表一枝"。

我们还可以温习一下前辈学者李辰冬对《红楼梦》结构特点

的精彩描述："我们读《红楼梦》的人，因其结构的周密，与其错综的繁杂，好像跳入大海一般，前后左右，波浪澎湃；而且前起后涌，大浪伏小浪，小浪变大浪，也不知起于何地，止于何时，使我们兴茫茫沧海无边无际之叹！又好像入海潮正盛时的海水浴一般，每次波浪，都给了我们抚慰与快感；而此浪未复，他浪继起，使我们欲罢不能，非至筋疲力倦不已。"（李辰冬《〈红楼梦〉研究》）

这其实也就是"网状结构""立体交叉"之另一种更生动的表述。后四十回续书所缺少的正是这种结构，变成宝玉、黛玉和宝钗之间婚姻纠葛的单线索结构，其他重要角色不是成了淡淡的影子，就是成了陪绑的，变得可有可无。写到"抄家"等故事时，与宝黛钗的爱情婚姻故事基本上互不相干，再不是"大浪伏小浪，小浪变大浪"的立体结构，而是几张皮松松散散地勉强黏合在一块儿。因此，我们探索佚稿故事时，必须通过对前八十回结构章法的研究把握曹雪芹原著全局的"结构主义"，而这种"结构主义"是融继承传统和陌生化创新为一体的，在这种理解把握的基础上，再把探佚成果中一个个"单项"综合起来从整体考虑，才能够比较真实地想象佚稿中故事构成的大体情况。

上面几个章节都说明，曹雪芹创作《红楼梦》的"大旨"，以及由此生发出来的"笔法"，都和探佚息息相关。因此也可见那种认为探佚是"红外学""不研究《红楼梦》本身"的说法是隔靴搔痒，似是而非。关键问题是要深入曹雪芹的原文本、真文本，排除经后四十回作者改写过的后文本、伪文本，探佚正是因为真正深入了文本，才有了那么多突破性的发现。

"完"和"残"——小说写完了吗？

全稿已完显然是"探佚学"能够安身立命的第一个前提。而前八十回和后四十回在思想内容和艺术造诣上存在的巨大的差异和深刻的分歧以及对其的不同解读，是红学之所以红火热闹、长盛不衰的重要原因。

"探佚"这一概念本身就说明，探佚研究者认为曹雪芹原著《石头记》(《红楼梦》)已经基本写完，只是还有待于润色加工，八十回后的原稿后来"残"了，"佚"了，"迷失"了，这才需要探佚。

这一基本情况决定了八十回后的故事情节、人物结局不会再有根本性的变动，由于"全璧"本来已经完成，故而曹雪芹完整的艺术构思可以探讨，八十回后的故事大略可以研究，基本轮廓可以勾勒出来。当然要完成这一任务，还有赖于"版本学""脂学""曹学"和对前八十回的深入研究，前已述及。但全稿已完显然是"探佚学"能够安身立命的第一个前提。

可是有一种说法，认为曹雪芹八十回后的原稿没有写完，只有一些"提纲"，或者说八十回后只有一些残稿，曹雪芹还会对故事情节、人物结局在修改中作出重大变更，甚至说雪芹残稿就在后四十回续书之中，因而探佚是不可能的，退一步说，即便要探佚，也得在后四十回续书中去探。

后四十回续书绝不会是曹雪芹的"原稿"，也不可能有曹雪芹的"残稿"在内，通过前面几个章节的评述，已经基本上清楚了，用不着再行辞费，下面再作一下概述。

首先，"续书原稿论"无视了一个基本的事实：已经发现的所有脂批本中大量脂批透露的原著八十回后的故事情节线索，都完全不支持"原稿""残稿"的假设。如果后四十回续书中真有大量曹雪芹"原稿"或"残稿"，为什么以"全璧"自命的续书者反而没有看到过一个脂批本？没有看到那些关于八十回后情节的脂批？为什么后四十回续书对这些最确凿明显的"原稿"情节弃而不顾、完全排斥呢？后四十回是伪作赝品，是续书而非原著，从考证辨伪的角度说，是"五四"以来的"新红学"已经基本上解决了的问题。

其次，"续书原稿论"表现出缺少较高的审美素养，缺少文化和美学的理论深度，停留在一种表面层次上而自我满足，"真、善、美"，"悲剧"，"典型"，"意境"……对这些基本的文艺理论和美学文化的范畴在曹雪芹原著和后四十回续书中的差异和纠葛缺乏认识和分析。比起具体的考证来，这是更切中要害的。原著和续书代表着两种截然对立的审美观和世界观：一以"真"为核心，充满了形而上泛宇宙意识，洋溢着哲理和诗情；一以"善"为核心，停留在伦理说教的水平上，流露出庸人气息。因而就形成了两种"悲剧"，两种"典型"，两种"意境"……这些问题可以参阅笔者所著"红学三书"（《石头记探佚》《红楼赏诗》《独上红楼》）。

其实，只要具有一般的审美水平，对前八十回和后四十回的巨大差别，即使只从浅层次的语言行文、人物描写、情节设计等方面，也会立刻鲜明地感觉到，二者迥然有异，这是根本不需要什么"学问"就一目了然的。有趣的是，从硕士、博士到教授、研究员和作家，到一般读者，偏偏有那么一些人缺乏基本的审美鉴别能力。不过，别看这些人舆论造得很厉害，其实在喜欢《红楼梦》的广大读者群中，他们是很少数，这只要看一下"悼红轩"网站设立的一个重拍电视剧版本选择的调查投票结果就很清楚了（截止于 2006 年 1 月 1 日，共 256 人投票）：

按程高本后四十回：17.6%

根据脂批和前八十回中线索另写剧本：69.5%

只拍前八十回：12.9%

看了这个投票结果，不能不让人感叹：时代毕竟前进了，大众的文化水平和审美素养还是全方位地提高了啊。

曹雪芹原著全稿究竟写完了没有？会不会出现重大情节变动而影响到探佚的生存权利？这是又一个必须辨明的问题。

红学家们其实早已论证并解决了这个问题，下面摘录徐恭时先生《红梦残梦试追寻》一文中的一些论述作为参照。

（一）脂评确证，末回也成

考证一部章回小说有没有写完，如果知道最末一回已经写出，就是一条论证原著已经全部杀青的重要证据。绝不会先写出了最末一回，而顺前的各回反而没有写出来，没有这个道理。

脂砚斋和畸笏叟，起初没有见到原稿的"末回"，后来看到了，不仅透露了末回的回目是"警幻情榜"，还知道"情榜"中列举的人数、人名和评语等，当然脂批不是有意识地全面引述，所以提到的比较零星。脂砚斋和畸笏叟提到的有关"末回"的批语，合计有八处，足以证明脂砚斋和畸笏叟印象很深刻。

（二）回目透视，结构已成

脂砚斋、畸笏叟写批语，有时读到前八十回中某一情节，引发感触，立刻联想起八十回后的故事，点出前部后部盛衰相迭之事，就写下了后文如何之感喟话语。

特别重要的，脂批曾透示了八十回后的一些回目。最完整的一回回目，就是前面章节所引过的"薛宝钗借词含讽谏，王熙凤知命强英雄"。也有引半个回目的，如庚辰本第二十回中有一则眉批说："茜雪至狱神庙方呈正文。袭人正文标目曰'花袭人有始有终'。"还有引回目不全引，比如缺了三个字的"寒冬噎酸齑，雪夜围破毡"。

此外，批语中还提示出许多简称的回目，如"警幻情榜""悬崖撒手""证前缘""狱神庙"等等。怎么知道这是回目的简称?引例为证：第十九回回目是"情切切良宵花解语，意绵绵静日玉生香"，而畸笏叟写评语时，写作"花解语"回，"玉生香"回。可见，八十回后的原稿，已经是：章回分，回目标，足证全书结构完成。

（三）佚文片羽，评语引及

脂批中有时为了映照前后部故事，偶然拈举后三十回中原稿文字的片羽零珠。

例如庚辰本第二十回有一段夹评："……故袭人出嫁后云：'好歹留着麝月'一语，宝玉便依从此话，可见袭人虽去，实未去也。"

又如甲戌本、庚辰本第二十六回正文"只见凤尾森森，龙吟细细"句下夹评说："与后文'落叶萧萧，寒烟漠漠'一对，可伤可叹！"

再如第十九回中引述"情榜"中评语："后观《情榜》评曰：'宝玉情不情，黛玉情情。'"

这些引文，虽然只是只言片语，但可以证明脂砚斋、畸笏叟阅读八十回后文字时，看得细，记忆深，才能顺笔引及。这也证明，后三十回的文字原存，并非像有人所说只有情节提纲。

（四）《好了歌解注》，提示全局

杨光汉先生对《好了歌解注》的评语，做了深切的考证研究。他在文章中指出，这十六条侧批中有十条半是讲八十回后的内容。侧批点出了宝玉等十二个人物，透露了这些人物的结局。还把这些评语区分为三类，逐条详细分析，证明脂砚斋和畸笏叟这些评者，不仅看到后半部原文，还深得其中三昧。徐恭时认为《好了歌解注》的侧批把后三十回中的情节趋势是"一衰到底"揭示得明白，他并结合杨光汉的研究，对末回回目试拟为："青埂峰下重证旧缘，警幻仙姑归揭情榜"。

（五）脂批涉笔，透露情节

脂砚斋和畸笏叟等写批语时，是在读前八十回的某段故事时，偶然有所感触，联系到八十回后互相关联的情节，顺笔拈出，以作呼应，因此所提示的后三十回情节比较零星，既没有全部概述，也不太连贯。由于这样一种情况，对脂批提示的材料，还需要结合正文及其他野史笔记等有关记述综合考察，才能弄清首尾眉目。

第七十九回叙及黛玉"一面说话，一面咳嗽起来"，有夹评"总为后文伏线"……第八十回叙述王夫人"只因七事八事的都不遂心"，夹评："草蛇灰线，后文方不见突然。"徐恭时认为，这两条批语，已到了八十回的结末之处，写批语的人两次点出"后文"如何，当然是指八十一回后的故事，这说明很可能在评者的案头存在着后三十回的原稿，所以能点明"后文"。

（六）四出剧目，重要伏笔

庚辰本第十七、第十八回记元春省亲时曾点演了四出折子戏。在每出剧目下，写下了引人瞩目的批语：

第一出《豪宴》，批："《一捧雪》中伏贾家之败。"

第二出《乞巧》，批："《长生殿》中伏元妃之死。"

第三出《仙缘》，批："《邯郸梦》中伏甄宝玉送玉。"

第四出《离魂》，批："《牡丹亭》中伏黛玉死。所点之戏剧伏四事，乃通部书之大过节、大关键。"

伏笔所指的四件事，全在八十回后。根据脂批最后的两句话，可知后三十回中对这四个故事都有重笔描写，属于结束全书的关键性情节。这四出戏剧寓意深远，可供探索佚稿中"大过节"的内涵情节。

（七）部分成稿，迷失有因

曹雪芹八十回后的文稿，曾经发生了"迷失"事件。畸笏叟在乾隆三十二年丁亥夏写的批语说，"迷失"了五六稿。当然这个"稿"字可以有不同理解，有人认为是五六本装订好的稿子，如果每本四回，就有二十多回，几乎就是八十回后的全部了。

从现有批语看，遗失的稿子中，至少有"贾府抄没"、"狱神庙"（或"嶽神庙"）、"袭人蒋玉菡供奉宝玉宝钗"、"卫若兰射圃"、"贾宝玉悬崖撒手"等情节。有关批语分布在第二十回、第二十五回、第二十六回、第二十七回。

畸笏叟丁亥夏的批语，距离曹雪芹逝世，只有三年多，畸笏叟一再悲叹原稿"迷失"，表示"恨"事！如果这时的"迷失"是因为京郊地区遭遇了水火或兵灾，稿件遗失的原因完全可以写明。假如真被某一个友人借去而辗转他人之手，也不至于无法追踪。所以徐恭时认为这里所说的"迷失"，实际上有政治原因，畸笏叟不敢明白说出来。

徐恭时最后作结论说：曹雪芹倾注一生心血所写的《红楼梦》，在乾隆二十四五年己卯庚辰前后，已经全部完成。只是稿件待整理，情节待增删，文字待润饰。其中略有缺简未及补成，不幸天夺才人，玉楼赴召，以致巨著没有最后写定付刊。更由于后三十回的情节触及时忌，于是只传下前八十回，使红楼成为残梦。

应该说徐恭时的论证是理由充足合情合理的。同时，我们更要充分认识"草蛇灰线，伏脉千里"这种特殊创作方法的意义，它是贯穿前八十回始终的。这样一种写作方法本身已经证明前八十回是全璧已成后的稿子,牵一发而动全身,这种创作方法绝不允许八十回后情节发生根本性的变更。后四十回续书中找不出任何"草蛇灰线"的痕迹,仅仅这一点,也足以证明它绝不是曹雪芹的"原稿"。那种所谓作家在写作过程中,会由于人物形象自身的性格逻辑变化,从而改变小说情节和人物命运结局的说法,是拿某些欧洲作家的创作经验往中华的文化和艺术上面乱套,可谓典型的食洋不化的教条主义。

曹雪芹原著《红楼梦》一百零八回(或一百一十回)在曹雪芹生前已经基本全部完成,同时曹雪芹使用了"草蛇灰线,伏脉千里"的特殊写作方法,还有批书人的批语逗漏佚稿信息,所以探佚八十回后原稿的情节轮廓,进而探索原著的整体构思是可能的。

曹雪芹原著既然已经基本完成全书,为什么只有前八十回行世呢?神龙为何无尾?维纳斯如何断臂?前面已经引述徐恭时的意见,认为所谓"被借阅者迷失"了"五六稿",如果把"稿"字理解作装订好的稿本的话,一稿四回书,六稿就是二十四回,一稿五回书,六稿就是三十回,加上前八十回,就是全璧。其实,周汝昌是这种意见最典型的代表。他早就著文说"被借阅者迷失"另有苦衷,实际情况是八十回后写到抄家、入狱等情况,太敏感了,太政治了,而书中的逆反倾向已经被当权者发现了,所以朝廷"索书甚迫",八十回后的稿子从此就不敢拿出来了,也就在历史的烟云中湮灭了。周汝昌还写了一篇长文《〈红楼梦〉"全璧"的背后》,考证说是乾隆皇帝让高鹗续写了后四十回,通过这种续貂,有意把曹雪芹原著的思想倾向给改变了，把一部蕴含着深刻逆反内容的书篡改成了通俗的才子佳人小说。所以，从根本上说，八十回后《红楼梦》原稿的亡佚和后四十回续书的出现是一个政治文化阴谋的产物。

如何理解"迷失"，红学研究者也有不同的看法。另一种有代表性的意见认为脂批的说法就是答案，八十回后的原稿被一个不负责任的"借阅者"搞丢了。蔡义江在《〈红楼梦〉是怎样写成的》（聂丛丛编《新解红楼梦》）一文中说："有一次在借阅过程中，借阅者遗失了五六稿，弄丢了，那个马大哈，可能还是长辈，借去了，就说我还给你了，他说没有还，找不到了。这五六稿全在八十回以后的……这个文字丢了，而且丢的还是五六稿，这个人借去的时候，不是连着的五六本，就是这里借一稿，那里借一稿，一直到'悬崖撒手'。"

蔡义江是把"五六稿"理解作五六回，而不是五六本。他说："除了这五六稿以外，稿子并没有丢掉，这一点在曹雪芹死后的畸笏叟的批语里还提到，就是抄不出来了，他也不肯再借给人家了，再给人家那更加丢掉了，那么就是个人保存。个人保存的东西你想保存两百多年，畸笏叟是谁现在都不知道，老头死掉了，在这个世界上烟消云散了，你放着曹雪芹的原稿，也就随着你一起去了，这是中国文学史上最大的遗憾。明明写完的一部小说，最后变成残稿了，原因不要去追，不要去猎奇，原因是一种简单的原因，枯燥的原因：弄丢了，被亲友借去弄丢了五六稿，抄不出来了；抄不出来的东西随着畸笏叟老人的保存，也一起保存到后来就没有了,因为传抄出来的只有八十回。"

究竟是自然"迷失"还是有政治背景?从曹雪芹原著和后四十回续书二者极大的思想和艺术差异,以及前八十回确实表现出很强的逆反的思想意识,确实用"假作真时真亦假"的手法做某些影射,着眼于此,周汝昌的说法也不是没有可能。但考证是仁智互见的,能让所有人都信服的证据确实太少,于是这个问题本身也就成了一桩学术公案。

笔者倾向于曹雪芹原稿在思想和艺术上的超前,本身就和一般社会心理的接受相距甚远,甚至格格不入,后四十回的通俗文学路线则很容易得到大众的认可,这其实是一种精英文化和通俗文化此消彼长的历史景观,有着深刻的历史的、社会的、国民性的文化心理原因和背景。与其艰难地探索原稿佚失的具体原因,不如对民族文化心理、审美接受心理等"接受美学"作深入分析、解剖更有实际意义。但事实是明摆着的,那就是前八十回和后四十回在思想内容和艺术造诣上都存在着巨大的差异和深刻的分歧,这是两种《红楼梦》,而要真正理解这一文化历史现象的内涵,那就要探佚,要研究八十回后的佚稿。

前八十回的探佚和后四十回的辨伪是互相联系的。曹雪芹原著和续书,前八十回和后四十回的差别,前人论述其实已经非常丰富,从宏观到微观,从考证到理论,可谓车载斗量。只是有一些人存在基本的文化心理隔阂和艺术审美缺陷,总要老问题新炒作,才时时掀起一些小波澜。由于大千世界本来就差别万千,人和人的心智永远不可能整齐划一,这个问题将永远存在。客观上,这也是红学之所以红火热闹长盛不衰的重要原因，因此，无论尊曹派还是尊高派，其实都不必为此光火，各说各的就行了，各显神通，看谁有本事争取更多的信从者，红学也就在这种较量和比赛中蓬勃发展，热火朝天，大家其实应该庆幸和感谢历史提供的这一"吊诡"。

讲到论述后四十回非曹雪芹原作，比较有代表性的文章著作，比如石昌渝的系列论文《论程高本前八十回对贾宝玉形象的涂改》、《论〈红楼梦〉人物形象在后四十回的变异》、《论〈红楼梦〉后四十回与前八十回情节的逻辑背离》、《〈红楼梦〉后四十回与前八十回细节之辨析》(《红楼梦研究集刊》第二辑、第五辑、第九辑、第十辑)，对文本的具体情节、人物、语言等作了比较全面的辨析；拙著《石头记探佚》之"思理编"和王彬的《〈红楼梦〉叙事》从理论上正本清源；拙著评点本《红楼梦》和《独上红楼》中"原著续书两种红楼"一章对后四十回作了逐回分析；蔡义江在《〈红楼梦〉是怎样写成的》一书中也说后四十回"没有曹雪芹一个字"，并具体分析了"原作与续作的落差"：(一)变了主题，与书名旨义不符；(二)过于穿凿，求戏剧性失真；(三)扭曲形象，令前后判若两人；(四)语言干枯，全无风趣与幽默；(五)缺乏创意，重提或模仿前事。

探佚篇

"探佚学"的年龄和身世

> 周汝昌于1981年7月在为《石头记探佚》写序言时，首次提出了"探佚学"的概念，可谓探佚的束发加冠之日。探佚，不是猜，而是通过对这些满布文本字里行间的"草蛇灰线"的探寻，从"思想性"和"艺术性"上真正读懂小说。

在红学这个"百年望族"里，"探佚学"像贾宝玉，还是个年轻小伙子。它桀骜不驯，难以驾驭，但又确是红学的精华，具有"嫡子"的地位，这也像贾宝玉。

它是"五四"以后"新红学"的产儿，而"新红学"是引进"赛先生"（科学）后在古典文学研究领域发生的结果，就是胡适标榜的所谓"科学方法"的运用。由于讲究"科学方法"，从考察"本子、作者"的基本功做起，脂批系统的抄本《石头记》被发现和重视，这些抄本上有"脂批"，而脂批中有涉及八十回后佚稿的情节，同时脂批又多次揭示出过去读者没有读明白的"草蛇灰线，伏脉千里"的特殊写作方法，于是很自然地让人们萌生了探佚的兴趣。

"新红学"的巨子们在他们的著作中都涉及了探佚方面：

胡适《考证〈红楼梦〉的新材料》一文中有"从脂本里推论曹雪芹未完之书"一章，讨论了"史湘云的结局""袭人与蒋琪官的结局""小红的结局""惜春的结局""误窃玉"五个问题。

俞平伯《红楼梦辨》（再版作《红楼梦研究》）中有"八十回

后底《红楼梦》、"后三十回底《红楼梦》"（"底"是当时语言习惯，就是"的"）两大篇，专门讨论原著佚稿内容。他讨论了"贾氏抄家后破败""黛玉泪尽夭卒"等十几个问题。

周汝昌《红楼梦新证》中辑集了有关八十回后佚稿内容的全部脂批，并有"黛玉之致死""八十回之宝钗""湘云的后来及其他"三篇专门论文。

这都可以说是探佚的原始研究。总的看来，开拓之功功不可没，但还比较粗糙、简略，是探佚的童年时段。

由于多种原因，探佚的成长遭遇挫折，此后一直到20世纪70年代末，长期没有什么大的进展。直到改革开放的新时期，"探佚"才时来运转，突然生机勃发，成熟起来。周汝昌于1981年7月在为笔者的著作《石头记探佚》写序言时，首次提出了"探佚学"的概念，可谓探佚的束发加冠之日。

探佚从此一发而不可收，历二十余年而不衰，成为红学中最具有生命活力和社会关注度的分支学科。从"第一本探佚学专著"《石头记探佚》开始，迄今为止，已经发表了不少探佚研究的论文，专门的学术著作也出版了好几部。其荦荦大者，如蔡义江《论红楼梦佚稿》、王湘浩《红楼梦新探》、周汝昌《红楼梦的真故事》（《红楼真梦》）、刘心武《红楼望月》和《刘心武揭秘〈红楼梦〉》（以下简称《揭秘〈红楼梦〉》），以及吴世昌、徐恭时、杨光汉、张硕人、丁维忠等人的论文和著作。此外还有以探佚为指向创作的新续书小说多部（成功与否是另一个问题），特别是1987年中央电视台上演的电视连续剧《红楼梦》，八十回后的改编采取了探佚思路，更具有久远深刻的社会影响。

不少新问题发现了，许多新的观点提出了。对佚稿内容的研究，从对个别问题的零敲碎打，逐渐发展为全面系统的探索，八十回后佚稿的总体情节轮廓已经基本上被勾勒出来，同时在此基础上，发展出对曹雪芹原著思想内容、艺术美学等面貌一新的研究评论，也衍生了曹雪芹原著和后四十回续书是截然不同的"两种《红楼梦》"，是两个截然不同的美学体系的认识。当然，这也使一直存在的"尊曹派"和"尊高派"的争论变得更加激烈和尖锐。在探佚研究的具体问题上，在探佚的"度"和"分寸"上，不同的研究者也有不同的意见。但这样一个事实谁也不能否认，即"探佚学"已经成了全部红学研究中最具有社会影响力的部分。

下面就从几个重要方面，对探佚的研究概况作一些介绍述评。

"金玉良姻"和"木石前盟"

贾府的盛衰演变和宝黛钗的爱情婚姻纠葛是
扭麻花一样地绞在一起的,"两条主线"实
际上是"一条主线"。

过去的一般读者,看惯了有后四十回续书的程高本《红楼梦》,大概总觉得不管评论家们如何正襟危坐地拔高,《红楼梦》无非是一个争取恋爱自由、反对包办婚姻的故事。再吹得天花乱坠、神乎其神,说穿了,《红楼梦》的主体故事还不就是写贾宝玉、林黛玉和薛宝钗之间的"三角恋爱"?当然,这个故事里包含着反封建反礼教的思想意义,而这种思想意义是积极进步的。

因此,一直到探佚学大成以前,大多数读者一般都很赞赏后四十回续书中所写的"钗黛争婚"和"黛死钗嫁",认为这一段写得精彩,总离曹雪芹的脚踪儿不远。一些红学家甚至说这一节续书是曹雪芹的"原稿"。因而他们得出结论,说《红楼梦》的"主题"和"主线"是"宝黛钗的爱情婚姻悲剧",虽然为了拔高《红楼梦》的价值,又千方百计地企图证明这个"爱情婚姻悲剧"具有深刻的政治和社会意义。

就一百二十回的程高本《红楼梦》来说,这种认识不算错。问题在于,这个为很多人赞赏的宝黛钗"三角恋爱",主旨反对包办婚姻,"钗黛争婚"和"黛死钗嫁"的"爱情婚姻悲剧",并不是离曹雪芹脚踪儿不远,而恰恰是南辕北辙,背道而驰。因此,弄清楚曹雪芹原著佚稿中这个爱情婚姻悲剧的本来面目,就成了"探佚学"的首要任务。

只要排除开后四十回续书先入为主的成见,脱卸掉"恶则无往不恶,美则无一不美"(脂批)的教条主义审美观的束缚,深入考察前八十回,我们就会发现,后四十回续书所写"黛死钗嫁"的故事构成、思想内涵、美学倾向、人物性格都不符合前八十回故事发展的必然趋势。

一、第一回中,作者借石头之口,反对那种"故假拟出男女二人名姓,又必旁出一小人其间拨乱,亦如剧中之小丑然"的"陈腐旧套",续书所写恰恰是凤姐搞"调包计",薛宝钗"鸠占鹊巢",不管是客观还是主观,使宝玉的爱情婚姻故事又回到了第一回所揶揄批评的俗套窠臼之中。

二、曹雪芹标举自己的创作宗旨是"亲睹亲闻","追踪蹑迹,不敢稍加穿凿",续书所写黛死钗嫁恰在同一时辰的情节,则正是违背了这一宗旨的人为的"穿凿"和巧合。

三、贾母在前八十回一贯怜爱黛玉,对宝玉更是百依百顺,她对宝玉和黛玉的恋爱一直是默许的。续书却写她不近人情得冷酷,让她不顾宝玉死活而选钗弃黛,连黛玉死后还说她"傻气",真是"悉皆自相矛盾,大不近情理之话"。

四、凤姐是个"水晶心肝玻璃人儿",最善于窥察投合贾母意愿,在家族内部的矛盾中首先考虑自己的切身利益,续书却把她变得简单化，设计了一个滑稽可笑的"调包计"。像这样形同儿戏的事居然会出现在讲究礼仪体面的国公府，自视甚高的宝钗居然会同意冒名顶替，宝玉和宝钗结婚而不邀请任何亲友宾朋，关起门来自编自演"狸猫换太子"的调包剧，实在经不住推敲，完全不符合典型环境和典型性格。

五、林黛玉那样一个"心较比干多一窍"的绝顶聪明之人，其实是不会被"调包计"所欺骗的，更不会因此对宝玉产生误会，临死还恨恨地骂宝玉负心。早在第三十二回宝玉"诉肺腑"之后，宝玉和黛玉的关系就已经发生了飞跃，成了心心相印的知音。

六、续书对林黛玉死亡的具体描写过于阴凄丑陋，过于"写实"，不符合曹雪芹"用写诗的方法写小说"的风格。

七、荣国府大房和二房的矛盾，二房中嫡子派和庶子派的矛盾，在宝玉娶亲问题上没有任何表现，和前八十回的"伏线"完全接不上。

八、宝玉被糊弄和宝钗成亲，是因为通灵玉丢失后而神智不清。可是通灵玉丢失而宝玉失魂落魄这一情节本身，就违背了全书的总体设计。因为贾宝玉是神瑛侍者，通灵玉是补天顽石，二者虽有象征关系，并不是一回事，其实通灵玉即使丢失，宝玉也不会失魂落魄。通灵玉主要是贾宝玉的"随行记者"，它即使离开贾宝玉，也不能离开贾府，因为贾府的故事都得由它"亲见亲闻""亲自经历"而作记录，才能有"石头记"。像"黛死钗嫁"这样重要的故事它都不在现场，没有作记录，可见完全是别人伪造。

既然这个"调包计"式的"黛死钗嫁"完全不符合曹雪芹的

原有构思，而是假冒伪劣的赝品，那么，曹雪芹原著佚稿中的宝黛钗爱情婚姻悲剧是什么样子呢？

早在20世纪50年代初，周汝昌已经在《红楼梦新证》中指出，后四十回的"调包计"式的"钗黛争婚"情节不合理，提出曹雪芹原著中的"黛死钗嫁"故事是另一种面目。他说："致黛玉以死的主凶，是元春、贾政、王夫人、赵姨娘，却不是凤姐、贾母。""其情节应是：在黛玉问题上，主要是先因赵姨娘搞鬼（贾环也可能使了坏）。她为毁宝玉，看清了一着棋，必先毁黛玉。故此捏造异事丑闻，时向贾政报告。迨到适逢元春'关念'宝玉婚事，贾政遂将所得于赵姨娘的'谰言'（当然包括王夫人所得于袭人的也在内），'奏'与了元春。元春于是'明令'宣判黛玉'淫贱'，指定聘娶宝钗。至此，黛玉遂无由再留于世，而宝玉也只有'奉旨配婚'的一条死路可走。"而宝玉和宝钗"奉旨配婚"之后，"却仍然保持着原来的旧关系"，"那就是厮抬厮敬，而并不相亲相爱"。"他们成其夫妇了，可又未成其夫妇。这是怎么句话呢？就是说，他们'拜了花堂，入了洞房'，履行了家长给安排下的喜事礼仪——仅仅如此。他们实际上还是姨姊弟。"

当然这还只是一个粗线条的轮廓，缺乏更细致的关系分疏，因而有些情节设想是否准确还可以讨论。但这是探佚研究中第一次提出曹雪芹原著所写宝玉、黛玉和宝钗婚姻悲剧写法的整体梗概。它的意义在于，把宝玉的婚姻问题，宝玉和黛玉、宝钗的婚恋纠葛，和贾府内部争夺财产权力的斗争紧密联系起来，指出曹雪芹原著中，贾府的盛衰演变和宝黛钗的爱情婚姻纠葛是扭麻花一样地绞在一起的，"两条主线"实际上是"一条主线"。

这种探佚论点富有潜在的文学理论意义：

第一，它表明曹雪芹原著的"家史"性质要更鲜明地在小说中体现出来，家族兴衰才是小说最主要的主题。

第二，它接触到了曹雪芹的审美观，即"追踪蹑迹""亲睹亲闻"，是以"真"为核心的，这种审美观派生出来的故事情节必然是更生动更复杂，更具有生活的真实性，包含的思想内涵更深刻广阔，因此人物的思想性格也必然是多层次的、立体的，正如鲁迅所说"其中所叙的人物，都是真的人物"。

这同样也就反衬出，后四十回续书"钗黛争婚"的故事体现了传统的以"善"为核心的审美观，落入了一般通俗小说的套路，必然缩小和改变曹雪芹原著的思想内涵和审美境界，其人物的思想性格也必然是"恶则无往不恶，美则无一不美"，是曹雪芹深恶痛绝的"佳人才子等书"之"千部共出一套"的重蹈覆辙。

后来周汝昌又曾设想，可能有忠顺王欲强娶黛玉的情节。这一设想仍然是循着家族衰败的线索来的，就是贾家的败落有内部矛盾和外部影响两方面的因素，而这两方面的因素应该都在宝玉婚配的主体故事上得到反映。

对"爱情婚姻悲剧"问题做探佚研究的另一突破，是蔡义江提出了"眼泪还债"和"钗黛争婚"是两种不同性质的悲剧。

蔡义江在《红楼梦诗词曲赋评注》和《曹雪芹笔下的林黛玉之死》中论证说，曹雪芹原著中的爱情悲剧是以"眼泪还债"为基调，不同于后四十回续书中的"钗黛争婚"。第一回，林黛玉的前身绛珠仙草受了贾宝玉的前身神瑛侍者的甘露之惠，立誓"他既下世为人，我也去下世为人，但把我一生所有的眼泪还他，也偿还得过他了"。这就决定了林黛玉"哭"的性质：她的哭与她和宝玉的爱情有关，而且这种哭还必须是为了怜惜宝玉而不顾自身，终至付出了自己的生命作为代价，这才具有"报恩"的性质。脂批提示佚稿中黛玉之死一回的回目有"证前缘"三字，意思就是"木石前盟"获得了印证，也就是黛玉实践了向警幻仙姑许诺过的"眼泪还债"的誓盟。

这一论点的意义在于，它从思想精神境界的角度，推翻了后四十回续书中"钗黛争婚"的写法。续书写黛玉很轻易地被"调包计"所瞒过，误会宝玉"负心"，临死还愤愤不平地叫"宝玉，宝玉，你好……"，这岂不改变了原著的精神基调？林黛玉的"哭"不再是为了"报恩"，而成了"以怨报德"。再说，对黛玉的种种描写都变得庸俗化，比起前八十回的黛玉来，聪明智慧、精神气质都大幅度地降低了。

因此，这一探佚论点也富有潜在的文学理论意义，它实际上触及了一个悲剧理论问题，即崇高感问题。原著中无论贾宝玉还是林黛玉，甚至薛宝钗和王熙凤，都更符合美学上的"崇高"，他们的精神境界更崇高，灵魂更超凡脱俗，气质更富有诗意，更冰雪聪明，精神力量更强大，因而他们的毁灭也就更激动人心，更能使读者的心灵向崇高升华，更能唤起读者的惊奇感和赞美心情，是名副其实的"伟大人物的灭亡"。

相形之下，后四十回续书中的宝黛钗爱情婚姻悲剧则显得简单浅薄贫弱，关键即在于悲剧主人公们的"崇高感"降低了，他们的心灵气质、精神力量和追求向往都变得一般化、平庸化、世俗化了。当然，把周说和蔡说上升到理论高度，是笔者作出的。

精神基调的改变必然带来对故事情节的重新推想。蔡义江在这里却马失前蹄。他把黛玉之死断为发生在贾府抄家之后，又和脂批中的"狱神庙"联系起来，说原著佚稿中的情节是："八十回后，贾府发生重大变故——'事败，抄没'。宝玉遭祸离家，淹留于'狱神庙'不归，很久音讯隔绝，吉凶未卜。黛玉经不起这样的打击，急痛忧忿，日夜悲啼，终于把她衰弱的生命中的全部炽热的爱，化为泪水，报答了她平生唯一的知己宝玉。那一年事变发生于秋天，次年春尽花落，黛玉就'泪尽夭亡'。宝玉回来已是离家一年后的秋天。往日'凤尾森森，龙吟细细'的景色，已被'落叶萧萧，寒烟漠漠'的惨象所代替，绛芸轩、潇湘馆也都已'蛛丝儿结满雕梁'。"（《红楼梦诗词曲赋评注》）

这种推想的失误在于，它只注目于"眼泪还债"的基调，而忽视了前八十回许多其他线索，没有从更广阔的背景上考虑，也就是把故事想象得过于简单、单纯了。周汝昌《红海微澜录》、《金玉之谜》、《双悬日月照乾坤》（收入《红楼梦的真故事》）等文章所提出的论点正好弥补了蔡义江推测的漏洞。我在《石头记探佚》中吸收了周、蔡二家之说的合理成分，作出了一些新的考证推论。

对"金玉良姻"和"木石前盟"的纠葛，这种纠葛在佚稿中如何进展，红学界，尤其是探佚研究界，有不少观点已经非常接近或完全相同。

一、都否定后四十回续书中的"调包计"、贾母选钗弃黛、钗黛争婚等这种情节的悲剧。

二、一致认为原著中的宝黛钗爱情婚姻悲剧和贾府内部争权夺利的斗争密切相联系。

三、都认为林黛玉致死的原因之一是受到诽谤诬陷的流言打击，被诬陷诽谤的罪名是和宝玉有"不才之事"，就是有超越了礼教界限的暧昧关系，造谣者主要是赵姨娘、贾环等二房中的庶子派，其次是荣府大房贾赦、邢夫人等一帮人。

四、一致肯定原著中宝黛钗爱情婚姻悲剧的基调是"眼泪还债"，林黛玉是贾宝玉的知己，她不会误解宝玉负心，而是为爱宝玉而自我牺牲。

但也存在一些分歧或者还没有研究透彻的问题。

老太太的态度

贾母是贾府的太上权威，贾宝玉又是她的掌上明珠，前八十回的描写，大事都是贾母说了算。显然，在宝玉的婚姻问题上，贾母的意见有举足轻重的分量。后四十回的写法，也是贾母拍板，决定弃黛择钗。所以，关键的问题，就是要弄清楚老太太的态度究竟如何。

首先，需要对曹雪芹笔下的贾母有准确的认识，她的思想、她的性格、她的个性，都要有全方位的把握，在这个前提下，才能正确探讨贾母对宝玉择偶问题的真实态度。马瑞芳写过一篇《一个性格丰满的老妇人形象》（见《红楼梦学刊》1983 年第 2 辑），笔者也写过一篇《老太太和太太》，是分析贾母的两篇比较典型的文章。

那么，贾母在曹雪芹笔下，是个什么样的人物呢？她是"古今中外一祖母"，"空前绝后一祖母"，是一个"封建宗法制度家庭太上家长的典型，儿孙满堂、福寿齐全、慈爱善良的祖母典型"。贾母很有才干，偶然过问一下家事，就显示出年轻时不在凤姐、探春之下。她见多识广、怜贫惜老，阅历颇深，"破陈腐旧套"，查禁家人赌博，处理琏凤纠纷，处处都表现出卓越的见识和才能。但她最突出的个性特点，给人印象最深刻的是对小辈的纵容溺爱和对享乐生活的恣情随意。

王昆仑在《红楼梦人物论》里也说过："在中国古代那么多的史传与文艺典籍中，并不容易找到贾母这样一个上层社会老妇人的完整的传记，《红楼梦》的作者极生动逼真地写出一个宗法家庭的'太上家长'，也是居于封建组织最高地位，又最富有统治能力的典型人物。类似于贾母这种精神面貌，是过去历史上可能常看到的，但只有在曹雪芹的笔下，才最集中、最突出、最活跃地塑造出来。"

贾母这一典型性格具有立体性的多侧面。她是一位慈爱的老祖母，这是压倒一切的。她对于小辈，总是给予细致周到的关怀，无微不至的慈爱，甚至于百般迁就、溺爱，是非不明。无论是迎、探、惜三春，还是李纨、宝钗、宝琴、湘云、秦可卿，甚至很远的亲戚像秦钟、喜鸾、四姐儿，她都给予关怀爱护，但最挂在她心上的，无疑是宝玉、黛玉和凤姐。此外，贾母还有善良宽厚、风趣诙谐、善于辞令，以及世故、精明、倚老卖老等多方面的性格特点。

这样一个性格丰满的老祖母，在后四十回续书中却被严重歪曲了，简单化了。简洁地说，她成了《西厢记》中崔莺莺的母亲崔老妇人的翻版。贾母成了酿就宝黛钗爱情婚姻悲剧的罪魁祸首，而且被描写得十分世俗和势利。

不过，后四十回改写过的贾母，也无意间迎合了相当一段历史时期的主流意识形态思潮，就是从"阶级性"立论，说贾母决定宝玉的配偶是考虑到封建家族的前途，把封建意识形态的要求放到了最主要的位置上。黛玉的思想言行不符合封建家族的要求和封建道德的标准，而宝钗则是非常符合的。所以贾母尽管和黛玉的血缘关系更近，但"阶级利益"高于血缘关系，所以贾母择钗弃黛正是一种"阶级性"高于"祖母性"（抽象的人性）的体现，所谓每一个人的一言一行都打有阶级的烙印。

在这样一种思维定式下，就肯定了后四十回贾母择钗弃黛情节的合理性，同时，也就从前八十回中找一些"佐证"，力图证明曹雪芹的原著里贾母也是喜钗厌黛的。

这就是分歧的核心所在。前八十回的贾母是不是喜钗厌黛？到底是"阶级性"胜过了"祖母性"，还是"祖母性"压倒了"阶级性"？哪一个贾母更具有典型意义，是"老祖母"呢还是"封建家长"？

这就涉及我们能不能欣赏得了曹雪芹的高超艺术，涉及我们艺术鉴赏能力的高低，涉及对前八十回是不是真"读懂"了。细看前八十回，确实写了贾母喜欢宝钗，但这是与贾母对所有小辈都纵容溺爱的那种个性一致的。曹雪芹妙笔生花，面面俱到，对复杂的生活、人情、世故体察入微，表现得玲珑剔透，而八十回后的原稿偏偏"迷失"，又有了一个颇能体现一般通俗小说写作套路的后四十回狗尾续貂，加上不求甚解的流行观念和教条主义的长期影响，各种因素凑在一起，就很容易让许多人对曹雪芹笔下的贾母看不明白，有意无意地予以曲解，认为和后四十回的形象前后一致。

前八十回写了贾母不喜欢黛玉和反对宝、黛恋爱吗？实在连暗示的痕迹也没有。种种所谓"证据"都是误读的结果，是没有理解曹雪芹高妙艺术的结果。

比如说前八十回正面描写了贾母给宝钗过生日，而没有正面描写给黛玉过生日，脂批明确告诉读者："最奇者黛玉乃贾母溺爱之人，也不闻为作生辰，却云特意与宝钗，实非人想得着之文也。此书通部皆用此法，瞒过多少见者，余故云不写而写是也。"曹雪芹正面写贾母给宝钗过生日，是一种打破陈腐旧套的写作上的陌生化艺术效应，并不是暗示贾母喜钗厌黛的倾向性，甚至可以说是一种"障眼法"，正为后面写贾母主张黛玉配宝玉作反面铺垫，以达到一种艺术上的创新。

第五十四回史太君破陈腐旧套，批评说书女艺人讲的"凤求鸾"，也被有的人认为是影射警告宝玉和黛玉的恋爱关系。其实这是不明白原著的结构是一百零八回，第五十四回恰好是全书中点，曹雪芹因此再一次突出在第一回就标明的写作宗旨：反对"佳人才子"等书的滥套子，要通过"追踪蹑迹，不敢稍加穿凿"的写实来创新。脂批也把这一点揭示得非常清楚："首回楔子内云古今小说千部共出一套云云，犹未泄真，今借老太君一写，是劝后来胸中无机轴之诸君子不可动笔作书。"

这就是前面反复强调的，把握曹雪芹的创作思想、宗旨对探佚是非常重要的。贾母对宝钗的好感是建立在对小辈的一般溺爱和对亲戚应有的客气之上，当然宝钗"会做人"，善于讨贾母喜欢也是重要的因素。但黛玉是贾母的亲外孙女，而且黛玉父母双亡，她寄居贾府完全是在贾母的荫庇之下。贾母对黛玉的怜爱之情绝不是她对宝钗的喜爱所能比拟的。当然曹雪芹的高明之处是不用直白浅露的描写表现这一点，而是用一些含蓄的意在言外的描写让读者自己体会。这才是高级的艺术。

比如，从性格类型上看，贾母固然照顾李纨，喜欢宝钗，但似乎更喜欢凤姐、黛玉那种颇具锋芒的个性，比如陪侍贾母的鸳鸯和从贾母那儿出来的晴雯都不是好惹的，对也从贾母那里出来的袭人则说是"没嘴的葫芦"。在迎春、探春、惜春三个孙女中，贾母也是偏爱泼辣的探春。曹雪芹也经常用一两句点睛之语写贾母对黛玉的怜爱，但不作大篇幅的渲染，正是一种艺术的匠心，以免过于突出贾母和黛玉的特殊关系而落入俗套。

第五十七回"慧紫鹃情辞试莽玉"后，宝玉和黛玉之间不同寻常的关系已经十分明朗，紫鹃劝黛玉"留心"，黛玉因而伤感生病，"便有贾母等亲来看视了，又嘱咐了许多话"。同一回薛姨妈过生日，"独有宝玉与黛玉二人不曾去得。至散时，贾母等顺路又瞧他二人一遍方回房去"。第七十五回中秋赏月,贾母只派人给凤姐、宝玉、黛玉和贾兰送好吃的。可见,直到第八十回末,贾母对黛玉仍然关怀备至,最挂在她心上的仍然是宝玉、黛玉和凤姐。说前八十回贾母喜钗厌黛没有任何根据。

曹雪芹笔下的贾母究竟是"阶级性"胜过了"祖母性",还是"祖母性"压倒了"阶级性"?从前八十回贾母总体思想个性考察,答案是一目了然的:是"祖母性"占有绝对上风。贾母对宝玉的溺爱是到了"是非不明"的地步的,所谓"是非"当然是指传统道德和礼教的"是非"。

第三十三回贾政打宝玉,罪名是"流荡优伶""逼淫母婢",这正是"万恶淫为首"的极端表现,是传统道德的大是大非,正如贾政所说"明日酿到他弑君弑父"……可是贾母怎么样呢?还不是她把贾政斥责得跪倒在地,连赔不是吗?她又何曾问过宝玉犯了什么错误,贾政为什么要打宝玉呢?她一句责备宝玉的话也没有说!这里只有"祖母性",哪里有半点"阶级性"呢?

在贾母看来,宝玉和黛玉青梅竹马,互相爱慕,那正是天作之合。贾母并没有后来某些批评家的"阶级理论",看到宝玉和黛玉的恋爱"具有严重的反封建倾向",因而牺牲她的命根子去维护礼教和"封建统治阶级的根本利益"。像后四十回续书所写的,贾母已经明知宝玉向黛玉"诉肺腑",居然会违背宝玉的意愿而弃黛择钗,完全不顾这样做可能危及宝玉和黛玉的性命,是很荒谬而不合情理的。有人会说贾母这样做正是站在封建统治阶级的利益立场上去爱宝玉,可惜曹雪芹笔下的贾母要颤巍巍地抗议了:我可不会这样愚蠢地"爱"我的孙儿，我不懂什么"阶级性"——再说我的外孙女林黛玉也是侯门小姐，"出身"也不坏啊！

曹雪芹创造出了一个中国传统的老祖母典型，比起那些被"阶级性"克服了"祖母性"的"封建家长"来，不知高明了多少倍！只有这样的老祖母，才是中国传统社会中无数活生生的、溺爱儿孙的老祖母的杰出代表，才具有更广阔的生活内涵和艺术概括力，才是"祖母性"和"阶级性"辩证统一的真正实体。至于所谓"封建家长"，曹雪芹主要是通过另一个人物体现的，那就是宝玉的母亲王夫人。

前八十回没有正面点明贾母已决定黛玉将来要配宝玉。尽管曹雪芹实际上用各种微妙的艺术手段透露了消息，但由于他的那支笔八面玲珑，如游龙戏凤一般，也真让人眼花缭乱，一时莫名其妙。我们既可以找到证据说贾母确已属意黛玉，如写贾母对黛玉"万般怜爱"，但我们也可以找到似乎相反的证据，如贾母似乎曾露出意思为宝玉求配宝琴。曹雪芹就是这样富有艺术天才，总是旁敲侧击，指东打西，不肯作直笔露笔。可是这却难坏了众多的红学家，公说公有理，婆说婆有理，曹雪芹有知，只怕要乐得哈哈大笑呢。

其实，只要不是机械教条地阅读前八十回，而真正弄懂了曹雪芹的"笔法"，理清了前八十回的"脉络"，问题就不难解决了。

曹雪芹的原著有一个极其严密而有机的结构，表面上好像就是一些生活细节的堆砌，看不出什么"组织"，其实不露痕迹的匠心暗隐其中。人物的思想、人物的性格、人物之间的关系，都不知不觉地在发展变化。妙就妙在让读者感觉不到。比如第三十二回是宝玉和黛玉关系的转折点，第四十二回是宝钗和黛玉关系的转折点，第四十六回是荣国府大房和二房关系的转折点，等等。同样，贾母对宝玉和黛玉关系的认识，进一步对宝玉婚配问题的态度，第五十七回是一个转折点。

在第五十七回以前，曹雪芹一会儿写凤姐和黛玉开玩笑，拉过宝玉来说，你看人物配不上还是门第家私配不上。一会儿又写贾母特意给宝钗过生日，似乎更喜欢宝钗。一会儿再写元春所赏赐的端阳节的礼物只有宝钗和宝玉一样。薛宝琴来了，贾母又露出意思要给宝玉选配宝琴。真真假假，让人捉摸不透。

曹雪芹最善于把人情事理不显山不露水地表现在小说情节中，让读者自己体会。第五十七回以前，贾母对宝玉择偶问题没有最终拿定主意，她还在审度考虑。是否把外孙女许配给孙儿？她颇有点举棋不定。形势十分微妙。黛玉是姑表，父系亲戚，父母双亡，家道式微，又体弱多病，可还有个宝钗，是姨表，母系亲戚，家中大富又身体健康。前八十回种种迹象暗示，作为宝玉母亲的王夫人，厌黛喜钗的倾向越来越强。她对黛玉闹"小性儿"，弄得宝玉神魂颠倒早已满怀怨气，只是碍于情面不能发作罢了。贾母那双明察秋毫、老于世故的眼睛不可能毫无察觉。鉴于这种可意会而不可言传的形势，再者宝玉和黛玉的年龄都还小，贾母就乐得拖一拖了。

有三个情节微妙地透露了贾母的心理活动和情势演变。

第二十九回张道士为宝玉提亲，贾母就说："上回有个和尚说了，这孩子命里不该早娶，等再大一大儿再定罢，你可如今打听着，不管他根基富贵，只要模样配的上就好，来告诉我。便是那家子穷，不过给他几两银子罢了。只是模样性格儿难得好的。"这好像是一般的人情托词，其实又是曹雪芹的皮里阳秋。"模样性格儿难得好"却没有了"根基富贵"的，是黛玉而不是宝钗。

同在这一回，和上面所说的情节紧接着，因为嫌张道士提亲，宝玉和黛玉都不高兴，闹起了感情纠纷，贾母调解不成，也急得哭了，流泪了，她说："我这老冤家是那世里孽障，偏生遇见了这么两个不省事的小冤家，没有一天不叫我操心。真是俗语说的，不是冤家不聚头，几时我闭了这眼，断了这口气，凭这两个冤家闹上天去，我眼不见心不烦，也就罢了。偏生不咽这口气。"贾母说的这句"不是冤家不聚头"点明了宝玉和黛玉之间实质性的情感关系，让宝、黛二人参禅悟道一般品味，这些情节当然是有弦外之音的。所以脂批特别针对老祖母的这句话点评说："二玉心事此回大书，是难了割，却用太君一言以定，是道悉通部书之大旨。""一片哭声，总因情重。金玉无言，何可为证！"

第三个情节就在第五十七回紫鹃试探宝玉之后，宝玉对黛玉感情的热烈深刻表露无遗。贾母问明宝玉"死了大半个"只因为紫鹃说了一句"林妹妹要回苏州"而引起，贾母"流泪"说道："我当有什么要紧大事，原来是这句顽话。"这是贾母为宝、黛的感情关系第二次"流泪"，这一次流泪比上一次有了更加复杂丰富的内涵。贾母尽管早已想把她的两个"心肝肉儿"拉扯到一起，鉴于形势微妙，始终没有明说，如今看到这两个心肝肉儿如此难舍难分,贾母的心情可谓五味杂陈,她感动,她高兴,她叹息,从此,她决定把外孙女配给孙儿——虽然还是没有当众挑明。

对这种情势的演变,曹雪芹特别用两个细节作了暗示。一个细节就是在第五十七回末尾,突然写薛姨妈和黛玉开玩笑,说要找贾母为宝玉和黛玉提亲,并说:"我一出这主意,老太太必喜欢的。"这就是"慈姨妈爱语慰痴颦"的真实寓意。另一个细节则安排在第六十六回,贾琏的小厮兴儿向尤二姐和尤三姐演说荣国府,谈到宝玉的婚姻:"将来准是林姑娘定了的。因林姑娘多病,二则都还小呢,故尚未及此。再过二三年,老太太便一开言,那是再无不准的了。"

这就是前八十回所写一个真实丰满的贾母,她主要是一个慈爱的老祖母,在宝、黛爱情关系的问题上,老太太是护法神。后四十回对贾母的写法是彻头彻尾的篡改和歪曲。

宝玉和黛玉是亲姑表兄妹,他们如果成婚,是不是血缘关系太近呢?当时的政府和社会对这种"近亲结婚"是不是禁止呢?其实历史学家已经考证过,在雍正年间就发过上谕,就是对姑舅和两姨的表亲之间联姻,政府虽然不提倡,但也不硬性禁止,而是遵从各地民俗,随民自便。同时,根据生活原型的考察,宝玉的原型是曹𫖮之子,而曹𫖮是过继到曹寅寡妻李氏(贾母原型)名下的侄儿,林黛玉的原型是李氏的亲外孙女,那么从原型来说,宝玉和黛玉其实并不是真正的亲姑舅兄妹,血缘关系要远得多。而《红楼梦》的写法往往是"假作真时真亦假",小说的艺术和生活实际原型是互相结合的,在具体的人物关系和生活细节

等方面，曹雪芹又往往是牺牲某些艺术合理性而迁就生活原型之
真实的。

黛玉之死和贾家选媳妇

贾母既然没有弃黛择钗，那么"金玉良姻"是怎样取代了"木
石前盟"的呢？

蔡义江根据"眼泪还债"之说，认为佚稿中写宝玉和宝钗成
婚是黛玉死后的自然结果，黛玉之死与贾家选媳妇没有任何因果
关系，而且说黛玉死后宝玉是情愿娶宝钗的。这种说法的失误是
把黛死钗嫁断在贾家被抄之后，因而发生情节简单化的设想。黛
玉之死真的和贾家选媳妇没有一点关系吗？

前面已经说过，蔡义江虽然从正确的前提"眼泪还债"出发，
却对其他线索伏笔考虑得不够全面，他所设想的情节就不太准确。
蔡义江说："在第八十回后的原稿中，黛玉之死与婚姻问题无关。
她既不是死于外祖母及其周围的人对她的冷淡厌弃，或者在给宝
玉娶媳妇时选了宝钗，也不是由于误会宝玉对她薄幸变心（如果说，
这种误会曾经有过的话，也早已成为过去）。黛玉的'泪尽'，原
因更重大、深刻、真实得多。那就是后来发生了对全书主题和主
线起决定作用的大变故——脂评称之为'通部书之大过节、大关
键'的'贾家之败'（见庚辰本第十七、第十八回合批）。它包括
着获罪、'抄没狱神庙诸事'（庚辰本第二十七回批）。这个突然飞
来的横祸降于贾府，落到了宝玉等人头上，因而也给黛玉以致命

的一击。宝玉被迫出走，黛玉痛惜忧忿，却无能为力，她为宝玉的不幸而不幸，因宝玉的受苦而受苦，她日夜悲啼，毫不顾惜自己，终至将她衰弱的生命中的全部炽热的感情化为泪水，报答了她平生的唯一的知己。"（《红楼梦诗词曲赋鉴赏》）（引者按：庚辰本第二十七回批语应是"抄后狱神庙诸事"而非"抄没狱神庙诸事"。）

这种推测虽然抓住了"眼泪还债"是"报恩"而非"怨恨"的基调，但失之于情节的简单化，也就是忽视了小说的"网状结构"，把头绪纷繁的故事变成直线式的单色调发展了。事实上贾家选媳妇在原著中仍然是一个重大的情节动因，只是它不像后四十回所写的那样是一个情节单纯的包办婚姻的故事，而是和贾家内部争夺财产的派系斗争联系在一起的，甚至还可能有朝廷政治派系斗争对贾府命运影响的牵扯。宝玉的婚姻问题集中了好几对矛盾，因为宝玉成婚意味着宝玉要继承荣国府的财产，而宝二奶奶要接替琏二奶奶的管家职权。荣国府各派势力都要从自己的利益出发在宝玉择偶问题上亮相。

第一对矛盾是荣国府二房嫡子派和庶子派的矛盾。从赵姨娘和贾环的立场来说，他们唯一关心的问题是如何把宝玉打倒或害死，以便继承那万贯家私，而不管宝玉是娶黛玉还是娶宝钗，但要攻击宝玉，也没有别的什么借口，唯一可以抓住的把柄是诬蔑毁谤黛玉和宝玉的关系暧昧。正像宝玉挨打的原因之一是贾环向贾政歪曲夸大金钏儿致死的事情一样，赵姨娘和贾环也会把矛头指向黛玉，因为宝玉对黛玉的感情非同一般，灭了黛玉，也就等于伤了宝玉。

　　第二对矛盾是荣国府大房和二房的矛盾。贾赦和邢夫人早已不满贾母"偏心",对二房抱着幸灾乐祸的态度。因而虽然宝玉娶黛玉还是娶宝钗和他们关系不大,但只要二房出乖露丑他们就高兴。所以当赵姨娘一党造谣诽谤宝玉和黛玉时,他们必然是支持庶子派而反对嫡子派。

　　第三对矛盾是贾母和王夫人的矛盾。从前八十回透露的消息,在宝玉择偶问题上,王夫人与贾母的意见尖锐对立。贾母想撮合宝玉和黛玉,不仅因为黛玉是她的亲外孙女,孤苦无依,还因为她本来就是一个溺爱儿孙、唯宝玉意愿是从的典型的老祖母。王夫人则喜欢自己的亲外甥女宝钗,因为宝钗无论从思想作风、身体健康、根基富贵乃至亲疏远近各方面都比黛玉更合王夫人的心意。

　　第四谈一谈凤姐。从前八十回看,凤姐与邢夫人不睦,主要依靠贾母和王夫人。但在抄检大观园时,王夫人和凤姐的矛盾也已露出端倪。凤姐在当家管事,王夫人却去抄检,这不是让凤姐丢脸吗? 在宝玉择偶问题上,凤姐的立场决定于两个因素,一个是贾母的意愿,另一个是凤姐自己的切身利益。既然贾母赞成宝、黛结合,凤姐当然也会竭力拥护,尤其是如果赵姨娘攻击宝、黛时,更是如此,因为凤姐自己也是赵姨娘务要拔去的一个眼中钉。从凤姐自己的利益考虑,她不愿意回到大房去受夹板气,要继续留在二房管家,必然宁愿要一个弱不禁风、不理家务的林黛玉做"宝二奶奶",而不愿要一个精明强干、城府很深的薛宝钗。这也必然引发凤姐和王夫人的矛盾。凤姐小月时李纨和探春代理家政,王夫人请来宝钗充当"三驾马车"的临时执政之一，其实已经象征着王夫人要用宝钗取代凤姐的未来趋势。

为宝玉选媳妇是择黛还是择钗，就是围绕着这许多错综复杂的矛盾展开的。当然，"眼泪还债"的精神基调也必将贯穿其间。这个故事是立体的、网状结构的、千头万绪交缠其间的。

要解开这个环环相扣的"九连环"，必须对以上几对矛盾条分缕析，尤须抓住两大头绪，即贾母和元春。贾母是贾府内的太上权威，而元春则是"娘娘"，她们的态度对宝玉择偶的取舍具有关键意义。

前面说过，红学界已基本认同贾母是维护宝、黛恋爱的，她没有弃黛择钗。何以贾母的愿望竟落了空，则存在不同的意见。

一种意见以电视剧《红楼梦》的处理为代表，即贾母本已决意撮合宝、黛二玉成婚，但王夫人进宫，带回元春的旨意，择钗而弃黛。由于元春的政治地位更高，贾母也无可奈何。

笔者认为，这样一种局面虽然表面上能说得通，但似嫌将人物间的关系想得过于简单。元春虽深居宫中，但她对贾母和王夫人等人的关系、想法未必就不了解。很难说她就一定站在母亲的立场上反对祖母。在传统社会，婚姻大事应是"父母之命，媒妁之言"。贾元春不仅父母健在，且高堂还有一个掌握贾府大权的、很有主见和杀伐决断的老祖宗。严守礼教的贾元春，不会越过祖母和父母自行决断。退一步说，即使贾妃希望实现金玉姻缘，而在未获得贾母的同意以前，也绝不会以娘娘的身份强行下旨干涉。因为她同样会考虑到黛玉是贾母的面上人，宝玉是贾母"心肝上的肉"。她必须先取得贾母的允诺方能下旨。在这个问题上，贾妃只是暗示而已。

但宝玉娶宝钗乃出于元春的旨意也是不少研究者赞同的。主要根据是"薛宝钗羞笼红麝串"一回，元春端午节赐礼，只有宝玉和宝钗相同，黛玉则和迎、探、惜三春相同。宝玉和宝钗的赐礼是"上等宫扇两柄，红色麝串香珠二串，凤尾罗二端，芙蓉簟一领"。而黛玉和三春，"只单有扇子和数珠儿"。这次赏物显然有所寓意，是后文伏笔。"凤尾罗""芙蓉簟"都与新房的铺陈有关，暗示宝玉和宝钗将来要奉元春的旨意完婚。

问题又来了，宝玉和宝钗奉旨完婚是一回事，元春决定弃黛择钗而置黛玉于死地（即使是间接的）则是另一回事，这二者并不是完全等同的。细察前八十回，似乎有一个总体原则，即金陵十二钗内部不会互相严重伤害，她们都属于"薄命司"，都是薄命女儿，曹雪芹不写她们自相残杀。即使有些纠葛，也无伤大体。因而，由元春置黛玉于死地的设想并不合曹雪芹原意。

因此，"金玉良姻"取代了"木石前盟"，那中间还有许多曲折的细节需要研究，必须懂得曹雪芹的写法是超妙绝伦的，既在人意中也出人意表的。

周汝昌曾经有一个想法，他认为对宝钗和黛玉，元春原本是更喜欢黛玉的。

贾元春归省时，诸姐妹作诗，元春评价说："终是薛、林二妹之作与众不同，非愚姊妹可同列者。"这虽然是人情客气话，但也符合事实。重要的是，这里薛、林并列，未分高下。可是后来贾宝玉作诗，最后一首是林黛玉当枪手，而元春指这一首"为前三首之冠"。当然元春不知是黛玉代作，但这一情节是否有"暗伏"元春喜欢黛玉的意思呢？

后来唱戏，元春最喜欢龄官。过了几回书，却通过贾宝玉看龄官画蔷，说龄官大有黛玉之态。这是否也是元春喜欢黛玉的"伏线"呢？贾蔷本来命龄官给元春唱《牡丹亭》中的《游园》《惊梦》两折戏，龄官却执意要唱《钗钏记》中的《相约》《相骂》两折。《牡丹亭》和《钗钏记》俱是写男女爱情婚姻遭遇波折的故事，按照"戏谶"的"草蛇灰线"，必有影射宝、黛未来婚姻波折之意，这似乎暗示了这样一种意思：虽然元春属意黛玉，但由于意想不到的周折缘故，反而出现了这样的结果——以元春的名义破坏了宝、黛联姻，弃黛而择钗，造成了宝玉娶宝钗的事实。

回头看第二十八回"薛宝钗羞笼红麝串"，当宝玉知道元春赐礼之后，说："这是怎么个原故？怎么林姑娘的倒不同我的一样，倒是宝姐姐的同我一样？别是传错了罢？"也许这"别是传错了罢"竟是一种"语谶"，后来元春赐婚，本来选中了黛玉，由于种种始料不及的缘故，而竟"传错了"，成了宝钗。宫中旨意也会"传错"吗？这看似荒唐，然而也要看当时的情境和具体的写法，并非完全没有这种可能。

因而周汝昌认为，原著中的金玉成婚也存在"调包计"——但那是一个比后四十回续书所写远为复杂而曲折，完全不同性质的故事。

笔者以为，弃黛择钗的核心人物是王夫人。前八十回通过种种暗示，表明王夫人这位二舅母对黛玉逐渐日久生厌，只因贾母在上，才不敢公开流露。宝玉多次砸玉，发狂病，都由黛玉而起，宝玉"行为偏僻性乖张"，不讨贾政喜欢，招致赵姨娘一党和邢夫人大房的嫉恨诽谤，在王夫人看来，全在于来了一个祸根子林黛玉。这股怨气郁积在心，又不能发作，就常常在其他事情上发泄出来，有意无意地"指桑骂槐"。

王夫人先对金钏儿，后来对晴雯大发雷霆之怒，从一定程度上都是她对黛玉不满情绪的迁怒。当然，这种迁怒也许连王夫人自己也不十分自觉，而是一种潜意识活动。

第三十回金钏儿只是顺着宝玉的嘴说了一句玩笑话，王夫人就"翻身起来，照金钏儿脸上就打了个嘴巴子，指着骂道：'下作小娼妇，好好的爷们，都叫你们教坏了！'"执意撵走金钏儿，最后造成了金钏儿投井的悲剧。此举固然由于王夫人信守传统礼教，但一半也由于郁积的对黛玉的不满所勾起。

第三十回金钏儿挨打紧接着第二十九回宝玉和黛玉大闹，"那些老婆子们见林黛玉大哭大吐，宝玉又砸玉，不知道要闹到什么田地，倘或连累了他们，便一齐往前头回贾母王夫人知道"。后来宝玉和黛玉又奚落宝钗，受到宝钗反唇相讥，"宝玉十分讨愧，形景改变"。这一切王夫人都看在眼里，气在心里，却又不能流露发作，所以一旦碰上金钏儿之事，郁积的怒火便找到了爆发点，"好好的爷们，都叫你们教坏了！"这表面上是骂金钏儿，实际是骂黛玉，当然这也许只是潜意识活动，王夫人自己未必意识到。曹雪芹的写作艺术是万分含蓄的，意在言外的，能不能体会到这些弦外之音，就是检验读者的鉴赏水平了。

和上面的情节相联系，到了第三十四回，宝玉由于琪官和金钏儿的事挨打后，深为宝、黛之间可能发生"不才之事"的"丑祸"而担心的袭人向王夫人进言："怎么变个法儿，以后竟还叫二爷搬出园外来住就好了。"理由是"如今二爷也大了，里头姑娘们也大了，况且林姑娘宝姑娘又是两姨姑表姊妹，虽说是姊妹们，到底是男女之分，日夜一处起坐不方便，由不得叫人悬心……"，"王夫人听了这话，如雷轰电掣一般，正触了金钏儿之事，心内越发感爱袭人不尽"。我们不能简单化地指责袭人"打小报告"，诬陷宝、黛，袭人有袭人的道理，站在她的立场上，她说得也够委婉周到了。但林姑娘说在前，宝姑娘说在后，真正担心的是谁？"雷轰电掣一般"的王夫人心里自然明白。"正触了金钏儿之事"，林姑娘又和金钏儿挂上了钩，王夫人真正不满的"教坏了"宝玉的是谁？曹雪芹留下了艺术空白，没有实写，让读者自己体味，这才叫艺术啊。

王夫人后来抄检大观园，说晴雯"眉眼又有些像你林妹妹的……我的心里很看不上那个轻狂样子……"，又骂晴雯："好个美人！真像个病西施了。你天天作这轻狂样儿给谁看？"那暗指黛玉之意更为明显，"病西施"是黛玉的绰号，晴雯是黛玉的"影子"。显然，这种写法是曹雪芹设计的一种"草蛇灰线"。

到第七十七回王夫人亲临怡红院，赶走晴雯、芳官和四儿。"一则为晴雯犹可，二则因竟有人指宝玉为由，说他大了，已解人事，都由屋里的丫头们不长进教习坏了。因这事更比晴雯一人较甚，乃从袭人起以至于极小作粗活的小丫头们，个个亲自看了一遍。"并说:"这才干净,省得旁人口舌。……暂且挨过今年,明年一并给我仍旧搬出去心净。"这"指宝玉为由"而搬弄"口舌"是非的人是谁呢? 可想而知,首先是赵姨娘一伙人,其次是大房邢夫人一党。流言恐怕不光说丫头,也涉及宝、黛关系。邢夫人陪房王善保家的在潇湘馆抄出宝玉旧物就"得了意"是一个明证。在王夫人看来,出现了不利于宝玉的流言,祸根就在林黛玉。第三十三回金钏儿死后王夫人还能够忍耐,没有立即采纳袭人"搬出去"的建议,到了第七十七回王夫人则迫不及待地要把宝玉搬出去了。

这说明随着时间的推移,荣国府内部争权夺利的"自杀自灭"已经愈演愈烈,贾母的宠儿宝玉愈来愈成为攻击陷害的目标,而宝玉和黛玉关系暧昧又是一个重要借口,这也就愈使林黛玉成了王夫人的眼中钉。

所以,后来王夫人向贾母汇报撵逐晴雯之事时,全书第一次出现了"太太"和"老太太"的意见冲突。而王夫人编派晴雯以搪塞贾母的话,句句都更像说黛玉。她说晴雯"一年之间病不离身",是"女儿痨",实际上只有黛玉才这样。说晴雯"懒",第三十二回则有袭人说:"他(黛玉)可不做呢。饶这么着,老太太还怕他劳碌着了。大夫又说好生静养才好,谁还烦他做? 旧年好一年的工夫,做了个香袋儿;今年半年,还没见拿针线呢。"说晴雯"有了本事的人,未免就有些调歪","他色色虽比人强,只是不大沉重",林黛玉花容月貌,风流袅娜,"一肚子文章",可谓"色色比人强",是"有了本事的人",却常闹"小性儿","歪派"宝玉,弄得宝玉失魂落魄。"调歪""不大沉重"不正说中了黛玉的缺点吗？

但黛玉毕竟不同于晴雯，不管王夫人内心多么不满，只要贾母还在，她的不满就只能潜藏在心底。前面已经谈到，元春尽管是"娘娘"，她也不大可能不得到贾母许诺就强行下旨为宝玉决定婚姻大事。因此，笔者认为，佚稿中的故事只能这样进展：贾母先黛玉而逝，或者贾母病得"不省人事"，贾政和王夫人成了宝玉婚姻的决策人物，王夫人弃黛而择钗（如果赵姨娘攻击黛玉，在枕头上向贾政吹耳边风，则贾政也可能受到影响）。黛玉的处境正如紫鹃曾预言过的："没了老太太，也只是凭人去欺负了。"

荣国府内部的一切斗争，其实都围绕着财产继承权问题。而贾母正拥有一笔巨大的财产，是荣国府各派势力都觊觎的。贾母一逝世，这一矛盾立刻凸显出来。以情理推测，如果贾母还来得及作遗言的话，贾母必然让宝玉做大部分财产的继承人，其次是贾兰，对凤姐和黛玉也会有所遗赠。这必然会引起早已怨贾母"偏心"的贾赦、邢夫人的强烈不满，而赵姨娘、贾环自然更是蠢蠢欲动。如果贾母突然发病，没有来得及对财产作明确处分，那她的遗产就更成了各方面人物都想鲸吞的俎上肥肉。

要争夺这笔财产，必须打倒财产继承人。这就是为什么宝玉和凤姐在佚稿中成了众矢之的的导火线。且不说凤姐，要毁宝玉，除了抓他和黛玉的关系这个题目之外，也很难找到别的借口，这就是袭人早就担心过的宝玉和黛玉过于亲密，而容易被污蔑二人有"不才之事"。

于是，流言蜚语在贾母的灵堂前（或者贾母的病床后）传播开来，逐渐发展成大房邢夫人一派和二房赵姨娘、贾环等庶子派联合起来，向二房嫡子派公开进攻。在这种情况下，黛玉落到了"风刀霜剑严相逼"的境遇中，同时，还有朝廷政治形势和政治斗争的变化，会影响贾府的命运，宝玉先前已经由王夫人强令搬出了大观园，这时更由于某一种缘故被迫离开了贾府。黛玉与宝玉彻底隔离了，她一方面非常思念宝玉，另一方面更为宝玉的安危担心，因为传来一些对宝玉不利的消息流言，黛玉于是日夜以泪洗面，开始最后的"眼泪还债"。

当然宝玉离开贾府的一些具体情节不可能也不必设想得十分具体，那情况相当复杂，可能有忠顺王和北静王两派的政治斗争，还可能有战争的背景，而写法又会是"烟云模糊"的。所以，我们强调探佚只探索大的轮廓，不讨论细节。刘心武在《揭秘〈红楼梦〉》第二部中说："有比儿女婚配更紧迫的事情接连袭击贾府：八十回后，节奏加快了，写到贾家的败落。而在这个过程中，当第一波打击来临时，贾母就因惊吓加重了原有的病情，死去了。贾母一死，黛玉就完全失去了依靠，宝玉的婚事，王夫人就可以一手操纵了。贾政在政治旋涡中，本来就惶惶不可终日，哪有很多心思来考虑宝玉娶媳妇的事，王夫人跟他说宝钗很好，他本来对宝钗也有好感，至少没有什么恶感，又是亲上加亲，双方知根知底，没有反对的必要，当然同意。"这也是一种推测，不过贾政的态度还是需要深入研究，贾母之死是否因为"第一波打击"也值得考虑，既然宝玉婚事是奉元春旨意，似乎贾家还没有遭到严重打击。是不是有更复杂的情况？

王夫人本来就不喜欢黛玉，一旦面临这种复杂的家族内斗的局势，她更认为黛玉是宝玉惹祸的根苗。也许贾母有明确遗言让宝、黛成婚，或者贾母至死没有挑明，但诬蔑宝玉的流言有增无减，于是元春乃以"娘娘"的身份出来维护宝玉，那就是主持决定给宝玉成亲。"传错了"的"调包儿"也许就发生在王夫人传达元春旨意之时——元春虽属意黛玉，但在王夫人干预下终于成了宝钗。"金玉良姻"于是取代了"木石前盟"，黛玉泪尽而逝，时在春末夏初。宝玉奉旨回家成婚，于端阳节与宝钗成礼。中秋节宝玉去"落叶萧萧，寒烟漠漠"的潇湘馆"对景悼颦儿"。稍后贾府被抄，宝玉落魄，由于"薛宝钗借词含讽谏"，宝玉于重阳节"弃宝钗麝月"而"悬崖撒手"。

"金玉良姻"取代"木石前盟"的前后大体如上所述。笔者之所以坚持"贾母先逝"之说，是因为贾母这块"镇石"搬掉，荣国府的各种矛盾才会激烈化和公开化，宝玉和黛玉（以及凤姐）才失去了靠山，"金玉良姻"才可能取代"木石前盟"。而荣国府各种复杂斗争的核心是财产，贾母先逝又正好使这一问题变得非常现实。

补充说明一点，就是宝玉离开贾府将是虚写，实写仍然在贾府之内。通灵玉被"误窃"的情节应当也发生在此时。窃贼发现误窃了一块无用的通灵玉，就随手扔在荣国府的一个角落里，这样，贾宝玉虽然离开了贾府，而作为"记者"的通灵玉却留了下来，仍然能如实记录贾府发生的种种故事。后来宝玉回家，就接上凤姐"扫雪拾玉"、"甄宝玉送玉"（脂批）等情节，通灵玉又回到宝玉身上，担任"随行记者"。

综上所述，回到开头的问题，结论是：黛玉之死仍然和贾家选媳妇有关系，王夫人弃黛择钗是导致黛玉"眼泪还债"而死的原因之一。

黛玉逝于何因何时何地

上一节评述已谈到黛玉致死的背景和原因。再总结一下：

一、由于贾母先逝（或病危），"没了老太太，也只是凭人去欺负了"。

二、赵姨娘、贾环为害宝玉以争夺财产，散布流言蜚语，诬蔑宝玉和黛玉关系暧昧，有"不才之事"。

三、邢夫人等大房势力，因嫉妒二房嫡子派，也附和赵姨娘、贾环的攻击。

四、王夫人厌恶黛玉，认为黛玉是宝玉的祸根，强迫宝玉搬出大观园，宝、黛的亲密来往中断。

五、朝廷的政局有变，"王爷一级"的斗争和"犬戎叛乱"作为一种大背景影响到贾府的命运，宝玉也由于某种原因被迫离开贾府，身处危境。

六、王夫人为宝玉议婚，弃黛择钗，借元春旨意违背了贾母遗愿。

在上述种种复杂因缘下，黛玉既受到各种流言和冷眼的压迫，又不能再见到宝玉，而且还为宝玉的生命安危日夜忧心，再加以后来元春旨意传出，婚姻无望，诸般打击接踵而来，病体日益沉重，还可能吃错了药（脂批提示：佚文中有贾菖、贾菱与黛玉吃药有关的故事），黛玉遂无再生之理，"眼泪还债"而死。

有人提出如果宝玉离开了贾府，贾元春赐婚以及贾政和王夫人为宝玉定亲怎么可能发生呢？这其实涉及小说情节的具体写法，故事有错综之妙，结构有组织之巧，是不必胶柱鼓瑟的。

关于贾菖和贾菱配药的情节，刘心武推测是赵姨娘和贾环从中使坏，所谓"贿赂府里药房的配药人，让他们配出慢性毒药，去给黛玉服用，以加快黛玉的死亡……赵姨娘、贾环，他们旁观者清，深知宝玉爱的是黛而不是钗，黛如死亡，宝一定悲痛欲绝，很可能殉情死去，宝玉死了，王夫人、薛姨妈的美梦也就彻底破产了，那时贾环作为贾政唯一的儿子，继承荣府全部家业，也就水到渠成了"（《揭秘〈红楼梦〉》第二部）。

但黛玉最后怎样逝世，则又生异议。

有的研究者如蔡义江赞成"病逝"，主张黛玉备受摧残，病痛交集，自然死亡。地点在潇湘馆。

周汝昌在《"金玉"之谜》中列出十条证据，认为佚稿中所写是黛玉自知不起后投水自尽。所列证据如黛玉所作《五美吟》第一首咏西施，说"一代倾城逐浪花"，如黛玉别号潇湘妃子，用娥皇、女英的神话典故，而娥皇、女英就是投水而死，等等。黛玉自尽之处就是大观园里的水池子，也就是黛玉曾"葬花"之处。

刘心武在《揭秘〈红楼梦〉》第二部中也说："贾母死去后，失去靠山而又病重泪尽的黛玉，就决定自己结束在人间的生命，

林黛玉　改琦 绘

她选择了什么样的死法呢？我认同周汝昌先生的考证，那就是，八十回后，曹雪芹的原笔，是写黛玉沉湖而死。"刘心武又强调说："我一再地使用着一个概念，就是沉湖，我没说投湖，投湖是站在岸上，朝湖里跳，一个抛物线，咕咚，掉下去，动作急促，非常惨烈。黛玉不会是那样的，她是沉湖，就是慢慢地从湖边朝湖心方向一步步走去，让湖水渐渐地淹没自己。黛玉她活着时，是诗意地生活，她死去时，也整个是在写一首诗，一首凄婉的诗。这是一个把生死都作为行为艺术来处理的诗性女子。"

刘心武的说法颇有美学意境，把黛玉葬花和黛玉自杀都归结为"行为艺术"，也颇耐人寻味。不过，这涉及大观园有没有一个"湖"，大观园的"沁芳"似乎是一条流水，而非一个湖泊，当然流水积聚，也会在某处成为池沼，第七十六回湘云和黛玉就在"粼粼然池面皱碧铺纹"的凹晶馆赏月作诗，后来那只白鹤，在黛玉和湘云眼中，也是"池中黑影"。第四十回贾府众人带刘姥姥游园，有一个节目是撑船，那船是"棠木舫"，是小游船一类，凤姐也要撑船，"到了池当中，舡小人多，凤姐只觉乱晃，忙把篙递与驾娘"，而贾母说："这不是顽的，虽不是河里，也有好深的。"用河作比，可见还是类似于小河的流水。撑船游赏，到了蘅芜苑，贾母就上岸了，而撑船时，"其余老嬷嬷众丫鬟俱沿河随行"，可见是类似于"河"的水流而不是"湖"。当然即使是"河"和"池"，要"沉"也是可以的。

再者前八十回写到几个女儿之死，都是写意象征的笔法，如尤三姐自杀，只用"揉碎桃花红满地，玉山倾倒再难扶"的诗句一笔带过，金钏儿、晴雯、秦可卿、尤二姐之死都回避正面描写。因此佚稿中的黛玉之死，即使是投水或沉池，大概也是类似的简略写法。

还有个别人根据第五回黛玉的"册子"上"画着两株枯木，木上悬着一围玉带"，判词"玉带林中挂"，断言黛玉像秦可卿一样是投环——上吊自杀。

笔者以为，说黛玉上吊是把隐喻画面当作实际影射，有些牵强附会，十二钗中既然已有秦可卿悬梁自尽，不可能再写黛玉同样结局，曹雪芹是不作雷同重复之笔的。黛玉投水或沉池，或自然病死皆有可能，总之这涉及具体写法，也涉及不同读者对某些描写的不同理解。

黛玉逝世的时间也有分歧。这又可分两层来说。第一层，黛玉死在贾府被抄之前还是之后，这个时间界限很重要，因为它直接涉及故事构成与人物性格等方面，而影响到故事所包含的思想意义。

蔡义江主张黛玉死在贾府"大败""被抄"之后，他说贾宝玉被迫逃亡，林黛玉因而开始大量"眼泪还债"，那时间概念十分清楚。但按照这种说法，前八十回许多线索都无法解释，而"金玉良姻"也成了贾家破败以后的勉强凑合。

因而笔者赞同周汝昌、徐恭时的意见，认为:黛玉死在贾府"大败""被抄"之前。这和另一个观点相联系，即认为宝玉和宝钗是奉元春旨意完婚，元春还在当贵妃，贾家还没有大败。

刘心武则认为贾府被抄不止一次，第一次抄家是因为匿藏已被抄家的甄家的财物被发觉，这是第一次打击。在第一次抄家后贾母惊怖而死，然后才有宝玉的婚姻。这当然想象的成分更多一点，其中还有些地方需要讨论，比如宝玉奉元春旨意与宝钗成婚，元春还在当贵妃，贾府就被抄了家，抄家后元春还能主持宝玉的婚礼，其中情节过节，似乎还需要梳理圆通。

第二层，是具体时间。即黛玉究竟是死在春末还是中秋。

周汝昌和徐恭时持"中秋说"，后来刘心武也赞成这种说法。除了一些较为次要的论据，主要理由是第七十六回黛玉和湘云中秋联句，黛玉吟出谶语式的诗句"冷月葬花魂"，认为这正暗示黛玉将逝于中秋之夜；另外《牡丹亭》中的杜丽娘也死在一个中秋雨夜，而元春归省时点的四出"戏谶"中有一出《离魂》，脂批说"伏黛玉死"；还有黛玉的"影子"晴雯死在"蓉桂竞芳之月"，在中秋之后。

笔者比较赞成蔡义江提出的"春末说"。主要根据是黛玉《葬花吟》中"一朝春尽红颜老，花落人亡两不知"，《桃花行》中"一声杜宇春归尽，寂寞帘栊空月痕"，《唐多令》柳絮词中"嫁与东风春不管，凭尔去，忍淹留"，以及《枉凝眉》曲子中"想眼中能有多少泪珠儿，怎经得秋流到冬，春流到夏"等，认为黛玉死于宝玉秋天离开贾府后的第二年春末夏初，当然在宝玉离家的原因等问题上，笔者与蔡义江又各有不同的看法。

那么怎样解释脂批所谓《牡丹亭》中伏黛玉死"，用杜丽娘之死象征林黛玉之死呢？笔者认为曹雪芹是灵活化用《牡丹亭》中情节的。杜丽娘是"伤春"生病，中秋夭亡，写林黛玉恰好翻了个个儿，秋天宝玉离开贾府，黛玉开始大量"眼泪还债"，哭到次年春末"泪尽而逝",所谓"秋流到冬,春流到夏"也。

宝、黛为什么被迫分离

前八十回中,宝玉一天两三次跑到潇湘馆看望黛玉。在佚稿中,宝玉和黛玉被迫分离,再不能时常见面。第三十七回探春给黛玉取"潇湘妃子"别号时,说:"将来他想林姐夫,那些竹子也是要变成斑竹的。"第二十八回黛玉对宝玉说:"阿弥陀佛!赶你回来,我死了也罢了!"都是将来宝玉和黛玉分离的"语谶"。但被迫分离的原因,则有三种不同意见。

第一种是蔡义江说贾府事败,宝玉仓皇出走,淹留于"狱神庙"不归。此说之误在于把黛玉之死断在贾府事败之后,前面已经说过。

第二种是电视剧《红楼梦》1984 年脚本的处理所代表的看法:由于赵姨娘等人散布流言蜚语,诬蔑宝玉和黛玉关系暧昧,王夫人遂强迫宝玉搬出大观园,从此断绝了和黛玉的来往。这确有前文"伏线"可循,前面也谈到过。不过贾母尚健在,宝玉虽然搬出园外,黛玉病重时宝玉偶尔去看看,恐怕还闹不到像电视剧 1984 年脚本表现的那样严重。再说这种处理虽然着眼于贾府内部"恨不得你吃了我,我吃了你"的派系斗争,却忽略了宝玉和黛玉的爱情悲剧还和更广泛的社会政治大局变动有关。

佚稿中宝玉、黛玉和宝钗的爱情婚姻悲剧的基本格局应该是:朝廷政治大局的变化牵动贾府内部的派系斗争,这两种背景又直接影响到宝黛钗的爱情婚姻悲剧。

因此，对佚稿中宝玉和黛玉被迫分离的原因，笔者持另一种看法：一方面，确因贾府内部派系斗争，宝玉被迫搬出大观园。另一方面，朝廷北静王集团和忠顺王集团争权的斗争，以及"犬戎叛乱"的背景，都影响到贾府的命运，宝玉在这种背景下被迫离开贾府且身历危境，黛玉因此而"眼泪还债"。过去笔者曾具体设想是不是宝玉被迫从军，但如果设想得太具体，就会因为有多种情节可能性而产生分歧争论，那就接近于文学创作而不再是学术研究，因此这里不再多讨论宝玉离开贾府的具体情况。

第二十八回的结构值得注意，那一回描写宝玉正和黛玉闹微妙的感情纠纷，"只见有人进来说'外头有人请你呢'。宝玉听说，忙撤身出来。黛玉向外说道：'阿弥陀佛！赶你回来，我死了也罢了。'"下面接着写的是冯紫英请宝玉吃酒，同席的还有薛蟠、蒋玉菡等，而中心情节是"蒋玉菡情赠茜香罗"，这是后来宝玉挨打的一个重要原因。忠顺王府后来到贾府追索蒋玉菡，就指出了这条茜香罗汗巾子，而蒋玉菡对宝玉说过，这条汗巾子是北静王送给他的。

这一回后面的另一个主要情节是"薛宝钗羞笼红麝串"，说贾元春差夏太监送到贾府一百二十两银子，叫在清虚观初一到初三打三天平安醮，同时赏赐端阳节的礼物，就是前面说过的宝玉和宝钗的一样。刘心武考证说，康熙废太子胤礽的生日就是五月初三，认为小说中"打平安醮"的写法有影射胤礽的意思。尽管由于刘心武的某些说法搞得太具体而惹人非议，但他注意到的文本现象确实耐人寻味。冯紫英在小说中也的确是一个有些神秘的人物。我们不能用其他小说的常规写法来类比，或者局限于表面上的情节逻辑作简单的推衍，而忽视了曹雪芹写《红楼梦》的特殊艺术构思和手法。

第二十八回把宝玉挨打的原因与上述那些迷离恍惚的背景紧密挂起钩来，让黛玉说"赶你回来，我死了也罢了"这种"谶语"式的话，应该说的确有言外之意。故事情节不必猜测得过于具体，也不一定和清代的历史真实一一凿实，但曹雪芹提示的总的格局值得注意：佚稿中宝玉和黛玉被迫分离，不仅和贾府内部的派系斗争有关，也和朝廷的政治斗争密切联系在一起。

佚稿中会有某些虽然写得比较隐蔽模糊但又意旨明确的政治背景，这在前八十回中是有许多"草蛇灰线"的。比如探佚研究所揭示的一些重大情节：贾探春和番远嫁，贾元春类似于唐朝杨贵妃的下场（当然不一定就要写被缢死，具体细节可以有多种写法），"柳湘莲一干人""日后作强梁"，贾兰出将入相的"虚名儿"等。此外，对贾宝玉和史湘云也有一些值得玩味的描写：

前八十回多次写到宝玉"习射"。

第六十三回芳官对宝玉说："既这样子，你该去操习弓马，学些武艺，挺身去拿几个反叛来……"

第三十六回宝玉对袭人批评"文死谏，武死战"："那些武将不过仗血气之勇，疏谋少略，他自己无能送了性命，这难道也是不得已……"

第七十八回宝玉作古风歌咏林四娘，明影晴雯而暗射黛玉，而衡王和林四娘的故事是充满了血雨腥风的政治、战争背景的。

第四十回史湘云念酒令"双悬日月照乾坤""闲花落地听无声""御园却被鸟衔出"也影射了朝廷政治斗争的变迁。

再加上秦可卿神秘的死亡，义忠亲王用过的棺木，潢海铁网山的有意暗示……

这些"假作真时真亦假"的"草蛇灰线"都不是偶然的巧合或无深意的闲文点缀，而确有其微言大义。当然在具体考证是哪一个"原型"时应该有分寸，但作为小说的寓意，是不能麻木不仁、视而不见的。

薛宝钗扮演的角色

自从后四十回续书问世，"调包计"和"黛死钗嫁"的故事流行，对薛宝钗这一人物的评价就充满了争论。虽然不同的历史时期有不同的意识形态背景，但基本倾向不外两种：大体否定的和大体肯定的。

首先对薛宝钗的基本定位，究竟是一个城府深严、含而不露的伪君子，还是一个品格端方、光明正大的传统淑女？尤其是，曹雪芹本人对宝钗的态度是怎样的？

后四十回续书写薛宝钗明知宝玉爱的是黛玉，却作出一副婚姻大事由"父母之命"决定的姿态，说一切听薛姨妈做主，自己不表态，实际上在宝玉和黛玉之间扮演了"鸠占鹊巢"的角色。尽管作者铺排了一些"客观形势"，似乎也为宝钗的这一行为写出了某种合理性，但基本的情节故事，总让读者由于同情黛玉而对宝钗有不太好的感觉。后来在"反封建"的革命意识形态主导下，评论家们发展出一套模式化语言，对薛宝钗大张挞伐，说她"一心想登上宝二奶奶的宝座"，是有意插足宝黛爱情的"第三者"。这些评论虽然有时难免夸大其词、不够准确，但大体上也符合后四十回所演绎的情节内容。

对前八十回中的薛宝钗，也存在两种意见。否定宝钗的人说，即使在前八十回，宝钗也早已老谋深算，讨好巴结贾母、王夫人，排斥陷害林黛玉，尤指宝钗戏蝶时窃听小红和坠儿谈话一段情节中的举动，是暗损黛玉的铁证。总之，宝钗早就一心想嫁给贾宝玉，她一言一行都为达到这个目的，玩弄了不少花招手腕，是一个两面派和阴谋家。

这些评论的出现，很大程度上是受一种思维模式的影响制约，即政治教化的传统和近现代的意识形态，都比较强调"善""恶"分明的二元化对立思维，也就是脂批所批评的"恶则无往不恶，美则无一不美"的简单化审美套路。

其实，曹雪芹的审美思想恰恰是超越这种套路的，用《红楼梦》里的话来说，就是要打破"千部共出一套"的习惯性思维，写出"追踪蹑迹"的真的人物。因此曹雪芹笔下的薛宝钗是一个性格立体的人物，她是作为一个标准的传统淑女出现的，德、容、工、貌、才，无所不备。如聂绀弩在《略谈〈红楼梦〉的几个人物》中所说，宝钗岂止不是坏人，而且是一个十全十美的人。美；有文才，博学多识；不爱搽脂抹粉、穿红着绿；豁达大度，别人说她什么也不计较；善于体会尊长意旨，贾母叫点戏，就点贾母爱看的戏，在王夫人面前，说金钏儿不一定是自尽而是失足落井，以宽解王夫人的心；把自己的衣服给金钏儿做殓衣，也不忌讳；善于避祸，如对红玉之事；也善于避嫌，常远着宝玉，看见宝玉进潇湘馆了，自己就不进去；慷慨而能有助于人，送燕窝给黛玉，替湘云做针线，替岫烟赎衣物；随和，看见人家针线好，就帮着绣几针，看见蚊子叮宝玉也赶赶；有时也玩玩，如扑蝶；幽娴贞静，对婚姻听天由命，反正会有一个有玉的人来，用不着性急……如此等等，一下子说不完，真是个十全十美的人。

聂绀弩进一步说，曹雪芹这样写宝钗，并不等于说把她写成和宝玉或黛玉一样的人，仍然是写成宝玉和黛玉的对立面，是个封建人物，是代表封建家庭直接与宝玉和黛玉这对爱侣发生摩擦的人物，是个封建社会的完美无缺的少女的典型。写了宝钗这样一个人，封建与反封建才有直接的正面的冲突，才显出两方面冲突的意义。当然，宝钗这个人是不动声色的。只需要把她往那儿一摆，冲突就自然产生了。二玉间的许多事，并不是因为宝钗做了什么而引起的；而只是因为有这么一个人在那儿而引起的。她的存在，不在于使封建与反封建的冲突表面化或尖锐化；而在于使这个冲突转化为反封建中的内部矛盾。宝钗是个封建制度的化身，另一方面，她自己也是个好女孩子，不过被封建道德毒害了，因之，同时也是封建制度下的牺牲品。

这种评论仍然属于革命的意识形态范围，但比较不那么教条化、简单化，在20世纪的大氛围下，也就算是比较客观和深刻了。类似这样基调的文章也有一些，如有一篇文章说曹雪芹是把薛宝钗写成按照封建礼教陶冶的较为单纯善良的少女，只是由于对封建礼教的无条件膜拜，以致把自己一步一步变成了封建礼教的俘虏、封建利己主义的仆从，加上皇商家庭的熏染，使她在封建主义泥沼中越陷越深，失却了少女的纯真和善良，竟然那样冷酷无情地看待封建礼教制造的人间悲剧，显露出封建道德的冷酷性，也使她具有"任是无情也动人"的性格特征。

实际上，曹雪芹对薛宝钗的态度是双重的。

一方面，曹雪芹自己的思想感情显然更多地倾向于宝玉和黛玉，对宝钗身上所体现的传统道德并不是完全认同，而有批判的成分，确实写出了传统道德在宝钗身上投射的某些阴影，但其写法也非常有分寸，主要是写一种客观的思想影响，而不是写主观上怎么"坏"。

另一方面，曹雪芹对宝钗无疑也是非常欣赏的，对她的命运充满了同情悲悯。我们只看他把宝钗和黛玉并列为"薄命司"里的第一名，在《红楼梦引子》中无限慨叹地说"因此上演出这怀金悼玉的红楼梦"，在《终身误》曲子里称宝钗为"山中高士晶莹雪"，又描写她吃的"冷香丸"是用四季的白花蕊做成，让她住进幽雅冷静的蘅芜苑，等等，无不表现对宝钗的珍重、赞赏、同情、悲悯，而绝对不是当成一个伪君子或"小人""坏人"。

当然，曹雪芹的那支笔是太玲珑了，太精妙了，把复杂的生活与人性刻画得面面俱到，意味悠远，因而颇有了一点"朦胧诗"的味道，可以叹为观止，却不能作截然的判断。比如他写宝钗"金蝉脱壳"，假说寻找黛玉而避开了自己的嫌疑，却使丫头疑心黛玉听了去了。从客观效果来说，也确实有损于黛玉，但书中又把这描写成一种仓促之间的必然反应，以寻黛玉为借口也有心理学上的根据（宝钗本来要去找黛玉的），又特意明确写宝钗事后想"这件事算遮过去了，不知他二人是怎么样"，点明宝钗不是有意陷害黛玉。面对这些描写，我们只能对曹雪芹的写作艺术击节赞叹，却不好说他要写宝钗如何坏。

我在《石头记探佚》中曾说："宝钗绝不是一个阴沉险恶的奸人，而是一个品格奇特的高士，虽然又是一个有浓厚封建正统思想的高士。"这样一个薛宝钗到了佚稿里，在"木石前盟"和"金玉良姻"的矛盾纠葛中，将是一个更要把握分寸才能正确认识的人物。一方面，她绝不可能和黛玉争夺宝玉而鸠占鹊巢，另一方面，她又身不由己地卷进了这一复杂事件之中，在荣国府各派势力互相角逐的争斗里，在朝廷政治斗争影响下的贾府命运的演变中，在各种错综的矛盾交织中，被推上了"宝二奶奶"的座席，开始了她的悲剧命运。

薛宝钗一出场就有一把金锁，而且有一个癞头和尚给了两句吉利话錾在上面，说将来有玉的才可配为婚姻。这当然是照应第一回的茫茫大士，是一种神话宿命的背景设计。而不应该简单机械地理解为薛家母女早在进京之前就已策划好阴谋，有意预先打造一把金锁，到了荣国府就造舆论，很明确地为把宝钗嫁给宝玉而做各种活动。

这种审美很符合一段时期把一切都想成是"有组织、有计划"的斗争思维模式，其实把曹雪芹高超的艺术庸俗化了。前八十回的薛姨妈是一个宽厚老好人的形象，不是一个老奸巨猾的阴谋家，曹雪芹的写作是一种自然的生活流的风格，如行云流水，妙在有意无意之间，其实也是用一种写诗的方法写小说。这才能够最富有魅力地写出生活的全部复杂性和微妙性。

前面已经介绍过"金玉良姻"终成事实的前因后果，那么薛宝钗出嫁以后的情况又是怎样呢？

周汝昌提出宝钗与宝玉结婚后并无夫妻实事之论，他在《红楼梦新证》里说，宝玉和宝钗婚后的关系"是高友而非昵侣"，"实际上还是姨姊弟"。这一论点之所以不容易被人接受，是因为曹雪芹所要写的这种境界太高超了，没有读到具体故事的读者确实觉得不好想象。其实，宝玉和宝钗婚后的这种特殊关系前八十回暗示得十分明显：

第二十二回"制灯谜贾政悲谶语"，宝钗所作灯谜有句"琴边衾里总无缘"。

第二十八回宝玉偶然对宝钗的白臂膀动了羡慕之心，可是紧接着写他心想只因生到宝钗身上，今生无分了。这其实也是一种隐喻。

第三十六回"绣鸳鸯梦兆绛芸轩"，宝钗于宝玉午睡时出于无心坐在宝玉榻上刺绣，宝玉醒来知道以后说："不该！我怎么睡着了，亵渎了他。"从曹雪芹特有的笔法看，宝玉说这种话正暗伏他婚后对宝钗敬重而不亲狎的态度。

《终身误》曲子称宝钗"山中高士晶莹雪"，前八十回多次描写宝钗脾气古怪，不爱花儿粉儿，所服冷香丸用四季白花蕊配成，以及判词中"金簪雪里埋"等等，都不仅暗示宝钗后来"守寡"，而且关合宝钗虽与宝玉举行了婚礼，实际上却以处女而终老的特殊结局。

再从一个总体性的典故隐喻看，曹雪芹用娥皇、女英的故事象征林黛玉和史湘云，她们是宝玉的两个"湘妃"，怡红院里蕉、棠两植也分别象征黛玉和湘云，却没有宝钗的位置，也正和宝钗那种特殊的命运互相照应。

宝玉和宝钗婚后，宝钗曾对宝玉"借词含讽谏"，这是脂批透露的佚稿故事——当然还会有别的故事。"讽谏"的故事是和第二十一回中袭人对宝玉的"娇嗔"相对应的，可见是写宝玉和宝钗的思想冲突。另一条脂批则说宝玉后来"弃宝钗、麝月"出家为僧，"悬崖撒手"。由于有脂批的明确提示，红学界对此没有争议。

笔者认为，宝玉和宝钗成婚的日子在端阳节，正与第二十八回元春端阳节赐礼的伏线前后呼应。宝玉"弃宝钗、麝月"出家之日则在重阳节，所以宝钗《咏菊》诗有句"慰语重阳会有期"，《画菊》诗有句"粘屏聊以慰重阳"，《螃蟹咏》诗有句"长安涎口盼重阳"，宝钗后来放风筝，风筝是"一连七个大雁"——"九"数少二，暗点九九重阳宝玉出家，都是影射。从端阳节到重阳节，宝玉和宝钗共同生活的日子不到半年。宝钗和宝玉的婚姻既然只是徒存形式，当然也不会像后四十回续书所写留下"接续祖基"的儿子。

宝钗在宝玉出家后的结局，一般认为无非是孤身终老而已。有一种笔记说宝钗"难产早卒"，但研究者认为这可能只是另一种续书所写，而不一定是曹雪芹原稿中的故事。后来吴世昌在《〈红楼梦〉探源外编》中提出一种独特的观点：薛宝钗在贾宝玉出家后改嫁贾雨村为妾，贾雨村犯罪处刑后家属从军，宝钗路毙，埋于雪中，以应"金簪雪里埋"的判词。

吴世昌此说的主要依据是第一回贾雨村中秋之夜对月吟句，有"玉在椟中求善价，钗于奁内待时飞"，旁有脂批："表过黛玉则紧接上宝钗。前用二玉合传，后用二宝合传，自是书中正眼。"因为贾雨村表字时飞，"价"谐音"贾"，"待时飞"不就是宝钗要嫁给贾雨村吗？

这种说法曾长期受到嘲笑，认为是探佚"走火入魔"想入非非的一个典型例证。不过也有少数人是赞同的。比如朱淡文在《红楼梦论源》中也持相近的看法。新世纪又有田同旭发表论文《薛宝钗另有情缘》，不仅重申宝钗嫁贾雨村的结论，还作了几条补充论证。

田同旭主要从四个方面作了补充：一、既然晴为黛影，袭为钗副，晴雯遭诬陷而亡，黛玉也遭诬陷投水，那么袭人改嫁蒋玉菡，宝钗也应另有他适。二、西施、湘妃投水而亡，黛玉也投水而"冷月葬花魂"，而书中用杨贵妃比宝钗，"蘅芜君"的雅号典故出自汉武帝的李夫人，杨贵妃和李夫人都曾一女而事二男，那么宝钗也曾践二庭、被双鞍，并没有终身守寡。三、宝钗的象征花卉是牡丹，签诗为"任是无情也动人"，出自唐代罗隐的《牡丹花》诗，第一句为"似共东风别有因"，因此认为"关键在于首句所指，其意为牡丹似乎与东风另有情缘，不会是指贾宝玉"。四、"东风"可演化为"东风化雨",而贾雨村"姓贾名化,表字时飞,别号雨村"——因此,薛宝钗之"另有情缘"者,就是贾雨村。

这当然也是一家之言。不过探佚研究,不能脱离小说的整体思想倾向和曹雪芹的美学宗旨,并不是单纯从字句典故上寻绎索隐。曹雪芹给薛宝钗的品目是"山中高士晶莹雪","金簪雪里埋"也是洁净冷淡的境界,并不是另攀高枝的庸俗意思。娶了花袭人的蒋玉菡虽然是优伶,却是"正邪二气所赋之人",其实和宝玉同一类型。而贾雨村,虽然曾发表"正邪二气所赋"的高论,却被写成是一个"禄蠹",又为了讨好贾赦而陷害石呆子,是个"恶人"。二者并不能简单类比。花袭人抽的花名签语是"桃红又是一年春"——比喻别有洞天,宝钗抽的花名签语是"任是无情也动人"的牡丹,中心词语是"无情",也就是"冷"。这与黛玉和晴雯都用芙蓉花象征也不能简单类比。在第一回的《好了歌解注》和第五回的"册子"以及"红楼梦"曲子这些最主要的"谶语"中,都没有丝毫薛宝钗要嫁贾雨村的暗示,因此说宝钗终嫁贾雨村的论证是牵强的,一般读者也难以接受。当然,从另一种角度说,既然贾雨村曾给林黛玉当老师,薛宝钗嫁贾雨村也不是完全说不过去。

我的看法是那两句关键的联语不应割裂开来。"表过黛玉则紧接上宝钗"——"玉在椟中求善价",是暗指林黛玉的出场,以贾雨村将给她当老师引出,"善价"即"善贾"。那么"钗于奁内待时飞"是指薛宝钗的出场,以贾雨村到应天府上任审判"葫芦案"为触媒。薛蟠打死人冯家得钱那一段正文有脂批加评,说得很明白:

"盖宝钗一家不得不细写者。若另起头绪则文字死板，故仍只借雨村一人穿插出阿呆兄人命一事。""但其意实欲出宝钗，不得不做此穿插。"可见这两句联语隐伏的情节主要在前五回内，主要和两位女主角的出场有关，而和八十回后佚稿内容无关。

刘心武赞成宝钗和宝玉婚后"还是姨姊弟"的说法，认为"二宝虽结为了夫妻，却并没有过正常的夫妻生活"。对宝钗最后的结局，刘心武则说："究竟宝钗死没死呢？应该是死了，但根据这个人的一贯性格，她不会自杀……她嫁给宝玉后，当然就希望宝玉能回归'正道'，凭借'好风'，在科举考试中金榜题名，她会把这样的人生目标坚持到底。但是，严酷的现实最后彻底碾碎了她的向往，贾家在接踵而至的打击中瓦解崩溃，四大家族，包括她娘家，一枯俱枯，她应该是在抑郁中、焦虑中因病而亡。'金簪雪里埋'，她可能是死在严寒的冬季，她彻底地冷了，僵了，再不用吞食冷香丸，也失却了香气，悲惨地化为了白骨。宝钗的命运，尤其值得我们深深地喟叹，从思想立场来说，她是忠于那个社会的主流价值观，是拼命压抑自己的人欲，去迎合那个社会的规范的。但是，那个社会里的政治，那种虎兕恶斗的权力之争，对个体生命的价值是毫不顾及的。你就是忠于我的价值观，你所属的那个家族如果被宣判为罪方，而且遭到了失败，那么，对不起，也会把你像蚂蚁一样，一脚踹死，管你是否曾经努力地劝说过你那个家族的成员如何地走'正路'，你自己又如何地自我收敛，自我灭欲，努力地做到中规中矩，到头来，你就还是个随逝水、委芳尘的下场！曹雪芹他就在这样升华着《红楼梦》的主题，他等于

137

在告诉我们，个人是历史的人质，个体生命无法从时代社会的大框架里遁逃。这样的主题，在全世界，特别是在西方，是到18、19世纪，才在文学里冒头的，可是曹雪芹在18世纪上半叶就写出来了，真是非常地超前；而且，他通过宝玉、黛玉、妙玉这些形象，还表达了冲破这种'人质'身份的努力，那就是，坚定地避开主流，在边缘寻求完整的个人尊严，追求诗意的生与死。"(《揭秘〈红楼梦〉》第二部)

刘心武也表示不赞成薛宝钗可能嫁贾雨村的思路："你想宝钗一生是多么尊崇封建礼教，从一而终，这个封建道德规范，她一定要实行到底，她不可能再嫁给任何人。"(《揭秘〈红楼梦〉》第二部)

"探佚"必然结合着"论佚"，探佚的终极目标是让曹雪芹被矮化和扭曲了的思想和艺术凸显出来，是为了让《红楼梦》的思想和艺术光辉冲破历史的铁屋子而普照人间。探佚学不是"红外学"，而是地道的"红内学"，从刘心武的以上论述中也可以窥斑而知豹。

围绕着"金玉良姻"和"木石前盟"的"宝黛钗爱情婚姻悲剧"，红学界探讨的一些重要问题大体如上所述。

贾元春之死和贾府事败

曹雪芹原著佚稿中的贾府"事败"头绪纷繁，情节十分复杂，而其基本的结构格局，是朝廷的政治斗争影响贾府的命运，却用一种旁敲侧击的手法影影绰绰地来写，只是一种可以感觉到的"背景"。

红学研究有所谓"两条主线"之说，即贯串全书的两条主线是宝黛钗的爱情婚姻悲剧和贾府的盛衰兴亡。其实，要说主线，家族的盛衰兴亡才是更基本的，宝玉、黛玉和宝钗的爱情婚姻纠葛只是家族盛衰中一个比较突出的故事而已，而且这个故事是和家族命运紧密地交缠在一起的，绝不像后四十回续书所写是不相干的两张皮。具体地说，宝黛钗爱情婚姻悲剧不仅与贾府内部自杀自灭、尔攻我伐相关，而且还与贾府兴衰的政治和社会背景发生联系，这在前面已经做过介绍。

贾府的盛衰命运，贵妃贾元春的升沉自然是一个象征。本章介绍贾元春之死和贾府的"事败"——两个问题其实是一个问题。

红学界对这方面的专题研究不多，但也有一些基本认同：

一、一致肯定原著佚稿中贾府也被"抄没"，而且是"忽喇喇似大厦倾""落了片白茫茫大地真干净"，事发突然，景象极惨，与后四十回续书所写尚留有余地而且后来又"复振"大不相同。而抄家的描写是有"生活原型"的，就是曹家和李煦家等的真实经历。

元春

贾元春　改琦 绘

二、一致肯定元春死在贾家被抄之前，都同意元春非正常死亡，而且与朝廷政治斗争的政局变化有关，不同于后四十回的病故。

三、一致认为被抄没时贾家的部分成员曾被捕入狱。至少贾赦入狱没有疑问，因为《好了歌解注》中有一句"因嫌纱帽小，致使锁枷扛"，旁有脂批"贾赦、雨村一干人"。其他成员是否入狱还有争议。

四、一致认为抄没之后贾宝玉穷到住破庙，没饭吃。因脂批明确提示宝玉后来"寒冬噎酸齑，雪夜围破毡"；又《好了歌解注》也有一句"金满箱，银满箱，展眼乞丐人皆谤"。下批"甄玉、贾玉一干人"；再第三回赞宝玉的《西江月》词中有"富贵不知乐业，贫穷难耐凄凉"。

认同到此为止，再深入下去，则意见参商。

"虎兔相逢大梦归"

第五回太虚幻境里的册子，第三幅是隐喻贾元春："只见画着一张弓，弓上挂着香橼。也有一首歌词云：二十年来辨是非，榴花开处照宫闱。三春争及初春景，虎兔（一作兕）相逢大梦归。"

首先，对于末句"虎兔相逢大梦归"这句涉及贾元春死因的判词，红学研究者对它的理解和解释颇有分歧。

第一种解释，按十二生肖与天干地支的对应关系，将"虎兔相逢"释为"寅年卯月"，是元春死亡的日期。但小说第一回明明说"无朝代年纪可考"，这里为什么忽然冒出一个年月来呢？

第二种解释在第一种解释的基础上和清朝的历史联系起来，说"虎兔相逢"是指康熙六十一年（壬寅）与雍正元年（癸卯）之交，影射康熙皇帝死后雍正皇帝继位，致使曹家由盛转衰。但判词的作用应该首先和小说本身的情节相关，然后才能谈到对历史的影射。"家史"只是素材，必须转化成小说才行，假作真时真亦假，但必须既有"假"也有"真"，而这种解释缺少这种转化，只有"真"没有"假"，并没有说明"虎兔相逢"和元春这个小说人物有何关系。

第三种解释，说"虎"指宫廷，"兔"指元春，"虎兔相逢大梦归"是说元春入宫而死。但这样说实在有点太泛，也让人觉得不是很有说服力。

第四种解释说"虎兔"都用了典故，"兔"和后宫相关，"虎"喻无常，即"死亡"，所以"虎兔相逢"的注脚便是"喜荣华正好，恨无常又到"。但"虎"和"兔"的这两个典故出处都比较偏僻，并不是常见的，而曹雪芹在《红楼梦》里使用谶语、影射一类技巧时，经常是用当时最流行的诗词和典故等，如《千家诗》里的诗句等，并不用过于偏僻的词语典故。所以这种解释在用典上似求之过深，在寓意上又显得太浅。

第五种解释根据己卯抄本和杨继振藏抄本上"虎兔"作"虎兕"，认为"虎"和"兕"代表朝廷两派敌对的政治势力，贾元春是两派势力斗争的牺牲品。林冠夫《再说"虎兕"》（《红楼梦纵横谈》）一文对这个问题有比较全面的论述。

第六种解释是杨光汉发明。庚辰本第十四回有一条脂批，说当日与宁荣二公并称"八公"的其他"六公"的姓名中有"所谓十二支寓焉",其中理国公柳彪——"柳拆卯字,彪拆虎字,寅字寓焉"。杨光汉根据这节脂批,认为"柳字是可以拆卯字的",卯属兔,故指一柳姓人,即柳湘莲。然后又转了几个弯子说元春之名"寅字寓焉",寅属虎,故虎指元春。"虎兔相逢大梦归"是说元春被柳湘莲逼死。其具体情节则是:以柳湘莲为首的义军进逼京师,迫使皇帝重演马嵬之故事,降旨将元春"赐死以谢天下"。

这种说法杨光汉在 20 世纪 80 年代就已经提出,被目为红坛一怪,备受讥评。其实杨氏此说也有合理因素,但措辞分寸没有把握好,失误主要在于:

一、"虎兔"解释成分别代表贾元春和柳湘莲俱显牵强,缺乏说服力。

二、解"榴花开处照宫闱",说"榴花"谐音"柳花",更觉勉强。

三、把脂批提示"柳湘莲一干人""日后作强梁"渲染为"农民义军",而且使用了一些"革命性"的话语,遂使一个学术论点显得有些滑稽。

笔者对杨氏的观点是一分为二的,吸取了其中的一些合理成分,对"虎兔相逢大梦归"作出新的解释:"柳拆卯字,彪拆虎字,寅字寓焉。"按十二生肖的对应关系,卯属兔,那么"虎兔相逢"就是指柳彪其人,全句判词是说贾元春之死(大梦归)与柳彪直接相关。因为贾元春的结局类似于"马嵬之变"中的杨玉环,而"马嵬之变"中六军哗变的首领是陈玄礼,那么柳彪(或其孙柳芳——"芳"字可以和"沁芳"相关,而"沁芳"隐喻贾元春等十二钗之悲惨结局）将是类似于陈玄礼的角色，是贾元春致死的直接索命人。笔者认为佚稿中有"犬戎叛乱"和"柳湘莲作强梁"交织而成的政治背景，而这是元春致死的大背景，虽然笔者又一再强调，这种背景将写得很隐晦，不会有刀对刀、枪对枪的正面描写，重点笔墨落在由这一大背景引发之贾府的败落及十二钗的命运。

杨光汉和笔者的一些思路后来被刘心武借用，演绎成"学术小说"《贾元春之死》，再往后在《红楼望月》中又整合为"日月之争"中的组成部分。研究历程的前后继承和发展是明显的。在刘心武的体系中，柳湘莲的身份又有了改变，不再是单纯的民间义军，而成了朝廷内部斗争中在野派别即"月派"那一方的一个成员。

对每一次新观点的提出，挑它的毛病是允许的，但不要以偏概全，因看到其"荒谬"的一面，就对其中的某些合理因素熟视无睹。要客观地作进一步分析整合，使问题的探讨深化，推动学术研究往前走。虎和兕分别代表忠顺王集团和北静王集团，而贾元春应该是这种朝廷政治斗争的牺牲品。从小说本身而言，这似乎是一种比较圆通的说法。如果是"虎兔"，作为小说艺术，笔者的解释也能自圆其说。

"两个皇帝"夺玉玺

我们知道，"马嵬之变"实际上隐含着"两个皇帝"的变迁。即由于安禄山叛乱，唐玄宗带着杨贵妃逃往四川，行至马嵬而军士哗变，杨贵妃被逼自缢而死，唐玄宗本来只是委托太子监国，太子却自行当了皇帝，就是唐肃宗，唐玄宗成了太上皇。

《红楼梦》中的贾元春类似于唐朝的贵妃杨玉环，那么佚稿中是否也有类似"两个皇帝"事件的背景呢？

这个问题，周汝昌在《双悬日月照乾坤》(《红楼梦的真故事》)一文中已经提端引绪。他指出，在曹雪芹原著中，存在着北静王和忠顺王之间的政治斗争，两雄较量，元妃致死，贾府败亡——正是"王爷一级"的政治巨变的干连结果。而这种写法正取材于曹家当年的政治背景："在清史上，乾隆四五年之时，正有这样一件大事故发生……那一次，废太子胤礽之子弘皙，已经成立了内务府七司衙署等政治机构，实际上自己登了皇位——要与乾隆唱对台戏，并且曾乘乾隆出巡之际布置行刺。怡亲王之子弘晓（宁郡王）等也在内。很多人都在案内牵连，并且也涉及外藩。这恰恰是'双悬日月照乾坤'的背景。""在雍正时，他回顾往事，就说过诸王作'逆'时，是罗致各色人等，包括僧道、绿林、优伶、外藩、西洋人……在乾隆四五年大案中，恰好也是如此。明乎此理，则仔细体会一下雪芹之笔端的蒋玉菡（优伶）、柳湘莲（强梁）、冯紫英、倪二、马贩子王短腿……隐隐约约，都联在一串，都是后来'坏了事'的北王这一面势力旗帜下的人物。宝玉、凤姐落狱，一因僧，一因道，又颇有下层社会的人等前往营救。""'三春去后诸芳尽'正是这个'双悬日月照乾坤'的总结局。"

刘心武"日月之争"的种种说法，其实主要从周汝昌的上述言说中发展演绎而来。当然刘心武发挥了更多的想象力，言多易失，也就会出现一些漏洞和说不周全的地方。挑漏洞当然可以，也很容易，但对那些小说文本中的现象也应该正视，不能用一句"想入非非"就回避过去。其实，这是每一个真正深度进入曹雪芹小说文本的人必然会感觉到的东西。你必须对这些现象作出解释，追溯根源，当然在追溯思考的时候可能会有多种猜测，会有不严谨不准确的地方，但总比压根儿麻木不仁毫无感觉要强得多。

拙著《石头记探佚》1983 年的最早版本中，虽然没有明确宣示"两个皇帝"，却包含了相似的意思："元春的模特儿原是曹寅之长女、曹雪芹之姑、平郡王纳尔苏之妃。而平郡王纳尔苏正是在康熙五十七年随抚远大将军、皇十四子胤禵率二十万精兵驻西宁，讨伐准噶尔的叛乱。康熙六十一年，皇四子胤禛用阴谋夺得帝位，是为雍正。他一即位，立即解除胤禵的兵权，将其调回京圈禁终身。而平郡王纳尔苏也于雍正四年七月以'犯法妄行'的罪名革去王爵，圈禁在家。……八十回后写元春之死，当然会与她的原型平郡王妃的遭际有关。"胤禛与胤禵，正是为争夺帝位而角逐，不也是"两个皇帝"事件吗？

当然无论雍正继承皇位的斗争，还是乾隆朝的"日月之争"，都只是"原型"和"素材"，到了小说中都会发生艺术变形，转化为艺术形象，"三朝秘史"会融为一体，变成假作真时真亦假的小说情节。而我们既不是在搞纯粹的历史研究，也不是在搞艺术再创作，而是结合历史背景和小说文本作一些有限度的推测探讨，各家研究者会有不同的说法也很自然。

佚稿中的元妃之死，拙著当时这样推考："那情节大概是这样的:宝玉所说'自尧舜时便为中华之患'的'匈奴''犬戎'不再'拱手俯头',而进行叛乱,猖獗一时,世荫武职的贾家也被委以军任参加战事。可是平时只知吃喝玩乐的贾赦、贾珍之流却弓马荒疏,不谙韬略,在战场上连连失利,甚至在军前'贪婪受贿',以致贾家的政敌群起而攻之,最后终于累及元妃,使元春遭到了'马嵬之变'中杨玉环的下场。"当然这只是限于当时的研究水平一种粗线条的推测,也可能只是小说佚稿中复杂背景的其中一部分。

"榴花开处照宫闱"有典故。南北朝时北齐安德王高延宗称帝,把赵郡李祖收的女儿纳为妃子,后来高延宗到李宅,妃子的母亲宋氏献上一对石榴,取石榴多子的意思表示祝福妃子多生子嗣。而元春的"册子"上"画着一张弓,弓上挂着香橼","橼"谐音"元"和"冤",弓也是生子的典故,《礼记》说古代生了男孩,要在门左边挂弓。那么,可能佚稿中还会有这样的情节:元春生皇子引发继承皇位的宫廷斗争,曹雪芹又可以用这样的故事双关暗示雍正继承皇位和乾隆朝为争皇位发生的政治斗争,也就是"两个皇帝"的背景。

前面提到的杨光汉的论点实际也包含"两个皇帝"事件,也认为元春之死类似于"马嵬之变"中的杨贵妃,只是他把"柳湘莲所在的义军""进逼京城"作为事件的主因。当然这有点简单化,也显出其思维方式还留有某些强调"阶级斗争"未泯的历史痕迹。

还有丁维忠的《元妃之死》(《红楼梦:历史与美学的沉思》)一文,也比较详细地论述了元春之死是出于两个王爷集团斗争的结果。他从"析'虎兔相逢大梦归'""元妃薨逝的时间""元妃的失宠与监禁""元妃的失宠或失势的原因""综观'大梦归'"几个方面作了探佚考论。其总的结论是:"在《红楼梦》原著后部佚稿中,关于元春的结局,有两个显著特点:(1)它将与贾府的抄没事败和'国朝'的宫廷斗争紧相绾联、浑然一体;(2)这中间,它又将更明显、更突出地影射或反映出清代皇室之争的一系列重大'真事'。总之到了那时,本书的'假事'的烟幕将会有所消退,而'真事'的成分将会有显著的增长。这大概就是脂评之所说'假事将尽,真事欲显'的真正落实处。"

具体的论点,丁维忠也颇有一些新说法,如认为"虎兕相逢"中,"虎"指小说中东南西北四郡王中的西宁王,影射曹寅的女婿平郡王纳尔苏,因为他曾奉旨西征并摄大将军印,还融会了纳尔苏之子"定边大将军"福彭和康熙十四子"抚远大将军"胤禵的影子在内;而"兕"指小说中的忠顺亲王。对凤姐梦见"娘娘夺锦"的考证阐释也比较新颖,说"那么贾府被夺之'锦',为什么整整'一百匹'呢?这更是大有深意的一笔。宁荣二公说:'吾家自国朝定鼎以来,功名奕世,富贵流传,虽历百年'(第五回);可卿阴魂也说:'如今我们家赫赫扬扬,已将百载'(第十三回)。很明显,作者用'一百匹锦',正好来借喻贾府的百年鼎盛史,这岂不是既切又妙的构想么?难怪脂批说'妙甚'!无奈贾府的'一百匹锦'——百年'富贵流传'史,已经面临将要被褫夺的危险,这也正合着'运终数尽、不可挽回'和'乐极生悲、盛筵必散'的谶语,预告了荣宁二府的泽之将斩!"由于贾府的原型曹家本来就是担任"江宁织造",主管丝织锦绣,这"一百匹锦"的象征就更深有意味了。

　　他又说："到了后三十回佚稿，在决定抄没贾府的过程中，有某一别家的'娘娘'，在皇帝身边起了重大的作用；从而，我们有理由进而推测：这个别家的娘娘与贾娘娘（元妃）之间，围绕着夺与保贾府的'一百匹锦'，肯定发生了严重的冲突或宫闱斗争！其结果，又无疑是贾娘娘败北，加剧了元妃的失宠和失势，以致最后贾府的'一百匹锦'终于被夺了去——抄没败落！"在解释《恨无常》曲子中"路远山高"时，则说："'路远山高'一句，不是也不能实解为'远离家乡'等等，而是形象化的比喻与夸张。……维时贾府的祸事已发（被弹劾），元妃由于某种缘故（譬如失宠和违法悖旨的举动等等），已被幽禁监视起来！乾隆六年——亦即恰恰在允禄、弘晳等人的逆谋大案揭发，曹家再遭巨变、彻底败落的次年！——有一禁约太妃、母妃、后妃本家不许传送妄行的上谕：'凡宫内之事，不许向外传说，外边之事，亦不许向宫内传说……嗣后本家除来往请安问好之外，一概不许妄行。'这一旨谕，绝非空穴来风，而是大有文章的。……到了后半部佚稿，当贾家事发之时，既然连元春这位贵妃娘娘都不能生前'寻告'家人，甚至，连她生病直至死亡都不能及时告诉爹娘，直到死后才由'芳魂'去寻告'本家（王夫人之类）来往请安问好'的例行省视亦已被取消，即是说：她已被隔离监禁了起来（甚至被打入冷宫亦未可知）！——这才是她生前之所以'望家乡，路远山高'的真正底蕴！细想起来，元妃的最后境状，是十分险恶、凄楚、悲惨的！"

　　我们应该思考一下，从笔者的《石头记探佚》到周汝昌的《双悬日月照乾坤》，从杨光汉的《红楼梦：一次历史的轮回》到丁维忠的《元妃之死》和刘心武的《红楼望月》，尽管具体的论点容或有种种差异，但为什么大家都会觉得《红楼梦》中有"两个皇帝"事件的背景呢？基本的根据，不正是来自小说文本中种种客观存在的"草蛇灰线"吗？是这些研究者神经过敏呢，还是那些持否定态度的研究者感觉迟钝呢？

比如，小说中的蒋玉菡，他的茜香罗的确是北静王给的，忠顺王派人到贾府质问宝玉，不是提到这条汗巾子吗？这是不是暗示"王爷一级"的权力斗争呢？过去的读者指出"玉菡"通过谐音暗示皇帝的玉玺（"菡"谐音"函"），这种说法是不是也有一些道理呢？否则为什么要说蒋玉菡在紫檀堡买了房子呢？"紫檀堡"不就是象征装玉玺的紫檀木匣子吗？当然这些写法是隐隐约约的，是暗示隐喻的，是非常艺术的，用表面的情节逻辑或者其他小说的一般套路否认其微言大义，是不是没有"解其中味"呢？完全不承认小说中有这种暗示，实际上还是用常规小说来视《红楼梦》了，那才是落到了曹雪芹的"艺术陷阱"之中。

又比如，小说中是不是写到有一位"太上皇"呢？是不是写了贾元春让贾府从五月初一到初三去清虚观打平安醮呢？而康熙废太子胤礽的生日是不是五月初三呢？小说中又为什么要写薛蟠的生日也是五月初三，并给他一个绰号"呆霸王"呢？这一切难道真的只是巧合吗？还是曹雪芹使用"假作真时真亦假"的艺术手法在"一击两鸣"呢？当然，那具体的艺术表现会摇曳多姿，因此具体的情节不能定格，每个人都可以有自己的想象……

　　所以，对于《红楼梦》的隐寓微言及其可能的生活背景原型，也是应该研究的，当然在研究过程中，会出现一些不一定准确和正确的"过程现象"，但这是做研究工作所允许的。

　　王玉林发表于 2003 年第 3 期《红楼》的一篇文章颇有新发明，标题为《〈红楼梦〉是隐秘曹家历史的小说考证——元春情榜判词考释》。王玉林认为元春归省的故事的确影射了曹家的历史遭遇，即康熙南巡虽然给曹家带来荣华的虚名，但也使曹家造成了巨大的经济亏空，埋下了未来被抄家的祸根。因此"虎兔相逢大梦归"就是在影射康熙 1722 年（壬寅——虎年）去世，雍正元年为 1723 年（癸卯——兔年），曹家在改朝换代的政治事变中败落。这本来也是早就有的说法，但王玉林的一些论证还是很新颖的。他说：

　　　　曹家于雍正五年获罪被抄家，罪名主要是挪欠帑银。由雍正五年（1727）上推二十年，恰恰是康熙最后一次南巡（即第六次南巡）的康熙四十六年（1707）。所以"二十年来辨是非"的含义在于：所谓"挪欠帑银"的罪过，其实不过是"拿着皇帝家的银子往皇帝身上使罢了"——这即是小说的作者倾注"十年心血"处心积虑地所要申辩的"是非"！可见，《红楼梦》实在是一部隐秘着曹家历史的小说。

　　　　在《红楼梦》的早期抄本中，甲戌、庚辰、北师大、蒙府、戚序、甲辰、舒序诸版本皆为"虎兔相逢大梦归"，只有己卯本和全抄本（杨继振藏抄本。——引者）作"虎兕相逢大梦归"。林冠夫先生曾以大量材料详细论证了全抄本前七回来源于己卯本系统，香港的梅节先生也曾在文章中附议赞同。如此，全抄本的"虎兕"显然是来源于己卯本系统。而己卯本与怡亲王府具有密切的渊源关系，此点冯其庸先生专著《论庚辰本》和笔者专著《论〈石头记〉己卯本和庚辰本》都曾做过详细论述。老怡亲王允祥（老十三）在雍正朝负责钱粮事务，是曹頫的顶头上司，雍正曾训谕曹頫"除怡（亲）王之外，竟可不用再求一人托累自己"，"诸事王子照看得你来"，所以怡亲王族人对曹家的经历了如指掌。在由怡亲王府抄本繁衍形成的版本中出现"虎兕"的现象，恰恰说明"虎兔"之词的隐语，正是因为怡王府族人参透了其中隐秘的"干涉政事"之意味，才不得不进行修改，用"虎兕"替代了"虎兔"——这即是"虎兕相逢大梦归"的由来。与己卯本关系最密切的庚辰本和与庚辰本关系甚为密切的北师大本均作"虎兔"，是最有力的证据。

王玉林还联系第十六回贾琏的奶妈赵嬷嬷和凤姐谈话中，说到贾府接过一次驾，王府接过一次，甄家接过四次，认为"这段话中所说的'太祖皇帝仿舜巡'，总共六次，与康熙一生六次南巡的次数正好吻合。这是作者隐秘地提示读者：'太祖皇帝仿舜巡的故事'其实就是康熙皇帝南巡的史事"。的确，在赵嬷嬷说贾府"只预备接驾一次"旁有脂批"又要瞒人"，在说甄家"独他家接驾四次"旁有批语"点正题、正文"，因为史实上康熙南巡六次，曹家接驾四次。

再看第十七回贾政带着宝玉巡视初建成的大观园时，众门客说贾元春"贵妃崇节尚俭"，而康、雍、乾三帝中，只有康熙谥号中有"恭俭"的美誉，正文是贵妃，批语偏要称"贾妃"，岂非暗示贾元春是影射康熙，所谓"借省亲事写南巡"是真实的？第十六回回前诗有"旷典传来空好听"，第十七回回前诗有"博得虚名在，谁人识苦甘"，还有针对这首回前诗的批语说："好诗。全是讽刺。""近之谚曰：'又要马儿好，又要马儿不吃草。'真骂尽无厌贪痴之辈。"王玉林认为："在曹氏家族看来，亏空的帑银是花在皇帝老子身上的，自己只不过是'博得（了个）虚名'，凑了个'空好听'的热闹而已。自家非但没有从接驾阔差中捞取实惠，反而要倒贴银钱，以致到了几乎破产的地步。……综上所述，《红楼梦》的作者将家族历史隐秘于小说之中的意图，在于辩罪。作者以言情为虚，以述史为实；以幻情为虚，以辩罪为实。它不仅'干涉政事'，而且还存在对雍正朝痛恨不已的骂世意图。"

应该说这些论证是有说服力的。而在贾元春归省之后，《红楼梦》确实主要写了贾府三年的由盛而衰，周汝昌和刘心武论证是以曹家乾隆元年到三年的真实际遇为蓝本，尽管十分确实的史料比较缺乏，某些具体说法可能不够准确，甚至可能有失误，但那些蛛丝马迹，那些小说细节与历史情节的"巧合"也是存在的，由此引出一些思路，是不是也有一定的合理性，能给人启发呢？如果把几种说法融会贯通，曹雪芹原稿写的是"虎兔相逢"，影射康熙雍正交接之际曹家的命运转折，后来为了避免因过于直露而文字贾祸，怡亲王府的人抄改为"虎兕相逢"。但这都是着眼于历史原型的真实，如果作小说的艺术转化，则"虎兔相逢"原可切合"柳彪"这个姓名，如果在佚稿中真写了贾元春之死与柳彪有关，岂不是既影射了历史，又有了小说本身的艺术根据吗？

"铁网山"和"作强梁"

第六十六回"情小妹耻情归地府，冷二郎一冷入空门"，尤三姐自刎，柳湘莲出家。但甲戌本《石头记》第一回《好了歌解注》有一句："训有方，保不定日后作强梁。"旁边有脂批："柳湘莲一干人。"因而红学研究者对佚稿中是否有"柳湘莲作强梁"的故事展开讨论。1983 年版的《石头记探佚》中就有《话说柳湘莲》一篇。

仔细检视前八十回的"伏线"，应该承认柳湘莲在佚稿中以"强梁"面目重新出现是无疑的：

一、上述《好了歌解注》及脂批说得斩钉截铁，不容否认。

二、第四十七回介绍柳湘莲"原是世家子弟，读书不成，父母早丧，素性爽侠，不拘细事，酷好耍枪舞剑，赌博吃酒……"正符合"作强梁"的条件。

三、柳湘莲对贾宝玉说："……眼前我还要出门去走走，外头逛个三年五载再回来。""我的心事，等到跟前你自然知道。"这些描写颇有深意蕴含，"心事"正是江湖豪侠之事，内隐政治风云。

四、第六十六回柳湘莲单人匹马竟能将"一伙贼人""赶散"，救了薛蟠性命而且夺回了货物，实际上暗示柳湘莲和江湖强盗有瓜葛。

五、第六十六回标目"冷二郎一冷入空门",似有佚稿回目"冷二郎二冷作强梁"与之对应。这回描写柳湘莲出家,"便随那道士,不知往那里去了。后回便见——","后回便见"恐怕不仅是上下回的接榫话,而暗示柳湘莲的确要到"后回"再度出现的。

进一步研究"柳湘莲一干人""作强梁"这一线索,诸如这"一干人"是谁,这支"强梁"队伍的性质,他们的作用等问题,也有几家探讨,不断深入。

认为"日后作强梁"的"一干人"中,除了柳湘莲外尚有尤二姐前夫张华,也许还有醉金刚倪二,这基本上没有什么异议。杨光汉曾说这一干"强梁"是"义军",且声势浩大到"进逼京师",显然有过分夸大和"现代化演义"之弊,笔者早已指出,佚稿中的"武事"描写是"铁骑未出刀暗鸣",只会有烟云模糊的侧笔暗笔的旁敲侧击,不会有正面的大篇幅渲染。刘心武从"日月之争"的论点出发,认为柳湘莲、冯紫英、卫若兰、蒋玉菡、陈也俊等都属于"月派"的在野政治势力,未尝不是一家之言,关键是论证的分寸以及对史料和小说关系的把握。

郭文彪早在1983年就发表论文《"潢海铁网山"佚事初探》,论证"柳湘莲一干人"有一个根据地,在平安州潢海铁网山。并认为"潢海铁网山"在前八十回两次出现,带出许多值得研究的线索,如"坏了事"的义忠亲王、神武将军冯唐、仇都尉的儿子、冯紫英说"大不幸之中又大幸"等等,笔者向《山西大学学报》推荐这篇论文使其发表,并把其中的论点整合到1992年版的《石头记探佚》中去。郭文彪的论文比刘心武的《秦可卿出身未必寒微》

要早发表近十年，只是郭文彪没有继续深入探讨下去而已。

总之，"柳湘莲作强梁"的故事也是佚稿中的有机组成部分，是与贾家败落的社会背景、朝廷政治斗争密切联系在一起的，是要落实到贾宝玉及十二钗的悲剧命运这些主体情节上，而与之发生因果关系的，它不会占据主要篇幅，具体写法可能是隐晦绰约的，但又一定是能让读者意会到的。

当然也有个别研究者持不同的意见。丁维忠在《柳湘莲"作强梁"之谜》(《红楼梦：历史与美学的沉思》)一文中提出这样一种看法：

一、柳湘莲于第六十六回已由"出家"回到太虚幻境，他的"作强梁"一案不可能发生在佚稿后三十回，只能发生在他"出家"之前——即第六十六回之前。

二、第四十七回"冷郎君惧祸走他乡"，不是因为打了薛蟠，而是因"惧"另外一场真正的大"祸"。

三、这场大"祸"，就是因为他"强劫"了一笔钱财（兼或杀人），构成了"强盗"之罪，即他所"惧"之"祸"就是因为他做了"强梁"。

四、柳湘莲"作强梁"的具体案情，作者必将在原著后半部宝玉罹难"狱神庙"的章节中，予以详尽回叙或交代。然而恰恰是这后一点，即柳湘莲为什么和怎样"作强梁"，"一干人"还有哪些人等情节真相，不是由于作者或读者的原因，而是由于后半部原稿"迷失"，永远成了只可推测、无法证实的千古之谜。

在笔者看来，这样的看法似乎还是没有从更广阔的背景上思考后三十回复杂深刻的内容，而只着眼于从小说的情节上作形式逻辑的"合理性"推导，就往往过于凿实，而失却了雪芹大旨。如分析柳湘莲家境衰落，就说他没有资本到江湖上走两三年，那么一定是已经当强盗抢了钱财。这还是对曹雪芹"烟云模糊"的写法没有真正解味，因而只能就事论事，从而得出一些"平实"的结论。

其实曹雪芹的写法是更微妙的，虚虚实实，所谓"假作真时真亦假"。比如贾琏去平安州办"一件机密大事"，又遇上了柳湘莲和薛蟠，二者之间的微妙关系是不能视而不见的。而第六十六回柳湘莲跟道士出家，并没有交代是去了太虚幻境，只是尤三姐的鬼魂向柳湘莲说自己去太虚幻境修注一干情鬼。除了象征性人物甄士隐，其他小说中人物只有死后和在梦境中，才能到达太虚幻境。柳湘莲跟了道士出家，只是"不知往那里去了"，那正是一种伏笔，为他以后"作强梁"重新出现做铺垫。

"抄没"的导火线

由前几节分疏，已可见贾府被抄有着复杂的背景。诸如朝廷政治局势的消长，北静王集团失势，忠顺王集团当权，"犬戎叛乱"发生，探春和番远嫁，元春贬死……而其背后，则是"两个皇帝夺玉玺"的影射，这些都是贾府事败被抄的前奏。当然大多数"政治"都将只是一种背景处理，不会正面渲染。导致"事败"的导火线究竟是什么，则研究者也有种种说法。

蔡义江认为贾府获罪的直接导火线是宝玉的"不才之事"。这种说法的缺点是游离了政治斗争的大背景，由儿女之情的私事导致抄家，未免太单纯，难以圆通。

还有人说宝玉作歌咏林四娘的古风《姽婳词》讽刺了皇帝，是贾家获罪的原因。这种说法也比较勉强。《姽婳词》看不出有多么强烈的政治色彩，它在小说中的作用是明影晴雯而暗射黛玉，暗伏黛玉和宝玉"眼泪还债"的故事。小说第一回早已明确说过"亦非伤时骂世之旨"，"凡伦常所关之处，皆是称功颂德"，这正是"用假语村言"的"打掩护"。因此，曹雪芹是不会在佚稿中正面描写一个"骂皇帝"的文字狱事件的。贾宝玉由此入狱，还导致抄家，不仅直接"伤时骂世"，情节发展也太简单化了。

佚稿中所写贾府的败落被抄，应该有两方面的原因，一是内因，二是外因，二者互相结合。

第七十四回抄检大观园时，探春曾说："……你们别忙，自然连你们抄的日子有呢！你们今日早起不曾议论甄家，自己家里好好的抄家，果然今日真抄了。咱们也渐渐的来了。可知这样大族人家，若从外头杀来，一时是杀不死的，这是古人曾说的'百足之虫，死而不僵'，必须先从家里自杀自灭起来，才能一败涂地呢！"

贾府各派势力的争权夺利，"自杀自灭"，确实是贾府败落的一个重要原因。因此有的研究者推测，赵姨娘和贾环为谋夺财产首告贾宝玉和王熙凤，因而引起抄家。这种推测是不是也有点简单化呢？贾府的"自杀自灭"，只怕主要还是局限在贾府的围墙以内，以赵姨娘和贾环的身份地位，即使在贾母死后，恐怕也还不敢公然去官府"首告"。而且告什么呢？告《姽婳词》讽刺皇帝吗？那不是连贾政也告了吗？况且贾环自己也作了诗咏叹林四娘啊。

如果把忠顺王和北静王两条线联系起来考虑，倒有些耐人寻味。这两家王府是对头，前面已经多次提到。第三十三回宝玉挨打，因为两件事，一因琪官蒋玉菡，与忠顺王府有关；二因金钏儿投井，则是贾环向贾政诬告。由此观之，佚稿中随着各种矛盾激化，贾环投靠忠顺王府而暗害宝玉倒是可能的。周汝昌设想忠顺王要强娶黛玉，如果真有此事，当然也是贾环向忠顺王"做工作"的结果了。这种暗害应当是引起贾府被抄没的原因之一，但是不是"爆破点"呢？

贾元春归省时点了四出戏，"乃通部书之大过节大关键"，其中《豪宴》一出："《一捧雪》中伏贾家之败。"

"一捧雪"原是古玩名，故事的背景是从严世蕃为要得王家的《清明上河图》而致祸一事演变而来，清初戏曲家李玉据以改编成《一捧雪》传奇。《红楼梦》第四十八回描写贾雨村为讨好贾赦而坑害石呆子，"讹他拖欠了官银"，抢走了石呆子的古扇。这是一件大大违法的事件。讲到贾府的珍宝，小说中提到最珍贵并大力渲染的，是第五十三回描写的"慧纹"："若有一件真慧纹之物，价则无限。贾府之荣，也只有两三件，上年将那两件已进了上，目下只剩这一副璎珞，一共十六扇，贾母爱如珍宝，不入在请客各色陈设之内，只留在自己这边，高兴摆酒时赏玩。"这件无价之宝的慧纹，也许是后来贾家致祸之由，贾母一死，大房和二房都想得到这件宝物，惹起争端，贾环再密告忠顺王府，慧纹也就类似于"一捧雪"了，王府觊觎，就以贾赦抢夺石呆子古扇、贾宝玉藏匿蒋玉菡等为由参奏，当是引来抄家大祸之一因。刘心武注意到前八十回有一个情节，已被抄家的江南甄家的人到贾府寄存财物，也就是贾家帮助甄家隐瞒了罪产，这件事一旦暴露，当然是贾家的一大问题，会被朝廷查究，也招来抄家之祸（《揭秘〈红楼梦〉》第二部）。想象一下，如果忠顺王府得知此事，贾家也就大难临头了。

还有一个情节也值得注意。第六十六回贾琏奉贾赦之命，去平安州办"机密大事"，却遇上了柳湘莲和薛蟠，而柳湘莲正是在平安州将一伙强盗"赶散"救了薛蟠。这很耐人寻味。贾赦派贾琏去平安州办的"机密大事"可能与朝廷的政治斗争有关，朝廷政争、强盗造反、贾府获罪都在此挂起钩来，显示出一种复杂的交织——其影射的历史真实不能排除是"日月之争"。而《好了歌解注》中有"因嫌纱帽小，致使锁枷扛"，旁有脂批"贾赦、雨村一干人"，贾赦既和贾雨村一起抢夺石呆子的古扇，又和平安州节度使秘密来往，其中消息可知。贾赦将是贾家被抄的罪魁祸首，"导火线"也可能由此引发。

荣国府内部两个不安定因素，一个是赵姨娘和贾环的二房庶子派，另一个是贾赦和邢夫人的大房势力，很可能，赵姨娘和邢夫人在家里与凤姐内斗，贾赦与贾环则在外面引鬼入门，内外交攻，自杀自灭，最后抄家祸起，贾府就"忽喇喇似大厦倾"了。

当然，小说的情节将是"网状"的，是"大浪伏小浪，小浪变大浪，也不知起于何地，止于何时"的，我们在这里所能设想的，只是其中的一两个"网结"和某些"浪花"而已。

"狱神庙"传奇

脂批中好几次提到佚稿中有"狱神庙"（或"嶽神庙"）的故事："狱神庙红玉茜雪一大回文字迷失无稿。""茜雪至狱（嶽？）神庙方呈正文。袭人正文标目'花袭人有始有终'，余只见有一次誊清时与狱神庙慰宝玉等五六稿被借阅者迷失，叹叹！"

很明显，这是贾府被抄家"事败"以后的故事。但那具体情况如何，则有很大讨论余地。其中一个有争议的问题是对"狱神庙"的理解。

一种意见认为，狱神庙和监狱有关，是羁押犯人的所在。顺理成章的结论是，脂批说宝玉和凤姐曾在狱神庙，那当然是在贾府被抄没的同时，他们二人也被关押起来，而小红、茜雪、贾芸等人为营救他们奔走效力。

吴世昌说："封建时代的监狱有狱神庙，起源甚古，到清代还保存着。庙里供的祖师爷（狱神）是萧何，所以狱神庙又称'萧王堂'。据熟悉掌故的前辈说：封建时代重要监犯刚押入狱中，狱吏就叫他祭狱神。这是一种变相的剥削。流刑在启程（起解）之前，死囚在被处刑的前夕，都要祭狱神。""既然小红和茜雪在狱神庙中会见宝玉（凤姐）的，可知在雪芹的后半部原稿中，不但在'荣府事败'（脂评语）之后有许多人被捕入狱，而且宝玉和凤姐竟被判了死刑（或流刑）。小红、茜雪去探监是在临刑之前借'祭狱神'的名义去贿赂狱吏，所以能和宝玉等在狱神庙相见。"（《红楼梦探源外编》）

但也有人考证"狱神庙"仅是监狱中一个祭龛，并非一座真正的庙宇。而《好了歌解注》中"因嫌纱帽小，致使锁枷扛"旁边脂批"贾赦、雨村一干人"，并没有提到凤姐和宝玉。美国的赵冈教授说："认为宝玉入狱，红玉茜雪探监，则更是不合理。宝玉没有理由入狱，而丫头探监尤其令人难于相信。"于是他认为："至于宝玉又如何跑到狱神庙中，据我们推想，不外两途：第一，宝玉在狱神庙中乞讨。第二，宝玉在庙中执某种贱役，以资糊口。其中以第二种可能性更大……如果当时宝玉是在乞讨，则茜雪可能是在一次类似庙会的场合下发现了宝玉。如果他是在执贱役，则茜雪可能是在上香的场合碰到他的。"（《红楼梦后三十回的情节》）

赵冈虽然没有明说，实际上他认为"狱神庙"是"嶽神庙"。"嶽"和"狱"用毛笔书写本来就极容易混淆误认。比如脂批"茜雪至狱神庙方呈正文"中"狱"字上边笔画相连，极像是一个"嶽"字。嶽神庙又是东嶽庙的别称，东嶽庙又叫天齐庙。而小说第八十回写宝玉去天齐庙还愿，那里有一个油嘴滑舌的王道士。还有这样的描写："宝玉天生性怯，不敢近神鬼狰狞之像。这天齐庙本系前朝所修，极其宏壮。如今年深岁久，又极其荒凉。里面泥胎塑像皆极其凶恶，是以忙忙的焚过纸马钱粮，便退至道院歇息。"这会不会也是一种"千里伏线"，暗示后来宝玉无家可归，流落到这座荒凉可怕的天齐庙里住宿呢？

无论是狱神庙还是嶽神庙，宝玉和凤姐这两个经历见证全部盛衰兴亡的"双主角"，都在贾府被抄后有过非常贫困悲惨的遭遇，那时候去帮助他们的，是贾芸、小红、茜雪和刘姥姥这些人，可能还有花袭人和蒋玉菡。当然这只是根据脂批所透露的零散信息来判断，脂批没有提到的人可能还有，至少像醉金刚倪二、马贩子王短腿这些下层社会的人，更容易与狱神庙发生关系。是不是也会有柳湘莲、冯紫英、卫若兰等人呢？

"贾府遭火"之辨

与贾府败落相关的一个问题是后来贾府是否将发生一场大火灾。也有两种意见，一种说是，一种说否（蔡义江为代表）。

第一回描写三月十五葫芦庙炸供失火，"接二连三，牵五挂四，将一条街烧得如火焰山一般"，"只可怜甄家在隔壁，早已烧成一片瓦砾场了"。甄士隐家的"小荣枯"，是影射贾府的"大荣枯"，因而一些研究者认为佚稿中贾府也会遭逢一场大火。

这种情节似乎也能找到"伏线"。如第三十九回里，刘姥姥讲雪下抽柴的故事，忽然"南院马棚里走了水"，"贾母最胆小的，听了这个话，忙起身扶了人出至廊上来瞧，只见东南上火光犹亮。贾母唬的口内念佛，忙命人去火神跟前烧香"。这一段描写旁边有脂批曰："一段为后回作引。"这样看来，佚稿中似乎确有贾府遭火的故事，这一回描写马棚失火正是后来大火灾的"引文"。

再联系第五回"红楼梦"曲子《收尾·飞鸟各投林》，其中最后两句说："好一似食尽鸟投林，落了片白茫茫大地真干净。"这"白茫茫大地"是不是说最后贾府也被烧成一片瓦砾场呢？

第一回《好了歌解注》有一句："蛛丝儿结满雕梁，绿纱今又糊在蓬窗上。"旁边有脂批："潇湘馆、紫芸轩等处，雨村等一干新荣暴发之家。"这样看来，荣国府在被抄没后也可能成了新贵贾雨村的宅第。当然这两句脂批也可以理解为将荣国府和贾雨村作一种泛泛的对比，不一定凿实。

那么贾府遭火究竟是在抄家之前还是之后？或者被烧的是荣国府还是贾雨村府？这当然只能猜想了。电视剧《红楼梦》处理作醉金刚倪二对贾雨村施行报复而放火，也算一种可能性。也许这场大火真的和柳湘莲一干"强梁"有关？

围绕着贾元春之死和贾府的败亡，重点介绍了以上一些红学界的研究情况。我们已经可以看出，曹雪芹原著佚稿中的贾府"事败"头绪纷繁，情节十分复杂。但我们千万不要忘记，曹雪芹并不会把那些线索都实打实地刻板地铺张描写出来，他会用各种各样的艺术手段，如象征、影射、"补遗法"、一笔带过等等，用最经济的笔墨表现出无限丰富的内容。

而其基本的结构格局，是朝廷的政治斗争影响贾府的命运，却用一种旁敲侧击的手法影影绰绰地来写，只是一种可以感觉到的"背景"，而贾府内部的"自杀自灭"则是正面展开的重头戏，"主人公"仍然是贾府诸人，而不是其他的次要人物。金陵十二钗的结局归宿，宝黛钗的爱情婚姻悲剧故事，将占据主要的篇幅，当然都是这个大背景下的产物，与贾府的"事败"互相扭结、纠葛、联系在一起，而绝不是像后四十回续书所写那样二者各是各，互不相干，关系松散，同时又正面写了许多"须眉浊物"的情节而占用了不少篇幅。

凤辣子的"聪明累"

"一从二令三人木"可拆作"自从冷人来"，
三个"冷人"即冷二郎柳湘莲、冷美人薛宝
钗和冷子兴都挂上了，三个冷人由于各自的
原因都影响到凤姐地位的变化。

说完"两条主线"之后，紧接着说凤姐。因为凤姐实际上是
《红楼梦》里最重要的人物，她在全书中的地位甚至在林黛玉之
上，而和贾宝玉并驾齐驱，成为贯穿全书的两大主角。这只要看
前八十回中经常把宝玉和凤姐并列着写就可以明白。贾宝玉和王
熙凤，实际上分别是"两条主线"的中心人物，爱情婚姻悲剧的
纠葛围绕着贾宝玉，家族的盛衰兴亡，各种复杂的矛盾冲突则以
王熙凤为焦点。当然这两条主线又是紧密地互相牵扯、交叉、纠
结在一起，你中有我，我中有你，正是两条线扭成一股绳。

贾宝玉是贾母的心肝肉儿，王熙凤则是内当家，荣国府家政
财产的实际掌权者，同样是老太太最喜欢、看重的人。顺理成章，
他们两人就成了觊觎财产的其他势力的眼中钉、肉中刺，务要拔
去而后快。前面分析过，宝玉的择偶问题实际上正和财产继承权
紧相联系，当家管事的凤姐更是众矢之的。这就是宝玉和凤姐之
所以成为全书聚焦点的根本原因。

其他形形色色的人物，头绪繁多的矛盾，错综复杂的关系，

都必然以其与宝玉、凤姐的关系而反映出来。书中人物有的维护宝玉和凤姐，有的反对宝玉和凤姐，有的喜欢宝玉却厌恶凤姐，有的接近凤姐却疏远宝玉，有的由亲密发展为敌对，有的则由疏远演变为接近，爱护与亲近由于各自的思想、立场、目的的不同也产生尖锐复杂的矛盾，厌恶与忌恨更表现得形形色色。总之，以贾宝玉和王熙凤为中心，《红楼梦》里的"两条主线"牵动了全部复杂的纠葛，展示出广阔的生活画面。

作为凤姐和宝玉的对立面，首先是二房庶子派赵姨娘、贾环等人，前八十回已屡加暗害，如魇魔法之厄，贾环向贾政诬告宝玉，企图烫瞎宝玉的眼睛，等等。第二十五回赵姨娘算计凤姐和宝玉，对马道婆说："你若果然法子灵验，把他两个绝了，明日这家私不怕不是我环儿的。那时你要什么不得？"话说得再明白不过，加害凤姐和宝玉，正是为了争夺财产。

其次是大房贾赦、邢夫人一派，早已与二房嫡子派不睦，怨恨贾母偏心，凤姐"雀儿拣着旺处飞"，随着时间推移，对宝玉也渐渐露出排斥打击的迹象。如邢夫人当众给凤姐没脸，借绣春囊事件向二房发起攻击，以及贾赦借说笑话讽刺贾母"偏心"，故意当着贾母、贾政和王夫人称赞贾环，露骨地扬言荣国府"世袭的前程"应该由贾环来承继，明显地排斥贾宝玉。从种种迹象看，八十回后佚稿中有贾赦、邢夫人大房一派和赵姨娘、贾环二房庶子一派联合起来攻击二房嫡子一派的趋势，主要攻击目标就是宝玉和凤姐。凤姐虽然在名分上属于大房，但她实际上投靠了二房，因而属于二房嫡子派。

王熙凤　改琦 绘

那么，八十回后的佚稿中，凤姐的地位和处境将如何演变呢？肯定是处境越来越困难，遭遇越来越坏。但曹雪芹将怎样落笔描写，故事情节将怎样发展，造成怎样的审美后果，则有研究的余地。

首先，这涉及对曹雪芹笔下的王熙凤究竟应该怎样认识，而这个问题既与佚稿故事如何发展有关，更要弄清一些基本的文艺理论和美学问题。过去一段长时期内，对凤姐的评论都是否定的多，肯定的少。这不仅由于后四十回"调包计"的影响，也和在真、善、美三要素中偏重"善"，强调"恶则无往不恶，美则无一不美"的教化主义审美传统的浸淫息息相关。

评论家们站在传统的审美立场上，不可能正确认识曹雪芹创造王熙凤这样一个典型人物的深刻用心，而把她看作搽了胭脂的曹操。清朝的人说"汉家吕雉是前身"——把凤姐比作害戚夫人为"人彘"的刘邦妻子吕后；从"阶级斗争"出发则认为"凤姐是没落地主阶级的代表，基本上是一个庸人，但她也有治家的'才干'"，是"贾府统治者中的保守派"，一个穷凶极恶的"地主婆"；到了市场经济时代，又有不少人赞赏王熙凤是一个"女强人"。

这些认识都与曹雪芹笔下的王熙凤有相当大的距离。《红楼梦》第二回贾雨村和冷子兴对话，发表了一番充满了哲理的"正邪二气所赋之人"的宏论，那其实是曹雪芹借小说人物之口阐明对小说主要人物的"定性"，是一个"写人纲领"。这一番议论由贾宝玉引发出来，再论到甄宝玉、贾家四春和林黛玉，最后则归结到王熙凤。这正表明，王熙凤是和贾宝玉、林黛玉并列的主要角色，说明王熙凤和贾宝玉、林黛玉一样，也"是那正邪两赋而来一路之人","秉此气而生者,上则不能成仁人君子,下亦不能为大凶大恶。置于万万人中,其聪俊灵秀之气,则在万万人之上;其乖僻邪谬不近人情之态,又在万万人之下"。

这个"界说"非常重要。王熙凤并不是"天地之邪气,恶者之所秉"的产物,她不是搽着胭脂的曹操,作者明确把曹操划入"邪气""恶者"一类,又同样明确地说王熙凤不属于这一类,而是"正邪两赋而来一路之人"。因此,把王熙凤看成"大凶大恶"是违背曹雪芹创作意图的,同样,把她说成是一个"当代英雄",也有"阐释过度"之嫌。

前八十回的凤姐是做了一些坏事的,比如毒设相思局害死贾瑞,弄权铁槛寺导致一对青年男女自杀,借剑杀人害死尤二姐,以及利用张华假告状之后又企图杀人灭口,同时,在第十六回凤姐弄权铁槛寺成功以后,还有这样的话:"这里凤姐却坐享了三千两,王夫人等连一点消息也不知道。自此凤姐胆识愈壮,以后有了这样的事,便恣意作为起来,也不消多记。"这是说,凤姐实际干过的坏事,并不仅仅小说中描写到的几件,还有许多是"不写之写"的。

不过,曹雪芹并没有把凤姐写成一个无恶不作的俗滥的"坏人",而是重点渲染她的性格、欲望、胆量、计谋、才能,同时也写出了她的某些"恶行"的某种合理性。比如毒设相思局,那是因为贾瑞企图调戏她,而她根本看不上贾瑞,所以出以辣手;再如尤二姐事件,那更是由于被贾琏正式娶为"二房"并已经怀孕的尤二姐,已经严重威胁到凤姐在家庭中的地位,威胁到她的财产继承权。当然她接受铁槛寺老尼姑的贿赂坏人婚姻，完全是贪欲（三千两银子）和权欲（向静虚显示自己无所不能）在起作用。但这是针对陌生人的，并没有涉及贾府内部的人际关系。

我们要注意到，在没有涉及凤姐自己的切身利益时，她却不是时时处处横行霸道的，而表现出通情达理、聪明能干、八面玲珑。她奉承贾母，尊重王夫人，关心宝玉、黛玉等园中的姐妹兄弟，也关照贫寒的邢岫烟，还与侄儿媳妇秦可卿交好，虽然为尤二姐之事大闹宁国府，在其他场合却也尊重尤氏，即使对婆婆邢夫人，凤姐也是按礼数尊敬的，邢夫人厌恶凤姐，那责任主要在邢夫人"左性"，而不是凤姐对邢夫人有什么失礼。凤姐对下人严厉，也情有可原，在那样一个大家族里当家管事没有点儿杀伐决断哪能威重令行？

因此，曹雪芹笔下的凤姐，虽然有"贪"和"狠"的特点，但这"贪"和"狠"却都有一定的针对性和限度，并不是事事都贪，时时都狠的。凤姐放高利贷，甚至拖延发放月钱的时间，表现出"贪"，但送袭人大毛衣服回家探亲，为海棠诗社甘作"进钱的铜商"，平儿送邢岫烟皮衣其实也是凤姐默许的，却表现得很大方。她对贾瑞和尤二姐确实表现出"狠"，但对与自己并无利害冲突的人却能和平共处，甚至表现出关心爱护。

由于作家并没有把凤姐写成一个"恶则无往不恶"的"大凶大恶之人"，同时又尽力渲染她美丽的容貌，出色的口才，聪明的心性，所以尽管凤姐做了不少坏事，贪而狠，我们却仍然情不自禁地喜欢她。这就是"正邪二气所赋之人"与纯秉"邪气"之人的区别。

把凤姐和赵姨娘、邢夫人比较一下就很清楚。我们不会喜欢赵姨娘或邢夫人——尽管可能会有某种程度的同情，但我们却会发自内心地喜欢凤姐。把凤姐和贾雨村比较一下也能感觉到，贾雨村并不能像凤姐一样赢得我们的感情。凤姐的魅力究竟在什么地方呢？在于她的容貌，也在于她的才能，但容貌与才能也不是全部，夏金桂据书中描写其才与貌都不在凤姐之下，却完全不能吸引我们。凤姐的魅力和美还在于她的灵魂并不是一团漆黑，而也有一些光明，有一些人性的光辉。别林斯基评价莎士比亚笔下的麦克佩斯时说："莎士比亚笔下的麦克佩斯是一个坏蛋，但却是一个具有深刻而强大的灵魂的坏蛋。因此，他唤起的不是反感，而是同情。你会看出他是这样一个人，他包含着胜利与失败两者的可能性，如果走向另一个方面，他就可能变成另一个人。"曹雪芹笔下的王熙凤也具有这样的特点，而比起麦克佩斯来，王熙凤的灵魂还闪现出更多一点美好的东西，善良的合乎人性的成分。因此，当佚稿中写到王熙凤的毁灭时，她的毁灭也将激起我们的同情，她的毁灭会有某种悲壮的意味，我们会感到不是一个坏蛋和恶人毁灭了，而是一种非凡的才能和聪明被毁灭了，一种美和魅力被毁灭了，我们感不到"恶有恶报"的快感，而感到同情、惋惜和痛楚。这就是王熙凤作为"正邪两赋之人"而进入"薄命司"的美学意义。

刘心武的一段分析评论可供参考："曹雪芹笔下的王熙凤，简直把人性中所有尖锐对立的因素，全都熔为一炉，融会进这个生命里去了，而且，毫不牵强，随时显现。善与恶，正与邪，贤与愚，刚与柔，苛刻与宽容，贪婪与施舍，狂傲与谦和，胆大与心细，收敛与放肆，诙谐与庄重……她真是全挂子的本事，要哪样有哪样。读者当然都记得，弄权铁槛寺，她果然不信什么阴司报应，恣意妄为，导致两条人命尽失。后来为了逼死尤二姐，又故意打起官司，官司打完，又让仆人旺儿去害死原来跟尤二姐订过婚的张华，以达到灭口的目的，尽管最后旺儿没有下手，也说明她狠毒起来，那是不管不顾的。但是，不知道你注意到没有，总体而言，曹雪芹是欣赏她、肯定她的，所特别欣赏与肯定的，就是她的管理才能。‘凡鸟偏从末世来，都知爱慕此生才’，曹雪芹希望我们对她的罪过一面有所体谅，她这样一个人，如果不生于‘末世’，如果不是在那样的社会环境中生活，固然她人性中还是免不了有阴暗面，但是她性恶的外化，所做的坏事，就可能会少一些；曹雪芹希望读者都能跟他一样，一起赞叹这位女性出众的组织才能与指挥气魄，他是把王熙凤当作一位脂粉英雄来塑造的。"(《揭秘〈红楼梦〉》第二部)

很清楚，我们只有从美学上正确认识了王熙凤，才可能对佚稿中如何写她的悲剧结局正确把握。从美学境界上，王熙凤的毁灭将充分显示出"薄命"意义，将引起读者的震撼、同情和悲悯。那么，那情节轮廓将是怎样的呢？

据脂批提示，王熙凤后来"知命强英雄""扫雪拾玉"，一度淹留于"狱神庙"(或"嶽神庙")，后来"回首时无怪乎其惨痛之态"("回首"就是死的意思)，再联系第五回"册子"判词"一从二令三人木，哭向金陵事更哀"以及《聪明累》曲子的提示，当然还要对前八十回中的"伏线"作仔细爬梳分析，可以大致将其悲剧结局勾勒出来。有一些问题，红学研究者已经达到了基本一致的意见：

一、佚稿中写到凤姐结局"惨痛"，并写到了她的死。所谓"回首""死后性空灵"。

二、凤姐逐渐失势以至最终败亡，与贾府内部的权力斗争密切相关。具体表现为：邢夫人厌恶凤姐，婆媳失和；贾琏与凤姐关系失和，贾琏眼红凤姐的私房，凤姐则妒忌贾琏的婚外情，终至夫妻反目。大家都注意到贾琏说过要为尤二姐报仇，以及贾琏私藏多姑娘的头发，是将来贾琏和凤姐关系破裂的导火线。随着形势的变化，赵姨娘一党也将从暗害发展到明攻。

三、凤姐后来落到躬执贱役，亲自"扫雪拾玉"（脂批），所拾之玉应该就是被"误窃"（脂批）的通灵玉，它也许在贾府的混乱中被人偷盗后又丢弃在贾府某穿堂的角落里。

四、凤姐流落"狱神庙"，那时巧姐也被骗卖，凤姐拜托刘姥姥救自己的女儿。在"狱神庙"中，只有小红还随从服侍。究竟是"狱神庙"还是"嶽神庙"？不同的理解自然影响到对凤姐的遭遇有不同认识。如果是"狱神庙"，则凤姐曾被拘入狱。如果是"嶽神庙"，则可能是穷无所归，在"嶽神庙"栖身，但也不排斥这"嶽神庙"是拘押次要犯人之处。

五、凤姐素日所犯罪恶将暴露。诸如受贿干涉婚姻，导致人命，买嘱张华告假状，把持官府，乃至害死尤二姐，以及违法放高利贷等。这些事情，从家族的宗法角度也是不能容忍的，特别是操纵张华告贾琏，那是犯了旧时"七出"之条的。有的则更偏重于犯了国家的"法"，如弄权铁槛寺之事。这些罪恶的暴露将导致凤姐身败名裂，为家族所不容，也是连累贾府"事败"的原因之一。

依笔者看来，佚稿中凤姐先受到贾府内部敌对势力的攻击压迫，斗争的尖锐化则在贾母死后，其后才是各种罪恶暴露，抄家后哭向金陵而死。故事情节发展的顺序应该是：贾母死后与邢夫人关系恶化——因多姑娘头发等事与贾琏反目——赵姨娘一派攻击——被休弃——扫雪拾玉——抄没后流落狱神庙（或嶽神庙）——哭向金陵——惨痛而死。

红学研究者聚讼纷纭的问题主要是对一句凤姐的判词"一从二令三人木"的不同解释。到目前为止，已经有十几种不同的说法，其中影响最大的是两种。

这句判词旁边有脂批点明"拆字法"，所以关键问题是如何"拆字"。一种传统的解释把这句判词断为三截："一从""二令""三人木"。说这是指凤姐在贾府地位变化的三个阶段，开始顺从贾母、王夫人等家长，是为"一从"；继而当家发令，是为"二令"；最后被贾琏休弃，是为"三人木"。"拆字法"即"人木"合一个"休"字。

这样解释似乎能与前八十回暗示的凤姐地位的发展变化合榫，但如果细心推敲，还是有一些问题。

一是把一句判词断为三截，这不符合中国古典诗词的句法结构，而类似于打油诗，和十二钗其他人的判词风格相殊。二是"拆字法"仅仅拆了一个"三人木"，"一从二令"俱付之阙如，与香菱判词"自从两地生孤木"拆夏金桂的"桂"字比较，就显得生硬。再从寓意本身说，也嫌简单牵强，如"一从"的解释就有凑数的感觉。

另一种解释为杨光汉和笔者所主张。认为"一从"即"自从"（如毛泽东诗句"一从大地起风雷"），不拆字，"二令"拆"冷"，"三人木"拆"俫"的繁体字"俫"，正是三个"人"一个"木"组成。"俫"的本义是杂剧中扮演十几岁以下男性少年的角色，"冷俫"即"冷郎"，指外号"冷郎君"的柳湘莲，他出场时就特别介绍他喜欢演戏，扮演的正是俫儿一类小生角色。"俫"又可以进一步拆为"人來"两个字，所以"一从二令三人木"就是说"自从冷人来"，也就是说凤姐的结局与柳湘莲以强梁面目重新出现有关。

这种解释虽然乍一看与大家的传统想法相距太远，但与柳湘莲日后作强梁的研究互相佐证，并不是孤立的。再者这样拆字，与香菱判词"自从两地生孤木"的"拆字法"体例相同，都是拆一个人的名字，又都符合中国古典诗词的句法结构。至于"一从"既不拆字，为何不径作"自从"？那显然是为了和"拆字"的"二令三人木"配成"一二三"，正见匠心而不足为病。

王熙凤的结局怎样和柳湘莲挂上钩？前八十回也有"草蛇灰线"。如柳湘莲是尤三姐的爱人，而尤二姐却被凤姐害死，尤二姐曾梦见尤三姐的鬼魂手持鸳鸯剑劝尤二姐杀死凤姐，这样柳湘莲与凤姐之间就有一种间接的冤仇。更重要的是，凤姐曾加以利用后又企图加害的尤二姐的未婚夫张华，据前八十回描写，很符合"训有方，保不定日后作强梁"的条件，他后来极有可能是"柳湘莲一干人"的"强梁"之一……种种线索贯穿起来，则凤姐终于身败名裂与柳湘莲一干强梁的揭发打击有关，实在顺理成章。当然那具体情节将非常曲折生动，不可作简单化的推测。

任少东持另一种意见，虽同意"一从二令三人木"可拆作"自从冷人来"，却说"冷人"不是指柳湘莲，而是指吃冷香丸的"冷美人"薛宝钗。"一从二令三人木"是说佚稿中宝玉娶宝钗后，宝钗成了宝二奶奶，名正言顺地接管荣国府家政，原来掌权的琏二奶奶凤姐只得回到大房邢夫人那边，各种矛盾激化，终至身微运蹇。这也是可成为一家之言的说法。不过薛宝钗"冷美人"的称号毕竟没有"冷郎君"叫得响亮，直接见于回目和正文。

笔者有一种试探性的想法，即"冷人"不止一个，三个"冷人"即冷二郎柳湘莲、冷美人薛宝钗和冷子兴都挂上了，三个冷人由于各自的原因都影响到凤姐地位的变化。薛宝钗过门后，凤姐不得不回到大房，受到邢夫人、贾琏压迫；柳湘莲为首的"强梁"向凤姐复仇——当然可以有各种具体情节；古董商冷子兴是王夫人陪房周瑞家的女婿，本是王家的人，可能由于某种缘故和凤姐发生瓜葛，也影响到凤姐的结局。第七回冷子兴与人打官司，周瑞家的求凤姐说情似乎是一处伏笔。

考察前八十回"伏线"，赵姨娘在佚稿中将打击凤姐是一大内容。如第二十回贾环和赵姨娘在全书第一次出场，就是"王熙凤正言弹妒意"，当面大骂赵姨娘和贾环；第二十五回的"魇魔法"则是赵姨娘暗害凤姐和宝玉的重头戏；第三十六回写王夫人问凤姐，说赵姨娘抱怨凤姐扣了丫头的月钱，凤姐事后对着众婆子丫头骂道："……糊涂油蒙了心，烂了舌头，不得好死的下作东西，别作娘的春梦！明儿一裹脑子扣的日子还有呢……"凤姐过生日时摊份子钱，凤姐则不忘盘剥赵姨娘，连尤氏都悄悄骂她。第七十一回则有赵姨娘遇到林之孝家的，说凤姐和周瑞家的"可见他们太张狂了些"，书中还描写"赵姨娘原是个好察听的，且素日又与管事的女人们扳厚，互相联络，好作首尾"，正是暗示赵姨娘在拉帮结派，等到时机成熟，就会向凤姐开战。

还有一处重要"伏线"，在第七十二回，回目叫"来旺妇倚势霸成亲"，凤姐的陪房来旺家的依仗凤姐的势力，要强娶王夫人的丫头彩霞，而这个彩霞（彩云和彩霞相混是版本问题）是和贾环相好的，第七十二回结尾就是赵姨娘在枕头边向贾政吹风，要求把彩霞给贾环做妾。当然作者巧妙地用窗屉子掉下来把这个情节截住了，留下了"伏脉千里"的"草蛇灰线"——暗伏佚稿中赵姨娘和凤姐有一场重大斗争，赵姨娘有贾政做靠山，而凤姐则八面树敌。

贾母过生日和抄检大观园前后，凤姐已经逐渐四面楚歌。邢夫人当众给凤姐没脸，而王夫人问明原因后没有支持凤姐，反而向邢夫人作姿态；由于尤二姐之死，尤氏、贾珍和贾蓉都早已和凤姐暗中结怨，与秦可卿在世时那种热络亲密相差天壤；赵姨娘在暗中积蓄力量，又向贾政吹风；更重要的，是贾琏在尤二姐死后声言要为尤二姐向凤姐报仇……可以想象，一旦贾母不在，凤姐在贾府就几乎完全孤立了，简直到处都是敌人。再加上凤姐梦见宫中有一位不认识的娘娘来夺锦缎，以及夏太监来敲诈银子等外部的形势演变，还有可能发生的柳湘莲一干"强梁"的介入……我们可以想象，"一从二令三人木，哭向金陵事更哀"和"机关算尽太聪明，反算了卿卿性命"将是多么惊心动魄的故事了。

因为有一条脂批说凤姐后来"扫雪拾玉"，因此也有人探讨这个情节的可能情况。凤姐亲自扫雪，当然地位已经大为降落，不再是威风八面的琏二奶奶，很可能正如前面李纨开玩笑时所说，凤姐和平儿"掉了过儿"，平儿成了琏二奶奶，凤姐被休弃成了下人。过去有一种说法是凤姐拾的是贾宝玉的通灵玉，电视剧也是这样改编的。不过刘心武提出一些新的意见。第五十二回"俏平儿情掩虾须镯"的故事中，平儿和麝月说已查出坠儿偷了自己的金镯子，但顾及怡红院的体面，不声张，其中说到过去宝玉处就有一个良儿偷玉，就被赵姨娘等人"提起来趁愿"。

刘心武从这一情节发展出新思路："所谓良儿偷玉，坠儿偷金，我认为，作为对称写法，这不一定是反讽，很可能，一个就是被冤枉了，另一个呢，确实有偷窃行为……当凤姐沦落后，她在那穿堂门外扫雪时，却忽然发现了那件玉器，她会细想，不可能是当年良儿丢弃在那里的，夹道天天有人打扫，岂有一直没被扫出的道理，但是，府里被查抄，虽说是一切物品均需登记入册，但像这小件的东西，就难免被参与查抄的人员攫为己有，后来因为慌乱，或因其他原因，失落在夹道里，竟被她无意中拾到，于是她就意识到，这件玉器既然还在府里，可见当年对良儿是屈打成招！当年自己威风凛凛，审问处治别人绝不手软，现在自己却成了人家审问的对象，处于百口难辩、百罪难卸的状态，思想起来，岂不悚然惨然！"

这当然也是一家之言。不过，如果凤姐拾的是通灵玉，则有转换场景的结构功能，比如贾宝玉由于某种原因离开了贾府，但作家仍然要正面描写贾府的情况，而将贾宝玉作暗场处理，那么作为"记者"的通灵玉必须留在贾府，记录下贾府发生的事情。它被人偷去后丢弃在穿堂夹道里，暗暗观察记录，到情节需要时被扫雪的凤姐发现拾起，后来这块玉可以根据情节的进一步发展，转换到不同的人手中，最后才返回于贾宝玉。

隐喻凤姐命运的"红楼梦"曲子是《聪明累》，其中说"枉费了意懃懃半世心；好一似荡悠悠三更梦。忽喇喇似大厦倾，昏惨惨似灯将尽"，很显然是说凤姐的命运代表了家族的命运，贾家内斗又遭遇突然事变而被抄家，与朝廷政治斗争的背景密切相关，而不是胡适所说的"坐吃山空，自然趋势"。"意懃懃"不是通行本的"意悬悬"，"懃"读作印，是很操心费力的意思。这一点是周汝昌根据己卯抄本考证出来的，由于"懃"是个不常见字，其未简化字作"懃"，而"悬"在未简化以前作"懸"，用毛笔书写起来极易混淆，所以在传抄过程中发生了讹变。

"一从二令三人木，哭向金陵事更哀。""生前心已碎，死后性空灵。"原著佚稿中所写王熙凤的结局，是惊风雨泣鬼神的。

巧姐的遭难和遇救

"狠舅奸兄"是谁？"狠舅"是凤姐之兄王仁，他正是巧姐的母舅，奸兄有三种说法，比较下来，似乎贾兰是奸兄的合理度更高。

谈完了凤姐，再谈她的女儿巧姐。

巧姐在前八十回还是一个婴儿，到了八十回末，大概也不过八九岁吧。但根据第五回的"册子"和"红楼梦"曲子《留余庆》，她属于金陵十二钗正册，名列第十。显然，她的故事主要在八十回后的篇幅里展开，而且将作为古代贵族少女悲剧命运的一种典型来写。

程高本后四十回续书这样补写巧姐故事：

第八十四回"探惊风贾环重结怨"，巧姐发热惊风，贾环弄泼了给巧姐煎药的铫子，凤姐骂贾环"使促狭"，贾环对赵姨娘发狠说："……等明日还要那小丫头子的命呢，看你们怎么着！只叫他们提防着就是了。"凤姐和赵姨娘母子"两边结怨比从前更加一层了"。

第九十二回"评女传巧姐慕贤良"，宝玉给巧姐大讲《女孝经》《列女传》："那姜后脱簪待罪，齐国的无盐虽丑，能安邦定国，是后妃里头的贤能的。……那孝的是更多了，木兰代父从军，曹娥投水寻父的尸首等类也多……"

180

第一一三回"忏宿冤凤姐托村妪"，凤姐临危，刘姥姥来访，凤姐托刘姥姥日后照应巧姐。

第一一四回"王熙凤历幻返金陵"，凤姐死后，巧姐母舅王仁向巧姐要钱，发生矛盾，"从此王仁也嫌了巧姐儿了"。

第一一八回"记微嫌舅兄欺弱女"，贾环、贾芸和王仁趁贾琏不在，谋卖巧姐于外藩。

第一一九回，刘姥姥偷偷把巧姐接到乡下躲起来。而外藩问明巧姐乃贾府中人，"知是世代勋戚"，"有干例禁"，于是谋卖巧姐之事不击自败。而巧姐住在刘姥姥家，"那庄上也有几家富户，知道刘姥姥家来了贾府姑娘，谁不来瞧，都道是天上神仙。也有送菜果的，也有送野味的，到也热闹。内中有个极富的人家，姓周，家财巨万，良田千顷。只有一子，生得文雅清秀，年纪十四岁，他父母延师读书，新近科试中了秀才"，刘姥姥有意作伐。

第一二〇回，巧姐正式许配给了姓周的大财主。

如果从表面看，似乎也能从前八十回找到"伏线"，如第五回巧姐的"册子"上"画着一座乡村野店，有一美人在那里纺绩"，而巧姐确实嫁到了乡下。判词说"偶因济刘氏，巧得遇恩人"，巧姐也去了刘姥姥家避难。前八十回也写了凤姐压迫贾环等。

但是，只要进一步分析，就发现续书所写是对曹雪芹原著最严重的歪曲，真是"似是而非"。

从主导思想倾向来说，前八十回"愚顽怕读文章"，经常大骂"禄蠹"的贾宝玉，怎么会突然向巧姐大讲起《女孝经》《列女传》来呢？这位以"意淫""通灵"为特征的宝二爷怎么忽然板起了道学面孔?

巧姐名列"薄命司",结果并未遭到真实的不幸,被谋卖外藩仅仅是一场虚惊,最后又嫁给了"家财巨万,良田千顷"的"极富的人家",夫婿"生得文雅清秀","新近科试中了秀才"。这样结局的巧姐应该从"薄命司"除名而入"厚命司"。

从具体情节来说,前八十回赵姨娘和贾环对凤姐又恨又怕,并无来往而暗地里算计。现在赵姨娘却打发贾环去看巧姐的病,贾环看了又不走,还弄翻了药锦子,完全不符合赵姨娘母子与凤姐素日的关系。

第五回《留余庆》曲子中有"休似俺那爱银钱忘骨肉的狠舅奸兄",狠舅是王仁,但贾环却是巧姐的叔叔,而不是"兄"。再有贾芸,根据前八十回的描写和脂批的提示,乃是一个义侠之人,在八十回后佚稿中恰恰是帮助援救巧姐的,后四十回续书却写成害巧姐,全拧了。

显然,后四十回续书所写巧姐故事完全不与曹雪芹原著相同。那么,原著佚稿中巧姐的遭遇轮廓是怎样的呢?经过多年探讨,红学研究者的认识已达到了基本一致:

一、一致否定后四十回续书的写法,认为不合曹雪芹原意。

二、第一回《好了歌解注》有一句:"择膏粱,谁承望流落在烟花巷",一般认为是指巧姐后来的遭际。再联系"红楼梦"曲子《留余庆》,因此推测佚稿写贾府败落后巧姐被"狠舅奸兄"卖到了妓院。

三、"狠舅奸兄"是谁?"狠舅"是凤姐之兄王仁,他正是巧姐的母舅。"奸兄"有三种说法,一说指宁国府的贾蓉,他是巧姐的堂兄，在刘姥姥初进荣国府时插入一段他向凤姐借炕屏的描写，凤姐和他眉来眼去，后来凤姐捉弄贾瑞，"调兵遣将"，调来的也是贾蓉和贾蔷，凤姐还故意向贾瑞说贾蓉和贾蔷兄弟"我看他那样清秀，只当心里明白，谁知竟是两个胡涂虫，一点不知人心"，暗示凤姐和贾蓉有暧昧关系。这似乎是暗示将来贾蓉和刘姥姥在巧姐问题上截然相反的态度。

另一说指李纨的儿子贾兰，他也是巧姐的堂兄，因为《晚韶华》中有"虽说是人生莫受老来贫，也须要阴骘积儿孙"，而上面的《留余庆》中则有"幸娘亲，积得阴功"，二者上下相连，两相对照，好像在暗示后来李纨和贾兰有钱，却吝啬不肯救助落难的巧姐。这在评述李纨和贾兰一节中详论。

后四十回还写到贾蔷和王仁、贾环、邢大舅等沆瀣一气，虽然不是谋卖巧姐的主角，但原著佚稿中会不会是"奸兄"呢？从血缘关系上，他当然也是巧姐的堂兄。刘心武说："奸兄是谁呢？有人去猜贾蔷，也无道理。贾蔷和龄官的爱情，不说可歌可泣，说可圈可点吧，那也足能和贾芸、小红的爱情媲美；贾蔷跟凤姐的关系一贯很好，替凤姐教训贾瑞，他是一员战将，而且他后来经济自立，荣国府解散戏班子以后，龄官没有留下，应该是被他接去，两人共同生活了。他不可能在八十回后，成为坑害巧姐的奸兄。"(《揭秘〈红楼梦〉》第二部)

几种说法比较下来，似乎贾兰是奸兄的合理度更高。

四、巧姐被卖以后又和刘姥姥巧遇获救。巧姐判词说："偶因济刘氏，巧得遇恩人。"又有脂批说："狱庙相逢之日，始知'遇难成祥，逢凶化吉'实伏线千里。"这是指第四十二回刘姥姥给巧姐起名字时，说："……姑奶奶定要依我这名字，他必长命百岁。日后大了，各人成家立业，或一时有不遂心的事，必然是遇难成祥，逢凶化吉，却从这'巧'字上来。"这段描写"伏脉千里"，到了"狱神庙"一回里得到了落实。但这"狱庙相逢"究竟是刘姥姥在"狱神庙"（或"嶽神庙"）受凤姐之托去救巧姐呢？抑或是刘姥姥在"狱神庙"（或"嶽神庙"）巧遇巧姐而相救呢？资料太少，只能想象。此外，贾芸和小红也为救巧姐奔走出力。

五、巧姐被救之后嫁给刘姥姥的外孙板儿，成了一名普通农妇。第四十一回描写巧姐和板儿互相交换柚子和佛手，有脂批说："小儿常情，遂成千里伏线。""以小儿之戏暗透前后通部脉络，隐隐约约，毫无一丝泄漏。"刘姥姥的女婿、板儿之父王狗儿出场时，书中介绍"因与荣府略有些瓜葛"，有针对性的脂批："略有些瓜葛——此数十回后之正脉也，真千里伏线。"因为板儿娶了巧姐，刘姥姥一家就成了荣国府最直接的亲戚，所以说"是数十回后之正脉"。巧姐真成了一个布衣荆钗的农家妇女，这才符合她的"册子"里"一座乡村野店，有一美人在那里纺绩"的谶语结局。

两相对照，我们可以看出，曹雪芹佚稿中的巧姐故事与后四十回的续貂之作具有完全不同的思想意义和美学内涵。

原著中巧姐被卖到"烟花巷"，又流落到"狱神庙"（或"嶽神庙"），遭遇了极大的不幸，后来虽然被救出，结局又仅是一介农妇，这生动地反映了封建贵族在被抄家破败后其子女的悲惨命运，对传统大家族内部斗争的残酷性和人性的堕落进行了非常生动而深刻的揭露。续书中"虚惊一场"的谋卖外藩，最后巧姐又成了一位"家私巨万"的地主少奶奶，不仅故事情节十分平淡，不如原著曲折惊险，其揭露和批判的程度也大大降低了。巧姐的归结更是一个"光明的尾巴"，表现了鲁迅所批判的"瞒和骗"的国民劣根性。

原著佚稿中刘姥姥救巧姐一定冒了很大的风险，做了许多自我牺牲，既反映了贾府被抄家后的一败涂地，又表现了刘姥姥崇高的思想品格，揭露了"狠舅奸兄"人性的黑暗，从美学角度来说，刘姥姥的形象具有强烈的"崇高感"。而续书里"刘姥姥救巧姐"却仅仅是让巧姐到乡下住了几天，可以说不费吹灰之力，没有什么自我牺牲可言，"崇高感"也就非常淡薄了。

原著中巧姐以"烟花贱质"嫁给了板儿，成了一个自食其力的普通劳动者。曹雪芹一方面把她列入"薄命司"，另一方面又为她的命运庆幸，说"巧得遇恩人"，"正是乘除加减，上又苍穹"。这表现了曹雪芹具有朴素辩证法的进步历史观和世界观。

原著与续书中两个巧姐，两种遭难，两种遇救，孰优孰劣，不正是雅文化和俗文化的分野吗？

史湘云嫁给谁

前八十回用了许多细入毫发巧妙入微的艺术手法，暗示史湘云才是全书真正的女主角，因为《红楼梦》也就是"风月宝鉴"，正照是假，反照是真，也就是荣华富贵是假，破败毁灭是真，抄家以后的女主角才更重要，而她是史湘云。

读《红楼梦》的人，谁不喜欢那位大说大笑、豪爽旷达的史湘云"史大姑娘"呢？在前八十回，史湘云无疑是一个非常重要的角色，曹雪芹花在她身上的笔墨并不比花在林黛玉和薛宝钗身上的少。但到了程高本后四十回续书里，这位活蹦乱跳的"史大姑娘"，却成了一个淡若无人的"影子"，几处极为简略的侧面交代，就算把史湘云"归结"了。

第一〇六回通过史家两个婆子之口，透露湘云"就要出阁"，"姑爷长得很好，为人又和平"。

第一〇九回贾母病重，湘云未来，"说是姑爷得了暴病"。

第一一八回王夫人谈话提及："如今姑爷痨病死了，你史妹妹立志守寡。"

真是敷衍塞责，草草了事。

史湘云在曹雪芹原著佚稿中如何结局，曾经是红学研究中一个争论不休的老大难问题。争论的核心是史湘云嫁给了谁？是卫若兰，还是贾宝玉？

认为史湘云嫁给卫若兰的，以蔡义江为代表，主要的根据是两条脂批。但这两条脂批的意义并不明确，不同的理解可以有不同的解释。笔者在《石头记探佚》中做过详细的辨证，证明史湘云嫁卫若兰的猜想纯系对这两条脂批误解所造成。高飏在《从"终久"看乐中悲及湘云结局》和《话说"金麒麟"》（收入拙著《独上红楼》）两篇文章中作了很有说服力的补充论证。

这里还涉及文艺理论问题，以及对《石头记》（《红楼梦》）思想深度、曹雪芹立意大旨等问题的理解。主张史湘云嫁卫若兰的人，很重大的一个失误是他们没有切实把握曹雪芹的创作动机，对《石头记》的思想内涵和美学内涵认识肤浅。

比如，他们没有真正弄懂"追踪蹑迹，不敢稍加穿凿"这种在真、善、美三要素中突出"真"的美学思想的深刻性，不能把握这种审美思想派生出的小说人物，其思想性格的立体性和复杂性。前八十回描写过湘云曾对宝玉发表"经济酸论"，和黛玉有一两次小意气，对宝钗十分佩服敬重，就把湘云说成是一个"钗党"，因此作出这样的评论："在大观园里的封建正统派与反映新兴市民社会势力要求的叛逆者之间的思想搏斗中，她总是与封建主义者薛宝钗沆瀣一气，而与贾宝玉和林黛玉针锋相对。""史湘云的受封建主义濡染很深的思想性格，与贾宝玉愈来愈坚定的叛逆性格，是多么的格格不入。"在这样一种思想逻辑下，引申到佚稿中的情节设想，就认为史湘云嫁给贾宝玉是不可能的。

这种看法其实正反映了一种思想方法上的片面性，用过去的话说就是"形而上学"，被教条主义桎梏了头脑。史湘云敬重宝钗，却并不就是"钗党","蘅芜君兰言解疑癖"后，黛玉不也很佩服宝钗吗？所谓湘云发表过"经济酸论"，其实也就是劝宝玉和官场上的人也要有所来往，要到社会上历练一下，不过是极普通的常规价值观念的体现，并不能因此就给戴上一顶"封建正统派"的大帽子。这些描写不过是渲染湘云相对来说是一个比较有口无心的人，是一种"性格"。这些评论说明在一个比较长的历史时期内，我们的思想方法和文艺评论曾经是多么僵化，直来直去，脑子不带转弯儿。

主张史湘云嫁卫若兰，表面上是一种情节的猜测，骨子里反映出没有真正理解曹雪芹原著的思想内涵。比如有这样的说法："像贾宝玉这类人物，亲历了从富贵繁华到抄家破落的巨大政治变故以后，对现实和人生有了更深切的体会，在绝望之余，他只有斩断尘缘，遁入空门，复归到青埂峰下的原位去了。"因而认为贾宝玉在"弃宝钗、麝月"而"悬崖撒手"（脂批）出家之后不可能再和史湘云结合。

一方面，这是受《红楼梦》研究本身进展程度的制约，如这里实际上把贾宝玉和补天顽石画了等号，而在曹雪芹原著中，其实神瑛侍者是贾宝玉，而补天顽石幻化成通灵玉，只是贾宝玉的"随行记者"，贾宝玉并不是补天顽石，因而也不会"复归到青埂峰下的原位"。另一方面，这种情节设想的思想基础，就是认为《石头记》的主题思想是"色空"，贾宝玉以出家为最后归宿才是合理的情节演变。却没有弄明白小说全书"大旨谈情"，最后一回是"情榜"故事，是以肯定"情"而否定"空"作思想落足点的。贾宝玉在出家后又还俗与史湘云结合才是符合这一主导思想的情节发展。

史湘云　改琦 绘

史湘云嫁贾宝玉的说法则立足于对曹雪芹创作《石头记》的"大旨""主题"的深刻理解和切实把握之上，立足于对原著构思的整体考察，分析了史湘云思想个性的立体，她在全书中实际的地位，在十二钗中的位置，她与宝玉、黛玉、宝钗复杂而微妙的关系，以及前八十回的种种伏线影射。大体上说：

一、作家对史湘云的基本定位是一个活泼豪爽的少女，她偶发"经济酸论"只是体现她思想发展过程中的某一个阶段，为后来史家和贾家都败落后的思想变化做铺垫，在经历了巨大的家族盛衰变迁后，她的思想性格只会向和宝玉越来越一致的方向演变，因而在佚稿中与贾宝玉的结合毫不牵强，正是一种劫后情缘。

二、贾宝玉热恋过林黛玉，后来又"弃宝钗"而一度出家为僧，但这并不妨碍他后来又还俗与史湘云结合。这是由《石头记》"大旨谈情"的主导思想决定的，也有前八十回的种种"草蛇灰线"可寻可证。具体论证可参阅笔者的《石头记探佚》。

三、十二钗的排列布局是精心安排设计的，其中有两对"金玉"先后和贾宝玉发生爱情婚姻纠葛，而且分别代表"风月宝鉴"的"正照"和"反照"。第一对"金玉"是佩金锁的宝钗和黛玉，主要故事在抄家之前；第二对"金玉"是挂金麒麟的湘云和妙玉，主要的婚恋故事在抄家之后。这就从整体的小说结构上规定了贾宝玉和史湘云在佚稿中的大致情节走向。

四、林黛玉别号潇湘妃子，明用"湘妃"典故。史湘云的姓名中也有"湘"字，她的判词有句"湘江水逝楚云飞"，《乐中悲》曲子有句"云散高唐，水涸湘江"，暗用"湘妃"典故。但黛玉是别号，湘云是正式名字，其实不分上下。"湘妃"即尧的女儿娥皇和女英，姐妹俩都是舜的妻子。曹雪芹化用这个典故，暗示对于贾宝玉，黛玉和湘云具有娥皇和女英的身份，先后发生爱情婚姻纠葛。所以第七十六回又特意描写黛玉和湘云于中秋月夜坐在"湘妃竹墩"上联句，吟出"寒塘渡鹤影，冷月葬花魂"的"诗谶"。而程高本又偏偏把"湘妃竹墩"改成"竹墩"，删去了"湘妃"二字。

五、前八十回中多次描写湘云和宝玉亲热非常，而且与宝、黛之间的亲密对照着写，俱是宝玉和湘云终将结合的特笔暗示。尤其要注意，前八十回用了许多细入毫发巧妙入微的艺术手法，暗示史湘云才是全书真正的女主角，因为《红楼梦》也就是"风月宝鉴"，正照是假，反照是真，也就是荣华富贵是假，破败毁灭是真，抄家以后的女主角才更重要，而她是史湘云，并不是林黛玉和薛宝钗。比如，海棠诗、菊花诗、雪天联句，用各种手法衬托暗示史湘云才是真正的冠军，柳絮词一社又是史湘云先作了一首才发起，所以回目是"史湘云偶填柳絮词"。刘姥姥游园时，大家喝酒行牙牌令，"只有湘云是满红"（周汝昌《红楼夺目红》），正照应史湘云的象征花卉海棠花，与宝玉所住"怡红院"中那株海棠花互相映照。可参阅笔者所著《红楼赏诗》。

六、通过对芳官的描写，影射史湘云。贾宝玉过生日时，白天史湘云醉卧山石上，枕了一包花瓣；晚上芳官醉卧在宝玉身边，其实也是枕着一个花瓣枕头。"石即玉，玉即石"，正是败落后史湘云将和贾宝玉在贫困中遇合结偶的"草蛇灰线"。当然，要看懂这些象征隐喻，又涉及对曹雪芹的思想境界、艺术技巧要有深微的体会，需要读者具有相应的理论思辨和审美鉴赏的素养与水平。

此外还有种种琐细的论证，不再——罗列。

至于贾宝玉和史湘云结合的曲折过程及具体情况，笔者在《石头记探佚》中也曾作了粗线条的勾勒。

一、八十回后史家、贾家先后都被抄家，史湘云原来那桩未明言的婚事自然告吹。史湘云也作为罪犯家属沦落流浪，当然具体情况的写法已不可知，设想得太细就成了文艺创作了。

二、在宝玉和湘云互相隔绝不知消息的情况下，发生了"金麒麟"为中介物的遇合情缘。而贵公子卫若兰在宝玉和湘云之间起了牵线搭桥的作用，这就是"卫若兰射圃"之"佚文"（脂批）的基本构架。

三、史湘云可能先和早已因抄家而沦落的甄宝玉有过一段因缘，后来湘云离开了甄宝玉到了贾宝玉的身边。这是王湘浩在《红楼梦新探》中提出的一种观点。之所以有这种推测，主要是第五十六回中描写贾宝玉梦见甄宝玉，醒来后和史湘云谈论，二人用司马相如、蔺相如同名，阳货、孔子同貌比喻贾宝玉和甄宝玉，认为是影射史湘云和甄宝玉、贾宝玉的先后因缘。不过，也有可能那些描写只是一种隐喻，暗示史湘云在家族败落后才和贾宝玉有情感故事，不一定真写甄宝玉参与其中。

四、经过种种曲折，史湘云女扮男装，栖止于一个尼姑庵。因为前八十回多次描写史湘云喜欢打扮成"小子模样"。

五、这时黛玉已死，宝玉已"弃宝钗、麝月"出家为僧，流落在"狱神庙"（或"嶽神庙"）。小红、茜雪"狱神庙慰宝玉"，贾芸"仗义探庵"（靖藏本脂批），寻找史湘云，为宝、湘会合而努力。前八十回贾芸曾送两盆白海棠给贾宝玉，而海棠诗社真正的诗魁是后来居上的史湘云，海棠花又是史湘云的象征物。所以，贾芸是帮助宝玉和湘云会合的重要人物之一。

六、为促成宝、湘结合，除贾芸、小红、茜雪努力外，还有卫若兰、柳湘莲、冯紫英等人帮助。"卫若兰射圃"就是其中的一个故事。

七、宝玉和湘云的故事，最后是以类似于《长生殿》最后一出唐明皇和杨贵妃在月宫"重圆"的境界结束的。可能那时就有警幻仙姑挂出"情榜"，宝玉和湘云最终觉悟，以情悟道，形式上宝玉第二次"出家"，又类似于《桃花扇》中侯方域和李香君双双入道，实际上是以一种艺术的方式肯定"大旨谈情"。

当然以上只是极为粗略的情节轮廓，中间会有许多曲折的插曲，具体的细节。比如，周汝昌在《红楼别境纪真芹》（《红楼梦的真故事》）中论证宝玉和湘云后来是"渔舟重聚",宝玉是"渔翁"，而湘云是"渔婆"。这一情节是这样推考的：

第四十五回"风雨夕闷制风雨词"，秋雨淋淉，黛玉正自秋绪如潮，秋窗独坐，已将安寝，忽报：宝二爷来了！这全出黛玉之望外！到宝玉进来，看时，却见他是穿蓑戴笠，足踏木屐——她头一句话便笑道：

"那里来的渔翁！"

及至宝玉将要辞去，说要送她一套蓑笠时，她又说道：

"我不要他，戴上那个，成了画儿上画的和戏上扮的渔婆了！"

及至宝玉真走时，她又特意拿出一个手灯给宝玉，让他自己拿着。——这一切，单看本回，也就够情趣满纸、如诗如画了。却不知作者同时又另有一层用意。雪芹的笔法，大抵如此奇妙。拿他与别的小说家一般看待，来一刀切，事情自然弄得玉石不分，千篇一律了。

读者至此可能疑问：这不对了！原是说湘云的事，才对景，怎么又是"伏脉"伏到黛玉身上去了呢？

须知这正是湘、黛二人的特殊关系，也就是我说的，湘云是黛玉的接续者，或者叫作"替身"，她二人名号上各占一个"湘"字，本就是暗用"娥皇女英"的典故来比喻的。晴雯这个人物，是湘、黛二人的性格类型的一种"结合型"，所以她将死时，海棠（湘的象征）预萎；及至死后，芙蓉（黛的象征）为诔。因此之故，雪芹巧妙地在黛玉的情节中预示了湘云的结局。这并非"不对了"，而正是"对了"。因为这样相互关联是雪芹独创的艺术的特殊手法。

那么，雪芹书中除此以外，还有别的印证之处吗？

有的。请你重读芦雪庵雪天联句中湘云等人的句子吧。湘云先道是：

"野岸回孤棹"；

宝玉后来联道：

"苇蓑犹泊钓"；

湘云后来又联道：

"池水任浮漂"；

"清贫怀箪瓢"；

"煮酒叶难烧"。

这之前，湘云还有一句引人注目的话：

"花缘经冷聚"。

请看，无论孤舟回棹，还是独钓苇蓑，还是花缘冷聚，都暗指宝、湘的事。而池水浮漂，是说黛玉的自沉。至于清贫烧叶，则是黛玉在嘲笑宝、湘二人吃鹿肉时已经说过的：

"那里找这一群花子！"

这正是记载中说的宝、湘等后来"沦为乞丐"的事了！处处合榫对缝者如此，宁非奇迹？

特别有意思的，还有一点：渔翁二字，在"风雨夕"一见之后，也是到了芦雪庵这一回，再见此词：

"（宝玉）……披上玉针蓑，戴上金藤笠，登上沙棠屐，忙忙往芦雪庵来。……众丫鬟见他披蓑戴笠而来，都笑道：'我们才说少了一个渔翁，如今都全了。'……"

你看，雪芹在此，又特笔点破宝玉与渔翁的"关系"，何等令人惊奇——当我们不懂时，都是"闲文"，懂了之后，才知道他笔笔另有意在。雪芹永远如此！

周汝昌所论宝玉和湘云"渔舟重聚"这一情节，是否与前面谈到的贾芸"仗义探庵"寻找史湘云以促成宝、湘金麒麟姻缘相矛盾呢？不矛盾。因为宝玉和湘云金麒麟姻缘的前后首尾是十分曲折复杂的，"仗义探庵"与"渔舟重聚"有情节先后之分，错综穿插之妙，孰前孰后，如何穿插，当然属于具体细节，探佚不能妄断。正如周汝昌所说："宝、湘二人渔舟重聚，是否即全书结束？今亦尚不敢十分断言如何。"

另一个存在争论的问题是第三十一回的回目"因麒麟伏白首双星"该如何解释。"双星"是牛郎织女的传统典故，这一点大家没有分歧，但"双星"具体指谁则所见不同。

持史湘云嫁卫若兰说者认为"双星"即指史湘云和卫若兰，二人成婚又被迫分离，有如织女和牛郎不能见面。由于史湘云嫁卫若兰本身站不住，此说也就没有讨论价值了。

赞成史湘云嫁贾宝玉的一部分人认为"双星"指史湘云和贾宝玉，他们的结合最后"湘江水逝楚云飞"，成了永不能见面的织女牛郎。

这种解释表面上似乎也能说得通，但周汝昌却提出了另一种意见。他说曹雪芹于此用了《长生殿》里的故事。原来《长生殿》里的牛郎织女是司管人间情缘的神仙，有如警幻仙姑，他们证合了唐明皇和杨贵妃的"钗盒情缘"。周汝昌说"因麒麟伏白首双星"里的"双星"，是类似于《长生殿》里牛郎织女的"一对夫妻"，他们虽然不是神仙，但也绾合了宝玉和湘云的金麒麟姻缘，就像牛郎和织女证合唐明皇和杨贵妃一样。这种说法看似曲折，但考察了曹雪芹创作《红楼梦》确实颇受《长生殿》的影响，还是有道理的。笔者在《石头记探佚》中进一步指出，这"一对夫妻"

（即"双星"）就是贾芸和小红。

那么"白首双星"中的"白首"又该如何解释呢？笔者有一种探索性的想法：考虑到"狱神庙"故事以宝玉和湘云的金麒麟姻缘为主体，而脂批提到贾芸和小红俱是此回要角，那么也许"白首双星"是并列结构，"白首"指刘姥姥，"双星"指贾芸和小红，他们共同促成了宝玉和湘云结合，是他们的"证婚人"，所以说"因麒麟伏白首双星"。

徐恭时在《卅回残梦探遗篇》中讲到史湘云时，对史湘云嫁卫若兰还是嫁贾宝玉的问题采取了一种调和的立场。他勾勒的故事轮廓是：贾府被抄，宝玉被关押在狱神庙，当时援救宝玉等人的有四侠友，即卫若兰、冯紫英、柳湘莲和蒋玉菡，经过冯紫英和卫若兰向北静王请求设法，贾宝玉得以释放。宝玉为感谢卫若兰，特意把自己从张道士那儿得到的那只雄金麒麟送给卫若兰。史家"一损俱损"，史湘云成了卫若兰家的女佣，而卫若兰并不知道她就是史湘云。卫若兰约冯紫英、蒋玉菡等在家中射圃较射，卫若兰佩戴宝玉送的雄金麒麟，为湘云所见，追问缘由，互为慨叹，经蒋玉菡做媒，湘云嫁给卫若兰。但婚后不久卫若兰就病亡，湘云寡居。这时宝钗也早卒，宝玉和湘云一鳏一寡，在颠沛流离中相遇，得以结合。"白首"二字，就是民间祝贺结婚用词"白头到老"的简括词，来点出宝玉和湘云的婚事，所以说"因麒麟伏白首双星"。但这时的宝玉，已流落无家，虽然与湘云结合，难以维持生活，湘云在无可奈何中去金陵寻史家族人，由此而宝玉在北方，湘云在南方，一水隔长江，犹如"银汉双星"，正类似于牛郎织女互相恩爱,遭磨折而分居的故事。最后,湘云又先卒,认为曲词"水涸湘江"就是此意。全书中十二金钗史湘云是最后一个死去的。

刘心武在《揭秘〈红楼梦〉》第二部中的看法,和徐恭时比较相似,不过纳入了他的"日月之争"的大框架中。他说史湘云先嫁给了卫若兰,卫若兰一看就是个好名字,说他的气味如兰草般清雅,可见是一位不错的丈夫。而脂批所谓"卫若兰射圃",是和朝廷中"月派"政治谋反有关的一次行动。卫若兰参与的"月派"谋反行动失败了,湘云就不是一般的寡妇,而成了罪家的犯妇,卫若兰出了事死了,临死前把那只大麒麟留给了湘云,让她设法寻找贾宝玉。后来湘云历经磨难,通过妙玉,得以跟宝玉会合。而对于"白首双星",刘心武则认为意指"他们在苦难中,未老先衰,白了少年头"。

涉及细节,探佚研究当然很难定于一尊。但无论如何,史湘云终嫁贾宝玉应该说已经是可信的结论。这一点有很重要的意义,在于它打破了"《红楼梦》无非是写宝黛钗爱情婚姻悲剧",是"一个男人和两个女人的故事"那样一种固定的解读格局,而显示出曹雪芹原著具有广阔深邃的思想和美学内涵。已经有不少迹象表明史湘云嫁贾宝玉的观点正逐渐深入社会,并被发扬光大。如红学网站上有署名"一方金"的文章《论贾宝玉的人生五阶段》,已经从湘云结局的考证上升到比较深刻的对贾宝玉"人生观"的分析,对《红楼梦》思想哲理的探讨。这表明,探佚学正在升堂入室,已经从情节的考证和推测向"形而上"层面追求,演变为一种哲学和美学研究,并对"国民性"发生潜移默化的影响,探佚学的"红内学"身份也得到了更加生动的证明。

"玫瑰花"当王妃

探春成了和番远嫁的王昭君,这是一个传统的悲剧,但这个悲剧中又包孕着一丝隐隐约约的希望。这就是探春远嫁海外这个不寻常悲剧的深刻性所在。

贾家的三小姐探春诨名"玫瑰花","又红又香,无人不爱的,只是刺戳手"。她的"册子"判词和"红楼梦"曲子《分骨肉》都预示了她的结局是"远嫁"。

后四十回续书中,这样敷衍探春的故事:

第一〇〇回"悲远嫁宝玉感离情"中,探春被父亲贾政许配给一位镇海总制的儿子。

第一〇二回:"探春将要起身,又来辞宝玉。宝玉自然难割难分。探春便将纲常大体的话,说的宝玉始而低头不语,后来转悲作喜,似有醒悟之意。于是探春放心,辞别众人,竟上轿登程,水舟车陆而去。"

第一一九回探春回京,"众人远远接着,见探春出跳得比先前更好了,服采鲜明"。

这种写法实在过于简略,而其境界与第五回中探春的"册子"判词和《分骨肉》曲子预示的悲剧气氛很不谐调,这是一目了然的。再从思想倾向看,仅从上面引的几句已经表现出续书宣传"纲常大体"的传统思想，说贾宝玉"似有醒悟之意"更与前八十回的宝玉思想性格南辕北辙。这里还涉及对探春这一人物的基本把握，探春远嫁时真的会说"纲常大体的话"吗？显然，由于续书作者和曹雪芹的思想境界差距很大，对小说人物的思想性格走向予以歪曲是必然的，体现在审美上，则从曹雪芹高级的写人艺术变成一种简单化的类型化写法，比如因为前八十回写探春理家刚强果断，就直线思维地写她远嫁时也很理智。

探春的"册子"上明明是"一片大海，一只大船，船上有一女子掩面泣涕之状"，《分骨肉》曲子更是悲悲切切，凄凄惨惨，可见原著佚稿中的探春远嫁场面非常悲哀凄凉，探春"掩面泣涕"，与家人生离死别，而不是谈什么"纲常大体"。前八十回的探春形象是立体的，虽也有正统思想，但并不是一个喜欢说教的道学人物。

对探春的文学评论历来存在两种不同的意见。一种是倾向于否定，说探春是个"封建正统派"，说她不认生母赵姨娘，攀高枝儿，"显出了反动的本质"，她的"兴利除宿弊"是"补天"，"实际上代表了封建正统主义"，甚至说探春的形象使《红楼梦》显出了"思想上的缺陷"和"艺术上的不足"。这些认识、评论教条主义气息浓郁，摆脱不了极左思潮的紧箍咒，本来不值得再提，但现实的情况是，仍然有一些红学研究者停留在这种水平上，还在那里开口"封建主义毒素"，闭口"资本主义萌芽"，而且自诩为红学正统。

其实，曹雪芹对探春的态度是肯定的，赞赏她的杰出才能，

"玫瑰花"当王妃

贾探春　改琦 绘

201

同情她的悲剧命运。而后世的千千万万读者，也无不为这位"三姑娘"所倾倒，对她青眼有加，衷心向往。对某些描写的不同看法，又涉及对曹雪芹高妙的艺术有无理解和鉴赏能力的老问题。比如探春和赵姨娘的关系，曹雪芹就写得非常深刻。一方面，写出了封建宗法制度扭曲人性和血缘关系的残酷，另一方面，又写出了探春疏远赵姨娘的合理性，因为赵姨娘十分阴微猥琐，满肚子坏水，实际上以极其含蓄的艺术表现了探春无可言说的内心痛苦。

赵姨娘兄弟死了，在丧葬补助问题上，探春作为临时代理家政的新管家，当然要表现得大公无私才能建立威信，何况还有对赵姨娘毫不放松的王熙凤在后面盯着，王熙凤派平儿给探春传话，就是把只能暗箱作业的事弄到桌面上，明摆着是给探春出难题，不让赵姨娘加银子，怎么能责怪探春对生母凉薄呢？实在曹雪芹把一切都写得太微妙了，让教条主义的红学家一头雾水。写探春的"改革"，曹雪芹更是满怀热忱地表现其才能和抱负，所谓"金紫万千谁治国？裙钗一二可齐家"，正是寄托作者自己的一种高远情怀。探春最后的远嫁，也正是巧妙地表现对那个历史时期的那块古老土地扼杀一切才能的惆怅。

探春在佚稿中的结局，笔者考辨应该嫁到一个海岛小国去做王妃，见《石头记探佚》。其大体根据和情况是：

一、第五回探春的"册子"上画着"一片大海，一只大船"，以及《分骨肉》曲子，都预示探春将远嫁海外异域，一去不返。

二、第六十三回"寿怡红群芳开夜宴"，探春抽的花名签酒筹是杏花，所谓"日边红杏倚云栽"，"得此签者必得贵婿"，具有谶语性质，更进一步通过姐妹们开玩笑点题："我们家已有了个王妃，难道你也是王妃不成？"

三、风筝是探春的象征，探春的"册子"、第二十二回诗谜都以风筝隐喻探春远嫁。第七十回则特别描写探春放了一个凤凰风筝，与另一个凤凰风筝绞在一起，又被第三个风筝绞住，而那是一个门扇大的玲珑喜字风筝，然后三个风筝断线飘摇远去。凤凰是帝王后妃的象征，而风筝断线正喻远嫁海外。

四、第六十三回探春参与宝玉给丫头改名换装的活动，有言外深意。宝玉给芳官改名"耶律雄奴""温都里纳"，都是番名，暗喻大观园中女儿中有人将远嫁国外。"芳官"之意也就是"日边红杏倚云栽"，正影射探春去海外做王妃。

五、所传日本三六桥本《红楼梦》中，探春的结局是"杏元和番"，就是用《二度梅》里陈杏元嫁到番邦的故事做比喻。

六、探春远嫁番邦，当然应该有一种因"战争"而"和亲"的政治背景。那应该和前面介绍贾元春探佚时说到的各种情况相关，和"双悬日月"、犬戎叛乱等故事互相交织。舒元炜序本《红楼梦》中探春的"册子"判词第三句是"清明啼送江边舰"，这个"舰"字不就透露了一种战争背景吗？

七、探春远嫁的时间是在清明节，这在"册子"判词中交代得很明白。根据种种线索，探春远嫁时贾府还没有被抄家，但已经接近没落，所以第二十二回探春风筝谜语后有脂批慨叹："此探春远适之谶也。使此人不远去，将来事败，诸子孙不至流散也。"

探春远嫁海外的结局，有着极不寻常的思想内涵。它寄托了曹雪芹深远的思想追求，既然这块土地上压抑扼杀才能，那就向另外的土地追求吧。小说中写到一个真真国的女孩子，金发碧眼，会作汉语诗词，应该是有深刻寓意的。至于探春是否就是嫁到了真真国，那又属于细节了，不好武断。

胡风评论真真国女孩，有一段耐人寻味的话："曹雪芹寄托了他的遐想，热望能够从国际上（汉南——外国）取得社会人生的理想，借以认识已经进入末世的中国历史，替中国人民的命运开拓出一个光明的出路。……在文学上（我还只能说在文学上），这样用全身心向国际上（汉南——域外）追求解决历史（人生）绝境问题的思想出路的，在十八世纪就有了一个曹雪芹。而一直到了将近两百年以后的二十世纪初，这才仅仅又有了一个鲁迅而已，而已！"（《〈石头记〉交响曲序》）虽然胡风把"汉南"理解成"外国"欠妥，其实"汉南"是用典故指中国，不过这并不影响胡风总体思路的正确。曹雪芹确实通过真真国女孩，通过贾探春远嫁海外这样一些情节，表现出一种国际性眼光，已经超越了古老的中华传统。尽管曹雪芹仍然把远嫁外番看作不幸，当入"薄命司"，写得悲悲切切，可是他毕竟让探春嫁到海外去了，这就很了不起。探春成了和番远嫁的王昭君，这是一个传统的悲剧，但这个悲剧中又包孕着一丝隐隐约约的希望。这就是探春远嫁海外这个不寻常悲剧的深刻性所在。

张庆善在《探春远嫁蠡测》一文中对笔者的"海外王妃说"提出异议。他认为探春的结局不是海外王妃，而是海内王妃，是国内某个亲王或郡王的妃，只是成亲之际夫婿突然遭遇政治变故，被遣戍海疆，探春遂被迫远嫁，成了个落魄王妃，甚至被贬为庶人。丁维忠又写了一篇《粤海"姬子"——探春的结局探佚》，说探春没有当王妃，而是嫁给了第七十一回中给贾母送寿礼的粤海将军邬家。

他们两人都认为如果探春做了海外王妃，结局就太幸运，不应该进入"薄命司"了。然而，这其实是把现代人的某些思想意识强加给古人。曹雪芹虽然有思想超前的一面，但毕竟不是现代人，中国传统思想一直认为和番远嫁是很大的悲剧，被遣嫁之人是非常"薄命"的，因为她永远离开了祖国、家庭、亲人，按照古代的交通和信息条件，生离其实也就是死别，何况中国传统文化是一种家族伦理本位的文化。即以和番远嫁的代表人物王昭君而言，历代不知有多少为她的不幸命运一掬同情之泪的诗篇。《红楼梦》里引用过欧阳修的《和王介甫明妃曲二首》，其中就说："明妃去时泪，洒向枝上花。狂风日暮起，飘泊落谁家？红颜胜人多薄命，莫怨东风当自嗟。"

好像曹雪芹已经预感到后世人会有疑问，在前八十回就写了两首歌咏王昭君的诗。一首是薛宝琴怀古诗之七《青冢怀古》，另一首是林黛玉《五美吟》之三《明妃》，都一致慨叹王昭君的"薄命"："汉家制度诚堪叹"，"红颜命薄古今同"。这两首诗其实就是影射贾探春未来命运的。

因此，"海外做王妃"正是"薄命司"里不可缺少的一幕悲剧。因为探春是远离故土，永无回家之日。"一帆风雨路三千，把骨肉家园齐来抛闪。恐哭损残年，告爹娘，休把儿悬念。自古穷通皆有定，离合岂无缘？从今分两地，各自保平安。奴去也，莫牵连！"当然，如前所述，这个悲剧又隐含一点向海外追求的意义，但这不影响永离家乡的悲哀。

再细辨小说中的语义，也能有所领悟。探春如果做了国内某个亲王或郡王的妃，而不是"一国之主"的妃，那么第六十三回花名签上的谶语诗句"日边红杏倚云栽"就不太贴切，因为亲王、郡王不是唯一的，而"日边"应该是指"天无二日，国无二主"的王。"我们家已有了个王妃，难道你也是王妃不成？"这句"语谶"也说明问题。这里前一个"王妃"是泛语，指元春，实际上是皇妃；只因探春是另一个独立王国（即使是属国）的王妃，地位基本相当，泛称元春为"王妃"而不必确指"皇妃"才比较自然，探春与元春相连并称才合乎情理。如果是国内亲、郡王之妃，则与元春有明显的君臣关系，相连并称就不太妥当。

还有一些微妙的暗示也值得注意。比如后来贾府的戏班子解散，小戏子都分到各房名下当丫鬟。每个丫鬟的分派都有微妙的寓意，和主人未来的命运有联系。分给探春的是"老外艾官"。"老外"，指戏曲表演中的"外"角，后来逐渐形成专演老年男子的角色，一般挂白满须，故称"老外"。但曹雪芹最善于"一击两鸣"，《说文解字》释"外"为"远也"，一语双关，"老外"也就同时影射了探春将要嫁到遥远的外国去，是不是会嫁给一个老年的外国国王呢？现在中国人对外宾也称"老外"，则是一种有趣的巧合。

说探春将嫁给邬将军，显然和小说中各种"日边""王妃"的隐喻都对不上卯，因此没有说服力。说探春要嫁给国内的某个亲王、郡王，而嫁前这位王爷已经犯罪被遣戍，那么贾家应该避之唯恐不及，为什么还要把探春嫁过去呢？这也是说不通的。《虚花悟》中有"说什么天上夭桃盛，云中杏蕊多"，这是从惜春的角度看元春和探春（杏花象征探春）当皇妃和王妃，是一种赞美的口气，可见探春绝不会是嫁给一个"落魄"犯罪的王爷，而是表面上很风光的。因此，佚稿中探春的结局只有一种可能，就是嫁到海外的一个小国去做王妃，而其背景是由于政治变故引发的"和亲"。十二钗的排列顺序是精心设计的，每两人一对，元春和探春一对，一个国内的皇妃，一个海外的王妃，分别代表了古代女子悲剧命运的一种类型，曹雪芹的文心匠意，可谓巧夺天工。

探春远嫁到哪一个国家，有人设想是真真国，刘心武在《揭秘〈红楼梦〉》第二部中则提出了另一种说法，是茜香国。蒋玉菡把自己的汗巾子送给贾宝玉时，曾说这叫茜香罗，是茜香国女王进贡朝廷，北静王送给自己的。刘心武说："如果茜香国和中国发生纠纷，中国皇帝为了缓和矛盾，答应把中国的公主或郡主远嫁给女国王的一个儿子为妻，那是完全可能的，八十回后如有那样的情节，是不足为奇的。而中国皇帝又哪舍得把真正的公主和郡主嫁到那种相对而言还很不开化的蛮荒之地呢？就完全可以用冒牌货，声称是公主或郡主，嫁到那边去，起到像历史上王昭君一样的'和番'的作用。那么，在书里的贾家，首先是荣国府，因为藏匿江南甄家的逆产被严厉追究的关口，贾政献出探春，以供皇帝当作公主或郡主去'和番'，是有可能的。探春的美貌、风度、修养、能力，恐怕是皇家的公主郡主们都难匹敌的。……探春的远嫁，表面上体面，其实，是双方政治较量当中的一个互相妥协的产物，借用第五十三回贾珍说的那个歇后语，叫作'黄柏木作磬槌子——外头体面里头苦'。"而对于丁维忠所说探春要嫁的粤海将军邬家，刘心武也有新的说法，他认为这位邬将军"是负责安排探春远嫁事宜的人物之一"。

我们的三姑娘，这枝"又红又香，无人不爱"的"玫瑰花"，究竟有没有拿到"出国护照"和"外国签证"呢?

"二木头"和四丫头

孙绍祖被称作"中山狼",不仅仅是一个虐待迎春的问题;惜春出家的时间,是在贾府被抄家之前呢还是之后?

贾迎春绰号"二木头","戳一针也不知嗳哟一声",是著名的"懦小姐"。她在第八十回已经嫁给了孙绍祖,遭受虐待。根据第五回她的"册子"判词和《喜冤家》曲子,"叹芳魂艳魄,一载荡悠悠",她将在出嫁一年之后就被"中山狼"虐待致死。红学界对迎春的结局很少有异议,觉得没有多少文章可做,原著佚稿中迎春之死与后四十回续书中的写法大概也相差不远吧。

笔者认为并不这样简单,撰写了《"中山狼"小考》(《石头记探佚》)一文提出一些新的论证:

一、前八十回介绍孙绍祖"现袭指挥之职","现在兵部候缺题升",说明孙绍祖与八十回后的"犬戎叛乱""柳湘莲一干人作强梁"等"武事"背景有关,可能是这一事件中的一个反面角色。

二、第五十三回描写"贾雨村补授了大司马","大司马"就是兵部尚书。而孙绍祖"在兵部候缺题升",贾雨村是孙绍祖的顶头上司。贾雨村在八十回后将累害贾家,落井下石,那么孙绍祖也将和贾雨村勾结,对势力已败走下坡路的贾家恩将仇报,在贾家被

"抄没"事件中起恶劣作用，而不仅仅是一个虐待迎春的问题。

三、孙绍祖被称为"中山狼"，而元春归省时点了四出戏，脂批说"所点之戏剧伏四事，乃通部书之大过节大关键"，这四出戏中第一出就是"伏贾家之败"的清代李玉的《一捧雪》传奇中的《豪宴》，里面有一个投靠新贵严世蕃陷害故主莫怀古的汤勤，而这个汤勤就被称作"中山狼"，比喻他是那只被东郭先生救了命反而要吃恩人的恶狼。在《红楼梦》中，贾雨村类似于严世蕃，孙绍祖类似于汤勤。孙绍祖是山西大同人，而曹雪芹高祖曹振彦曾在大同当知府，孙绍祖应该是有生活原型的。

四、因此，不能孤立地看迎春误嫁的悲剧，它与十二钗其他人的悲剧一样，和贾府败亡的大悲剧互为因果，有着复杂的内外背景，是"忽喇喇似大厦倾"而"落了片白茫茫大地真干净"的有机组成部分。

曹雪芹写贾迎春，也用了许多"谶语"、象征等艺术手段。比如贾迎春在元春归省时写的那首七言绝句，题目是"旷性怡情"，其中的核心句子是"奉命羞题额旷怡"，就是表现迎春一切听天由命的性格。她后来作的算盘诗谜："天运人功理不穷，有功无运也难逢。因何镇日纷纷乱，只为阴阳数不同。"说"有功无运"，说"纷纷乱"，是隐喻贾家败落，说"阴阳数不同"是指夫妻不睦。曹雪芹还用棋局纷争象征贾迎春的命运。迎春的两个大丫鬟分别叫司棋和绣橘，都是棋喻，"橘"谐音"局"，"绣橘"就是一盘用心厮杀的棋，所以棋谱叫"橘中秘"。迎春出嫁后，宝玉到她住过的紫菱洲凭吊作歌，其中也有"不闻永昼敲棋声，燕泥点点污棋枰"

贾迎春 改琦 绘

的句子。第七回周瑞家的送宫花，就写迎春正和探春在下棋。

棋的起源受天文和易卦的影响，还是兵法的模拟，但它毕竟是一种游戏，所以下棋和弹琴、书法、绘画并称四大雅事，被赋予了隐逸的品格。晋朝的王坦之把围棋当作"坐隐"，高僧支道林则称之为"手谈"。这样，下棋，特别是下围棋，表面上虽然有竞争性，但也可以代表一种超脱无争的人生态度。因此又有传说樵子观看仙人下棋，一盘看完以后回头一看，砍柴的斧头把已经腐烂了，就是"观棋柯烂"，洞中方七日，世上已千年。

下棋可以比喻无欲无争，这就和小说中迎春的个性挂上了钩。迎春喜欢下棋，正是暗示她处世懦弱退让。所谓"懦小姐不问累金凤"。奶妈偷了她的金凤当钱赌博，她也不追问，她的丫头绣橘说："姑娘怎么这样软弱。都要省起事来，将来连姑娘还骗了去呢。"林黛玉也揶揄迎春"真是虎狼屯于阶陛尚谈因果"。因此迎春房中矛盾丛生，她却视而不见，一心只从读《太上感应篇》中寻找安慰。而《太上感应篇》是讲因果报应的劝人"顺命"的书。

迎春这样善良软弱，最后却嫁了个凶恶狠毒的丈夫，被迫害而死。她在十二钗中的命运是最让人同情怜悯的。笔者曾赋诗说："荇雨蓼风由小鬟，歇心太上默无言。如君温懦遭狼噬，萦念园居最可怜。"从曹雪芹对十二钗的总体设计来说，贾迎春误嫁的悲剧具有独特的意义，是"薄命司"中十二种悲剧类型的其中一种。这个悲剧的意义大约有以下几点：

一、它反映了传统伦理宗法制度中不断进行的"权力再分配"的斗争，表现了这种斗争的残酷性和复杂性。旧的权贵贾府败落下来，新的权贵贾雨村、孙绍祖升了上去。为了自身的利益，贾雨村、孙绍祖就对昔日的"恩主"贾府不遗余力地打击，落井下石。所谓"中山狼，无情兽，全不念当日根由"，这种忘恩负义是人性阴暗面的表现。曹雪芹通过迎春的故事对人性的丑恶作了鞭挞批判，由于可能有生活原型，其中的内涵尤让人深思。

二、迎春的悲剧故事深刻地表现了传统包办婚姻的罪恶，表现了那一时代没落贵族少女怎样成了家庭的牺牲品，而遭遇不幸的命运。以程高本《红楼梦》为对象的分析评论常说：《红楼梦》的主题就是通过宝黛钗的爱情婚姻悲剧揭露批判封建包办婚姻的罪恶。其实这仅仅是曹雪芹原著《红楼梦》主题中一个小的组成部分，而且这部分主题主要并不是通过宝黛钗的爱情婚姻纠葛表现，而是通过贾迎春的悲剧故事来表现。贾赦由于使了孙绍祖五千两银子，就把亲生女儿迎春变相地去抵债，使迎春遭受悲惨命运。这种完全以家长的利益为转移，而丝毫不顾及儿女自身的意愿和利益的包办婚姻就是以那样生动的具体故事显示出它的残酷和不合理。然而，对贾赦择孙绍祖为婿，贾母是不满意的，贾政也劝谏过，这充分表现了生活的复杂性，也是全书大房和二房矛盾的一次艺术表现。显然，曹雪芹是站在二房一边的，对大房的愚蠢、贪婪、自私和无情深感愤慨，所谓"自杀自灭"主要就是针对荣国府大房和二房中的庶子派，这在迎春的故事中也有微妙的体现。

三、曹雪芹创造贾迎春这样一个人物，也很有典型意义。迎春的个性特点是善良懦弱，善良是好的，懦弱则是不好的。不幸，善良与懦弱又常常相连在一起，所谓人善被人欺，马善被人骑。曹雪芹对这一人性的二律背反作了深刻反思，特别写迎春嗜读《太上感应篇》，更是意在言外，传达了对人类创造的宗教、道德和伦理之深刻怀疑，对"因果报应"的怀疑。曹雪芹笔下的迎春，在过去专制统治的时代是常见的。尤二姐也是这样一种人，只是她是小家碧玉而非贵族千金，同时又多了"淫"的一面。这其实是专制制度和专制文化对人性的戕害和扭曲，要从根本上改变迎春这一类人软弱的人性，追根溯源，其实要挖掘到制度和文化。对迎春的命运，曹雪芹是饱含着血泪来写的，笔锋所向，对孙绍祖这一类"中山狼"，对贾赦和邢夫人的贪婪无情，都给予艺术的针砭和讨伐。

刘心武《揭秘〈红楼梦〉》第二部中有一些思路也富有启示意味。比如他对迎春来历在不同抄本中的不同写法（有贾赦前妻所生、贾赦妾所生、贾赦之女而贾政养为己女等），在前人研究的基础上又有新发明。笔者和刘世德都曾考证邢夫人是贾赦续弦，迎春乃贾赦一个妾所生，刘心武则进了一步，说应该是这样一种情况：贾赦先娶一正妻，生下贾琏，后来死去；邢夫人嫁过来之前，其"跟前人"，也就是一个妾，生下了迎春，为什么这个"跟前人""比赵姨娘强十倍"，而且邢夫人认为根据这个"强十倍"的因素，判定迎春应该比探春腰杆硬，否则就成了"异事"？唯一合理的解释，就是这个妾后来被扶正了，但是，不久却又死去了，在这以后，贾赦才迎娶了邢夫人为填房，而邢夫人却一直没有生育，所以她说"倒是我一生无儿无女的，一生干净"。认为迎春的原型确是小老婆生的，说"妾出"没有错，但这个妾生她以后扶了正，又死了，当然也可以说是"前妻"，因此，迎春原型虽然出身跟探春原型类似，但她的生母又确实比纯粹的小老婆"强十倍"，她虽懦弱，却也不一定就有探春原型那样的因是庶出而派生的自卑感。

迎春的原型是曹雪芹的一个堂姐，对她的出身曹雪芹之所以改来改去，刘心武认为涉及从生活到艺术的创作方法问题。当生活的真实跟艺术虚构的总框架之间发生难以协调的大困难时，曹雪芹往往是牺牲虚构的合理性，来忠于生活的原生态。这就是《红楼梦》这部小说的特殊性。认为己卯抄本里所写迎春是贾赦之女而贾政养为己女乃生活的真实记录，其论述虽然想象的成分比较多，但也是言之成理的。刘心武在原型探佚的基础上所作的思想探佚，则更有闪光的地方，这当然和他具有较好的艺术感悟能力分不开。比如他这样说：

> 想到迎春，我就总忘记不了第三十八回，曹雪芹写她的那一个句子：迎春又独自在花阴下拿着花针穿茉莉花。历来的《红楼梦》仕女画，似乎都没有来画迎春这个行为的，如今画家们画迎春，多是画一只恶狼扑她。但是，曹雪芹那样认真地写了这一句，你闭眼想想，该是怎样的一个娇弱的生命，在那个时空的那个瞬间，显现出了她的全部的尊严，而宇宙因她的这个瞬间行为，不也显现出其存在的深刻理由了吗？最好的文学作品，总是饱含哲思，并且总是把读者的精神境界朝宗教的高度提升。迎春在《红楼梦》里，绝不是一个大

龙套。曹雪芹通过她的悲剧，依然是重重地扣击着我们的心扉，他让我们深思，该怎样一点一滴地，从尊重弱势生命做起，来使大地上人们的生活更合理，更具有诗意。那些喜爱《红楼梦》的现代年轻女性啊，你们当中有谁，会为悼怀那些像迎春一样的，历代的美丽而脆弱的生命，像执行宗教仪式那样，虔诚地，在柔慢的音乐声中，用花针，穿起一串茉莉花来呢？

十二钗中迎春和惜春并列成对。贾惜春是另一种典型人物，即在家族内部尔虞我诈和钩心斗角的残酷现实面前变得心灰意冷，冷漠孤介，最后更被家族的悲惨命运所震骇，只有逃向宗教寻找安慰。

惜春的结局是出家当尼姑，她的"册子"和《虚花悟》曲子都暗示得很明确。所谓"可怜绣户侯门女，独卧青灯古佛旁"，"将那三春看破，桃红柳绿待如何？把这韶华打灭，觅那清淡天和"。脂批提示，惜春后来"缁衣乞食"，也就是化缘为生，形同乞丐。这与后四十回所写不失小姐身份，"带发修行"，住在拢翠庵（版本考证：是"拢翠"不是"栊翠"，"拢翠"与"怡红"对仗）成了妙玉的替身，还有紫鹃侍候等情况是完全不同的。这种认识红学研究者基本上没有分歧。

但也有某些需要进一步探讨的问题。

惜春出家的时间，是在贾府被抄家之前呢还是之后？电视剧把惜春出家安排在抄家之前，但也不排除是在抄家之后。当然，由于文本中可资参证的伏线太少，这个问题比较难以研究。《虚花

贾惜春　改琦 绘

悟》曲子主要是一些看破红尘的比喻性语句，很难看出具体的情节，不过其中有"说什么天上夭桃盛，云中杏蕊多"，是指元春和探春，因为杏花是探春的象征物，而元春归省时说"鲜花着锦之盛"，可见惜春的结局是在元春死和探春嫁之后才写的。

惜春出家实际上出于无奈，是一种变相的被迫，是在家族毁灭大背景下的一种逃避，个性的孤僻只是一种因素，而不是根本的原因。所谓"勘破三春景不长，缁衣顿改昔年妆"，"勘"字和"顿"字值得吟味。她出家以后会感到孤寂，对当年执意赶走贴身丫头入画会感到后悔。这是笔者通过分析薛宝琴怀古诗中的《梅花观怀古》而探佚出来的。这显然和后四十回续书中惜春出家是由于"明心见性"了悟佛法的写法大为不同。

刘心武在《揭秘〈红楼梦〉》第二部中则认为，八十回以后，惜春是在贾府第一次因为藏匿甄家罪产导致被查抄前夕，就离开荣国府当尼姑了。她在贾府被抄家之前就毅然出家，抄家后，官方查不出她具有具体参与家长犯罪的事实，也就不予追究，不再被逮捕，被打，被杀，被卖。在贾家所经历的三个春天将尽的时候，她将三春勘破，有预见性，判定到下一年就会出现恐怖局面，她就实行了自救。尽管那以后她青灯古殿独处，缁衣乞食苟活，比被打、被杀、被卖略好，但也非常凄惨。曹雪芹写她，又给我们显示出另一种人生悲剧，一种在政治大恐怖下，卑微地唯求自保，以冷漠和隔绝来延续自己生命的艺术典型。

后四十回写惜春与妙玉来往密切，最后紫鹃则在黛玉死后跟了惜春出家为尼。原著佚稿中是否也会有这些情节呢？笔者的意见都是否定的。这样判断的根据何在？就在前八十回的人物性格逻辑。

前八十回描写妙玉狷傲清高，只和黛玉、宝钗、湘云这几个十二钗中的佼佼者有所接触，此外就是和贾宝玉颇为契合，可谓知音。而惜春则十分孤僻，连对贾家的姐姐们都相当冷淡，连自幼服侍的贴身丫头入画也因小错而撵走。妙玉是内热外冷，惜春是里外都冷。妙玉的结局是"可怜金玉质，终陷淖泥中"，最终离开了空门；而惜春则以尼姑终老，"独卧青灯古佛旁"。这样两个人的差别是极大的，根本不可能产生友谊。后四十回续书写二人你来我往，就是只抓住两人都是尼姑这种表面现象编故事，其实与真正的艺术逻辑背道而驰，这就是天才与庸才的区别。

紫鹃的情况也是一样。她已经是林黛玉的知己，不会再成为贾惜春的知己。前八十回就写黛玉和迎春、惜春二人"素日不大甚合"，就是说在心灵上比较隔膜，当然在才情上也有差距。黛玉是深于情痴于情的，火一样的心肠；惜春则"天生成一种百折不回的廉介孤独僻性"，嫂子尤氏说她"心冷口冷心狠意狠"。作为和黛玉最知音的紫鹃怎么会跟了惜春去出家呢？这也是后四十回作者做"表面文章"的拙劣表现。再说惜春在佚稿中"缁衣乞食"，成了叫花子，怎么会有丫头服侍呢？惜春既然连入画都撵走，又怎么会和热心肠的紫鹃相投呢？所以读《红楼梦》是一件最有趣的事，每一个读者，在面对"两种《红楼梦》"时，艺术灵性、修养水平、思想境界，究竟是什么样子，都要受到无情的检验，而不管你头上顶着什么漂亮的头衔。

大嫂子和兰小子

"昏惨惨黄泉路近"是指贾兰还是李纨？

荣国府里的"大嫂子"李纨名列金陵十二钗第十一位，与秦可卿成对。这种比并是很有意味的。秦可卿以"淫"定论，李纨则以"贞"著称，可是她们却同属于"薄命司"。她们二人在各方面都形成对照，一个"好事终"，早早结束了生命；一个"晚韶华"，直到小说结尾才作出归结。但李纨这个"贞妇"和秦可卿这个"淫妇"却从不同侧面共同反映了古代妇女的不幸命运。李纨和她的儿子贾兰在八十回后佚稿中如何结局？红学界专门研究的文章不多，却基本上也是两种意见。

一种意见可谓"李纨早死说"。如蔡义江在《红楼梦诗词曲赋鉴赏》中说：

> 这是一个封建社会中被称为贤女节妇的典型，"三从四德"的妇道的化身。清代的卫道者们鼓吹程朱理学，宣扬妇女贞烈气节特别起劲，妇女所受封建主义"四大绳索"压迫的痛苦也更为深重。像李纨这样的人，在统治者看来，是完

全有资格受表旌、立牌坊，编入"列女传"的。虽则"无常性命"没有使她有更多享晚福的机会（李纨年龄不比诸姊妹大多少，她的死，原稿中或另有具体情节，但已难考出），但她毕竟在寿终前得到了"凤冠霞帔"的富贵荣耀，这正可以用来作为天道无私，终身能茹苦含辛、贞节自守者必有善报的明证。然而，曹雪芹偏将她入了"薄命司"册子，说这一切只不过是"枉与他人作笑谈"罢了（后四十回续书以贾兰考中一百三十名，"李纨心下自然喜欢"结束。这样，李纨似乎就不该在"薄命"之列了），这实在是对儒家传统观念的大胆挑战，是从封建王国的黑暗中透射出来的民主主义思想的光辉。

徐恭时则在《卅回残梦探遗篇》中说：

> 李纨由于儿子贾兰取得功名，登上仕途，正替母亲博得花封诰命，可以"戴珠冠，披凤袄"之际，"也抵不了无常性命"之索。
>
> 李纨一生辛苦培育"一盆兰"，正当开花之际，而自己却"昏惨惨黄泉路近"，不久离尘，去警幻天"薄命司"归册，虚名空博，只能留供后人谈笑之资，作者在这里用了辛辣之笔。

蔡、徐二家皆竭力给曹雪芹原著中李纨的悲剧以崇高评价，可是由于他们所推断的李纨结局仅是"早死"，并不符合佚稿真实，因而实际上降低了李纨悲剧的意义。

拙著《石头记探佚》持"李纨晚死说",通过对李纨的"册子"判词和《晚韶华》曲子以及李纨所作灯谜等的分析,认为原著佚稿中所写李纨的悲剧是:

> 李纨并没有早死,而是成了一个没有儿孙的孤苦伶仃的老寡妇,虽然物质生活不坏,"戴珠冠,披凤袄",不受"老来贫",但在精神上丧失了任何安慰,只有一块冷冰冰的贞节牌坊陪伴而已。……正是由于李纨青年丧偶,老年丧子,孤苦一世,所以她的"珠冠凤袄"才会"枉与他人作笑谈"。
>
> 曹雪芹毫不留情地揭示了"晚韶华"的实质,展现了李纨命运凄惨无比的深刻悲剧:一个孤苦一世、无依无靠、丧失了任何安慰的老寡妇终于抱着冰冷的贞节牌坊成了人们的谈笑资料了。对于封建礼教,还有比这更深刻的揭露吗?还有比这更严厉的批判吗?

"早死"与"晚死",两种结局,两种悲剧,两种境界,哪一个更高明呢?

面对同样的材料,却会得出不同的结论,这就是探佚研究最有趣的地方,也是最富有挑战性的地方。其实还是要看思虑是否周详,对曹雪芹的思想境界和艺术造诣理解得是否深入,也就是研究者是否能最大限度地贴近曹雪芹的灵感思维的问题。比如,《晚韶华》曲子一开头就说"镜里恩情,更那堪梦里功名",开门见山,

李纨　改琦 绘

揭示出李纨人生的两大悲剧：青春丧偶和老年丧子。后面有"虽说是人生莫受老来贫，也须要阴鸷积儿孙"，分明就是说李纨没有受"老来贫"，也就是活到"老"的，但没有"儿孙"。《好了歌解注》中说李纨的那一句则是"老来富贵也真侥幸"。她作的灯谜又说"观音未有世家传"，正是断子绝孙之意。而"气昂昂头戴簪缨，光灿灿胸悬金印，威赫赫爵禄高登，昏惨惨黄泉路近"中，"簪缨""金印""爵禄"明确是指男子的服饰官位，不同于老夫人的封诰"珠冠凤袄"，怎么能说是李纨而不是贾兰"昏惨惨黄泉路近"呢？

与李纨的结局相联系，笔者认为贾兰后来出将入相，文武双全，最后战死沙场，给他母亲换来了"凤冠霞帔"。贾兰的发达是在贾家破败以后的东山再起。《好了歌解注》中有一句"昨怜破袄寒，今嫌紫蟒长"，旁边有脂批"贾兰、贾菌一干人"，说得十分明白。前八十回对贾兰的描写有不少"伏线"暗示了这种后事。比如闹书房一回中，贾兰和贾菌表现得都很有个性，一个高度冷静理智，一个颇有斗争勇气，正是暗伏他们后来很有出息。第二十六回插了一段贾兰射鹿的描写，影射他将来的"武功"。而第二十六回前边一回是"魇魔法"，宝玉和凤姐遭难，也是从结构上"伏线"贾兰将来是在贾府大变故之后才脱颖而出获得爵禄——"禄"正与"鹿"谐音。

贾家被抄家，贾兰成了罪门家属，如果没有非常的事变，也就没有出头的机会。这就把贾兰的发达故事融入到前面介绍的"犬戎叛乱"和"双悬日月"的大背景中去了。当然有关情节是不好说得太具体的。

大嫂子和兰小子

王湘浩著《红楼梦新探》中有一篇《从贾府内争看贾兰和巧姐》，提出一些独到的提法，也很有意思。他说：

> 宝玉看见贾兰拿着小弓追两只小鹿，这种描写似很平淡无奇，为什么脂批赞叹说是出人意料的？可见文中有深意。这是一种隐喻，暗示贾兰也要"逐鹿中原"，参与夺嗣之争。……两府被抄后是一败涂地，"落了片白茫茫大地真干净"的。那么罪臣之裔的贾兰怎么会又袭了世职呢？唯一合理的解释是：在朝内那场导致贾府败亡的政争中，贾兰属于胜利者一方。……忠顺王正伺贾府之隙，自然乐于利用贾环。贾兰在内争中和贾环由关系密切逐渐互相配合，于是也就卷入了忠顺王一派。他倒也未必像贾环那样提供不利于自己家庭的情报，但他的聪明才智远非贾环可比，很快就得到了忠顺王的赏识。经过一番较量，忠顺王终于战胜了政敌。贾妃先已薨逝，这时北静王水溶又获罪，贾府所依靠的两座冰山俱"溶"于"水"，于是两府抄没，连宝玉都由于和北静王的密切关系而系于狱。为防物议，贾兰过了一段"破袄寒"的生活，后来先做了个官。又过了几年，事情更冷下去，经忠顺王保奏，皇上"念贾家先世之功"，特旨将荣府世职赐还其嫡孙贾兰。……雪芹写这种夺嗣斗争不知有没有曹家的真事为背景，但肯定有影射雍正夺嫡之意。

王湘浩特别提出贾兰和巧姐的关系，认为贾兰就是《留余庆》

中所云"休似俺那爱银钱忘骨肉的狠舅奸兄"中的"奸兄"。他的有些说法也是颇有吸引力的：

> 首先，贾兰是草字辈中巧姐最近的骨肉。其次，他够不够得上这个"奸"字？……只要看他在"顽童闹学堂"那种行若无事、不动声色的神气就够了。小小孩童，其奸在贾蔷之上！再说，贾蔷因秦钟被人欺负，不肯坐视，有打抱不平之心，这总不好说他是"忘骨肉"吧？贾兰呢，亲叔要被人抓打了，却说这事不与他相干，这不正是"忘骨肉"吗？灯谜会中他和他母亲的那番表演也够奸的了。逐鹿中原时回答宝玉的那几句台词更表明，其奸已达到炉火纯青的程度了。根据贾宝玉的定义，凡热衷功名讲究读书上进的人谓之"禄蠹"，这"禄蠹"一定不是好人。……贾兰是《红楼梦》中典型的"禄蠹"，八十回后绝不会把他写成好人。否则岂不是自相矛盾吗？况他小时即奸，等到做了官，必然成为像贾雨村那样的奸雄。

> 贾兰是巧姐之"兄"中最符合"骨肉"这个条件和最够得上"奸"字的，但这还不足以证明他就是那个"奸兄"。我们来回忆一下李纨的那支曲子《晚韶华》，曲子中有这样两句："虽说是人生莫受老来贫，也须要阴骘积儿孙。"这意思是说，李纨由于怕受老来贫，只顾攒钱，不肯救助他人。她的这种性格，前八十回书中略有透露。姑娘们起诗社，李纨自荐掌坛为社长，说在她那里作社，她做个东道主。但第一次做

东是探春，第二次湘云硬充大老官，以后也没见李纨做东。攒金给凤姐过生日时，连丫鬟们都出银两，只有李纨没出一文钱。老太太和凤姐都说替她出，她不作声算是默认了。生日过后，姊妹们来敦请凤姐做监社御史，凤姐猜到是敲她的竹杠，便给李纨算明细收入账，说她舍不得拿出点钱来陪姑娘们顽顽。李纨反唇相讥，说凤姐不像个诗书名门小姐；而她自己所用语言之粗俗，实在不像是出于诗书名门小姐之口。这是因为凤姐的话点中了她的吝啬真病，使她恼羞成怒了。

曲子里说的李纨不肯拿出钱来积阴鸷是在什么事情上呢？不会是在普通事上，普通事就不会写进概括她一生的曲子中去了。只要拿《晚韶华》和并排在前面的《留余庆》对照一下就明白是在什么事情上了。两支曲子中含有下列对比鲜明的句子：一支曲子说，"虽说是人生莫受老来贫，也须要阴鸷积儿孙"。另一支曲子说，"幸娘亲积得阴功，劝人生济困扶穷"。为了引导读者注意这种对比，作者故意在两处都嵌入了"人生"二字，并在二曲中都安排了"二重一单，二重一单"这种加强语气的句子结构。十分明显，雪芹是又用对比法暗示读者，李纨正是在巧姐遇难这个问题上，"爱银钱，忘骨肉"，损了阴德。母子一体，事情是商量着办的。母亲如此，儿子自然也是在这个问题上做了损事。

具体情节可能如下：两府被抄后，家亡人散。巧姐被王仁卖入娼家时，两府主人层只剩贾兰母子在京。后刘姥姥闻知巧姐陷入娼家，进城拟报贾家以便营救，先问至小红贾芸夫妇家。此时贾兰已得官，刘姥姥与小红到其官邸，赂守门人乃得进见贾兰及太夫人。贾兰与太夫人闻耗，甚表惊讶及伤感，力保或官休或私赎定能救出巧姐，对刘姥姥极口称谢，谓此事不可传扬，恐娼家闻风有异谋。刘姥姥等辞去后，久等不见动静，再去贾宅，守门人托词不肯通报，数次皆然。刘姥姥始知贾兰母子不肯援手，乃与贾芸等多方筹措，又有醉金刚倪二等帮助，巧姐才得赎身，后嫁与板儿。

贾雨村忘甄士隐周济之恩而不顾被拐卖之英莲，贾兰忘骨肉而不顾陷娼门之巧姐，两个奸雄，恰是一对。

王湘浩还表示，关于贾兰的结局，他同意笔者的意见，"昏惨惨黄泉路近"是说贾兰，不是说李纨。并具体猜想说：贾兰袭官后，援引其好友贾菌也做了不小的官，贾菌因而也属于忠顺王一派。贾兰是文武全才，袭的也是武职官。后来柳湘莲一干强梁造反，贾兰领兵征讨。谁知世事无常，忠顺王在又一轮政争中失败。贾菌为保忠顺王，对皇上犯颜极谏，皇上怒其狂妄，处以死刑。贾兰在军中闻知忠顺王事败，贾菌进谏而死，惊叹之余，害怕株连自己，就冒险进军，希望靠战功免罪。不料全军覆没，贾兰仅以身免逃回京城。于是两罪俱发，皇上降旨赐死。正是：正叹他人命不长，那知自己归来丧！

这当然有许多想象的成分。如果贾兰被赐死，李纨怎么还能以"珠冠凤袄"享受"晚韶华"呢？总之，探佚研究不要涉及太多细节，还是勾出个大致的轮廓，交给每一个读者自己去想象好，那才能产生无穷的魅力，永葆探佚的青春。

王湘浩先生已作古多年，他的书1993年出版，只印了两千册，一般读者已经很难读到了。笔者在这里把王先生的精彩论证多引录了几句，是不埋没前贤贡献并方便广大读者的意思。

丁维忠在《"贾府之败"的几个问题》(《红楼梦：历史与美学的沉思》)中也考论了李纨与贾兰的问题。他说《晚韶华》中"气昂昂头戴簪缨"到"昏惨惨黄泉路近"等几句，"当然不是指李纨，而是指贾兰，附带包括同样'紫蟒长'的贾菌"。不过在具体情节的设想上，丁维忠与王湘浩相反，他认为是北静王提拔了贾兰："终于，水溶在兰、菌两个贾氏后生身上，看到了一线希望，这是重振贾府及'保贾派'颓势的最后一次机会，他理所当然地会'另垂青目'、格外'照应'，拎着身家性命保举这两个'武荫'后辈出马上阵，赴征边事，争取以战功重振祖业。而从'头戴簪缨''胸悬金印'等等看，北静王的这次保举显然是成功了的，这其实仍是'虎兕'之争的延续。……兰、菌这两员小将在上阵之初，短期间是立下了赫赫战功的，从而李纨也一时成了'戴珠冠，披凤袄'的诰命夫人，真所谓'到头谁似一盆兰'！但是好景不长，紧接着便是'昏惨惨黄泉路近'，不光战死沙场，而且死得很惨。……当兰、菌因获不赦之罪而命丧沙场，削去功名，那么第一个吃挂落的必然是保举人水溶，他势必累及'滥举''妄举'之罪。更何况此前，在'虎兕'争斗中，水溶们已失势，地位已经动摇；他保举兰、菌出山，已是拿自己的身家性命孤注一掷。结果竟是输掉了这最后一着赌注，并且被连累获罪，那么水溶的结局也就可想而知：只能是削去王爵、彻底倒台！"

这种推测也有值得讨论之处，北静王是否在贾家被抄后仍然在位，还是同时失势败落？贾兰是投靠了忠顺王还是受北静王提携？从李纨判词和《晚韶华》曲子看，李纨在贾兰死后仍然戴珠冠披凤袄，那么贾兰的最后结局就不是获罪而是死后哀荣……总之，探佚研究中，有的问题伏线比较少，如果搞得太具体，则会发生研究者的不同设想。丁维忠说："探佚的目的，也不是复现原著的全部原貌，而是尽可能地达到与原著的某种接近度。探佚的价值，取决于它在多大程度上接近于原著，即在于它的接近度和启示性。它不可能回答佚稿的所有问题（刨根问底），而只尽可能精确地提供某些'点'，尽可能完整地连成'线'，至于它的'面'或'圆'，要靠读者在想象中完成。"这与笔者早先说过的意思基本相同。

刘心武考证李纨的原型颇有收获。他认为李纨是以曹雪芹的伯父曹颙之遗孀马氏为生活原型创造的艺术形象，而贾兰的原型就是马氏所生曹颙的遗腹子。他在《揭秘〈红楼梦〉》第二部中说：

> 康熙朝，曹寅是康熙的亲信。他死后，康熙让他的儿子曹颙接替他当江宁织造，但是，没过几年，曹颙又病死了。他一死，曹家这一支就成了两代遗孀：第一代，就是曹寅的夫人李氏——康熙另一个亲信，苏州织造李煦的妹妹；第二代，就是曹颙的夫人马氏。这婆媳两个寡妇，可怎么办呢？李氏再没有亲儿子了，马氏尽管怀了孕，一时还生不下来，临盆

能否顺利，生的是儿子还是女儿，都是未知数。就在这个关键的时刻，康熙发话了，康熙让李煦从曹寅的侄子里挑出一个好的过继到李氏这边，作为曹寅的继子，并且接着当江宁织造。最后挑选的就是曹頫。曹頫来当李氏的继子时，已经比较大了，有家室了，他和他的夫人过来以后，马氏的地位就非常尴尬了。当然，她是李氏的媳妇，她对李氏必须继续尽媳妇的孝道，但是，她再也不是织造夫人了，在那个家庭里，她的第一夫人的地位就自动消失了，她不能再主持家政。曹頫过继来了以后，当然就和他自己的夫人住进了本来是曹颙马氏住的那个正院正房里面，马氏当然只得搬到另外的屋子去住，而曹頫的夫人，也就理所当然地成了那大宅门里的管家奶奶。马氏呢，当然也就只好槁木死灰一般，一概无见无闻，她如果生下了曹颙的遗腹子，那么当然也就把全部的人生意义都锁定在把儿子培养出来，让他长大后能中举当官，自己再通过儿子去封个诰命夫人。我们可以想见，在那样一种微妙的家庭人际关系里，如果曹頫在某年灯节举办家庭聚会，因为李氏在座，马氏作为李氏的媳妇必须到场，但他的儿子却可以认为，我是曹颙的后代，叔叔家的私宴，你没请我去，我为什么要主动去？于是他就没去。而他的不去，你可以说他"牛心古怪"，也就是死心眼，却不能说他违反了封建礼教；马氏解释他为什么不到场，也可以面带微笑，不用自责。当然，可能曹頫对这个侄子还是喜欢的，发觉他没到，就马上派自己一个儿子去请他，在那种情况下，他也就来了。

第二十二回透露出的，就是这样一种情况。

……

马氏一生的悲惨处，还不仅是守寡，因为李氏还在，她得对李氏尽媳妇孝道，留在李氏身边，但是自己失去了夫人地位，眼睁睁看着曹頫的妻子过继后取代了她女主人的位置，那该是多么难受的滋味！

那么真实生活里的马氏，一定积谷防饥，也就是拼命地积攒银钱，以防将来自己老了没有收入。而既然曹頫有赡养她这个寡嫂的义务，她的待遇不变，那么她就尽量不动自己的积蓄，一起过日子时，是只进不出。

真实生活里的马氏和他的儿子，对曹頫夫妇及其子女，以及所连带的那些亲戚，比如曹頫妻子的内侄女，内侄女的女儿什么的，肯定没有真感情可言。曹頫一再地惹事，虽说雍、乾两朝皇帝对马氏母子还能区别对待，没让他们落到一起被打、被杀、被卖的地步，事过之后，他们对那些曹頫家的人避之不及，又哪里有心去救助？

马氏如果想救助曹頫家的人，她的救助能力，就体现在她还有私房银子这一点上。假若曹頫夫人的内侄女家破后被其狠毒的亲戚卖到娼门，其他救助的人虽可出力，却缺少银钱去将其赎出，于是求到被赦免的马氏母子跟前，他们母子二人呢，就可能非常地冷漠，一毛不拔。马氏会推说自己并没有什么积蓄，爱莫能助，而她的儿子呢，就很可能是使奸耍滑，用谎言骗局将求助人摆脱。

应该说这是很有想象力也能自圆其说的推考。由于李纨的原型是曹颙的遗孀，贾兰的原型是曹颙的遗腹子，而贾宝玉的原型有曹雪芹自己的影子，也就是过继到曹寅和李氏名下的曹頫的儿子，所以小说中写贾兰对宝玉比较冷淡，特别是在闹学堂一回中对宝玉受欺负无动于衷，置身事外，也就可以理解了。你不能说这没有确凿的史料作证，就是胡思乱想，那还是把"考证"理解得太狭隘了。如果只有找出所谓"硬证"才能立论，只怕大多数学术研究特别是文史研究的课题都应该被取消，大多数研究成果都将不能成立。能从浩如烟海的历史资料中发现实证，当然是考证的功夫，但在大家熟视无睹的材料中通过感悟发现新情况，其实更是考证能力的体现。你也不能说李纨在小说中的身份和原型马氏的身份错了辈数，这种考证就不能成立。要知道这是考察从生活原型到小说形象的创作过程，并不是从历史到历史的考证课题。正如刘心武所解释的："从小说文本的需要来说，合并某些同类项，避免某些真实生活里过分特殊的个案，可以使艺术形象之间的关系优化，避免许多烦琐而又派生不出意蕴的交代，有利于情节的自然流动，也有利于集中精力刻画好人物性格。"

林冠夫在《由李纨谈〈红楼梦〉中的人物形象同现实模特儿之间的关系》（《在文学馆听讲座：新解红楼梦》续）中也认为李纨的生活原型是马氏，当然他没有进一步向探佚方面探索，其他具体观点也和刘心武不完全相同。他认为曹雪芹是曹頫的遗腹子，"原因就是，《红楼梦》里李纨这个人物写得太奇怪了，或者说太特殊了。因此只有曹雪芹这么写李纨，证明她就是马夫人，就是曹颙的夫人，她又是寡妇，这点是符合的。……所以说，这里面很明显，有曹家的事件在里面，《红楼梦》里面的人，有曹家的人做原型的。这是曹雪芹自己说的，到底谁是谁就是另外一个问题了"。尽管有差异，刘心武和林冠夫不是也有共同点吗？

如果连前八十回和后四十回天悬地隔的文本差异都没有感觉到，用一些牵强附会的形式逻辑推导说曹雪芹不是《红楼梦》的作者，说一百二十回是一个人写的，却被标榜为"规范"和"科学"，是什么"重大突破"，那才是研究素质低下的表现呢。这种论调与说脂批本乃"伪造"的谬见在思维方法的偏颇和艺术审美的跛脚方面其实大同小异，其所谓考辨论证根本是伪科学和人为炒作，经不住稍具一般审美水平的普通读者之检验，很快就会被历史淘汰。

讲一点辩证法的话，红学界"主要矛盾的主要方面"不是"创作型文人"的"不遵守学术规范"的考证，而是一些研究者被新老教条束缚了头脑又不自觉，不具备文、史、哲会通的能力，不能将考据、义理、辞章有机结合，对《红楼梦》文本的真正进入本领欠佳。考证并不是简单的死资料的形式逻辑推导，而要和艺术感悟互为表里，没有这种向度，其考证立论就会有严重缺陷（当然不排除这样的研究者也会有发现新资料、整合旧材料以及某些局部观点等方面的贡献）。剥掉"皇帝的新衣"，问题如此而已。真正荒唐的"索隐"其实不足为虑，因为它们根本经不住社会和历史的检验，当然在市场化时代，也能正式出版，但也就是印数很少的"一次性"风光而已，很快就会被丢到历史的角落里无人问津。有长久危害性的是教条主义思维模式，具有淆乱视听和误导大众的作用。

从根本上说，探佚学，就是比细读文本、进入文本的悟解能力，说什么外学、内学的话，探佚是"内之内"。探佚学，也是比对中华文化的精髓、灵魂之理解把握能力，比思维方式是"辩证法"还是"形而上学"，比能否全方位掌握和驾驭红学各分支学科予以融会贯通之综合素质的大小强弱。是得意忘言得鱼忘筌还是胶柱鼓瑟死于句下？能不能做"透网金鳞"？这正是红学应定位于"新国学"和"中华文化之学"的核心所在。笔者撰有《泾渭分明与负阴抱阳——也谈"红学探佚学"的逻辑与感悟问题》（《红楼梦学刊》2000 年第 1 辑）和《"新国学"与"红学"——读王富仁〈"新国学"论纲〉札记》（《社会科学战线》2005 年第 6 期），可以参看。

妙玉如何"遭泥陷"

妙玉是十二钗中与贾宝玉发生情感纠葛的两
对金玉（钗、黛、湘、妙）之一。妙玉和宝
玉更是一种心灵投契互为知音，在友谊和爱
情之间的关系。

妙玉虽然只是一个寄居在拢翠庵里的女尼，却名居金陵十二钗第六位，可见曹雪芹对她的重视。我在《石头记探佚》中对妙玉的结局作了一些探讨，其大略如次：

一、妙玉是十二钗中与贾宝玉发生情感纠葛的两对金玉（钗、黛、湘、妙）之一。妙玉和宝玉更是一种心灵投契互为知音，在友谊和爱情之间的关系。他们在佚稿中还会有后续故事。

二、宝玉和妙玉在佚稿中的故事也许只是插曲，不会占据太多的篇幅，因为佚稿中的女主角是史湘云。

三、妙玉在贾府败落后离开京城，去了南方，最后流落到瓜洲——就是王安石诗"京口瓜洲一水间，钟山只隔数重山。春风又绿江南岸，明月何时照我还"的那个瓜洲。

四、妙玉在瓜洲受到当地恶势力的迫害，最后"终陷淖泥中"而"红颜固不能屈从枯骨"。

这当然只是一个极其粗略的轮廓。其中提到的"瓜洲"，只见于毛国瑶提供的"靖藏本"批语，而"靖藏本"的"迷失"是一

桩学术公案，相当多的研究者认为此本根本不曾存在过。笔者的
推考则假定"靖藏本"批语并非伪造，这只能说见仁见智了。

比较有争议的另一个问题，是"册子"上"画着一块美玉，
落在泥垢之中"和《世难容》曲子所谓"无瑕白玉遭泥陷"到底
是什么意思？是不是暗示在佚稿中妙玉沦落到烟花窟当了妓女？

一种意见是肯定的。根据当然就是对上述的"册子"判词和
《世难容》所作理解，认为"泥垢"就是指风月场所。此外，在《好
了歌解注》中有一句"择膏粱，谁承望流落在烟花巷"，一般认为
是影射贾巧姐结局，但是不是也在说妙玉呢？

程鹏在《"世难容"——妙玉性格散论》（《红楼梦研究集刊》
第四辑）中这样推测："妙玉可能碰上了像第四回中拐卖英莲的
拐子那类人物。这类人物往来于社会下层的各个最黑暗的角落，
猥琐异常又残忍无比。孤儿弱女若落入他们手中，那真绝望而可
怕。""这样看来，妙玉后来的命运，无非有两种可能：一是，至
'瓜洲渡口'后，被强迫还俗，转卖至烟花巷中，惨遭蹂躏。二是，
被拐骗于当时满布江南的那种名为尼姑庵，实为变相妓院的污秽
处所。表面上仍然'带发修行'，实际上已成为备受欺凌的变相妓
女。若从'云空未必空'的判词推断，后一种可能性似乎更大，
对社会的虚伪、黑暗也揭露得更深刻有力！"

胡邦炜在《妙玉结局浅探》（《中国古典小说研究论集》）一文
中表示赞同程鹏的意见："只有这样的结局，也才符合'到头来，
依旧是风尘肮脏违心愿。好一似，无瑕白玉遭泥陷'。"他又补充
说："只能是妙玉陷入淖泥、流落风尘之后，在江南某一变相尼庵

妙玉　改琦 绘

（很可能就在瓜洲渡口），与已经'悬崖撒手'、出家为僧的贾宝玉重逢。这一僧一尼的两位故人，在他们离别大观园之后，都已饱经人生的忧患，历尽人世的沧桑，并且在心灵中刻下了累累伤痕。这样的聚首真是别有一番滋味在心头啊！"

这样一些推测也是一家之言。联系到前八十回宝玉和妙玉藕断丝连的感情纠葛；"拢翠庵"和"怡红院"的有意对应（脂批系统的本子里有"拢翠"和"栊翠"两种写法，周汝昌认为"拢翠"对仗"怡红"，是曹雪芹原笔）；梅花对妙玉的微妙象征；贾宝玉品茶拢翠庵；访妙玉乞红梅；妙玉给宝玉生日贺帖……八十回后宝玉和妙玉"一僧一尼"的感情悲剧确实可以独出心裁，意蕴悠远。

另一种意见则不赞同妙玉当了妓女。认为《好了歌解注》中"择膏粱，谁承望流落在烟花巷"那一句，主要是指巧姐，而曹雪芹不会写雷同重复的文章。这里还涉及《世难容》曲子里"依旧是风尘肮脏违心愿"一句中"肮脏"和"风尘"两个词的解释。

过去一般认为"肮脏"就是"龌龊"的意思，所以"风尘肮脏"就是指妙玉要流落烟花。但周汝昌说"肮脏"其实是"抗脏"、婞直，乃高亢刚直、强项挣扎的意思，不是"龌龊"之意。这涉及古今词义的演变，考察古籍，在清代以前，"肮脏"的确是后一种含义，不是前一种含义。如唐代李白《鲁郡尧祠送张十四游河北》中有"有如张公子，肮脏在风尘"，宋代文天祥《得儿女消息诗》中有"肮脏到头终是汉，娉婷更欲向何人"，此外的例子还很多，曹雪芹祖父曹寅《楝亭集》中也有多处"肮脏"为"抗脏"的用法，如《念奴娇·和吴秋屏咏秃笔》中有"老去闲窗馀肮脏，脱帽何堪情熟"。

"风尘"也有两种用法。一种是所谓"堕落风尘""风尘女子"，那的确是指当妓女。但还有另一种用法，是泛指人生遭遇的困苦，比如上引李白的诗句"肮脏在风尘"。而《红楼梦》第一回中就有"风尘怀闺秀"和"一事无成，风尘碌碌"等说法，正是后一种用法。所以，"风尘肮脏违心愿"也完全可以理解为等同于"肮脏在风尘"，而不是当妓女。

丁维忠在一次题为《妙玉与宝玉及原著与续书之比较》(《在文学馆听讲座：新解红楼梦》续)的演讲中分析宝玉和妙玉的关系，是超越了爱情层面的互相知音解意的朋友。在品茶拢翠庵的描写中，宝玉对妙玉的矫情非常体贴，后来还说要派小厮打几桶水给妙玉冲洗地板，宝玉过生日时妙玉送的拜帖上署款"槛外人"，邢岫烟告诉宝玉，让宝玉回"槛内人"，又说如果妙玉标榜自己是"畸人"，宝玉就应该自谦是"世人"。这些描写实际上表示宝玉和妙玉是达到了一种超凡脱俗的境界，是从佛教义理等比较高深的人生观的层次上互相理解，远远不是普通意义上的"爱情"。从曹雪芹写《红楼梦》的高远立意和追求来说，应该说这不是"过度阐释"，而是切中肯綮。

刘心武也有相近的看法，他说：

通读全书，你应该得出这个结论，就是妙玉她看出来了，贾宝玉跟别人也不一样，贾宝玉其实也是很怪僻的一个人，但是他的怪主要体现上述那些方面（指"情不情"的诗意人生态度。——引者），是个"些微有知识的人"，贾宝玉能懂得她，她也懂得贾宝玉。所以，我个人认为，在曹雪芹的笔下，妙玉和贾宝玉之间不是一种情爱关系，而是一种高级的精神交流，这两个人物之间是互相欣赏的，是互相给予高评价的，他们是这样一种关系。我们一定要懂得，人与人之间，男女之间，老少之间，不同的种族之间，不同的信仰的人之间，是可以建立起这样一种高级的精神关系的。男女之间，除了有性爱，有情爱，也可以有这种惺惺惜惜惺惺的高级情感关系。曹雪芹写《红楼梦》，确实不是只想写人与人的利害关系，写冯紫英所属的那一个"月派"如何颠覆"日派"，或者只是去写大家族里大房和二房之间在财产继承权上的摩擦争斗，或者只是写贾宝玉与林黛玉那铭心刻骨的爱情。他和《红楼梦》的伟大之处，就在于他通过这部书，一直在螺旋式地超越、升华，最后他所表达出来的，是非常深刻、非常高级的思想。这种思想内涵能在那样一个时代、那样一种人文环境下被书写出来，真是一个奇迹。它不仅在我们民族的文化史、思想史上达到了一个难以企及和突破的高峰，就是跟同一历史阶段的其他地域里其他民族所产生的文化思想成果相比较，也是绝不逊色，甚至还高过一筹。(《揭秘〈红楼梦〉》第二部）

　　还有一个引起研究者讨论的问题是妙玉的出身。"册子"判词中称妙玉为"金玉质"。品茶拢翠庵时，妙玉用绿玉斗给宝玉吃茶，宝玉说怎么给黛玉和宝钗是稀罕的古董，怎么给我就是个俗器呢？

妙玉高傲地回答宝玉说："不是我说狂话，只怕你家里未必找得出来这么一个俗器来吃茶。"这是暗示那只绿玉斗其实珍贵无比，绝非凡品。这就让人猜测妙玉出身高贵，甚至可能在贾府之上。

张锦池在《妙玉论》(《红楼十二论》) 中分析：

> 用"金玉质"来喻指一个人的身世，这在我国封建社会中是一种极尊贵的称谓，一般多用于皇族子孙或宗室成员。现今作者用以喻指妙玉的家世，而且在《金陵十二钗正册判词》中又是绝无仅有的情况，这就颇为耐人寻味了。须知贾府是京都八公之一，又是王亲、国戚，然而迎春判词只是"金闺花柳质"，惜春判词称惜春只是"绣户侯门女"。两相对照，更可以看出妙玉的家世即便不是宗室之属，也不低于四大家族。

> 《红楼梦》又是以康、雍、乾三朝的阶级斗争为背景的。特别是雍正夺位这个重大政治事件，与曹雪芹写作《红楼梦》有着直接的关系。雍正一登位，便以种种名目消灭与他争夺帝位的诸皇子及其羽翼……造成不少王公大族或宗室成员有感于统治阶级内部斗争的残酷剧烈，竭力韬晦，或经常与僧道往返，或以皈依佛道的形式来远避是非。……而曹雪芹与这一部分的宗室成员和封建贵族又多有交游，把他们的精神状态凝化于自己的笔端以加深《红楼梦》的主题也就事在必然。可以说，妙玉这一形象，在一定程度上是反映了在统治阶级的剧烈斗争中，一部分政治上失意的宗室成员和王公贵族消

极遁世、保全身首而又不能忘怀现实、积怨满膺的精神状态。

妙玉进贾府以前的情况,前八十回中有两次补叙。因八十回以后的原稿不幸迷失,佚稿里对其身世是否还有补叙,直补叙到"图穷匕首见",已无从得知。然而,无论如何,有一点是必须充分注意的,这就是:作者于前八十回中泼墨描写了贾府两件惊动封建最高统治阶层的大事。一是宁国府秦可卿的"丧事",一是荣国府贾元春的"喜事"。写秦可卿的"丧事"时乘间写到"义忠亲王老千岁"的"坏了事";写贾元春的"喜事"时乘间又引入了一位"金玉质"的幽尼。二者都是"带写",写得又都扑朔迷离,也许是意在透露当时贵族集团特别是王室内部政治风云的变幻,而由于文字狱的盛行又不能不有所顾忌吧!

这种分析乍一看似乎有些求之过深,但如果联系到曹雪芹创作《红楼梦》的特殊背景,《红楼梦》"将真事隐去,用假语村言"的奇特手法,则不能排除这种可能。

刘心武在《红楼望月》中讨论妙玉时说:"按周汝昌先生的考证,妙玉原是犯官罪家之女,迫不得已,改变身份隐于贾家庇下,栖身自保;后贾家事败,所犯罪款中即有窝藏罪家眷口一条;八十回后,妙玉可能对宝玉与史湘云的遇合起了关键作用,而她自身奇惨,很可能落于仇家之手(可参看周汝昌先生所著《红楼梦的真故事》一书)。但我的思路有所不同。"刘心武通过创作"探佚小说"——《妙玉之死》表达自己对曹雪芹原著佚稿中妙玉结局的设想，是妙玉和贵公子陈也俊（在秦可卿丧事中曾来贾府吊丧）有一段情缘，而最后落入忠顺王之手，为了救宝玉和湘云，最后和忠顺王同归于尽。由于是小说创作，想象的成分自然比较多了。

刘心武在《揭秘〈红楼梦〉》第二部中这样分析妙玉：

> 虽然她有如美玉陷入泥淖，但她是一个很高尚的人，她最后牺牲自己，所谓"欲洁何曾洁，云空未必空"，并不是她在那儿假出家、假惺惺、假正经，不是那样的。这是说她最后自愿牺牲，陷落在污泥里面。那么她是一块有污点的玉吗？曹雪芹在第五回的判词和《世难容》曲子里写得清清楚楚，她是"美玉无瑕"，她是一块美玉陷在了污泥里面，她没有"玉碎"也就是并没有成为"碎玉"；她以屈从"枯骨"的代价，使宝玉和史湘云历经艰难困苦以后重新遇合，得以共度残生。你说这样一个女性，多高尚啊！这样一个女性在贾宝玉一生中占据一个重要地位，还有什么可怀疑的吗？

应该说这种"思想探佚"是非常耐人寻味的。网上有署名"一方金"的写了一篇文章，谈贾宝玉一生五阶段思想的演变升华，贯穿五个女子，分别是秦可卿、黛玉、宝钗、妙玉、湘云，也很有意思。

毛国瑶辑录下今已迷失的靖藏本《石头记》中一些脂批，其中有一条是："妙玉偏僻处，此所谓过洁世同嫌也。他日瓜洲渡口劝惩，不哀哉！红颜固不能屈从枯骨。"（此乃笔者校读，参见《石头记探佚》）如果这条脂批可信的话（前已提及靖藏本是否存在过有争论），那么妙玉最后在瓜洲遇了权贵的压迫，妙玉高洁孤傲，"太高人愈妒，过洁世同嫌"，落到了悲惨的结局。这就是为什么许多研究者在文章中提到"瓜洲"的来历，刘心武的小说构思也化用了这种资料。

作为研究，笔者不主张把细节想象得太具体，重点应是阐释曹雪芹原著和后四十回续书两种不同的创作思想和境界。后四十回续书写妙玉和惜春来往，是脱离了性格逻辑的胡乱牵合，写妙玉由于爱慕宝玉而"走火入邪魔"，抱住老尼姑大哭大叫，最后又被强盗用闷香熏晕后抢去，是通俗小说的低俗境界，完全把曹雪芹笔下的妙玉给庸俗化了。

神秘的秦可卿之死

"淫丧"事是一场"幕后戏"，将通过更多的
侧写和暗示，使读者读后立刻可以意识到
"淫丧"事件的男角是贾敬，却不明写出来。

秦可卿是金陵十二钗最后一名，但曹雪芹设计这个人物却是颇费了一番心思的。一是通过贾宝玉梦中的仙女可卿影射秦可卿"鲜艳妩媚，有似乎宝钗，风流袅娜，则又如黛玉"，"乳名兼美，表字可卿"，也就是说她兼有十二钗冠首二人黛玉和宝钗的美丽，第十二名与第一名实际不相上下。天上仙女可卿也就是人间秦可卿的化身，贾宝玉与仙女可卿"初试云雨情"有一种微妙的隐喻。二是这位十二钗的殿军早早弃世，第十三回就魂归离恨天，而十二钗中其他十一人却基本上是贯穿始终的，而其死亡又被写得迷离恍惚，令人捉摸不定。曹雪芹腾挪变幻的笔致在秦可卿这个人物身上同样表现得穷形尽相。这却给红坛平添了几分热闹，引起了许多不同观点的争鸣。

核心是秦可卿死亡的真相。虽然《红楼梦》正文描写她病死，但同时又留下许多破绽和疑点，让细心的读者体会秦可卿实际上并非病故，而是上吊自杀的。其最明显的暗示迹象是：

一、第五回秦可卿的"册子"上"画着高楼大厦，有一美人

秦可卿　改琦 绘

悬梁自缢"，而其判词是："情天情海幻情身，情既相逢必主淫。漫言不肖皆荣出，造衅开端实在宁。"

二、第十三回秦可卿死讯传出，书中描写："彼时合家皆知，无不纳罕，都有些疑心。"这"纳罕""疑心"正透露出弦外之音。

三、又描写："忽又听得秦可卿丫鬟名瑞珠者，见秦氏死了，他也触柱而亡。此事可罕……小丫鬟名宝珠者，因见秦氏身无所出，乃甘心愿为义女，誓任摔丧驾灵之任。贾珍喜不自禁，即时传下，从此皆呼宝珠为小姐。"而到第十五回秦可卿安葬后，宝珠"执意不肯回家"，留在了铁槛寺中。秦氏的两个丫鬟一个触柱自杀，另一个认为义女，竭力表示忠诚，显然大有蹊跷。

四、秦可卿丧事中尤氏居然托病不出，要从荣国府请来凤姐帮助料理丧事。作为秦可卿的丈夫贾蓉，在秦可卿丧事中几乎没有提到，简直像没有这个人。相反，却竭力描写公公贾珍哭得泪人一般。这些现象让人疑窦丛生。

五、甲戌本《石头记》第十三回末有指批曰："秦可卿淫丧天香楼，作者用史笔也。老朽因有魂托凤姐贾家后事二件，嫡是安富尊荣坐享人能想得到处。其事虽未漏，其言其意则令人悲切感服。故赦之，因命芹溪删去。"另一条批语说："此回只十页，因删去天香楼一节，少却四五页也。"毛国瑶抄录靖藏本批语中，则将这两条批语合在一起，在"删去"之后又多出"遗簪更衣诸文"六字。仔细比较，第十三回的确比前后回都短了一些，同时很明显，回目"秦可卿死封龙禁尉"是从"秦可卿淫丧天香楼"变来的。

这就留下了艺术空白和探讨的余地。虽然删改后的文本写成了病死，但曹雪芹显然并不愿意改变原有的构思，因而留下了种种蛛丝马迹，让读者可以意会到秦可卿死因可疑。这真是一种非常奇妙的"两全"之法，同时又使文章更加恍惚空灵。

那么"淫丧"的本事真相究竟如何？早在1921年就有署名瞷蝯者在《晶报》撰文说："又有人谓秦可卿之死，实以与贾珍私通，为二婢窥破，故羞愤自缢。书中言秦可卿死后，一婢殉之，一婢披麻作孝女，即此二婢也。"其后俞平伯在《红楼梦辨》中专辟《秦可卿之死》一章，光大此说。从此，秦可卿"淫丧"乃贾珍"污媳"败露之说即成定论。

但1980年第3辑《红楼梦学刊》又刊出洛地所撰《关于秦可卿之死》一文，对传统的说法予以修正。提出"淫丧天香楼"的"主凶"是贾敬而非贾珍。此文首先对"淫丧主犯贾珍说"提出质疑：

一、"淫丧"之事，如果仍不过是贾珍与秦氏，他们二人既早有苟且，且久为人所周知，秦氏怎么会为此而去上吊自尽？根本不必要，也不大可能。确实，小说中描写过宁国府老仆焦大醉骂"爬灰的爬灰"，就是说秦可卿与贾珍私通，而贾蓉、尤氏和凤姐都装作没有听见，宁国府的仆人们则给焦大塞了一嘴马粪。

二、如果说是因为被人撞破了，故而秦氏羞愧上吊自尽的，则贾珍与秦可卿二人的苟且行为，既已久为人知，而今秦氏为此而死了，人们纵使口中不说，当个个都心里明白，怎么会引起"彼时合家皆知，无不纳罕，都有些疑心"呢？值得注意的是，戚蓼生序本此处改为"……无不纳闷，都有些伤心"，程高本也照此文句。

三、那个"被丫头撞破"说，实际是不大讲得通的。试看第五回，宝玉到秦氏房中"午睡"，边上一大串奶妈、丫鬟守护，秦氏还特地吩咐她们"好生看着猫儿狗儿打架"。第四十四回，贾琏与鲍二家的偷情，二、三层望风放哨。贾珍与秦氏苟且，已非一日，秦氏的丫鬟岂有不知、不通的？也许少不得在一旁"好生看着"哩，岂有反去"撞破"之理？即使偶然而又偶然地"撞破"了，又岂有两个丫头不先哭着求饶或径先被打死（对看金钏儿之死），而秦氏反而先去上吊之理呢？且"撞破"说与甲戌本批语"其事虽未漏"也不合。

四、与其说被丫头撞破，不如说是被尤氏撞破似乎还合理些。但细推去，也不妥当。贾珍为人，尤氏素知。试看六十四回以下数回中写贾珍、贾琏、贾蓉与尤二、尤三的行径，尤氏早已全知的，想来贾珍与秦氏的事，她也不见得会不晓得。至迟到第七回焦大醉骂，岂无耳报神报给她了？可是尤氏对秦可卿怎样呢？正如第六十八回凤姐数落她的"就只会瞎小心，图贤良的名儿"。尤氏出身"寒贱"，名声也未必好。第七回焦大骂穿之后，她特地一迭声地说秦氏是"这么个好模样儿，这么个性情的人儿，打着灯笼也没地方找去"的好媳妇（第十回）。如果是尤氏上天香楼去，只消楼下门口有个丫头向她使个眼色，保管她回头便走；即使万一又万一"撞破"了，她不赶紧向贾珍、秦氏二人赔不是，还能让秦氏有可能上吊？

五、不论是被谁"撞破"，只要"淫丧"事犯是贾珍，尤氏必定拼命要出来理事的（试对看第六十三回），这样一来可向贾珍"道恼"，并为他稍遮羞颜；二来可向蓉儿致慰，作为交代；三来可表明自己"贤良",必定如此才是,怎么敢"犯了旧疾,不能料理事务"呢?

六、"淫丧"事犯如系贾珍,他平素与秦氏的关系早已蜚扬于外,今秦氏又因他出丑而死,贾珍怎么能有脸拍天呼地于亲友宾客之前,求爵觅棺于宫监皇商之门,接待照应众王公诸侯之吊?

七、贾蓉是贾家"草"字头辈中头一个下流货,看他在协助凤姐"毒设相思局"、贾琏"偷娶尤二姐"中扮演的角色,真是糟透了的。若"淫丧"事犯是他老子贾珍,想他必定大闹大嚷,恣意胡为,一则可遮家丑;二则可表他与秦氏"他敬我,我敬他,从来没有红过脸儿"(第十一回);三则可以着实刺他乃父贾珍一下,你以后可别来管我贾蓉的糟事儿。岂有竟缩起头来一声不吭,一面不现,若非去领龙禁尉的名牌儿,连人影儿都看不到呢?

这些质疑是颇有道理的。至于正面提出的天香楼淫案"主凶"乃是贾敬,虽然证据不是十分充足,但也言之成理,持之有故:

一、"红楼梦"曲子《好事终》有"画梁春尽落香尘……箕裘颓堕皆从敬……",这明说秦可卿"画梁春尽"即悬梁自尽与贾敬大有瓜葛。更耐人寻味的是,甲戌本在"箕裘颓堕皆从敬"一句下面有朱色批语"深意他人不解",这岂不是因为"淫丧"一节刚写完,就被畸笏叟"命芹溪删去"了,"他人"从此看不到天香楼一节文字了,当然也就永远"不解"这"箕裘颓堕皆从敬"的深意了吗?

二、第十三回描写"另设一坛于天香楼上,是九十九位全真道士打四十九日解冤洗孽醮",甲戌本又有朱批:"删却!是未删之笔！"这正因为贾敬是贾府的唯一道士，故用道士打醮影射"淫丧天香楼"的真相。

三、靖藏本脂批"因命芹溪删去遗簪更衣诸文"，这所遗之"簪"应就是道士贾敬的。秦可卿死后，天香楼发现了道士的踪迹，这才使"合家皆知，无不纳罕，都有些疑心"。当然道士发髻有簪比较明显，不过当时其他男子头发上也可有簪，而女子用簪更为普通。不过也可视作一种理解。

四、秦可卿房中装饰摆设，有秦太虚（秦观号太虚）的对联，当女道士的武则天的宝镜，杨太真（杨玉环在当贵妃前也当过女道士，道号太真）的木瓜，太虚和太真相对，当然也都可以当道士法号理解。这些描写可能影射秦可卿之死和道士贾敬有关。

五、秦可卿死后，贾敬不肯回宁国府参加丧事，躲在道观里，而贾珍悲痛欲绝，对丧事恣意奢华，大肆铺张，似乎也是某种暗示。

笔者曾经对洛地的这种说法颇为赞赏，认为这种考证并不是"无聊"的，而涉及《红楼梦》主题思想的大问题。秦可卿这样一个养生堂抱回来的孤儿，凭自己的花容月貌成为宁国府的"蓉大奶奶"，可是却受到宁国府祖孙三代的蹂躏，贾蓉是那样不成器，贾珍长期奸污她，最后又被太公公贾敬凌辱而死，这对传统伦理本位文化大家族的揭露是惊心动魄的。正如洛地所说，"淫丧"一笔把贾府三代所有的子弟都贬尽了。作者通过"天香楼一节"，具体地揭露了贾敬正是"造衅开端""家事消亡""箕裘颓堕"的首罪者，族长如此，贾家后事便可想而知了。而秦可卿这样一个人物作为"薄命司"里"正册"十二钗的"殿军"，正是一个十分深刻的悲剧，同时预示和概括了其他"诸钗"的命运结局。安排秦可卿死于"十三回"显然有意关合"十二钗"——她是"结穴"全部大观园女儿的一个象征。

曹雪芹最奇特之笔则是偏偏安排秦可卿虑及贾家后事，让她托梦给凤姐，说出一番"月满则亏，水满则溢"等充满哲理性的话。这个最"淫贱"之人竟是最有头脑之人！这反映了曹雪芹的妇女观是何等的大胆，秦可卿是个"薄命"女子，曹雪芹对她的命运充满了同情，认为她的悲剧命运与黛玉、宝钗等人的悲剧命运是可以并列的。写秦可卿兼有钗、黛之美，写她与贾宝玉"初试云雨情"，丝毫也不怕亵渎了林黛玉、薛宝钗和贾宝玉，无论从思想上还是从艺术上来说，这都是非常了不起的。这是一种极尖锐的反传统、反封建的思想，正如聂绀弩所说，曹雪芹认为妇女都是薄命的，无论犯了什么罪，哪怕是乱伦，哪怕是血债，都是值得同情的，她们自己不应该负什么责任，责任应该由诱导她们犯罪的人或制度去负。

曹雪芹原来未删稿中"秦可卿淫丧天香楼"的写法，洛地的说法也有道理。即未删稿中也不一定会有贾敬正面出场，更不会有正面描写什么的色情文字，"淫丧"事仍然是一场"幕后戏"，只是将通过更多的侧写和暗示，使读者读后立刻可以意识到"淫丧"事件的男角是贾敬，却不明写出来。作为荣宁二府的人，仍然会是"合家皆知，无不纳罕，都有些疑心"的。

刘心武在1992年第2辑《红楼梦学刊》发表了《秦可卿出身未必寒微》，此后逐渐发展出"秦学"，先后写了探侦小说《秦可卿之死》，著作《红楼望月》《揭秘〈红楼梦〉》。其基本观点是秦可卿的原型乃康熙皇帝废太子胤礽之女，是"公主级"的人物，曾被隐藏于曹家，后来胤礽之子弘皙与乾隆皇帝争夺政权失败，这个被藏在曹家的"公主"也被迫自杀。同时曹家的败亡有两次，一次是雍正五年被抄家，第二次是乾隆元年曹家小有复兴，但到乾隆三年在乾隆与弘皙的"日月之争"中受到牵连，一败涂地。曹雪芹写秦可卿这个人物就隐喻了这些政治风云和家族秘辛。其基本根据分两个方面，一个是小说文本中的"草蛇灰线"，另一个是清代秘史的蛛丝马迹。其大略是：

一、小说中写秦可卿是被营缮郎秦业从养生堂抱回的孤儿，却成了贾府这样国公府中的少奶奶，而且是贾母重孙媳妇中的第一个得意之人。而宁国府又是三代单传，怎么会娶一个养生堂的"野种"呢？其中似有隐情。

二、秦可卿卧室中的陈设有武则天的宝镜、赵飞燕的金盘、杨玉环的木瓜、寿阳公主的卧榻、同昌公主的连珠帐等，是隐喻秦可卿实际出身于帝王之家。

三、秦可卿死后用"坏了事"（政治犯罪）的"义忠亲王老千岁"的棺木，这位义忠亲王的原型应该指胤礽，他在康熙朝当了多年太子后被废，故曰"老千岁"。这个情节正影射秦可卿的原型是胤礽之女。

四、秦可卿在贾府辈分很低，丈夫贾蓉不过在秦可卿死后捐了个龙禁尉，可是她的丧事，东西南北四郡王都来路祭，宫中大太监也来吊唁，可见秦可卿实际的身份很高贵，是"公主级"。

五、小说中凡提到"月"，其实都是隐喻胤礽和弘皙，小说中有"日派"和"月派"两派政治力量争夺政权的斗争背景，冯紫英、张友士等都是"月派"人物。

六、乾隆三年确实发生过"弘皙逆案"，结果弘皙被乾隆圈禁。而小说从第十八回元春归省后确实正面写三年，从荣华富贵走向抄家败落。所以"三春争及初春景""勘破三春景不长"等诗句中的"三春"是指三个春天中贾府由盛转衰，也是影射曹家在乾隆初期的真实遭遇。

七、小说中提到太上皇，又提到东宫，这是分别影射康熙皇帝和乾隆皇帝，总之是通过艺术手段隐喻康熙、雍正、乾隆三朝的政治背景。北静王水溶则是乾隆第六子永瑢和乾隆叔叔允禧（永瑢过继给了允禧）两个原型的综合形象，允禧主要取形象气质，永瑢主要取取名字加以衍化。第五十七回薨逝的老太妃的原型是允禧的生母陈氏。曹家的败落是和康、雍、乾三朝的政治风云密切联系的，《红楼梦》中有很多内容以此为生活原型。

八、小说中秦可卿之死是"月派"失势后被迫自杀。

这种观点在中央电视台"百家讲坛"2005年系列节目播出后引起轩然大波，遭到了一些红学家的质疑和批评。这些红学家认为：

一、说秦可卿的原型是胤礽的女儿而藏于曹家，没有任何真凭实据，是一种主观臆想。并根据清宫档案和清朝制度等方面的情况，认为是根本不可能的。

二、说曹家在乾隆朝第二次遭遇抄家，没有确实的史料支持。

三、因此对小说中那些"草蛇灰线"，也认为都是刘心武一厢情愿的猜测想象，是一种"过度阐释"。

四、引申到治学态度是否应该"遵守学术规范"，说刘心武违背了"孤证不立""有一分证据说一分话"等学术规则，是一派胡思乱想，是"新索隐"，"比老索隐派更大胆"，干扰了正常的文学研究，甚至"是一个社会事件"。

这其实是两种思维方式的争论。一些红学家提出的质疑，有一个根本的问题，就是把对《红楼梦》这部特殊小说的研究等同于历史的史学研究。他们提出的那些问题表面上也有道理，却无视了曹家历史和清宫秘史是以一种艺术的隐喻方式表现在小说中的，因而红学研究不仅需要"证"，也需要"悟"，当然"证"与"悟"的结合度是很微妙的。正如前面介绍贾元春之死和贾府败落那一节所谈到的，《红楼梦》中确实有许多"假作真时真亦假"的政治背景的暗示，从这部小说产生以来，一代又一代读者都不由自主地产生好奇和"索隐"冲动，正说明这并不是想当然耳。当然，各种索隐派的说法，是充满了臆想的，甚至可以说大多数是比较荒唐无稽的，批判嘲笑它们的各种说法之无据虽然容易，却并不能取消《红楼梦》中的确有隐可索这种客观存在。

而相比于其他各家索隐派的说法，刘心武立足于文本细读，将王国维代表的文学批评、蔡元培代表的索隐、胡适代表的考证三者结合起来，提出的一些观点论证就比那些老索隐派的说法更有吸引力，也似乎更有说服力，特别是《红楼梦》的文本细读，一些红学研究者其实不如刘心武有功夫。当然，并不是说刘心武的论点论证没有一点问题，有些说法分寸把握还需斟酌，有些地方想象的东西过多了一点，有的史料问题处理得不够谨慎，这都可以也应该继续讨论。笔者在读了《红楼望月》之后，就曾经致信刘心武先生，坦率地谈了自己的读后感，说明哪些观点是可以接受的，哪些观点是完全不同意的，哪些地方是应该更有分寸感的。

对刘心武关于秦可卿的种种说法，笔者并不能完全赞成，但认为小说中那些诡异的现象，那些"草蛇灰线"确实耐人寻味，刘心武从一个角度把它们凸显出来，至少让大家注意到了这些问题，其实他的许多说法也是继承了前人的。如何寻根究底，当然可以百家争鸣。这里面有一个从生活素材向文艺创作的转化问题，其中有很大的空间和弹性，因此也不能用形式逻辑的直线式思维予以简单化驳诘。当然涉及历史事实，一时还缺少确凿的史料，话应该说得有分寸。曹家也许并没有隐藏过胤礽的女儿，但曹雪芹有可能从一个类似的女性身上汲取灵感，从而创造出秦可卿这样一个艺术形象，而在这种从生活真实到艺术文本的转化中，曹雪芹又的确把自己家族充满血泪的悲惨经历用一种艺术手段融化其中。

此外还有一些对秦可卿形象及其可能原型的不同说法。如主张《红楼梦》主要是影射清世祖顺治帝和董鄂妃的早期索隐派，说秦可卿是董鄂妃（又与董小宛混为一人）的一个分身。王梦阮、沈瓶庵《红楼梦索隐》中说："世祖所为《董妃传》中，叙妃事甚悉，均有与可卿相似处。"湛卢《秦可卿之丧——〈红楼梦〉发微第十六》中认为："秦氏身死一段，整个为世祖追悼小宛的情事，而以贾珍与宝玉双写。"今人王志尧、仝海天《论秦可卿之死》认

为秦可卿是被婆婆尤氏逼迫自缢而死；周观武在《"秦可卿淫丧天
香楼"新臆》中则认为秦可卿与贾蔷偷情，贾珍偶见后"乘人之
危爬了灰"，贾珍和秦可卿苟合时又被丫鬟撞破，导致秦氏羞愧自
缢；陈景河《长白神女秦可卿》则说秦可卿是死于对贾珍的"大
绝望"。这些说法大抵都是对小说文本中那些疑点的某种独特想象。

　　笔者倾向于秦可卿、秦钟、秦业都是象征性人物，就是"情"
的象征，而这个"情"内涵丰富，有政治之影射，有盛衰之感触，
有情理之激荡，有"人生观"和"世界观"。贾元春归省之前"三
秦"死去，主要是一种盛衰无常的大隐喻，虽然也可能有影射"日
月之争"的因素，但不一定有元春告密导致可卿自杀那些曲折情
节。看前八十回的写作风格，曹雪芹一般不写十二钗内部自相残杀，
主要写这些"薄命"的女儿惺惺相惜。当然这也不影响作者在秦
可卿这个形象上赋予一些"公主"的意象，造成形象的张力和艺
术的意境，影射某些真实的历史政治背景。但曹雪芹的写法是更
空灵的，尤其涉及政治背景的影射，那更是云龙雾爪，见首不见尾，
只可意会，不可言传，而不会写得过于落实。

　　我们对《红楼梦》研究的态度，应该是具体问题具体分析，
一些新说法新论证，对其失误与合理因素都要条分缕析、锱铢必
较，不能用一种空洞的所谓"学术规范"来一次性解决。你再义
正词严喊得响亮，即使刘心武不搞了，仍然会有新的后继者出现。
因为张力满满的小说文本永远在那里发出诱惑，而曹家历史和清
朝秘史作为《红楼梦》的背景，也并不是个别人主观臆造的，而
是两百年以来的读者和研究者共同积累的——之所以会如此，当

然也有其一定的根据。

应该为有这样一个神奇的文本和这样一种有趣的研究而欢欣鼓舞，这是中华文化的伟大创造，是中国人的一件幸事，它天然地富有原创性，具有打破各种"陈腐旧套"思维方式的冲击力量，具有聚焦全民族全社会兴奋点的魅力，当然也会衍生一些副产品。红学研究者可以对各种具体的观点说出不同意见，但不要把"批判"作为自己唯一的任务，在指出对方的谬误时，也要注意对方的合理因素和闪光火花，对其肯定和"提纯"，从推动学术往前走来说，后者是更重要的。

还得想一想自己能拿出什么更有说服力和吸引力的东西提供给大家，对文本中那些"草蛇灰线"能作出什么更合理的回答，笼而统之地斥责对方异想天开不解决问题，单从历史史料方面反驳也显得简单化。如果你拿出来的还是"典型环境中的典型形象""资本主义萌芽""反封建""宝黛钗爱情婚姻悲剧"那一套，而表达方式又总不脱离八股腔调，缺少文采风流，那就要事与愿违，大家会像马克思嘲笑保王党那样，一下子发现你臀部上陈旧的印章，然后哄然一笑弃之而去。

薛宝琴和怀古诗

十首绝句，其实就是《红楼梦》的"录鬼
簿"，是已死和将死的大观园的女儿的哀歌。
名曰"怀古"，实则悼今，说是"灯谜"，其
实就是人生之"谜"。

《红楼梦》第四十九回，按曹雪芹原著一百零八回（或
一百一十回）之数，已经快到"中点站"了，却突然又来了四位姑娘：
薛宝琴、邢岫烟、李纹和李绮。她们是贾府亲戚，从身份上说都
是与薛宝钗、林黛玉、史湘云平列的，都是"主子姑娘"。其中薛
宝琴，这位薛宝钗的堂妹，更是作者重点描写的对象，把她写得
才貌双全，用贾探春的话来说，"连他姐姐并这些人总不及他"。

问题来了，第五回"正册"金陵十二钗里却没有薛宝琴、邢
岫烟、李纹、李绮这四位姑娘。于是就有人把她们归入"副册"，
可是"副册"之首是香菱，一个被卖到薛家的侍妾，其身份比正经
"主子姑娘"到底还是低一级的。薛宝琴甚至超过了十二钗之冠宝
钗和黛玉，把她放进"副册"里面实在是够勉强，够不得劲了。

笔者根据第五回太虚幻境里除了"薄命司"之外，尚有"虚
陪六个"的"痴情司、结怨司、朝啼司、夜哭司、春感司、秋悲
司"，再结合薛宝琴等四位姑娘"不尴不尬"的身份，认为"薛宝
琴不入薄命司"，她和邢岫烟等新来的四位姑娘属于"虚陪"的人

物，云龙雾爪地照应了"薄命司"之外的其他司。这些地方最能显示曹雪芹那种机动灵活的构思、笔墨，绝不是一般作家所能想到，一般读者所能料到的。

薛小妹新编怀古诗是专章，宝琴写的这十首怀古诗却是红坛上一个热闹的话题。大概自从《红楼梦》问世以来，就有人开始猜这十个诗谜了。一直到最近，互联网上还不断有"猜谜"的文章发表。因为书中描写"宝琴将素习所经过各省内的古迹为题，作了十首怀古绝句，内隐十物"，而书中那些聪明的女孩子和贾宝玉都猜不着，"大家猜了一回，皆不是"，所以后世读者纷纷逞智显才，想把这十个诗谜猜出来。迄今为止，"谜底"已出现了几十种之多，什么喇叭、走马灯、纳宝瓶、门神、纨扇等等，花样多得很。

这些猜谜的行家忘记了问问自己，曹雪芹为什么要写薛宝琴这个人，为什么要让她编这十首怀古诗，为什么说它们是诗谜而又写宝玉、黛玉、宝钗、湘云这些人都猜不着呢？难道这么写果真就是让后世的读者打灯谜，证明自己比宝、黛、钗、湘更聪明吗？显然，曹雪芹并不是玩这种无聊的游戏。

这一点直到蔡义江在《红楼梦诗词曲赋评注》中才指出来，他说：过去，一些红学家总认为作者制灯谜而不交代谜底，是换新鲜，"卖关子"，好让读者自己去猜。于是，茶余饭后，各逞智能，纷纷晓喻谜底，说这是走马灯，那是喇叭，这像傀儡，那像马桶……恨不得把大观园女儿叫来问个究竟。这样，固然可以消遣解闷，但对研究本书来说，却没有多大关系，因为这是"以假

薛宝琴 改琦 绘

作真"。结果，不但搞错了方向，又把读者引入了歧途。我们总觉得曹雪芹不至于如此浅薄。小说中之所以写"大家猜一回，皆不是"，就是作者深知一些人有此癖好，而预先告诉他们不必在这上面去花费心思。不交代谜底，也正是因为当作灯谜看，猜对猜错，对小说来说都是毫无意义的。这些诗，在作为灯谜之外，应该另有真正的有意义的"谜底"。否则，为什么第十二回中所有的灯谜，连贾政之流都能一猜就中，而现在黛玉、湘云、宝钗等人反不及红学家们聪明，红学家所猜出来的这些谜底，她们竟一个也猜不到呢？可见，说她们都猜不到的，并非是走马灯之类的东西，而是她们所绝不可能猜到的"谜外之谜"。十首绝句，其实就是《红楼梦》的"录鬼簿"，是已死和将死的大观园的女儿的哀歌。——这就是真正的"谜底"。名曰"怀古"，实则悼今，说是"灯谜"，其实就是人生之"谜"。

笔者认为，蔡义江这个见解是正确的。只有把十首怀古诗理解作"人生之谜"，才能真正认识它们在《红楼梦》中的作用，也才能有助于我们理解曹雪芹创造薛宝琴这个人物的深刻用心。怀古诗不是单纯的灯谜，而影射着书中有关人物的命运遭际，这与贯串全书始终的"草蛇灰线，伏脉千里"的特殊写作方法是一致的。其他的诗词灯谜都有"谶语""影射"的意义，十首怀古诗也绝不会例外。

但这十首怀古诗究竟影射书中哪十个人物的命运？则笔者与蔡义江所见不尽相同。蔡义江认为十首怀古诗除第一首《赤壁怀古》是"总说"之外，其他九首分别暗射九个人的命运遭际，她们依次是：贾元春、李纨、王熙凤、晴雯、贾迎春、香菱、秦可卿、金钏儿和林黛玉。

笔者以为，这种认识有两个缺陷。一是将"怀古"与"死"作了必然的联系，因而认为"怀古诗"是悼念"在八十回之前早卒的和作者预示过他们后来将死去的大观园女儿"，而将"不死"的女儿排除在外。当然，这"不死"是指佚稿不以"死"作为人物的结局。但这种对书中人物结局的认定却是很不保险的，除了上述九人外，其他的女儿是否就不以"死"作为书中结局？再就那九个女儿来说，其中李纨的"晚韶华"结局就并不是早死。发生这种误解的根本原因是对薛宝琴和怀古诗的构思创作缺乏透彻的认识。曹雪芹写了薛宝琴这个人物，让她写了怀古诗，那主要是要通过薛宝琴这个相对来说是局外的人对金陵十二钗的悲剧命运作一次预示性总括，薛宝琴不属于"薄命司"的意义正在这里。

所以，蔡说的第二个缺陷就是没有将第五十一回的"怀古诗"和第五十回的"春灯谜"联系起来考察，没有注意薛小妹新编怀古诗是暖香坞春灯谜的一部分，除了十首怀古诗外，还有史湘云、薛宝钗、贾宝玉、林黛玉四人所作的诗词形式的谜语（不以诗词形式出现的谜语可以不计，虽然它们也有谶语影射作用）。很显然，宝、黛、钗、湘四人是"主角"，故而让他们具有一定的独立性，自己作诗谜来暗示未来遭际，而十二钗中其他九个人则通过薛宝琴的怀古诗作暗示。蔡义江把香菱、晴雯和金钏儿算入其中，显然也不合正、副册子的体例。笔者通过分析研究，在《石头记探佚》中这样分派了薛宝琴十首怀古诗与所影射人物的关系：

《赤壁怀古》——总说，也可以说是薛宝琴对包括自己在内的四个家族悲剧命运的感慨。

《交趾怀古》——暗射贾元春的结局。

《钟山怀古》——李纨。

《淮阴怀古》——王熙凤。

《广陵怀古》——贾巧姐。

《桃叶渡怀古》——贾迎春。

《青冢怀古》——贾探春。

《马嵬怀古》——秦可卿。

《蒲东寺怀古》——妙玉。

《梅花观怀古》——贾惜春。

周汝昌在《红楼夺目红》中提出了另一种说法，认为十首怀古诗是曹雪芹的"诗传"，"是暗寓雪芹的家世和重要经历"。其具体内容是：

《赤壁怀古》——寓指汉魏始祖是曹操。

《交趾怀古》——暗寓北宋始祖曹彬、曹玮。彬曾平蜀，玮则为彬之第三子，能继父志，军威远震，是御羌名将，谥武穆。

《钟山怀古》——显指曹雪芹曾、祖、伯、父四代到南京任织造，非由自愿，是"无端被诏"，且牵连难以休绝。

《淮阴怀古》——暗寓曹雪芹（或兼有先辈）困境中曾得一女子（如漂母者）的救助，绝处逢生，幸脱大难。

《广陵怀古》——暗寓扬州是祖父曹寅晚期居地，身为诗人学者，却兼任了巡盐的差使，成为"肥差""巨富"的假外状，受到很多讥讽和罪累。

《桃叶渡怀古》——暗寓曹雪芹本人重到金陵时，对曾与一个"秦淮旧梦人犹在"者被迫分离失散之事怀念不忘，绘像感旧。

《青冢怀古》——暗寓曹雪芹上辈或平辈女亲有远嫁外藩（蒙古王子）的事情。

《马嵬怀古》——暗寓曹家也有一女入宫为妃，后于出行时遇政变被迫自尽（如书中之元春）。

《蒲东寺怀古》——暗寓曹雪芹曾有类似的情事以致累及了一个丫鬟。

《梅花观怀古》——暗寓曹雪芹本人姻缘有过一个大转变：先议者（梅边）后来无成，而后议者（柳边）却终成连理。其间又曾有"西风"相隔的曲折。

并说"我上写的雪芹，也就可以理解为书中的宝玉，二者一也"。

这是从"自叙传"角度提供的一种解读，不过似乎和小说中的情节扣得不是很紧，而《红楼梦》中的诗词应该首先服务于小说情节本身。当然周先生也说他这种提法只是"聊作参考"。

薛宝琴作为小说中一个予以重点描写而又有些奇怪的角色，引起了不少人的遐想和讨论。王湘浩《红楼梦新探》中有一篇《论薛宝琴》，提出了一些新鲜的说法：

一、注意到曹雪芹写薛宝琴经历和性格的独特性。她是"大观园里的尖子"，这些情节大家都很熟悉，但更特殊的是，薛宝琴的父亲是普通商人，和薛蟠是皇商不同。宝琴自幼随父亲天下十停走了有五六停，见的世面很多，甚至见过外国人，因此她必然视野宽广，思想解放，而且注重实际，不像宝玉颇多幻想。这些都是贾府中人远不能相比的。

二、认为其实薛宝琴体现了"钗黛合一"的审美理想，"宝琴恰恰是雪芹有意塑造的，在容貌、才华、性格、思想上全面的，尘世上活的兼美"，而秦可卿只是容貌兼美和隐喻象征而已。"宝琴作为'钗黛合一'进入大观园是起一种启示的作用，预示宝玉日后将走上正确的道路，奋志著书从事启蒙工作……宝琴是末世冰雪中一枝报春的梅花。"

三、对薛宝琴的怀古诗也提出不同的看法，包括宝玉、黛玉和宝钗的三首七绝诗谜，加上宝琴的十首怀古诗，"十三首诗谜是一个整体。我认为宝钗诗谜和黛玉诗谜相当于'红楼梦曲'的《引子》，《赤壁怀古》相当于《尾声》。其余十首诗谜隐十二个女子如下：黛玉、宝钗、湘云、元春、李纨、凤姐、尤三姐、惜春、探春、秦可卿、迎春、宝琴。宝玉诗谜隐同他有爱情婚姻关系的前三女，宝琴其余九首诗谜依次隐其余九女。这是有别于太虚幻境正册十二钗的另一种十二钗。可称之为'暖香坞十二钗'"。

四、有特别意义的是《广陵怀古》影射尤三姐，《梅花观怀古》影射薛宝琴。得出的结论是薛宝琴成了尤三姐的接班人，最后嫁给了柳湘莲。所谓"不在梅边在柳边"，以及是薛宝琴陪着柳湘莲在平安州遇到贾琏向柳湘莲为尤三姐提亲，而薛宝琴是薛蟠的堂妹，这也是"伏线千里"。

王湘浩还写了另一篇《论薛宝钗及薛氏一家》，其中对八十回后佚稿有一种全局性的设想，有些地方与前面综述的各家探佚内容也颇有接近之处：

一、从第七十回桃花社柳絮词看，黛玉是桃花社主，却事事由湘云带头。先是湘云打发翠缕请宝玉看桃花诗，然后湘云建议改海棠社为桃花社，黛玉几次要起社都未起成，直到湘云"偶填柳絮词"才起社填词，这次诗社似乎只是为黛玉和湘云之间交接班而设，暗示日后湘云将接替黛玉成为书中第一号女主角。前八十回黛玉的诗最多，八十回后湘云的诗将最多，《十独吟》必然是湘云寡居漂泊中所作。而薛宝钗和薛宝琴将是仅次于史湘云的女主角。

二、分析前八十回对薛宝钗的描写，认为宝钗是"妇女中的强者"，是一个"女强人"；薛姨妈也有许多优点，如懂得买卖经营之道，为薛蝌（据周汝昌考证，薛蝌其实应作薛虬）聘娶邢岫烟考虑周到等。还有将嫁到薛家的邢岫烟，也是为人雅重，能够吃苦耐劳。因此，"雪芹是要写薛家这五人将重新白地起家，经营一种民办工商业，而且由小到大取得成就。……最后结局却是悲惨的，他们的事业正在兴旺发达之际，却在封建势力的打击下被毁灭了"。

三、朝内政治斗争日渐加剧，双方阵容逐步明朗化。一方以北静王为首，下有四大家族，还有第七十八回提到的庆国公、杨侍郎、梅翰林，一方以忠顺王为首，下有桂花夏家、中山狼孙家，而贾雨村、贾环、贾兰也投靠到这方面。最后北静王获罪，四大家族一败涂地，薛家完全破产，薛蟠被捕入狱，黛玉、元春、贾母死去，宝钗嫁到贾家，邢岫烟嫁到薛家。

四、薛家在柳湘莲帮助下渡过难关，到了金陵经营商业，家境渐有起色，后来柳湘莲一干强梁造反，占据了金陵，薛宝琴嫁给了柳湘莲。朝廷派贾雨村挂帅攻打义军，围困金陵，城破后薛宝琴横鸳鸯剑自刎而死。柳湘莲于白茫茫大地中凭吊痛哭，小说结束。

王湘浩把这些设想标题为"试拟一个提纲"，其中当然想象的东西比较多。不过，说薛宝琴将嫁柳湘莲这种设想，后来刘心武也是同一思路。他在《揭秘〈红楼梦〉》第二部中说："在八十回后，她没能嫁到梅翰林家，经历过一番极富戏剧性的波折后，她嫁给了书里的哪一位男子呢？柳湘莲！而她和柳湘莲的结合，跟杜丽娘与柳梦梅的故事有相同之处，都是跟画儿有关系。第五十回不是一再地写到有关画儿的事情吗？贾母屋里有幅《双艳图》，是明代仇十洲的作品，那画上的美人很美了吧？可是贾母就说了，宝琴雪下折梅比画儿上还好；又写到惜春作画，贾母命令她一定要把宝琴、小螺和梅花'照模照样，一笔不错，快快添上'。很显然，这些关于薛宝琴和画儿的关系的情节和细节，都是伏笔。在八十回后，贾府被抄，《双艳图》也好，惜春那可能没能画完，但已经画上了宝琴和小螺的画稿也好，一定都被抄去，后来不知怎么又失落，被柳湘莲得到，琴、柳因此遇合，但又经历了离别。而在这个过程里，'春香'，《牡丹亭》里的丫头，后来已经成了'丫头'的普适性的通称，对宝琴和湘莲的团圆起到了关键作用，这个丫头也许是小螺，也许是贾府里别的幸存者。"

说薛宝琴后来嫁给了柳湘莲，虽然也不谓无据，但缺乏对"怀古诗"全局性的整体观照。如果《梅花观怀古》影射薛宝琴,《广陵怀古》影射尤三姐,把这两个人插到正册十二钗当中,还是有乱了体例之嫌。说画和宝琴有关,但贾惜春才是画家,大观园行乐图是她画的,《牡丹亭》里也是杜丽娘自己作画,梅花观是寺庙,惜春后来做了尼姑。综合考虑,《梅花观怀古》还是影射贾惜春更为圆通。十首怀古诗加上黛、钗、湘三首自己作的春灯谜,其中又只有湘云作的是曲词,其他都是七绝,显然春灯谜与怀古诗谜是一体,影射正册十二钗,湘云是佚稿中女主角,所以独标一格。贾母赞叹宝琴,让惜春把她画上,正是暗喻宝琴是"画儿上爱宠",是理想化的象征性人物,与用仙女可卿影射秦可卿是同一机枢。

曹雪芹写薛宝琴这一人物的确别有深意,我们看她所转述的真真国女儿的诗气魄雄壮,这一情节安排在第五十二回,而这一回实际上是"正照风月宝鉴"也就是写兴盛的尾声,众女儿在繁华时段的故事其实在这一回宣告结束,下面第五十三和第五十四两回是写过年和过元宵节,已经是家族全局命运盛衰转折的大象征了。第五十二回让平儿和晴雯这两个最杰出的丫头占据主体故事,而薛宝琴就在这一回讲真真国的女孩子,应该说是深具匠心的。笔者的看法,薛宝琴具有强烈的象征性,她的意义和前面的秦可卿相似,的确都是"兼美"的理想化人物,她在小说将近一半时来到贾府,就是要见证盛衰演变。

在薛宝琴身上,曹雪芹也的确寄托了一些微妙的意思和深刻的理想,正如胡风在《石头记交响曲》中所说:"曹雪芹寄托了他的遐想,热望能够从国际上(汉南——外国)取得社会人生的理想，借以认识已经走入末世的中国历史，替中国人民的命运开拓出一个光明的出路。"虽然"汉南"其实是用典故指中国，但小说中所写那个真真国的女孩子毕竟是碧眼金发的欧洲人，因此胡风的引申推理还是耐人寻味的。曹雪芹写薛宝琴这个人物的作意也很自然地引起研究者探讨的兴趣。当然涉及八十回后佚稿中情节，会言人人殊，但在大体轮廓上也都有交叉。探佚的要义并不是要恢复小说细节，而是借以窥探曹雪芹的思想向度和艺术造诣，从这一视角来说，各家的不同说法都是有意义的。

红楼丫头

首先讨论花袭人，第二个丫头谈一谈麝月，第三谈谈小红和茜雪，第四谈谈鸳鸯和平儿，第五谈谈紫鹃，第六谈谈四儿和五儿，最后谈一谈几个唱戏的女孩子。

细心的读者一定有体会，前八十回《红楼梦》其实对丫头描写得更为出色，她们的形象之栩栩如生，故事之生动活泼，所占篇幅之丰富，都绝不亚于对正册中小姐和少奶奶的描写。

但相对于正册中人来说，第五回的"册子"只有副册的香菱，又副册的晴雯和袭人有图像谶语，而晴雯又在前八十回有了结果，香菱的结局在第八十回也已基本完成，所以对红楼丫头的探佚就相对比较困难，只能多从小说的情节和人物性格的分析方面着手，多从原著整体结构大趋势推测考虑，这样其必然率和或然率也就更为多歧。

首先讨论一下花袭人。对她的看法历来存在着尖锐的争论，过去占主导地位的是否定，说袭人是"众所公认的封建统治阶级的奴才"，其罪状有：箴劝宝玉"走正路"——做封建统治阶级的孝子贤孙，诬告暗害晴雯，导致晴雯被冤死，向王夫人密告宝玉和黛玉关系暧昧，在"调包计"里充当帮凶，促成黛玉之死，宝玉出走后又忘恩负义，嫁给了蒋玉菡，"从此又是一番天地"，不贞不烈。总之，花袭人是个奴才、密探、帮凶、小人。

这种认识当然并不符合曹雪芹笔下的花袭人这一人物的美学规定性。仍然是两个问题作梗，一方面后四十回续书完成的花袭人起了干扰作用，另一方面还是"恶则无往不恶，美则无一不美"的传统审美观，以及后来的"阶级划线""思想划线"的教条主义在人们的头脑里作祟。

后四十回续书不是曹雪芹所作，暂且不论。弄清前八十回里袭人的思想本质和性格逻辑，再结合脂批的有关提示，则可以勾勒出《石头记》原著全璧中花袭人的真面目。我们一条一条来看。

说袭人诬告晴雯，是莫须有的罪名。王夫人讨厌晴雯，终至撵了出去，第七十回有明确描写，乃出于王善保家的诬告，再加以王夫人的愚蠢固执，正统思想浓厚，与袭人丝毫无关。所谓"王夫人最嫌趋妆艳饰语薄言轻者，故晴雯不敢出头"，所以王夫人甚至对晴雯印象都不深，在王善保家的挑唆下，才想起有一次碰见晴雯骂小丫头的"狂样子"，但也对不上号，直到把晴雯唤来对证，一见晴雯果然是那天遇见的人，又"眉眼有些像"林黛玉，才大骂："好个美人！真像个病西施了。你天天作这轻狂样儿给谁看？"既然王夫人对晴雯都不太熟悉，怎么会是袭人平日上了眼药呢？

从作者的作意来说，王夫人撵逐晴雯的描写是高超的艺术，具有复杂的心理背景和家庭背景。首先，这带有王夫人迁怒的性质，就是把蕴积在心底的对林黛玉的不满发泄到晴雯身上，这在前面已经说过。此外，撵逐晴雯还和荣国府内部的基本矛盾——二房嫡子派与庶子派的矛盾、二房与大房的矛盾——有关系。第七十回交代："原来王夫人自那日着恼之后，王善保家的去趁势告倒了晴雯，本处有人和园中不睦的，也就随机趁便下了些话。王夫人皆记在心中。因节间有事，故忍了两日，今日特来亲自阅人。一则为晴雯犹可，二则竟有人指宝玉为由，说他大了，已解人事，都由屋里的丫头们不长进教习坏了。因此事更比晴雯一人较甚，乃从袭人起以至于极小作粗活的小丫头们，个个亲自看了一遍。"原来，"竟有人指宝玉为由"造谣诽谤，可想而知，那是二房庶子派赵姨娘一党和大房邢夫人一派，这在述评宝玉的婚姻时已经说过。因此，王夫人撵逐晴雯、芳官和四儿，实际上也是向二房嫡子派的对立面作斗争的一种表现，将来在林黛玉的问题上这种斗争还会出现。总之，袭人对晴雯遭逐没有责任。

第七十七回有宝玉对王夫人知道了怡红院的一些玩笑话感到奇怪，问袭人："怎么人人的不是太太都知道，单不挑出你和麝月、秋纹来？"袭人"细揣此话，好似宝玉有疑他之意"。一些评论又说这不是贾宝玉也怀疑袭人了吗？其实这正体现曹雪芹对生活体察之微妙，描写艺术之高明。明明和袭人无关，可是形格势禁，宝玉却不禁有疑心袭人之意，这正是生活最复杂微妙的地方。宝玉不知道王善保家的诬告，更不可能知道王夫人由不满黛玉而迁怒晴雯的复杂心理，以及王夫人撵逐晴雯实际上有和二房嫡子派的对立面作斗争的性质，宝玉不可能知道这些复杂背景，照一般情理推测，就不禁有疑心袭人之意。而这也正说明袭人这样"出了名的贤人"——正统思想人物的悖论处境，她由于"贤"而没有遭祸，没有人敢向王夫人说她的坏话（以及她陶冶教育出来的麝月、秋纹的坏话），因为说坏话的人也要掂量各人的身份和关系，明知袭人深得王夫人信任，怎么会去碰钉子呢？可是这样一来，袭人在贾宝玉眼中也不由自主地有了"告密"的嫌疑。这就是生活最微妙的地方，在宝玉的追问下，袭人竟落到"低头半日，无可回答"的窘境，好像袭人真告了密似的——其实却没有告密。生活就是这样有趣，曹雪芹的生花妙笔就是这样活泼灵动，这才是曹雪芹的艺术，如果那些情节真的为了证明袭人告密，那就太"大路货"了。

到了新世纪，随着时代前进和思想解放，大多数研究者已经摆脱了过去那种简单化的思维，对花袭人有了比较立体的认识。比如周思源在《晴雯之死袭人冤》（《周思源看红楼梦》）中说，怀疑袭人事出有因，查无实据。"究竟是谁把宝玉和丫头们的玩笑话传出去的呢？怎么连宝玉都会怀疑袭人呢？大观园人多嘴杂，宝玉和丫头们说话十分随便，有些话就传出去了。……怡红院是大观园的活动中心，进出的人最多。由于有贾宝玉的庇护，所以怡红院中人说话很随便，无所顾忌。……人多嘴杂，有些玩笑话到时候就成了一些人的罪状和另一些人邀功请赏的本钱。贾府下层社会人事关系和利益冲突十分复杂，盘根错节。……晴雯这样疾恶如仇、性格率真、言辞锋利、不善做人的，就更容易得罪这些人。我们只要看王夫人追查时，几次都是老嬷嬷指认的，就明白此言不虚了。……所以晴雯之死与袭人毫无关系，说袭人告密是没有根据的，袭人是冤枉的，但是乍一看又似乎很像是她告的密。曹雪芹这种虚虚实实、真真假假、似非而是的写法，非常高明。他故意误导读者，造成误读，让读者去琢磨、争论，重新阅读，这才是大文学家的大手笔。要是读一遍就什么都明白了，那就不是《红楼梦》了。"

第三十四回袭人向王夫人进言的情节也曾经被当作袭人一大罪状，说她是破坏宝玉和黛玉这一对礼教叛逆者爱情的封建帮凶，其实这又是曹雪芹展现艺术功力的一次体现。袭人在听了宝玉误把自己当作黛玉而"诉肺腑"的话后，为宝、黛之间可能出现违背礼教的"不才之事""丑祸"日夜忧心，因而向王夫人建议："怎么变个法儿，以后还叫二爷搬出园外来住就好了。"并且说："……如今二爷也大了。况且林姑娘、宝姑娘又是两姨姑表姊妹。虽说是姊妹们，到底有男女之分，日夜一处起坐不方便，由不得叫人悬心。……"

如果硬要说这是变相的告密，也未尝不可，从客观效果来说，也确实不利于宝、黛恋爱的发展。但我们要看到，花袭人是站在当时常规道德标准立场上光明正大地"防患于未然"，从主观上来说，是为了宝玉和黛玉好。对此，聂绀弩在《略谈〈红楼梦〉的几个人物》中有精彩的分析：如果懂得一点袭人是个怎样的人的话，请想想看，碰见宝玉把对黛玉的肺腑都诉出来了，她应该有些什么反应？应该怎么办？好作者，真写得出："吓得魂消魄散，只叫'神天菩萨，坑死我了！'""令人可惊可畏"，"不觉怔怔地滴下泪来"！袭人，这个通房大丫头，这时候，忘记了自己的卑贱的身份和微小的力量，以无限悲悯、无限勇力，挺身而出，要把她的宝二爷和林姑娘这对痴男怨女从"不才之事"和"丑祸"

中抢救出来。多么高贵的灵魂啊！后来她对王夫人说的那一段话，就是她从这时起"暗度"出来的"处治"，除了这，其实也未必有别的办法。可是她说得多么委婉啊，只是从宝玉方面说，只是"防患未然"；接触到林姑娘时，还拉上宝姑娘作陪，宁可让宝姑娘背点黑锅来替林姑娘打掩护。忠肝义胆，仁至义尽！如果这叫作"告密"或陷害，当然也可以，但应该承认，这是没有懂得袭人，没有懂得那个时代，没有懂得作者怎样地写袭人。

第三十四回袭人进言中，曹雪芹仿佛已经预料到会有读者据此斥责袭人"打小报告"，所以特意提供了一个相反的证据。就是王夫人向袭人询问知不知道贾环向贾政说了金钏儿的事。袭人已经找茗烟调查，落实了贾环的翻舌诬告，而贾环和赵姨娘是大多数人讨厌的，王夫人又向袭人许诺给她保密，但袭人却一口咬定不知道。通过这一情节，袭人品格的高尚就昭然若揭。

袭人经常对宝玉"箴"和"劝"，要求宝玉按照当时社会的常规价值标准做一个"学好"的人。这一切，袭人是出于真心的，主观上是为了宝玉好。确实，宝玉和袭人存在思想价值观念上的冲突，曹雪芹因此也写出了宝玉逆反思想的深刻和坚决。用过去的术语说，曹雪芹笔下的花袭人，是个封建的好人。既封建，又好，这是个矛盾的统一体。袭人和宝玉的关系，袭人自己的悲剧命运，袭人在佚稿中的活动表现，都受这个基本矛盾的制约。曹雪芹因此写出了生活和人性的悖论。想一想曹雪芹是二百多年以前那样一个时代的人，你实在不能不对曹雪芹思想观念和艺术观念的超前和深刻感到惊讶！

有了对花袭人的基本审美定位，才能比较恰当地探佚八十回后佚稿中有关袭人的情节轮廓。如果只从脂批透露的信息看，袭人在佚稿中的情况是这样的：

一、袭人离开宝玉嫁了人。脂批说："故袭人出嫁后云'好歹留着麝月'一语，宝玉便依从此话。可见袭人虽去，实未去也。"

二、袭人嫁给了伶人蒋玉菡。所谓"堪羡优伶有福，谁知公子无缘"。前八十回宝玉和蒋玉菡互相交换汗巾子，而宝玉送给蒋玉菡的松花绿汗巾子又是花袭人的，正是千里伏线。

三、贾府被抄家后宝玉和宝钗夫妻"贫穷难耐凄凉"，曾得到蒋玉菡和花袭人夫妻的接济。第三十三回已透露蒋玉菡在紫檀堡买了田地房屋，脂批又说："盖琪官虽系优人，后回与袭人供奉玉兄、宝卿者。"

四、脂批还说佚稿中有"花袭人有始有终"的故事，这个故事与小红、茜雪"狱神庙慰宝玉"的情节互相联系。大约也是袭人帮助宝玉的故事，也可能就是"供奉玉兄、宝卿"。

从这些情节轮廓看，袭人是个好人，绝不是坏人，符合前八十回袭人的性格逻辑。这和后四十回续书里所写的情况显然不一样，从情节演变到思想倾向，差别都很大。后四十回讽刺花袭人在宝玉出走后没有自杀而嫁给蒋玉菡，所谓"千古艰难惟一死，伤心岂独息夫人"，是一种很落后的思想，是比历史上实有的封建还封建百倍的封建。袭人是通房丫头，连正式的妾也不是，更不是妻，就是封建礼教也不要求她自杀以"守节"的，"息夫人"是"夫人"，不是通房丫头。

那么,袭人嫁了漂亮的蒋玉菡,有房有地,这是不是和"薄命司"相矛盾呢? 这就涉及时代背景问题了。蒋玉菡是优伶,当时叫"像姑",是被人玩弄的戏子,在当时社会地位极低,被称为"兔崽子",袭人一心巴结向上,却嫁了这样的人,在当时看来就是很大的人生悲剧。所以袭人的"册子"上"画着一簇鲜花,一床破席","席"当然谐音"袭","破席"就象征嫁了卑贱的戏子。这不能用今天影星歌星社会地位很高而被人羡慕的情况相比拟。

放到全书探佚的大体系中,则对袭人的情况会有进一步的推测。周汝昌《红楼梦的真故事》中,是这样的:

原来,袭人之去,不但是不得已的,而且也是为了保护宝玉的安全,自愿牺牲的勇毅之举。

那时,贾府大势已去,众家仇者嫉者纷纷来攻,皆欲染指。财货珍玩之外,贾府出名的就还有一项——美女。

于是,出现了"抢红"的局面。

……忠顺王府那边闻风,也就来讨府里的姑娘。到此,又来催讨,再无可推了——可是已经没人可去充当"赎罪羊"了,贾政、王夫人等愁得寝食难安,一筹莫展。忠顺王府遣人来说话了,点名只要宝玉身边的人,如不从命,则对公子即有不客气的行动!

当此之际,举家失色——因为唯一合身份要求的人只有袭人一个,而袭人并非府里"买断""死契"的家奴,她有家里人,自主权还不能由贾府擅夺。于是只好来找袭人本人,探她的心意，姑作一试。

　　事情揭明之后，明敏冷静的袭人，毅然表示，见府中处在万难之境，为了解救，更为了保护宝二爷的身命，免遭不测，自己愿意到那王爷府里去，做妾为奴，吃苦受辱，一切甘愿。

　　袭人临行，阖家以礼相送，痛哭一场！

　　袭人到了那边，人家是居心侮辱贾氏，特将她赏与戏子为妻——戏子者，当时是一种"贱民"，一般人（良家、百姓平民）是不肯与之通婚的。

　　谁能想到：袭人被赏与了谁？却是小旦琪官，蒋玉菡。

　　袭人为了纪念与宝玉的旧情，临别时特将那年的大红血点茜香罗汗巾子系在腰间。及蒋玉菡一见，大吃一惊，问起你这汗巾子从何而来，袭人备述原由，感叹往昔。两人相对，也不胜唏嘘凄惜之情。

　　他们夫妻二人境遇很不坏，因知宝玉贫困日甚，时时设法暗中救济。不想后来宝玉竟又弃家为僧去了。二人听知，愈加伤感，便比先加倍地出力，供养宝钗（与麝月）这位孤独无告的少妇，尽力竭诚，一直到宝钗也不幸早亡。

刘心武在《揭秘〈红楼梦〉》第二部中的设想和周汝昌大同小异：

　　八十回后，很快会写到皇帝追究荣国府为江南甄家藏匿罪产的事，贾府被第一次查抄，贾母在忧患惊吓中死去，荣国府被遣散大部分丫头仆人，负责查抄荣国府的就是忠顺王。

那时忠顺王早从东郊紫檀堡逮回了蒋玉菡，留在身边当玩物，那么查抄荣国府，一些丫头就可以当成战利品，忠顺王就可以从中拿一些来赏给他府里的人，蒋玉菡听说，就提出来要袭人。大家还记得第二十八回的事情吧，就在那回所写的冯紫英家的宴席上，蒋玉菡知道了袭人是宝玉最重要的一个丫头，那么他在荣国府被抄后提出来要袭人是好意解救。袭人被点名索要，就不得不去，当然，这有点刀搁在脖子上的味道了，但袭人人性中软弱苟且的一面占了上风，她就没有以死抗拒，而是含泪去了。根据脂砚斋一条批语，那时候宝钗已经嫁给宝玉，那一波抄家后还允许他们留下一个丫头——袭人临走时候就说，好歹留着麝月。麝月在照顾宝玉生活方面是一个颇有袭人精细谨慎作风的丫头，书里多次那样描写，而且麝月一贯低调，跟各方面都无矛盾，不引人注意，因此被点名索要走的可能性不大。袭人就让宝玉宝钗尽可能留下麝月，这样她走了也放心一点，心里头好过一点。我的思路就是这样，袭人她在荣国府遭受突然打击的情况下，被迫离去的，你要她怎么办呢？以死对抗？那样会把事情弄糟，会连累到宝玉和整个荣国府。因此，你可以说她软弱，却不好说她是自私、虚伪与忘恩负义。

　　根据脂砚斋批语还可以知道，袭人嫁给蒋玉菡以后，还曾为陷于困境的宝玉宝钗夫妇提供物质资助，也就是供养他们夫妇。即使袭人后来能长久地跟蒋玉菡在一起，在那个时代，戏子是低人一等的，一个戏子的老婆，是得不到一般世人尊重的。袭人的人生理想，是陪伴宝玉一辈子，这个理想当然是破灭了，她也只能是在回忆里，通过咀嚼往日的甜蜜，来度过以后的岁月。总体而言她也是红颜薄命，是悲剧人生。

第二个丫头谈一谈麝月。

麝月是袭人"陶冶教育出来的"，也是一个"贤婢"，前八十回已写她"公然又是一个袭人"，是怡红院里仅次于袭人、晴雯的大丫头。从受到王夫人赏识这一角度而言，则她的地位和袭人并列，在晴雯之前。这样写当然是有全局考虑的，就是脂批所说后来袭人被迫离去时嘱咐宝玉"好歹留着麝月"，而宝玉"便依从此话"，可见麝月是跟随宝玉到最后的一个婢女。脂批又说宝玉"悬崖撒手"出家为僧时是"弃宝钗、麝月"，则当宝玉和宝钗成婚时或成婚后，袭人已经不在，麝月取代了袭人的位置成为宝玉之妾。

第六十三回"寿怡红群芳开夜宴"，各人所抽花名酒筹都有暗示各人命运遭际的意义。丫头中抽了签的，除了袭人就是麝月。麝月抽的签是："这面上一枝荼蘼花，题着'韶华盛极'四字，那边写着一句旧诗，道是：开到荼蘼花事了，注云：'在席各饮三杯送春。'"

蔡义江在《红楼梦诗词曲赋鉴赏》中这样说：

> 麝月抽到荼蘼花签时，书中有几句很有意思的描写："（签上）注云：'在席各饮三杯送春。'麝月问：'怎么讲？'宝玉愁眉，忙将签藏了，说：'咱们且喝酒。'"宝玉对大观园中日

益浓重的悲凉气息，"本已呼吸而领会之"，现在见签上说"花事了"，又说大家都"送春"，正好触动忧思。但他不愿使麝月败兴，所以藏了签，只劝酒。

但是，宝玉只有模糊的好景不长的预感，而不可能预知诗句所内含着的将来的具体事变。据脂评，袭人出嫁后，麝月是最后留在贫穷潦倒的宝玉夫妇身边的唯一的丫头。那么，"花事了"三字就义带双关：它既是"诸芳尽"（所以大家都"送春"）的意思，又是说花袭人之事已经"了"了——她嫁人了。而接后一句"丝丝天棘出莓墙"，则是隐脂评所说的宝玉弃宝钗、麝月撒手而去。因为，不但莓苔墙垣代表着"陋室空堂"的荒凉景象，据《鹤林玉露》所说，连初用"天棘"一词的杜甫《巳上人茅斋》诗（其"天棘梦青丝"句曾引起历来说诗者的争论），也本是"为僧"而"赋"的。

这分析有道理，但笔者以为还不够全面。"荼蘼"一句诗谶本出王琪《春暮游小园》，全诗是："一从梅粉褪残妆，涂抹新红上海棠。开到荼蘼花事了，丝丝天棘出莓墙。"而第六十三回史湘云的花名酒筹是海棠——"只恐夜深花睡去"，海棠是湘云的象征，湘云后来和宝玉结合，事在宝玉"弃宝钗、麝月"之后。那么，"一从梅粉褪残妆，涂抹新红上海棠"也许是说宝玉和湘云遇合，而麝月也回到了宝玉身边，和宝、湘在一起。故而，"开到荼蘼花事了，丝丝天棘出莓墙"可能正影射这种情况。宝玉和湘云在一起时已经历尽沧桑，当年花团锦簇，满目红妆翠袖，现在则只剩下湘云和麝月两个人为伴了。所以戚蓼生序本第十八回回前诗最后两句说"可怜转眼皆虚话，云自飘飘月自明"，岂不是感叹只有"云"和"月"还在吗？

宝玉"弃宝钗、麝月"而为僧，后来当宝玉再度与湘云结合时，麝月就回到了宝玉身边，这是和麝月象征"风月宝鉴"的身份分不开的。宝玉出家又还俗，"风月宝鉴"就又回到了他身边。"麝月"的本意是镜子，这有许多典故可据，而前八十回两次突出描写麝月这个人和镜子有关系。第二十二回"宝玉在麝月身后，麝月对镜，二人在镜内相视……"，后面一大段故事都是借镜子"反映"而引导出来的。第五十六回宝玉在对着大镜子的床上睡觉，梦见了甄宝玉，醒来后也是麝月说了一番关于镜子的话。第五十六回正是刚过了第五十四、第五十五回之由盛转衰的"中点"不久，甄家的人到了贾府，暗示假（荣华富贵）的将去，真（破败毁灭）的已来，"风月宝鉴"开始从"正照"变成"反照"了，贾宝玉的梦，麝月的话，都极具象征意味。可能直到"情榜"故事，麝月这面"风月宝鉴"一直待在宝玉身边，是一种非常巧妙的构思。

第三谈谈小红和茜雪。

好几条脂批谈到小红和茜雪是佚稿中"狱神庙"一回书中的重要角色。如"红玉今日方遂心如意，却为宝玉后伏线"，"且系本心本意，狱神庙回内"，"狱神庙红玉茜雪一大回文字惜迷失无稿"，"茜雪至狱（狱）神庙方呈正文"等。第二十七回有一条脂批，纠正前面一条说小红是"奸邪婢"的批语："此系未见抄后狱神庙诸事，故有是批。"这条批评中的"抄后"曾长期被看成"抄没"，邓遂夫先生见告，再细审庚辰本上的笔迹，应为"抄后"。抄家以后流落到庙里栖身（或被羁押在庙里），如此看来，则原著佚稿的真实，在"嶽神庙"和"狱神庙"的两种可能性中，"嶽神庙"的概率也许更高。

联系脂批所自来的前八十回文本，我们知道，小红和茜雪将为在"狱神庙"（或"嶽神庙"）落难的贾宝玉和王熙凤奔走效劳。又据脂批和前八十回伏线，佚稿中贾芸和小红结为夫妇，贾芸也是救助宝玉和凤姐的重要人物。

仔细分析前八十回对贾芸和小红的描写，则他们与宝玉和凤姐这两位"双主角"俱有密切关系，那显然是有意安排的。小红先在怡红院，后归凤姐；贾芸走凤姐的门路得到差事，又认作宝玉的"儿子"。大观园里的重要活动是成立海棠诗社，而那两盆白海棠就是贾芸送给贾宝玉的。贾芸和小红又互相交换手帕自由恋爱，与贾宝玉挨打后送给黛玉两条旧手帕互相照应。贾芸、小红与宝玉、凤姐这种特殊关系显然是为佚稿中贾芸、小红救助宝玉、凤姐而伏线张本。《石头记探佚》中有"贾芸和小红"一章，通过研究分析得出了三条推论：

一、贾芸和小红的情事与宝玉、黛玉的情事是一种"对文"，贾芸和小红在一定程度上影射着宝玉和黛玉。但芸、红的情事不同于宝、黛的爱情以悲剧结束，而是"结缡"的喜剧，这实际上又影射到宝玉和湘云的劫后重逢。第二十五回宝玉要叫小红，就写"却恨面前有一株海棠花遮着，看不真切"，海棠是史湘云的象征物，这里用在小红身上，正是巧妙地隐喻小红同时关联着湘云，

285

因为黛玉和湘云是宝玉的两个"湘妃"。

二、从前八十回中对贾芸、小红情事的布局安排，可以推测出八十回后的重要情节发展：黛玉受诽谤蒙冤而死，宝玉和宝钗奉元春旨意完婚。

三、八十回以后贾芸和小红是重要角色，他们在"狱神庙"一回内大显身手，救助宝玉，与卫若兰一起撮合成功了宝玉和湘云的金麒麟姻缘。所以海棠诗社的白海棠（史湘云象征物）一定要贾芸送来。贾芸和小红伉俪也积极救援凤姐，可能对刘姥姥救巧姐也出过力。当然他们得到醉金刚倪二等下层"黑社会"势力的帮助，还可能和冯紫英、卫若兰、柳湘莲等人有瓜葛，那都属于比较具体的情节了。

这些结论已经为红学研究者普遍接受，基本上没有什么争议。周汝昌《红楼梦的真故事》和刘心武《揭秘〈红楼梦〉》第二部中都有更具体的情节推想，大轮廓与拙著差不多。刘心武有一些新的引申，也助人思考。比如：

> 坠儿为什么偷平儿的虾须镯？当然不会是偷来自己戴。别忘了谁跟坠儿最好、最知心，能说私房话？在滴翠亭里，跟坠儿说最隐秘的事情的是谁？是林红玉，也就是小红。小红是大观园丫头里觉悟得最早的一个，前面我分析过为什么她能那么早就把世道看破，她说："千里搭长棚，没有个不散的筵席，谁守一辈子呢？不过三年五载，各人干各人的去了，那时谁还管谁呢？"那是第二十六回，她跟比她地位更低的

小丫头佳蕙说的。坠儿是小红最可信赖的朋友，这样的意思她也一定跟坠儿说过。因此，坠儿偷镯子，那动机不消说，就是为以后被撵出去也好，被拉出去配小子也好，积攒一点自救的资金。

小红贾芸他们有情人终成眷属，最后还有去救助别人的能力，说明他们在社会上也算站住了脚，难道这也算薄命吗？别忘了小红的父亲是林之孝，这种贵族府邸的大管家，主子得势的时候，即使不仗势欺人，也八面威风，可是一旦大厦倾倒，靠山崩溃，那就非常之惨，皇帝所指派来的抄家的官员，一定会首先将这样的大管家严加拷问。真实的生活里，像李煦家和曹頫家的管家，都被拘押很久，反复提审，下场很惨。小红既然能去救助凤姐宝玉，当然更会去救助自己的父母，但是，那是好解救的吗？自己被株连上的风险也是很大的。我们只能设想，贾芸和小红因为早有预感，早作准备，因此，在贾府倾倒之前他们就结为了夫妻。当皇帝将贾家抄家治罪时，贾芸只是贾府的一个远亲，小红嫁给他后已经不是贾府的人，一时不会被追究，他们还有勉强维生的社会缝隙可以安身。但是，那一定是在惊恐与担忧中过日子，小红就算躲过了被打、被杀、被卖的大劫，也依然还是一个悲情女子。

至于茜雪，前八十回描写极简，有一次宝玉醉酒，泼了茶怪罪茜雪，要撵她走，但为众人劝止。据后来人物谈话透露，茜雪后来还是离开了贾府。脂批说她在"狱神庙"（或"獄神庙"）一回重新出场，与小红一起"慰宝玉"，是一个"偶尔露峥嵘"的角色，最能体现"草蛇灰线，伏脉千里"的艺术特点。

第四谈谈鸳鸯和平儿。

贾府众丫头中，最有脸面的是鸳鸯，因为她是贾母的大丫头。最有实权的则是平儿，因为她是当家管事的琏二奶奶凤姐的心腹。前八十回对她们两人都很重视，不仅时常露面，而且辟有专章故事。如第四十四回"喜出望外平儿理妆"，第四十六回"鸳鸯女誓绝鸳鸯偶"，第六十一回"判冤决狱平儿情权"（"情权"依据庚辰本），第七十一回"鸳鸯女无意遇鸳鸯"。

那么，八十回后佚稿中，鸳鸯与平儿将如何了结？后四十回续书写鸳鸯在贾母死后上吊自杀，"殉主登太虚"，而平儿在凤姐死后帮助巧姐，躲往刘姥姥家，最后被贾琏扶正。平儿的结局另论，对鸳鸯的归结是非常荒谬的。续书中贾赦在贾母生前已经被朝廷拿问，后来被流放充军，对鸳鸯已经不构成任何威胁，鸳鸯的自杀毫无理由，变成了货真价实的"殉主"，实在是非常落后的思想。续书持赞赏的态度，让宝玉和宝钗夫妇向鸳鸯灵位作揖行礼，表彰节烈，与曹雪芹的思想南辕北辙，背道而驰。平儿扶正虽然有可能，如李纨在前八十回中开玩笑，说平儿应该和凤姐"换一个过儿"，但那恐怕只是发展中的情节，而不是最后的结局。因为平儿也属于"薄命司"，不可能有好下场。

对佚稿中鸳鸯的结局，徐恭时在《卅回残梦探遗篇》中有"叹福尽史太君归西，剩空梁金鸳鸯离樊"一节，作了这样一种分疏：在传出散人讯息后，贾母的左右手大丫鬟鸳鸯的下落究竟怎样？

我同意蔡义江《鸳鸯没有死》一文的分析。第四十六回里叙述鸳鸯抗婚时，她说了这么一段话："若没造化，该讨吃的命，伏侍老太太归了西，我也不跟着我老子娘哥哥去，我或是寻死，或是剪了头发当尼姑去。"雪芹用字极有斟酌，这里用了两个"或是"，是一种不肯定之词，前一句是当时激愤之言，后一句或属鸳鸯的归宿。当贾母一死，在热丧之中贾赦还不可能逼她，更无因自尽；据鸳鸯曾说贾府大丫鬟"各自干各自的去了"的话下面，有脂批"后日更有各自之处，知之乎"，那么鸳鸯的后局，或即乘贾府乱中，冲出了"樊篱"，但必须离开京城，才能不再受魔掌的追索，可能南遁金陵，与在世的聋母过了一会儿后，下落不明了。

徐恭时和蔡义江此说，与八十回后半部紧针密线地暗示贾母一死，鸳鸯将和贾赦、邢夫人有一场恶斗的伏线不合。佚稿中的贾赦，已经没有再逼鸳鸯当姨娘的想法，而是要报复她，打击她，以出一口恶气。贾母死后鸳鸯失去了保护，贾赦和邢夫人就会捏造罪名迫害鸳鸯，那与贾母死后贾赦要守孝无关。第七十四回一开头，就写邢夫人敲诈贾琏，以鸳鸯把贾母东西偷借给贾琏相要挟，弄得凤姐和贾琏都很紧张，凤姐和平儿说："打紧那边和鸳鸯结下仇了，如今听得他私自借给琏二爷东西，那起小人眼馋肚饱，连没缝儿的鸡蛋还要下蛆呢，如今有了这个因由，恐怕又造出些没天理的话来也定不得。如今你琏二爷还无妨，只是鸳鸯正经女儿，带累了他受屈，岂不是咱们的过失。"

第七十一回回目以"鸳鸯女无意遇鸳鸯"和"嫌隙人有心生嫌隙"对仗，第四十六回以"鸳鸯女誓绝鸳鸯偶"和"尴尬人难免尴尬事"对仗,"嫌隙人"和"尴尬人"都是指邢夫人和贾赦。所以,八十回后贾母一死,一定会有贾赦、邢夫人迫害鸳鸯的事发生,罪名就是和贾琏有私情,偷贾母的东西给贾琏。那时贾府还没有被抄家,贾母一死,贾赦就是最高的权威,鸳鸯恐怕只有死路一条。贾母死在抄家之前或之后,会直接影响到八十回后许多情节的进展,电视剧《红楼梦》将贾母之死处理为与抄家同时,贾府诸人锒铛入狱,贾赦无由再迫害鸳鸯,就只有说鸳鸯死在"狱神庙"了。

周汝昌《红楼梦的真故事》中,"蜡油冻佛手"一节就是根据贾赦报复鸳鸯的思路推衍:

> ……一一查对明白后,不但凤姐私吞古玩之罪无从申辩,而且鸳鸯"私通"贾琏的"丑闻",也就一并坐实了!
>
> 这可不打紧——不但贾赦、邢夫人抓住了把柄,为报复解恨,要了鸳鸯的命……

刘心武《揭秘〈红楼梦〉》第二部中也说:"鸳鸯的结局,应该是在贾母死后,贾赦向她下毒手时,自杀身亡。"刘心武还联系鸳鸯撞破司棋和潘又安的事后,不仅为其保密,还主动去安慰司棋这一情节,评论说:"鸳鸯的人格光辉在这一笔里,放射出了最强的光。在那样一个时代,那样一种社会,那样一种主流价值观的威严下,鸳鸯这么一个家生家养的奴隶,她就懂得任何一个生命,哪怕是比她自己地位还低一些的奴隶,都有追求自己快乐与幸福的天赋人权，这种意识，是非常了不起的。当然，这其实就是作家曹雪芹的意识，这种意识在二百多年前的中国，是超前的，在现在的中国，也是先进的。"

平儿在佚稿中的情况，依大势而论，随着凤姐身败势衰，平儿自然也不再有"副管家"的身份。只是她平日人缘好，可能在家族内斗中还没有受到太大的打击。凤姐被休弃后，平儿就会成为贾琏唯一的女眷，当然也就是所谓和凤姐"换一个过儿"了。周汝昌《红楼梦的真故事》中就是这样设想的。但如果贾府被抄家，凤姐"哭向金陵"，巧姐流落烟花，那时贾琏可能已死或者被流放，那么平儿也必然自身难保。脂批突出小红在"狱神庙"中救助凤姐，刘姥姥救巧姐，则可见平儿已经退出了舞台。

刘心武则说："在八十回后，在贾府遭到毁灭性打击之前，很可能有那样的情节安排，就是贾琏把王熙凤休掉了。李纨在第五十五回里的那个预言，就是王熙凤跟平儿'两个只该换一个过儿才是'，竟化为了现实，因此，平儿的身份一度升到了贾琏的正妻地位。这样平儿入副册就符合条件了。当然，后来贾家彻底毁灭，贾琏应该是被发配到打牲乌拉、宁古塔一类边远严寒之地，她或者是跟着过去受苦，或者是连跟着过去也不许，被官府当作活商品，像我前面讲到的李煦家那些成员的遭遇一样，被卖给了别的人家。"（《揭秘〈红楼梦〉》第二部）

第五谈谈紫鹃。

紫鹃是大家都喜欢的一个丫鬟。她一片热心肠为黛玉操心，甚至"情辞试莽玉"，弄得宝玉神魂颠倒，紫鹃虽然被责骂埋怨，却从心里为宝玉对黛玉的一片真心而高兴，她劝黛玉"留心"，说的都是铭心刻骨之言。紫鹃正是以这种一心为别人着想，不惜自我牺牲的精神博得了读者的好感。

后四十回续书中写紫鹃不能说不生动，可惜整个"调包计"非常荒谬，于是紫鹃也就成了一个为黛玉而错怪宝玉的糊涂人。而前八十回却是以一个"慧"字来概括紫鹃的，"心较比干多一窍"的黛玉聪明绝顶，她的贴身丫鬟、知心朋友紫鹃自然也不能不是一个聪明人。我们只看前八十回描写紫鹃，除了渲染她的热心外，还着力描写她工于心计，心里嘴里都也来得，就应该懂得，紫鹃绝不会被拙劣的"调包计"所欺骗，也不会错怪宝玉负心。

前面谈贾惜春时已经分析过，后四十回写紫鹃跟了惜春出家是违情背理的，是脱离了具体性格逻辑的胡编乱造。徐恭时推测佚稿中黛玉死后紫鹃由于过度伤痛而亡，也是一种可能的写法。

第六谈谈四儿和五儿。四儿是服侍宝玉的丫头，在第二十一回已经出现，原名芸香，被花袭人改名蕙香，又被贾宝玉改名四儿。第六十三回宝玉过生日，妙玉送来贺帖，接帖子的就是这位四儿。后来王夫人抄检怡红院，把四儿撵走，罪名是四儿背后和人说，自己和宝玉同一天生日，将来是夫妻。网上一方金写的《"芸香"考——绛芸轩的一朵奇葩》，认为芸香之名和后来在"狱神庙"故事中大展身手的贾芸的"芸"相通，"芸"和史湘云的"云"也有相关影射，所以在曹雪芹的原著构思中，四儿"后有大用也"，她可能是佚稿中一个帮助宝玉和湘云的人物。

而周汝昌于1995年发表的《〈红楼梦〉笔法结构新思议》中，

则讨论了柳五儿在小说中的结构意义。周汝昌认为，第七十七回所写王夫人说柳五儿已死，并非曹雪芹原笔，而是另手添补残稿的结果。周汝昌分析柳五儿一心想进怡红院，同时赵姨娘的内侄钱槐想娶柳五儿，这就和荣国府中一个基本矛盾即二房中嫡子庶子争夺财产挂起钩来。而柳嫂子和司棋的厨房风波则潜伏着荣国府另一大矛盾，即大房和二房的名分之争。这两条重要的内斗线索都在柳五儿这个人物身上隐隐得到体现，其后续情节在佚稿中必然会继续演变和展开。周汝昌说："从第五十九回直到第六十二、第六十三回，可说实际上只为了要写这个后半部重要副钗人物柳五儿。雪芹为她，可说是工笔重彩，密缕细针，一丝力气不肯省的。他这么费却了心血笔墨，绝非只为了一个'到此为止'，他的笔法规律总是为了伏下后文，手挥目送，重要的全在后面。"

最后谈一谈几个唱戏的女孩子。

十二个唱戏的女优中，前八十回重点描写了龄官和芳官，其次是先后和菂官、蕊官同性恋爱的藕官。龄官是十二个女优中最漂亮的，和贾蔷恋爱，有专章描写，但后来遣散戏班时，龄官却没有留在大观园，名义上被干娘领去了，肯定和贾蔷会暗中有联系，但不会正式结婚。戚蓼生序本第十八回前有评诗，其中有一句"屈从优女结三生"，当是指贾蔷和龄官。可能在贾府败落后，"诸子孙流散"，落魄的贾蔷遇上了龄官，这时倒是贾蔷需要龄官帮助了，二人遂结为一对平民夫妻。

菂官在前八十回已死，芳官、藕官和蕊官在第七十七回"美优伶斩情归水月"，芳官跟了水月庵的智通，藕官和蕊官跟了地藏庵的圆信。但这三人是否就此了结了呢？恐怕并不是最后的结局，佚稿中还会有变动发展。

芳官是史湘云的影子，芳官之名也有"诸芳之冠"的意思，影射湘云才是佚稿中的女主角。另外芳官曾被宝玉打扮成番邦样子，改名"耶律雄奴""温都里纳"，是不是会有这种可能，当探春远嫁海外做王妃时，芳官被挑选跟随探春去了外国呢？当然只是一种猜测了。《石头记》的主题是一个"情"字，出了家的少年男女都要以这种方式或那种方式否定"空"而肯定"情"。惜春、妙玉、智能、柳湘莲、贾宝玉都当如此。

通灵玉·贾宝玉·甄宝玉

补天顽石只是通灵玉，它就是一个随行记
者，担任记录"石头记"的工作，而贾宝玉
和甄宝玉是神瑛侍者一分为二的化身。

贾宝玉"落草时"口里衔着一块玉石，这就是后来常挂在他
颈项上的那块通灵玉。这块通灵玉的前身，是全书开头介绍的女
娲炼石补天未得其用的顽石。程高本《红楼梦》通过改篡补续，
把通灵玉和贾宝玉合而为一，贾宝玉也成了顽石的化身，而通灵
玉则成了他的灵魂所系。所以第九十四回续书"失宝玉通灵知奇
祸"，通灵玉失落，贾宝玉就心智失常。通灵玉成了贾宝玉的"命
根子"，似乎已成了妇孺皆知的常识。

谁知这个"常识"却要打上一个大大的问号。原来在曹雪芹
的原著中，贾宝玉是神瑛侍者下凡，通灵玉才是那块补天顽石的
化身。贾宝玉和通灵玉虽然关系密切，却不能混为一谈。

马力写《从叙述手法看"石头"在〈红楼梦〉中的作用》，蔡
义江写《"石头"的职能与甄、贾宝玉》，这两篇文章对这个问题
的澄清有筚路蓝缕之功。他们阐明了这样一些问题：

一、"石头"即通灵玉不是贾宝玉的前身，也不是他的灵魂所
系，它负有另外的重要任务——职能。

二、"石头"的职能是担任小说的"叙述者",它本来在青埂峰下自怨自艾,与神瑛侍者和绛珠仙草的"眼泪还债"情缘并无关系。只因听茫茫大士和渺渺真人谈论红尘之事,才凡心偶炽,被茫茫大士施展幻术,变成了一块美玉。后来神瑛侍者和绛珠仙草等"一干情鬼"下凡历劫,玉石才被二仙"夹带于中"而遣送下凡,也就是被放入神瑛侍者口中而成为贾宝玉的通灵玉。从此通灵玉就成了贾宝玉的"随行记者",将贾府发生的故事通通记录下来,后来劫完回到青埂峰,终被空空道人发现,把石头所记故事从头到尾抄去"问世传奇",所以《红楼梦》才又叫《石头记》,因为它本来是石头所记录的。

三、这是一种艺术结构上的出奇制胜,使小说同时具有第一人称和第三人称的叙述角度,既能从讲故事的第三人称,又能从"石头"的第一人称叙述,因而使小说结构更显得灵动空幻。

四、明白了"石头"在全书中的职能作用,也有力地证明了后四十回续书之谬。续书从第九十四回到第一百一十五回,贾宝玉失落通灵玉达二十一回之久。第一百二十回交代:"那年荣宁查抄之前,钗黛分离之日,此玉早已离世:一为避祸,二为撮合(因为玉不离世,宝玉就不疯傻;他性情乖张,就难以使他舍弃黛玉而与宝钗'撮合')。"续书者这样处理解决了自己写"调包计"的难题,却造成了违背原著基本结构的大错误。这样一来,黛玉之死、金玉联姻、贾府被抄这些重要的故事发生时,"随行记者"通灵玉却已遥飞天外,不在现场,它也就不可能亲自经历而记述下来,因而后四十回续书也显然不是"石头记"了。

　　同时，续书写宝玉丢了通灵玉就心智疯傻，也是将神瑛侍者和通灵玉二合一的产物。事实上贾宝玉前身是神瑛侍者，通灵玉只为当记者才随行来世，它里面并没有寄寓宝玉的灵魂，宝玉即使失落它也不会疯傻。这只要看看前八十回宝玉对通灵玉又摔又砸就很清楚，如果通灵玉是宝玉的"灵魂"，宝玉这样做岂不成了自杀情节？他毫无反应，正说明通灵玉和贾宝玉各是各。续书的处理是一个通俗的迷信滥调，真把天才之笔的《石头记》点金成铁了。

　　但这样说并不排斥原著《石头记》中神瑛侍者、通灵玉石和贾宝玉三者之间有密切关系。显然，"神瑛"就是"宝玉"的另一种说法，那么神瑛侍者和那块补天不成的顽石也还是有相当瓜葛；"贾宝玉"即"假宝玉"，也暗射到原是顽石。神瑛侍者居住"赤瑕宫"，这赤瑕就是红色的玉石，而通灵玉的颜色恰恰就是血红色的。笔者曾撰有《通灵玉为什么是红色的？》(《石头记探佚》) 一文加以阐述。

　　通灵玉之所以是红色，与《石头记》的通部大旨密切相关。"赤瑕""绛珠"都是"血泪"的结晶，实际上《石头记》全书也"字字看来皆是血"，寄寓着曹雪芹全部痛苦而崇高的生命，青埂（情根）峰下血红血红的通灵玉，正是"情不情""意淫"的形象化，是贾宝玉逆反另类形象的写照，是曹雪芹人格和灵魂的象征。从这个意义上，我们倒可以说，贾宝玉的灵魂就寄寓在那块"灿若明霞"（第八回）的通灵玉里。

　　有几条脂批透露的消息，似乎和通灵玉有关。一条是："塞玉一段又为'误窃'一回伏线。"这条批语批在第八回，那一回描写宝玉酒醉睡下，袭人把通灵玉摘下来用手帕包好塞在褥子底下。这明显是说将来通灵玉要被"误窃"。第十八回元春归省，点了四出戏，其中有一出是《仙缘》，脂批说："《邯郸梦》中伏甄宝玉送玉。"这里所谓"甄宝玉送玉"可以理解为甄宝玉把通灵玉送还贾宝玉，但也有人理解为甄宝玉送贾宝玉超脱红尘。第二十三回宝玉见过贾政和王夫人后退出回怡红院，"刚至穿堂门前"，后面有批语："妙！这便是凤姐扫雪拾玉之处，一丝不乱"。所谓"扫雪拾玉"也可以理解作凤姐拾到了失落的通灵玉。

俞平伯在《红楼梦研究》中说："通灵玉的遗失，乃被误窃了去，跟今高本写得十分神秘不同。怎样回来的呢？这可能有两说：（1）凤姐拾玉。（2）甄宝玉送玉。我想凤姐拾玉，或者对些。在大观园失窃，怎么会到甄宝玉手里去呢？"

根据这种理解，可见原著佚稿中通灵玉也曾失落，但和后四十回续书所写不同。第一，通灵玉不是神秘地"离世"，而是被"误窃"，即转换了地方。第二，失玉后的贾宝玉并没有心智失常。第三，这样写是小说结构形式的需要：石头从贾宝玉身边转移到其他地方，小说所叙述、描写的人物、场景，也就随之转移了。

通灵玉离开贾宝玉后落于何处，这关系到小说所叙述、描写的人物、场景如何变化，研究者们有不同意见。

马力赞成俞平伯的推测，即认为通灵玉被"误窃"后就待在荣国府某处穿堂门前，后来凤姐扫雪时无意中又发现了它。这大概由于窃贼本来要偷盗其他珠宝，却"误窃"了通灵玉，这块玉太有名了，反而没有用，就随手丢弃了。电视剧《红楼梦》基本上采取了这一看法。这样，通灵玉虽不在贾宝玉身上，却仍在荣国府,继续观察记录贾府中发生的故事。这也就意味着小说所叙述、描写的场景仍然没有离开贾府。

蔡义江则提出了另一种看法。他根据"将真事隐去，用假语村言"的写作原则以及脂批的提示，认为曹雪芹是将自己曹家的真事分析作金陵甄府和都中贾府二处来写的。前八十回中，用变形的办法，大写贾府之事，以所谓假象幻相示人，当然，假中有真。而在八十回后的佚稿中，则转而多写甄府，甄宝玉也有机会代替贾宝玉出场，使之更多地表现小说主人公遭遇的真相。通灵玉被"误窃"后经过许多周折，到了甄宝玉手中，因而虽然小说所叙述的人物和地点、场景变了，而"随行记者"通灵玉仍然可以记录经历的故事。随着通灵玉的辗转变换主人，小说也就写到了不同的人物场景。

蔡义江说，石头的转移，是出于生活场景转换的需要。在"家亡人散各奔腾"之后，故事再也不能只限于以大观园为背景了，何况事败、抄没，曹家的真事本发生在南京。从现有线索看，下半部有许多情节都越出贾府甚至都中的范围，狱神庙就不在贾府，"芸哥仗义探庵"，也不会是探望拢翠庵，凤姐有"哭向金陵"事，妙玉也流落到"瓜洲渡口"；此外，还有巧姐"遇难成祥，逢凶化吉"的曲折遭遇，诸子孙流散，等等，总之，如脂评所说，"日后更有各自之处也"。当然，对于这些，石头毋需都亦步亦趋，众多事件可以各有各的写法，详略亦可不同；但场景变化很大，头绪纷繁，不像上半部那么单一，则是显然的。与其让石头依旧挂在贾宝玉的脖子上，使其见闻受到限制，倒不如根据情节发展的需要，让它动一下地方，以利于它的深入观察更好。所以，通灵玉也就有了一些不寻常的遭遇。

马力与蔡义江的意见各有道理。但十分显然，作者的确要通过通灵玉转换地方，以安排故事情节。作者要描写某些情节，恰好是贾宝玉完全不可能知道的——他当时远离了事情发生的地点；或者与那些人并未有过接触。宝玉虽然不在，不知道，只要石头在那个地点，它仍可以是事件的证人。这就是宝玉失玉、他人得玉在情节结构上的用意。

笔者联系《石头记探佚》中的某些推考，对通灵玉失落转移的过节有一些不成熟的想法。首先是通灵玉被"误窃"后丢弃在贾府穿堂门前，这正是贾宝玉被迫离开贾府之时，宝玉离开以后的情况是虚写，实写仍然在贾府，故而贾宝玉虽然不在家，而通灵玉仍然能够记录下贾府发生的种种故事，诸如林黛玉蒙冤而死等等。

后来贾宝玉回来与宝钗奉旨完婚，通灵玉可能仍然待在暗处观察记录。直到后来凤姐"扫雪拾玉"之后，通灵玉才重见天日。凤姐"扫雪拾玉"这条脂批极可注意，失落的通灵玉偏安排凤姐拾到，这是大有深意的。凤姐和宝玉实为全书双峰并峙的两主角，贯穿着众女儿命运和家族盛衰的主线。联系凤姐"哭向金陵事更哀"，则凤姐身败名裂之后由都城返回南京。我想，通灵玉转入凤姐之手正是为了使"随行记者"通灵玉跟随凤姐由北而南，将故事场景由都城转移到江南，诸如妙玉"流落瓜洲渡口"等故事因而可以被通灵玉闻见记录。王湘浩《红楼梦新探》中考证史湘云先嫁甄宝玉后嫁贾宝玉的情节，也可以在这里挂上钩。

曹家在江南兴旺发达，抄家后去了北京，写到小说里恰翻了个儿，抄家前在都城，抄家后返回金陵老家。因此凤姐"扫雪拾玉"之后，所拾通灵玉一定没有立即复归贾宝玉，而随凤姐有一番经历。可能凤姐临死时才将通灵玉托甄宝玉转贾宝玉，因而接上了"甄宝玉送玉"的故事。

刘心武在《揭秘〈红楼梦〉》第二部中设想凤姐拾到的不是通灵玉，而是"良儿偷玉"中的那块玉，也是一家之言，不过，"良儿偷玉"恐怕只是为和坠儿偷金"成对文"的一种技巧，对凤姐"扫雪拾玉"作"千里伏线"的暗示，不一定真正落实为具体情节。

曹雪芹在《石头记》中写了面貌和性情完全相同的甄、贾两个宝玉，甄宝玉在佚稿中将如何粉墨登场，实在是探佚中最难以把握的问题。甄、贾二玉和《西游记》里的真假孙悟空有本质不同，完全是曹雪芹的独特创造，根据当时政治气候和表达内容的实际需要，经过深思熟虑后采用的一种特殊的叙述方式和结构方式。"假作真时真亦假，无为有处有还无"，作者在提请读者注意小说的写法：人物与故事都是真中有假，假中有真的；甄府与贾府正为表现这种关系而设。用假的敷衍，用真的点醒，它们是互为补足的。不要把假的当作真的、真的当成假的了。

对蔡义江的这种说法，再作一点补充。甄真贾假的写作方法又暗合了讲究空灵虚实传神意境的审美传统，造成了一种非常奇特的审美结构，真是脂批说的"庄子离骚之亚"。"真甄假贾，仿佛镜中现影者"，凤姐携带通灵玉回到金陵后，就开始与甄宝玉发生关系，以甄代贾来写主人公，因为充当观察员和记者的石头一直离开主人公是不合理的，所以才又转到了与贾宝玉相映射的甄宝玉手中。甚至有可能凤姐哭向金陵后是去了甄家，而不是回到贾府的老家。遭遇处境相同的甄、贾二家，更使人觉得似乎可以合而为一了，也许到那时，"假作真时真亦假"的含义才更豁然开朗。但即使如此，贾宝玉的"镜中影"甄宝玉正式出场由"影"而现身成实时，作者究竟将怎样落笔描写，仍然是一个颇费琢磨的问题。

周汝昌《红楼夺目红》中有《甄、贾二玉》一篇，提出一种新颖的说法：

> 要知道，石头经"挂了号"（批准"通过"），真到下凡时，是"混"在人家"一干情鬼"当中的，它不但见过绛珠与神瑛，而且还"偷"了神瑛的形貌——因为，大石本来不具有人之体状，僧道只是把它幻化为美玉，也不曾赋予它以人的仪表。石头实际上是"效法"了神瑛的一切外秀内美。

> 绛珠入世成为黛玉，神瑛下凡成为甄宝玉——二人投在一处，而绛珠错认了恩人，以为石头是神瑛，难以审辨"真""假"了。这就是双层的命运悲剧：一则"乱点"了"鸳鸯"，不会有相逢之机会。二则石头与绛珠又本无施予和酬债的缘分，所以"两边"都是不幸的结局。

> 但是这又绝不是说石、绛的感情是虚假的，他（她）既会于一处，情缘就成了真诚的相敬而互怜的关系——这种微

妙的错觉与真相，二人并无法得知，是到了最后，尘世情缘已满，应复归本位时，这才由僧道二仙为之点醒说破。当此之际，二人如雷轰电掣，如梦之觉，知误之愧，然而悲喜交加的心中，又不愧不忏，仍以至情厚意各自达诚申信，这就是"甄""玉"的精神意义。

这可以说是探索曹雪芹写甄、贾二玉艺术构思的一种尝试，说明大家对甄宝玉、贾宝玉和补天顽石——通灵玉的微妙关系充满兴趣，企图给出一个合理的说法。周先生的意见也还有一些需要继续讨论的地方。

补天顽石被放于神瑛侍者口中成了随行记者，这是小说中明确描写的，何以又会幻化为贾宝玉呢？甄宝玉会不会也戴着一块通灵玉呢？神瑛与绛珠投胎转世了结前缘，怎么会发生错位呢？

警幻仙姑应该对神瑛和顽石都很熟悉，如果是顽石幻化贾宝玉，第五回贾宝玉梦游太虚幻境，警幻仙姑是否还要让他看"册子"和听"红楼梦"仙曲呢？警幻仙姑还说本来要接绛珠生魂前来太虚幻境，也就是暗写林黛玉也会梦游太虚幻境。如果绛珠误认顽石为神瑛，是否和她原来的神格也有矛盾呢？如果贾宝玉是顽石混充神瑛，警幻仙姑肯定知道，那么她如何对待"眼泪还债"这个由她安排的了结方案？她是否会把误认的真相告诉绛珠的生魂呢？警幻仙姑还说受了宁荣二公之托警醒贾宝玉，如果贾宝玉是顽石幻化，宁荣二公之魂已登仙界，应该也知道，他们是否还要委托警幻仙姑呢？此外，宝玉遭魔魔法之厄时，和尚与道士只是托着通灵玉说："青埂峰一别，转眼十三载矣！"并没有对贾宝玉说啊。

说顽石是贾宝玉，那么通灵玉和贾宝玉又成了"魂"和"形"的关系，这与程高本的写法也就雷同，可是前八十回贾宝玉对通灵玉又摔又砸，一点不珍惜，他自己也并无任何反应，如果是自己"魂"之所系，焉能如此？这就发生解释的困难。有些研究者因此也产生误解，质问周先生激烈反对程高本，怎么又说贾宝玉就是顽石？岂不是赞同程高本了？

因此笔者认为，补天顽石只是通灵玉，它就是一个随行记者，担任记录"石头记"的工作，顽石——通灵玉和神瑛——贾宝玉之间只有一点象征意味，而无"形"和"魂"之联系。而贾宝玉和甄宝玉是神瑛侍者一分为二的化身，绛珠仙草其实也一分为二，就是所谓红香绿玉——史湘云和林黛玉。

"红香"海棠是红，象征史湘云，但绛珠的绛也是红啊。"绿玉"芭蕉象征林黛玉，主体是绿，但史湘云的丫鬟却叫翠缕，正是绿。这不是巧妙的错综之笔吗？仙草既然是植物，当然是先有绿叶后开红花——草有许多品种，也有开花的，有的草开隐形花，看不见，有的草则其花很明显。所以黛玉和宝玉的爱情故事主要发生在荣华的时段，湘云和宝玉的情感纠葛主要发生在败落的时段，"应是绿肥红瘦"也。

从情节的发展顺序来说，黛玉泪尽而死，眼泪还债的前缘已完，后面的史湘云就不再欠宝玉的情分，他们是完全平等地"证情"——共渡劫波了。王湘浩所谓史湘云先嫁甄宝玉后嫁贾宝玉的情节也能在这种格局里融会贯通。

附带说一下《枉凝眉》。周汝昌认为"一个是阆苑仙葩"指史湘云，"一个是美玉无瑕"指林黛玉。刘心武认为前者指史湘云，后者指妙玉。笔者认为仍以指林黛玉和贾宝玉为宜。《终身误》是钗、黛双咏，所谓"山中高士晶莹雪"和"世外仙姝寂寞林"。《枉凝眉》突出宝玉和黛玉的"眼泪还债"情缘。"仙葩"与绛珠仙草并不矛盾，因为事实上草也有开花的。"美玉无瑕"与"赤瑕"也无扞格，赤瑕是红色的玉有小疵斑，这疵斑是从世俗的价值观说，象征宝玉的逆反另类。但从宝玉和黛玉的角度来说，那就是"无瑕"，是完美的玉了，这就是价值观不同，对事物的观照、认识和评价也就大异，是一种象征艺术。

宝玉和黛玉、宝钗的爱情婚姻故事主要发生在前一段，而宝玉和湘云（还有妙玉）的故事则主要在抄家以后，那时"眼泪还债"的情缘已经了结，主要是家族盛衰的苦难了，"一把辛酸泪"的内涵更为复杂沉重了，所以《乐中悲》要独立出来，排在元春和探春之后，而《终身误》和《枉凝眉》则在其前。元春和探春这两个"皇妃"和"王妃"正是象征贾府由盛转衰的关键人物。

再从"枉凝眉"的典故来说，是用西施的故事，西施是黛玉的象征，宝玉初见黛玉就说黛玉眉尖若蹙，并送"颦颦"的别号，又有"病如西子胜三分"的赞语，《枉凝眉》仙曲咏黛玉和宝玉是更合理的。从黛玉和湘云是绛珠仙草一分为二及两个"湘妃"这种前提说，《枉凝眉》主题是爱情悲剧，《乐中悲》主题是家族悲剧，一前一后，也怡然理顺。

情榜——《红楼梦》的石碣天书

"情榜"故事将以什么样的形式出现？是像第一回介绍补天顽石那样正面描写呢？还是通过"梦境"呢？做梦的人是贾宝玉呢还是甄士隐呢？

脂批明确提示，曹雪芹原著《红楼梦》末回有"情榜"故事。这与后四十回续书第一百二十回"甄士隐详说太虚情，贾雨村归结红楼梦"有本质不同。其根本差别在于：曹雪芹将《红楼梦》归结于"情"，后四十回续书却归结于"礼"和"空"，这是基本的思想倾向、世界观和人生观的不同。

第一百二十回中，甄士隐这样归结"红楼梦"："宝玉，即宝玉也。那年荣宁查抄之前，钗黛分离之日，此玉早已离世。一为避祸，二为撮合，从此凤缘一了，形质归一。又复稍示神灵，高魁贵子，方显得此玉那天奇地灵煅炼之宝，非凡间可比。前经茫茫大士渺渺真人携带下凡，如今尘缘已满，仍是此二人携归本处，这便是宝玉的下落。"这是承对第一回改写后的情况，把通灵玉石和神瑛侍者完全合为一体，通灵玉在紧要关头居然"离世"，不担任"记者"职务，这种"开小差"是不能容忍的。这一点前面已经谈到过。而这"天奇地灵煅炼之宝"的"神灵"之处却又是通过"高魁贵子""兰桂齐芳"来显示，更暴露了续书者庸俗的思想境界，原来通灵玉之"灵"就在于荣华富贵,这和《红楼梦》首回《好了歌》和《好了歌解注》透露的思想情绪真有霄壤之别。

甄士隐又说:"……贵族之女俱属从情天孽海而来。大凡古今女子,那'淫'字固不可犯,只这'情'字也是沾染不得的。所以崔莺苏小,无非仙子尘心;宋玉相如,大是文人口孽。凡是情思缠绵的,那结果就不可问了。"这更是直截了当地否定了"情",说金陵十二钗的悲剧命运都是"情"在作孽。怎样才能不作孽呢?那言外之意很清楚,只有抛弃"情",皈依"礼",做传统礼教的忠实模范,才能求得幸福。这与原著的主题歌《红楼梦引子》所说"开辟鸿蒙,谁为情种"岂不是针锋相对吗?

原来"急流津觉迷渡口"破迷解惑的甄士隐就是说了这样一些俗而又俗的高论!贾宝玉披着大红猩猩毡斗篷成佛作祖了,高魁贵子,家道复初,荣华富贵和神仙出世达到了高度的统一,"礼"和"空"结成奇妙的伴侣,真是名副其实的"腰缠十万贯,骑鹤上扬州"。

原著《红楼梦》却在最后一幕标示出一个满蕴着逆反意味、闪耀着浪漫光华的"情"字,这正是"礼"和"空"的对立面。简单地说,"情"张扬了诗化的人生,肯定了对传统、常规价值观的逆反,"礼"和"空"则肯定了传统、常规人生道路的合理性。这就是两种《红楼梦》两种不同结尾的两种截然对立的思想内涵和价值导向。

刘心武在《揭秘〈红楼梦〉》第二部中讨论"贾宝玉人格之谜"时说的一些话,其实也就是类似的意思:"曹雪芹塑造贾宝玉这个艺术形象，是大体以自身为原型的，那当然不能挥去他的家族及他自身与那个朝代的政治，也就是权力斗争，或者说权力摆平以后的权力运作相关联的那些可以说是刻骨铭心的记忆，那些生命感受。他在写《红楼梦》时，是把这些生命感受熔铸进去了的。但是，他的了不起处，就是他在并不否定自己的政治倾向、政治情绪的前提下，意识到人类精神活动有高于政治关怀的更高境界，那就是生命关怀。他笔下的贾宝玉，有着特殊的人格，而正是在对贾宝玉人格的刻画中，曹雪芹把我们引入了一个比政治更高的层次，一个更具有永恒性的心灵宇宙。"而这个"更具有永恒性的心灵宇宙"，其最核心的内容，则是"对非主流的社会边缘人的兴趣和关爱上"，是"追求诗意生活，融进宇宙，能以真情对待无情"。

那么，"情榜"故事的大体轮廓是怎样的呢？红学界也有一些不同的推测，诸如周汝昌、杜琇、宋淇、蔡义江、刘心武等都有论说，各有异同。笔者认为其大体情况是：

一、"情榜"一回与首回遥相呼应，第一回茫茫大士说："恰近日这神瑛侍者凡心偶炽，乘此昌明太平朝世，意欲下凡造历幻缘，已在警幻仙子案前挂了号。"这就将"眼泪还债"和太虚幻境的神话结合起来了。陪同神瑛侍者、绛珠仙草下凡的"一干风流情鬼"就是《红楼梦》里的男女主人公，特别是那些青年男女，他们应是末回情榜中人。"情榜"的设计与《水浒传》石碣天书、《儒林外史》"幽榜"和《镜花缘》"才女榜"等一脉相通，也受冯梦龙《情史》的影响，但又有所发明创造。

二、警幻仙姑在末回揭示情榜，书中重要的青年男女主人公都榜上有名，榜首是贾宝玉和甄宝玉，其考语是"情不情"，林黛玉的考语是"情情"。其他人物的考语脂批没有透露，但根据小说回目和某些情节，可知宝钗是"情时"，元春是"情才"，迎春是"情懦"，探春是"情敏"，惜春是"情孤"，湘云是"情憨"，妙玉是"情僻"，秦可卿是"情淫"，王熙凤是"情毒"，香菱是"情呆"，尤二姐是"情苦"，尤三姐是"情耻"，晴雯是"情勇"，袭人是"情贤"，平儿是"情俏"，金钏儿是"情烈"，紫鹃是"情慧"，莺儿是"情巧"，贾琏是"情浪"，薛蟠是"情滥"，冯紫英是"情侠"，柳湘莲是"情冷"，蒋玉菡是"情柔"……也许贾环是"情蠹"？

三、尤三姐"前引一干情鬼"归案，因第六十六回尤三姐鬼魂对柳湘莲说："……妾今奉警幻之命，前往太虚幻境修注一干情鬼……"，靖藏本又有脂批说："青埂峰时缘了证情，仍不出士隐梦，而中秋前引即三姐。"

四、"情榜"一回的时间背景是中秋节。脂批既曰"中秋前引"，第一回又有脂批："用中秋诗起，用中秋诗收……"

五、"情榜"中究竟有多少个女子？现在有三十六名、六十名、一百零八名三种不同的说法。第一种说法是根据第五回警幻仙姑对宝玉说"薄命司"中只有上、中、下三等"册子"，每一等十二人，加起来一共三十六人。第二种说法根据庚辰本第十七、第十八回出妙玉时，有双行夹批和眉批，说到"正副再副及三四副芳讳"，把"正副再副及三四副"理解作册子等级，每级十二人，五等共六十人。第三种看法根据小说每九回一个单元，全书共一百零八回的分析，认为曹雪芹对一百零八情有独钟，同时第五回已经提到三等册子共三十六名薄命女子，合于《水浒传》的天罡数，那么还应该有地煞数七十二人。情榜分九层，共九品十二钗一百零八名。

六、对于一百零八名女子的名单，特别是副册和又副册二十四人的名单，周汝昌、杜琇、刘心武等都作了尝试性的"对号入座"。他们的意见有同也有异，比如都把薛宝琴、邢岫烟、李纹、李绮、尤二姐、尤三姐、傅秋芳、喜鸾、四姐儿排在副册，把鸳鸯、金钏儿等重要丫头排在又副册。但刘心武把平儿升到副册的第二名，理由是后来她可能成了贾琏的妾。但那样一来，是不是麝月也应该升入副册呢？

下面谈一下笔者的意见：情榜中的"薄命司"女子只有三十六名，因为第五回警幻仙姑明确说"余者庸常之辈，则无册可录矣"。所以，其余的七十二人当在第五回提到的痴情、结怨、朝啼、夜哭、春感、秋悲六司之中，每司十二人，正好七十二人（这些司的副册、又副册可以采取"不写之写"的办法）。但小说的写法是，虽然会提到共有一百零八名女子，却不会把一百零八人的名字全部列出来，而仍然采取第五回副册、又副册那种神龙见首不见尾的写法。情榜除了女性，还有男性青年，也只有"代表"人物画龙点睛。因为一定要全部列出来，就有点着相，不空灵了，最好的办法还是第五回那种迷离恍惚的写法，才会留下无限的审美空间。

同时，我们要注意第五回"薄命司"的三等册子，其名序的排列有一些微妙的原则。第一，并不完全按照小说中的年龄、地位等表面的等级秩序排，比如探春排在迎春前面，也不完全按照和贾宝玉的爱情、血缘关系远近排，如果说因为探春比迎春、惜春和宝玉的血缘关系更近所以排前，那么李纨是宝玉的亲嫂子，凤姐是宝玉的堂嫂，但李纨却排在凤姐和巧姐之后。又副册的晴雯排在袭人之前，也违背怡红院四大丫头的实际排序。看来，十二钗的排序，首先考虑的是具体人物的才貌和作者赋予的主次要程度，其次才考虑身份、地位、血缘关系等因素。

第二，正册、副册和又副册的排列都遵循两两一对和首尾照应的原则。正册钗、黛是一对"金玉"，元、探是两位"王妃"，湘、妙是另一对"金玉"，迎、惜相对逊色，凤、巧是母女，纨、秦一贞一淫。而秦可卿"兼美"，又和钗、黛首尾相关。副册香菱长得像秦可卿，也是"兼美"。又副册的晴、袭分别是黛和钗的"影子"，实际上也符合"兼美"的设计。

那么，要把副册和又副册排满，那也必须符合以上的原则，而那是相当困难的。要让其他七十二人的排列也遵循那些原则，则难上加难。因此，我认为，在末回的"情榜"中，会写到有一百零八名女子，但不局限于"薄命司"，也不会像《水浒传》的石碣天书那样把所有的人名都列出来，而是一种更灵活的写法，就像第五回贾宝玉看"册子"的写法那样，给读者留下更多自己想象的余地。

如果也妄拟一下，"薄命司"又副册的名单相对容易，晴雯、袭人之后，依次可能是鸳鸯、平儿、金钏儿、小红、司棋、入画、紫鹃、莺儿（黄金莺）、翠缕、麝月。

鸳鸯和平儿分别是贾母和凤姐的大丫头，书中都给予突出描写，在回目上，就各占两回，其对称的作意明显。金钏儿既是王夫人的大丫头，因宝玉而死，又是宝玉遭痛殴的两个原因之一，地位当然重要；小红从怡红院调到凤姐身边，是"狱神庙"中的主角，重要性可与金钏儿并列。实际上，金钏儿和小红，是贾宝玉在盛衰两个不同阶段遭遇生命磨难时，影响他命运的两个关键人物，金钏儿几乎使他死，小红则使他死里逃生，而其核心内容，还是那个"情"字。

贾家四春的丫头，抱琴和侍书着墨不多，司棋和入画则是抄检大观园出事的主角，有其重要性，可以并列，作为宝玉姐妹们丫头的代表。紫鹃、金莺分别是黛玉和宝钗的大丫头，前八十回都有重点描写，且鹃和莺都是可爱的小鸟，字面上也相关成对。

翠缕是史湘云的大丫头，又有拾到金麒麟和论"阴阳"的重要情节，影射佚稿中湘云和宝玉的重逢，其实也很重要；而麝月更是"送春"的人，留在宝玉身边的"风月宝鉴"，在某种程度上也是史湘云的影子（宝玉身边的四个大丫头袭人、媚人—可人、晴雯、麝月，分别影射薛宝钗、秦可卿、林黛玉、史湘云，是宝玉的"三妻一爱人"），可以和翠缕成对。同时，她作为又副册的殿军，倒过来，其实也是冠军，就像正册的秦可卿一样。麝月和晴雯在宝玉四大丫鬟中成对（袭人和媚人，晴雯和麝月，秋纹是后补的），雯也是云，晴雯的品貌性格是黛玉和湘云的"中间类型"，而麝月则是宝钗和湘云的"中间类型"，也是"兼美"。"云自飘飘月自明"，岂非把黛、钗、湘、晴、袭、麝都统摄了起来？晴雯冠军而麝月殿军，岂不也是首尾关合，妙在其中？

但副册的名单就很麻烦，我不主张把薛宝琴、邢岫烟、李纹、李绮列入，认为她们是其他司的人。尤二姐和尤三姐肯定是"薄命司"副册中人，刘心武认为根据主动性原则，尤三姐应该排在尤二姐之前，也可言之成理。但副册中其余的人，实在不太好想象，像傅秋芳、喜鸾、四姐儿这些前八十回仅仅提到的人物，是否列入，窃以为还是要斟酌的。

七、"情榜"故事将以什么样的形式出现？是像第一回介绍补天顽石时那样正面描写呢？还是通过"梦境"呢？做梦的人是贾宝玉呢还是甄士隐呢？以笔者看来，脂批既然说"青埂峰时缘了证情，仍不出士隐梦"，以梦境作结无疑，但甄士隐已经成仙，不好再写他做梦，则"情榜"故事可能是通过贾宝玉的一个梦境，梦中见到了甄士隐、茫茫大士和渺渺真人，他们送神瑛侍者归案，在太虚幻境观看"情榜"，然后送通灵玉回青埂峰。这样，通灵玉就完成了最后一项"记者"的任务。

有一个问题也要说一下。有的研究者认为，既然原著末回是"情榜"，书中人物都要以"情榜证情"归结，则凡上"情榜"的人，原著都要写到他们的死，似乎不死就不能回归"情榜"。笔者以为这种想法未免太着相，是把曹雪芹那生龙活虎、腾挪变幻的笔墨看呆了，看死了。曹雪芹具体创作时有的是办法，不必写个个人物都死，也完全可以归结"情榜"。据第五回的预示，像惜春、李纨、巧姐、袭人等人，作者是并不写她们死的。贾宝玉最后归于"情榜"也未必非死不可。末回的"情榜"将写得非常活泼空灵，很可能通过一个梦境来写，在审美境界上必然具有虚实相生的意境之美。有人妄测末回故事，说甄宝玉、"情榜"这些写法剿袭前人，落入窠臼，是什么"曹雪芹的败笔"，这还是对曹雪芹的天才和创造性认识不足。古代小说多有以"榜"列人名的情节，如《水浒传》的石碣天书，《儒林外史》的"幽榜"，《镜花缘》的百名"才女榜"，等等，曹雪芹借鉴了这些前人的写作技巧，同时从明末冯梦龙的《情史》激发出灵感。但曹雪芹绝不会机械笨拙地模仿，而是借石攻玉，表现出独特创造的天才匠心。

　　关于《红楼梦》的最后一幕，笔者转录《石头记探佚》中说过的一段话作结：曹雪芹以"情榜证情"来结束《石头记》，那是不同凡响的，它表现了曹雪芹对生活的热烈肯定。曹雪芹在含着眼泪向读者微笑：人呵，尽管历史是无情的，人生是残酷的，可是，你还是执着地爱吧，勇敢地追求自由吧，顽强地进行斗争吧，即使你在追求中毁灭了，那也是有价值的。这就是人的本质，人的幸福，人的宿命！

探佚学与电视剧

　　由于后四十回续书"钗黛争婚"的故事曾经
产生广泛影响，新编剧本能不能写出一个比
"钗黛争婚""调包计"更高、更美、更深
刻、更动人的"宝黛钗爱情婚姻悲剧"，是
这部电视剧能否成功的关键之一。

　　行文至此，我们已经像那位幸运的舟子，由"误入津渡"而在"探佚学"的"武陵源"里周游了一遭，虽属走马看花，却也略知门径了。可惜我们"凡心未退"，并不想隐遁其中做个"隐君子"，而一心想把这个"被迷失的世界"重新显现给世人，让那飘忽不定的海市蜃楼固定下来，变成现实的天地。

　　这种努力有三种形式的尝试。

　　一是探佚研究界的共同努力，企图从理性上把原著《红楼梦》佚稿的大体轮廓探索、勾勒出来。

　　二是有人尝试"续书"，以小说的形式把八十回后的故事续补出来，如张之的《红楼梦新补》、周玉清的《红楼梦新续》等早已出版。

　　三是中国电视剧制作中心和中央电视台于20世纪80年代后期联合摄制的，流传很广的电视连续剧《红楼梦》，其中八十回后的故事是由编剧"新编"的。

　　小说的"新补"和电视连续剧的"新编"必然要以探佚研究

作为基础，这是显而易见的。我们已经简略地介绍了"探佚学"的概况，现在结合电视连续剧八十回后故事的"新编"，以及笔者了解的一些情况，谈一点个人的意见。

电视连续剧《红楼梦》脚本共二十七集，从第二十一集开始进入八十回后的"新编"故事，后来由文学脚本到电视荧幕，经过改编剪辑，成为三十六集，最后六集是佚稿故事。文学脚本与荧幕故事之间存在一定的差异。这里主要谈的是周岭执笔写的涉及八十回后情节的电视剧脚本。以电视剧形式对八十回后故事作"新编"，比起以小说形式"续书"来，有较大幅度的自由，人物和故事只要大体上不离谱就可以了。行文结构、语言风格、"草蛇灰线"等在多大程度上能追踪曹雪芹原著，倒不会对电视剧有致命的影响。涉及"新编"故事的七集剧本，其故事进展的梗概大略是这样的：

第二十一集一开始，已经是抄检大观园之后。这一集的主体故事主要是两个：司棋与潘又安殉情自杀；薛蟠娶亲、香菱被夏金桂折磨而死。除此之外，还穿插着迎春出嫁、宝玉看望出家后的芳官等小故事。

司棋与潘又安的悲剧故事基本上按后四十回续书所补完的情节改编。平心而论，这一节续书还写得不错，可以说是后四十回续书比较成功的章节——成功主要是指与曹雪芹原来的构思相距不远。电视剧以凝练的处理表现了这个悲剧：

司棋："妈！"

司棋母："想跟他走？除非先把我勒死！"

司棋眼睛睁得圆圆的，死死盯着母亲由于恼怒而变了形的脸。

潘又安失神地跪着。

雨水和着泪水从司棋的脸上流下来。

司棋喃喃地："妈不可怜可怜女儿？"

司棋母："你就是死了我也不可怜你！"

司棋："妈不后悔？"

司棋母："呸！"

司棋站起身来，双手慢慢松开紧抱着的门闩，后退了两步。转过头去，恨恨地看着潘又安："没用的男人！"

潘又安突然睁大的双眼，绝望的目光。

司棋母惊恐的脸。

撕裂人心的喊声：

"表姐——"

"司棋——"

司棋倒在窗下，雨水冲刷着溅在墙上的鲜血。

无边的秋雨，把天地连成灰蒙蒙的一片。

香菱故事的主要情节取材于第七十九回和第八十回。宝玉从天齐庙出来，紧接着写了香菱之死：

宝钗房内

宝玉进门，惊异地看着房内。

薛姨妈、宝钗正无声地流泪，同喜、同贵、莺儿在旁边侍立，不时擦着眼睛。

宝玉："怎么……？"

薛姨妈哽咽着："香菱……"

宝玉："怎么了？"

宝钗站起来，默默地看了宝玉一眼，朝内室走去。

宝玉快步跟进内室。

香菱静静地平躺着，脸上蒙着一方惨白的罗帕。

宝玉的喉咙上下动着，仿佛在极力吞咽着什么。

时间凝滞了……

（闪回）香菱带着一些呆气的笑脸。

宝玉的喉咙上下动着。

宝钗房内

宝玉从地上捡起《断肠集》，轻轻地放在香菱身旁……

第二十二集以通灵玉被"误窃"为主要线索，展示了贾府内部日趋激烈复杂的矛盾冲突。通灵玉被人当作祖母绿"误窃"，探春和平儿等人怀疑查问贾环，引起赵姨娘不满，挑唆邢夫人与凤姐、王夫人争闹。二房嫡子派与庶子派的矛盾、大房与二房的矛盾错综复杂地交织在一起，形成邢夫人为代表的大房和赵姨娘为代表的二房庶子派联合起来，向王夫人、凤姐为代表的二房嫡子派寻衅进攻的形势。这种斗争最终影响到宝玉和黛玉的爱情，王

夫人强迫宝玉搬出大观园，以杜绝宝、黛关系暧昧的流言蜚语：

凤姐瞥了一眼王夫人，厉声对赵姨娘："这是什么时候？容得你在这里撒泼！告诉你，这回丢的可是个命根子！凭你是谁，凡是昨儿来过这里的都得问问，怎么就不能问问环儿？下一个还要问你呢！"

赵姨娘害怕地往后退退。

"你还想问谁呢？"邢夫人悻悻地出现在房门口。

凤姐一惊："哦，太太……"

邢夫人："凡是来过的都得问问？昨儿我也来了，你还要问我不成？昨儿老太太也来了，你还想问老太太不成！"

凤姐勉强赔笑："太太，我不是……"

邢夫人："你没来，你干净！别人就都是贼么？"

众人惊愕地看着邢夫人。

邢夫人："我看你也太张狂了些！"

凤姐的泪水"唰"地一下涌满了眼眶。

王夫人嘴唇哆嗦着说不出话来。

院内

黛玉不知什么时候来了，扶着紫鹃站在房门口廊下。

房内传出邢夫人的声音："既然说了不论主子奴才都得问，那好，索性就关了大门，一处一处地搜！"

黛玉惆怅地看了紫鹃一眼。

房内

李纨："大太太别多心，这事儿……"

邢夫人斜睨着凤姐，冷笑一声："她倒撇清了，昨儿没来！"

房门外廊下

黛玉下意识地抓紧了紫鹃的手臂，紧张地："说谁呢？"

紫鹃："姑娘怎么了？昨儿没来的又不是一个两个。"

房内

凤姐掩面啜泣。

宝玉着急地："我说实话吧，那劳什子让我给砸了。"

邢夫人："哼！实话不实话的吧。反正，那玉就是不丢，早晚也是个砸！"

房门外廊下

黛玉打了个哆嗦，一下把嘴唇咬住。

房内

邢夫人冷冷地："砸了也不是一回两回了。"

廊下

黛玉脸色惨白。

第二十三集的主体故事是探春远嫁，同时，宝、黛恋爱与荣国府的内部斗争也交织纠缠进去。南安郡王征讨西海沿子兵败被俘，南安太妃强认探春做义女，迫她和番远嫁，以救南安郡王。宝玉和黛玉为看望探春而夜行大观园，造成宝、黛行为苟且的嫌疑。为洗刷宝、黛，袭人冒认勾引宝玉。袭人被逐前进言王夫人，让宝玉为探春远嫁送行，暂离贾府以躲避嫌疑：

荣国府·荣禧堂

惊呆了的探春仿佛失去了知觉，怔怔地坐在南安太妃身旁。

南安太妃含着泪，期待地看着探春。

贾母含泪看着探春。

邢夫人微微瞥了一眼王夫人。

王夫人含泪看着探春。

探春怔怔地坐着。

两边的侍女、丫鬟人人屏声敛气、垂首肃立。

空气仿佛凝结了。

门外

二十名华冠丽服的王府小厮抬着十抬用大红绫子覆盖的礼品，静静地在阶下候立。

荣禧堂内

房内死一般地寂静。

两边侍立的丫鬟们悄悄地交换着不安的眼神。

贾母神色庄重。

正面悬挂的"待漏随朝墨龙大画"上，云雾海潮仿佛在悄悄逝去，巨龙的钩爪锯牙渐渐逼来。

贾母苍老、干涩的声音颤抖着："……三丫头，给太妃……磕头……"

秋爽斋·探春书房

宝玉合上诗稿："这不都是咱们诗社中的诗吗？你

这是……？"

探春黯然一笑："带走。"

宝玉惊异地看着探春。

探春："带走。……早晚翻翻，权当……跟这园子里的人又见面了。"

宝玉眼圈一红，半晌，哽咽着："……晴雯死了，司棋死了，香菱死了，柳五儿死了；入画和四儿撵出去了，芳官儿她们出家了；我和宝姐姐搬走了，二姐姐嫁人了，四妹妹除了诵经打坐百事不问，邢姐姐、琴妹妹和李家姐妹也都各自去了；湘云妹妹眼看有了人家，也不来了；说话你又要走……"

探春含泪："……二哥哥，自古以来多少豪门望族，有几个撑过了百年的？灌、绛、王、谢方盛之时，谁又能想到日后的瓦解冰消？'君子之泽，五世而斩。'不独这个园子，就怕连咱们这个家……也有那一天！"

宝玉伏案饮泣。

探春黯然神伤，自言自语地："……再过几天又是清明了，多想再放一回风筝……再结一次……诗社……"

宝玉双肩耸动，忍不住哭出声来。

探春拿起诗稿过来："……二哥哥，再……写点儿什么吧！"

宝玉慢慢抬起头来。

探春深情地："二哥哥……"

宝玉接过诗稿翻开，提笔蘸了蘸墨，忍住眼泪，在后面空白行格处奋笔疾书：

　　人间几度清明，

　　一编书是英雄泪！

　　……

　　第二十四集节奏更加紧张急迫，贾府大故迭起，山雨欲来风满楼：贾母娘家史府被抄，因凤姐收下了史家偷送来的箱笼，凤姐与贾琏、邢夫人又起冲突；因思念宝玉，黛玉病重，吐血不止；薛蟠又打死仇都尉的儿子，薛家败落；贾迎春不堪孙绍祖虐待，短命夭亡；贾母欲撮合宝玉和黛玉联姻，王夫人喜钗厌黛，欲进宫禀报元春……一个惊人的消息传来：宝玉在外遭遇海盗，生死存亡未卜。贾府内部大乱，林黛玉为宝玉日夜伤心，终于眼泪还债而死；宝玉为柳湘莲所救，归来却已迟了一步……

　　潇湘馆（春）

　　香袋被剪破的几处巧妙地绣上了节节翠竹，泪水滴落在翠竹上，无声无息地洇开了，又消失了。

　　病体支离的黛玉止住了咳嗽，喘息着把目光从香袋上移开，落在刚刚进门的紫鹃手上。

　　紫鹃匆匆把擎在手上的几枝桃花插进花瓶，忙走过来给黛玉轻轻拭去额上的虚汗和面颊上的泪水。

　　黛玉喘息甫定，无力地靠在紫鹃身上，哽咽着："我梦见……宝玉……出事了……"

紫鹃劝慰着："姑娘别乱猜疑，梦哪有灵验的？"

黛玉摇着头抽噎着："……翻了船……掉在水里……昏天黑地……"

黛玉用罗帕捂着嘴，咳嗽了一阵，闭目喘息着，把罗帕移开。

紫鹃下意识地连忙接过罗帕，背过脸去偷偷瞥了一眼，不由得脸上一寒。

罗帕上又洇上了星星点点的血斑。

房内

黛玉躺在傍几而设的湘妃榻上，一只手软软地搭在胸前，手里捏着那只补缀精巧的香袋。

紫鹃托着两块写满字迹的旧帕子走到榻前，轻轻地抖开："姑娘看看，是这个么？"

黛玉点了点头，另一只手无力地抬了抬。

紫鹃忙把诗帕递在黛玉手里。

黛玉颤抖着接过诗帕。

……

黛玉深情地看着紫鹃，凄然一笑："……好妹妹……你我姐妹一场……眼看就要……原想着……能够同始同终的，可……你白替我……操了这些年的心了……"

紫鹃看着黛玉，哽咽着说不出话来。

……

黛玉托起诗帕死命看了一眼，泪水"唰"地涌出，喃喃地：

"……宝玉……等等我……"一撒手，把诗帕扔进火里。

……

黛玉颤抖着抓起香袋，哽咽："宝玉……等等我……"撒手丢进火盆。

一页页诗稿被丢进火盆。

火苗伴着黑烟腾起……

第二十五集一开始，荣国府门前红灯彩帐，鼓乐笙歌，宝玉和宝钗正奉旨完婚。但同时一个小内监惶惶策马向荣国府赶来，透露出不祥的信息。果然，正当宝玉和宝钗进入洞房的时候，噩耗传来：贾元春不明不白地薨逝。贾母惊得昏了过去，从此中风，卧床不起。贾府内外交困，日子越来越难过，同时，贾府内部钩心斗角、自杀自灭愈演愈烈，妙玉出走，惜春出家，凤姐与贾琏反目，害死尤二姐事发，凤姐终被贾琏休弃：

凤姐院门外

几个扫雪的仆妇远远地站着张望。

秋桐把凤姐拦在粉油影壁前，指指戳戳地说着什么。

赵姨娘带着婆子一前一后颤颤地走来。

秋桐悻悻地叉着腰："哎，我说话你听见没有？"

凤姐含着眼泪，动也不动地站着。

赵姨娘阴阳怪气地："哟，还拿款儿哪！"

秋桐："拿款儿？等着拿休书吧！"

平儿走出院门，站在台阶上，惆怅地看着。

赵姨娘故意地："二奶奶日后要是拣着高枝儿了，可别忘了补我们的月钱！"

平儿犹豫了一下，走下台阶，赔笑着："秋桐姑娘，二爷找你呢！……赵姨奶奶，进去坐坐吧？"

秋桐："姨奶奶，走吧，进去暖和暖和。"

赵姨娘瞥着凤姐，鼻子里"哼"了一声，跟着秋桐走进院门。

平儿看看左右没人，急忙走近来，伸手想要搀扶凤姐："奶奶……"

凤姐冷冷地白了平儿一眼，昂头离去。

平儿的眼泪"唰"地一下流了下来。

第二十五集后半部是查抄贾府，利用改写了后四十回的一些描写，也有不少新的创造。如查抄前夕凤姐打发小红送巧姐去王家找王仁，为后集王仁卖巧姐做了铺垫，又如写贾母在查抄时惊悸而死，都组织得十分巧妙紧凑：

荣禧堂

府役抬着木箱进门放下。

雨村冷冷地："打开！"

众人的目光"唰"地一下集中在木箱上。

贾政紧张地注视着木箱。

雨村愣了一下，伸手朝箱内抓了一把："嗯？当票？"

众人惊愕地朝箱内看去。

雨村"啪"地盖上箱盖，愠怒地："抬走！"

一阵杂沓的脚步声、喝斥声和哭喊声。

几名府役拖着披头散发、满面泪痕的鸳鸯进门。

雨村怒喝一声："怎么回事？"

一府役跪禀："禀大人，这个贱婢不听拘禁，到处乱跑，带来请王爷和各位大人发落。"

鸳鸯哭喊着跪在贾政面前："老爷！……老太太……死了！……"

贾政"嗷"地一声，昏死过去。

满屋号啕。

第二十六集主要在狱神庙内外展开。宝玉、凤姐、贾环、贾兰等都被关押在狱神庙内，贾府的仆人、丫鬟则在市场上拍卖。贾宝玉隐匿了黛玉生前送的玻璃绣球灯，而贾环则向狱卒告发。狱神庙外，醉金刚倪二帮助贾芸，救出被王仁卖掉的小红。贾芸、小红探监，看望宝玉和凤姐。刘姥姥也闻讯而至，并自告奋勇去瓜洲营救被卖为娼妓的巧姐。贾芸去边关奔求奉旨巡边的北静王，刘姥姥则往返奔波，回家卖房卖地，终于赎出巧姐。就在她们回家的路上，凤姐却已病死在狱神庙内：

狱神庙内

雪花从小窗外飘进来，洒落在草荐上。

凤姐平躺着，大睁着眼睛，呆滞的目光散视着上方，身上的雪花已经积累了薄薄的一层。

小红像泥胎一样坐在旁边，两行清泪已经冻在腮边了。

一阵料峭的寒风从窗外吹进，卷起的雪花满屋里飞旋着。

凤姐微微动了一下，嘴唇艰难地翕翕张开，挤出了两个隐约可辨的字："……小红……"

……

小红扑在凤姐身上，哆嗦着："二奶奶，你要说什么？"

凤姐微弱的，勉强可以听见的声音："……我要……死了……"

小红咽着泪水："不不，二奶奶，你能说话了，你要好了……"

凤姐突然"呜"地一下哭出声来："千万……把我……送回……金……陵……"

小红："二奶奶……"

凤姐挣着命一下子撑起身子，撕裂人心地喊了一声："巧姐儿……"

驿道

一辆马车冒雪奔驰着。

车棚内，刘姥姥搂着巧姐儿："乖乖，咱们回家了。先去看你妈……"

巧姐噙着泪花依偎着刘姥姥，甜甜地笑了。

狱神庙门外

北风怒号。

两个狱卒从敞开的庙门内抬出用草荐裹着的凤姐。

宝玉神情麻木的脸挤在小窗的木槛上。

两个狱卒用木杠斜错开一前一后抬着草荐，草荐的一头拖在雪地上，划出一道长长的沟痕……

第二十七集是最后一集，这集一开始，宝玉已经出狱。贾芸和小红去平安州定居，请宝玉同往，宝玉却要自食其力，选择了当更夫。在这条新的人生道路上，他饱尝了世道的艰辛，受到了新的欺负侮辱：

荣国府正门前

喧笑声中，宝玉被人群团团围住，推来搡去。

一个年青人高声喊着："你那块玉呢？摔给我们看看呀！"

人群哄然响应：

"对对，拿出来！"

"摔呀！"

高台阶上，十几个男仆开心地大笑。

一个妇人尖声叫着："哎——，我这儿有才调好的胭脂，你吃不吃呀？"

人群哄笑。

一个中年汉子笑着使劲推了宝玉一把。

宝玉踉跄地倒地，呻吟了一声。

中年汉子高声嚷着："快，快喊姐姐妹妹就不疼了！"

人群哄笑。

宝玉从地上爬起来，满面泪痕。

各种各样的笑脸在宝玉眼前晃动着。

后来倪二报复贾雨村，中秋节放火烧了已成为贾雨村府第的荣国府。

同一个中秋之夜，打更的贾宝玉巧遇史湘云，湘云已沦为歌伎，正在一只船上服侍主人：

桥下

宝玉仔细辨认着船头女子："你是……？"

灯光映在宝玉的脸上。

女子突然惊呼："二哥哥！"

宝玉惊疑地："你是……谁？"

女子激动地："二哥哥！我是……"

宝玉："谁？"

女子转身跑到舱口，一把拔出插在舱门上的灯笼，跑回船头，把灯笼高高地举在脸旁，带着哭声："二哥哥！"

宝玉喃喃地："湘云！"

湘云颤声："是我！"

宝玉不顾一切地蹚进没膝深的水里，一下子扑在船帮上："云妹妹！"

湘云"扑通"跪在船板上:"二哥哥!"

兄妹二人百感交集,一个在船上,一个在水中,伸出的手刚能够在一起,互相紧紧抓住,痛哭失声。

这短暂的相聚很快被冲散。接着是北静王车驾路过,北静王认出宝玉,送他珠宝去赎湘云。后来宝玉又遭遇不少坎坷,终于心灰意冷,参透人生,把珠宝抛入河中,断绝了赎湘云的念头。在一个茫茫雪夜,宝玉走投无路,到了蒋玉菡和花袭人夫妇家,虽受到热情接待,但宝玉已看破红尘,一言不发。第二天蒋玉菡接来被卖掉又被赎出的宝钗和麝月时,发现宝玉早已离去:

漫天皆白

宝玉穿着一身簇新的冬衣,一手抱着破瓢,一手拄着棍子,踩着厚厚的积雪,踽踽独行。

远远地,一队人马押着一辆囚车迎面行来。

宝玉停步,目不转睛地看着囚车。

囚车内,贾雨村银铛而坐,头被木枷锁在车外。

囚车旁,当日应天府的门子拽棍挎刀,面色冷峻。

贾雨村凝视着路旁的宝玉,嘴角微微颤动了一下。

宝玉冷笑起来。

这是参透人生的冷笑!

伴随着"滴不尽相思血泪抛红豆,开不完春柳春花满画楼……"

的画外歌声，贾宝玉在茫茫雪地里向远处走去，全剧就此结束。

上面介绍了电视连续剧《红楼梦》"新编"部分的故事梗概，下面结合"探佚学"，谈谈笔者的一点意见。

首先，我们应该大力肯定编剧的魄力、才情和成绩。我们要了解，编剧是在程高本一百二十回《红楼梦》还顽强地统治着大多数人头脑的情况下编写剧本的，是在"探佚学"正式问世还不久，基础尚不雄厚，研究成果尚有许多争议的前提下着手工作的。这一工作本身带有相当大的冒险性和试验性，在某种程度上说，是有点"冒天下之大不韪"的。敢于承担这一任务，并且做成现在这个样子，确实当得起"难能可贵"四字。我们不能不佩服编者的眼光、见识和胆力，才能倒还在其次。

我们还要看到，由于电视传播的广泛性和普及性，它对于破除后四十回续书的恶劣影响，显示原著《红楼梦》的基本精神，改变传统的、落后的审美观念，直至提高人民的文化水平，影响改造民族的心理、气质、思维方式等等，都具有不可估量的意义，它的作用和影响是任何一位红学家的专门性研究著作所不能取代的。

就剧本本身而言，它也取得了相当的成功。

一、它彻底推翻了由后四十回续书篡改完成的《红楼梦》就是写贾宝玉、林黛玉和薛宝钗的爱情婚姻悲剧，反对包办婚姻，主张自由恋爱"这一传统的老格局、老观念，向广大群众展示出《红楼梦》基本精神格调的真实面目。《红楼梦》第一次以比较接近曹雪芹整体构思的面貌，而且是生动的影视剧形式与大众见面了。当然,它无疑也将引起尖锐的分歧和激烈的争论,这并非坏事,分歧和争论会使《红楼梦》的影响更加扩大,更加普及,会进一步推动红学尤其是"探佚学"的发展。

二、剧本的情节结构、故事进展在相当的程度上能追踪原著前八十回那种立体交叉、行云流水般的风格。它的主要特点在于将贾府的盛衰兴亡、矛盾冲突和宝黛钗的爱情婚姻纠葛有机地结合在一起,情节紧凑、曲折、动人,故事错综复杂又头绪分明,将戏剧性融化在自然的生活逻辑之中,没有矫揉造作、人工斧凿的感觉。

三、剧本的人物塑造打破了"恶则无往不恶,美则无一不美"的"陈腐旧套",在前八十回人物性格逻辑发展的基础上,完成了一个个活脱的典型性格。相对于后四十回续书来说,确实出现了革命性的变化。许多翻案文章做得很精彩,像王熙凤、薛宝钗、花袭人……都以全新的面目出现在我们眼前,完成了向原著"真的典型"的复归,显示了人性与生活的微妙复杂。

四、由于后四十回续书"钗黛争婚"的故事曾经产生广泛影响,新编剧本能不能写出一个比"钗黛争婚""调包计"更高、更美、更深刻、更动人的"宝黛钗爱情婚姻悲剧",是这部电视剧能否成功的关键之一。在这一点上,电视剧也取得了决定性的成功。它博采了红学界探佚研究成果,紧紧把握住两点。一是把宝黛的爱情悲剧置于家族的大悲剧之下,也就是把宝黛钗的爱情婚姻纠葛与家族内部争权夺利的斗争、与贾府的命运变迁紧密结合起来,改变了后四十回续书"两张皮"的情况,跳出了"包办婚姻"的窠臼，因而故事情节自然而然变得曲折复杂，众多人物性格也获得了立体感。另一点是把握住"眼泪还债"和"钗黛争婚"的不同性质，改变了宝玉、黛玉和宝钗这三位主角在这场爱情婚姻悲剧中的思想精神基调。如林黛玉，她不再是一个误解和恨骂宝玉的狭隘自私的女子，而充满了为爱宝玉而牺牲的悲剧崇高感。这个爱情婚姻悲剧故事也还有不尽如人意的地方，后面再谈。

五、电视剧由于受形式限制，对书中人物结局不可能个个顾及、面面俱到，而采取了有详有略、有取有舍、明演暗场相结合的办法，而这种详略取舍基本上是得当的。如迎春之死、惜春之出家、妙玉之出走，乃至鸳鸯、平儿、紫鹃等人，都做了适当的交代，很见剪裁的功夫。

六、剧本基本上把握住了《红楼梦》原著深邃的哲理和浓郁的诗情而能表现出来，显得厚重而不浮薄。我们看了这部电视剧后，会引发对历史、对人生、对"命运"的哲理性思考，而不是产生一种单纯的"好人"和"坏人"、"善"和"恶"的伦理感情。这实际上是发生了一种审美心理和观念的革命，由以"善"为核心的审美观转变为以"真"为核心的审美观。表现出原著《红楼梦》思想、精神、审美的实质性内涵，发掘出曹雪芹面对历史和人生的异化而产生的深微思索、无穷悲愤和勇敢抗争，对现实的深刻批判和对人生的热烈肯定，他对宇宙、社会、人生"大问题"的探索追求，这是一切研究和续补原著《红楼梦》的终极目标。在这些"根本"的问题上，电视剧本也是及格的。

"新编"剧本能取得以上成就不是偶然的，也不是轻而易举的。

除了编者本人的眼光、见识、才情而外，与红学界多年来集体努力，使红学研究有了一个比较坚实厚重的基础是分不开的。从某种意义上来说，《红楼梦》电视剧本也是红学研究界的集体成果。另一方面，编剧者能够一跃而起，站到集体的肩膀上面，有一个开阔的襟怀，博采精收，为我所用，这本身就是气度和才能。"不失大家风范"——这大概不是溢美之词。

"新编"剧本数易其稿，广求意见，精益求精，着实来之不易。虽不能说"字字看来皆是血，十年辛苦不寻常"，却可说"句句看来皆是汗，数年辛苦不寻常"。笔者于1984年从周汝昌先生处借到电视剧脚本，已是重写过多次的同年3月的修订本，几年来数易其稿，基本成形。笔者读完后感到有一些根本性的地方需要修改，曾将意见写出，请周汝昌先生转给编剧周岭。其大略是：

一、1984年3月脚本完全无视了佚稿中"武事"和"政争"如"柳湘莲作强梁""两个皇帝事件""犬戎叛乱"等背景线索，因而只能过分强调贾府内部的矛盾冲突，造成某些探佚成果的割爱舍弃，缩小了剧本的思想艺术内涵。

二、处理宝黛恋爱悲剧时，脚本虽然改变了整个故事的精神基调，故事尚组织得不够合理。宝玉和黛玉分离仅仅是宝玉被迫搬出大观园而已，因而林黛玉"眼泪还债"自我牺牲的意义大为减弱。整个故事仍然受到后四十回"包办婚姻"格局的强烈影响。

三、对史湘云的处理进退失据，对于宝玉和湘云的"金麒麟姻缘"采取回避态度。而贾宝玉"参透人生"后将珠宝抛弃，不再去救赎湘云也有损于宝玉的形象和全剧的主题。这不符合"大旨谈情"，以"情榜"为结章的原著宗旨，倒有"色空"的嫌疑。过分强调了曹雪芹否定现实的一面，对肯定人生的一面则重视不够。

四、1984年脚本以《飞鸟各投林》作为全剧终曲，同样是表现否定多，表现肯定少。笔者曾建议在《飞鸟各投林》后，再继以《红楼梦引子》曲，以突出"大旨谈情"的根本思想。

五、依笔者看来，青埂峰、太虚幻境、薄命司、警幻仙姑、茫茫大士、渺渺真人以及最后的"情榜"等神话背景都应该搬上荧幕，只要处理得好，就不会损及"现实主义"的声誉。原著中现实主义和浪漫主义水乳交融的高度统一颇能说明问题。

当时写了这些意见转给编剧，也不过是"意见提了，采不采纳由你"的态度。后来又读到1985年4月的最后修订本，发现剧本变动很大，八十回后故事由六集变为七集，笔者的不少意见都被采用了。增加了南安郡王征番被俘、柳湘莲作强梁营救宝玉等"武事"背景，因而探春远嫁的性质，宝黛爱情悲剧的性质等都不同程度地改变了。全剧终曲也换成了"滴不尽相思血泪抛红豆……"。当然，意见也仅仅是意见，但仅此一端，可见编剧者的态度和胸怀。

对这个定稿本，如果要"求全责备"的话，笔者以为仍然有润色加工的余地。下面谈一点粗浅之见。

一、宝黛钗爱情婚姻悲剧的主体故事，应该再细致一些、曲折一些。赵姨娘一党为打击宝玉以争夺财产，必然抓住宝玉和黛玉的关系大做文章，而王夫人喜钗厌黛的倾向也非常强烈，这些彼此交错的矛盾应该对宝、黛恋爱悲剧的形成有更大的影响，现在的剧本表现得不够充分。原因恐怕在于剧本将贾母之死安排得太晚，以至于许多矛盾无法更彻底地展开进行。

二、宝玉与宝钗婚后的思想冲突几乎没有表现。据脂批，原著佚稿有"薛宝钗借词含讽谏"、贾宝玉"弃宝钗麝月"等故事，可见宝玉与宝钗之间思想意识的分歧冲突始终是存在的。剧本在宝玉和宝钗婚后以主要笔墨花费在贾家败落的各种事件上，节奏一直很紧张，表现宝玉和宝钗不幸的婚姻生活相对地过于疏略。

三、笔者始终认为剧本对史湘云结局的处理与曹雪芹原著佚稿内容距离太远。现在的剧本收尾过于匆促，其实还可以再写一两集的。当然可能编者也有苦衷，再写宝玉与湘云的爱情悲剧，那难度是比较大的。

以上仅就总体感受，大关纽之处略陈浅见，具体枝叶非所注目。但话说回来，剧本写成现在的样子，已经很不容易，纵有微瑕，不掩全璧。

这一章的绝大部分篇幅都谈了电视连续剧《红楼梦》。这也表明，"探佚学"处于研究和创作、抽象思维和形象思维，以及灵感思维的交叉地带，它的根本任务、终极目的是要竭力把握《红楼梦》原著的思想和美学真谛，要了解曹雪芹完整的艺术构思，要深入他的灵魂，感受他的心。还曹雪芹以本来面目，显示《红楼梦》的真思想、真艺术、真价值，这就是"探佚学"所追求的，而电视连续剧《红楼梦》正是它的一个具体形象的体现，一个有力的同盟军。

对"探佚学",我们强调这样几点：

一、探佚学是红学中最基础、最根本的一部分，没有探佚学，就不可能真正读懂《红楼梦》。

二、从事探佚学，要求有深厚的中华文化的背景和美学素养，要求有"灵性"，要求抽象思维和灵感思维齐头并进，要求对前八十回《红楼梦》和曹雪芹这个"人"有最深刻的研究、理解和感受。切实的艺术感受尤其重要，只有感受到了，才谈得上研究和理解。反过来说，广泛深入的研究有助于丰富和加强感受。在这个领域，僵硬、教条、书呆子最不受欢迎，而要碰得头破血流。

三、探佚研究绝不仅仅是考证，它的本质是美学。探佚绝不是"不研究《红楼梦》本身"，而正是要对"《红楼梦》本身"作最透彻深入的研究。它既要求从宏观上区分和把握前八十回和后四十回两个不同的美学系统，它们所衍生的两种典型、两种意境、两种悲剧等理论问题，又要求从微观上对前八十回的结构、章法、人物、语言等作最具体细致的分析探索。探佚要求感受，要求思想，而不是"猜谜"。某些探佚文章局限于个别字句的"索隐"考证，而缺少从整体上、美学上、理论上考察探索，这样的探佚是不彻底的，也容易出现偏差。这就标示出今后的探佚研究不仅应该继续进行"草蛇灰线"的摸索考证，更要把这种摸索考证与思想和美学的研究渗透、结合起来。这样，探佚学才能有新的突破，新的境界，少走弯路。

四、探佚学要登堂入室，继续发展，除了把握住"探佚的本质是美学"这一根本要旨，而从美学上深入研究前八十回外，还必须从"纵"的探佚研究向"横"的探佚研究发展。所谓"纵"的探佚研究，即个别人物的结局遭遇，黛玉怎样死？凤姐怎样败？……"横"的研究，即要研究人物之间的关系，情节之间的关系，故事的"网状结构"，人物彼此的"立体交叉"，要把探佚所得的"个人"结局、单项的情节编织成像前八十回那样的立体网——当然是从理性的角度。研究各种"网结"，研究情节的"编结"——这种"横"向的研究难度更大，因为它更接近纯粹的美学研究，更接近于艺术创作的微妙层次。将"纵"与"横"两方面结合起来，这才是"系统"的探佚研究。

曹雪芹原著和后四十回续书是"两种《红楼梦》"，它们的分歧体现为民族文化心理的矛盾冲突，涉及两种悲剧观、两个美学系统。"探佚学"把这种矛盾、纠葛和斗争揭示出来，因而更深刻地表现出《红楼梦》这部奇书在中国文化史、思想史、美学史中都具有不同寻常的意义。我们通过探佚来解读这部小说，不仅趣味盎然，同时可以追索民族文化心理结构中一些至为复杂和微妙的东西。探佚学、红学、《红楼梦》研究，因此成为中华文化之学，成为"新国学"，与提高和改善我们的民族精神素质发生密切的关系，也以最生动的形式显示出中华文化的深刻和伟大。这就是笔者引领大家探索"被迷失的红楼"终极的意义追求。

附录1 探佚著作、论文辑录

著作类

胡适:《红楼梦考证》(上海亚东图书馆 1921 年 5 月出版《红楼梦》序言)

俞平伯:《红楼梦研究》(上海棠棣出版社 1952 年 9 月出版,乃上海亚东图书馆 1923 年 4 月出版《红楼梦辨》修订本)

《红楼心解》(陕西师范大学出版社 2005 年 8 月出版)

周汝昌:《红楼梦新证》(上海棠棣出版社 1953 年 9 月出版,人民文学出版社 1976 年 4 月增订版,人民文学出版社 1985 年 5 月再印版,华艺出版社 1998 年 8 月新版)

《红楼梦的真故事》(华艺出版社 1995 年 12 月出版,山东画报出版社 2005 年 7 月新版更名《红楼真梦》)

吴世昌:《红楼梦探源》(英文,英国牛津大学出版社 1961 年出版)

《红楼梦探源外编》(上海古籍出版社 1980 年 12 月出版)

《红楼探源》(《红楼梦探源》中译本并加几篇《外编》文章,

北京出版社 2000 年 10 月出版）

　　徐恭时：《红楼残梦试追寻》（上海古籍出版社 1981 年 10 月出版《红楼梦研究集刊》第七辑）

　　《卅回残梦探遗篇》（上海古籍出版社 1982 年 11 月出版《红楼梦研究集刊》第九辑、1983 年 8 月出版第十辑）

　　蔡义江：《红楼梦诗词曲赋评注》（北京出版社 1979 年 10 月出版，中华书局 2001 年 10 月出版修订本《红楼梦诗词曲赋鉴赏》）

　　《论红楼梦佚稿》（浙江古籍出版社 1989 年 8 月出版）

　　孙逊：《红楼梦脂评研究初探》（上海古籍出版社 1981 年 11 月出版）

　　张硕人：《红楼梦研究点滴》（泰国国光图书杂志社 1983 年 8 月出版）

　　杨光汉：《红楼梦：一次历史的轮回》（云南大学出版社 1990 年 4 月出版）

　　王湘浩：《红楼梦新探》（吉林大学出版社 1993 年 12 月出版）

　　石建国：《红楼梦的庐山真面目》（1993 年自印）

　　宋淇：《红楼梦识要》（中国书店 2000 年 12 月出版）

　　丁维忠：《红楼梦：历史与美学的沉思》（黑龙江教育出版社 2002 年 9 月出版）

　　《红楼探佚》（京华出版社 2006 年 9 月出版）

　　刘心武：《秦可卿之死》（华艺出版社 1994 年 5 月出版）

　　《红楼望月：从秦可卿解读〈红楼梦〉》（书海出版社 2005 年 4 月出版）

《刘心武揭秘〈红楼梦〉》（东方出版社 2005 年 8 月出版）

《刘心武揭秘〈红楼梦〉》第二部（东方出版社 2005 年 12 月出版）

《刘心武揭秘古本红楼梦》（人民出版社 2006 年 12 月出版）

《刘心武揭秘〈红楼梦〉》第三部（东方出版社 2007 年 7 月出版）

水晶：《私语红楼梦》（台湾九歌出版社 2002 年 12 月、齐鲁书社 2006 年 1 月出版）

方瑞：《红楼实梦：秦可卿之死释秘》（中国广播电视出版社 2005 年 11 月出版）

李俊：《红楼梦证悟》（山东画报出版社 2006 年 7 月出版）

梁归智：《石头记探佚》（山西人民出版社 1983 年 5 月出版，山西教育出版社 1992 年 10 月增订版，山西古籍出版社 2005 年 1 月新版名为《石头记探佚——红楼梦探佚学初阶》）

《被迷失的世界——红楼梦佚话》（北岳文艺出版社 1987 年 11 月出版）

《红楼赏诗——石头记诗词韵语讲论》（山西古籍出版社 2005 年 1 月出版）

《红楼探佚红》（作家出版社 2007 年 1 月出版）

论文类

周汝昌：《〈红楼梦〉原本是多少回？》（《社会科学战线》1978 年创刊号）

　　《红海微澜录》(上海古籍出版社 1979 年 11 月出版《红楼梦研究集刊》第一辑)

　　《〈石头记探佚〉序》(山西人民出版社 1983 年 5 月出版梁归智《石头记探佚》)

　　《红楼别境纪真芹》(《汉中师院学报》1983 年第 2 期)

　　《双悬日月照乾坤》(《红楼梦学刊》1983 年第 4 辑)

　　《冷月寒塘赋宓妃》(《河北师范大学学报》1984 年第 4 期)

　　《〈红楼梦〉笔法结构新思议》(《文学遗产》1995 年第 2 期)

　　蔡义江:《"贾府遭火"辨——〈红楼梦论佚〉中的一章》(《社会科学战线》1978 年创刊号)

　　《鸳鸯没有死——〈红楼梦〉佚稿中一个人物的结局》(《杭州大学学报》1979 年第 4 期)

　　《"警幻情榜"与"金陵十二钗"——〈红楼梦论佚〉中的一章》(《红楼梦研究集刊》第一辑)

　　《刘姥姥与贾巧姐》(上海古籍出版社 1980 年 6 月出版《红楼梦研究集刊》第三辑)

　　《曹雪芹笔下的林黛玉之死》(《红楼梦学刊》1981 年第 1 辑)

　　《"石头"的职能与甄、贾宝玉——〈红楼梦论佚〉中有关结构艺术的一章》(《红楼梦学刊》1982 年第 3 辑)

　　《探佚与结构两学科》(《山西大学学报》1998 年第 2 期)

　　朱彤:《释"白首双星"——关于史湘云的结局》(文化艺术出版社 1979 年 5 月出版《红楼梦学刊》创刊号)

　　《金玉之谜》(山西人民出版社 1985 年 3 月出版《献芹集》)

吴世昌：《论〈石头记〉的旧稿问题》（《红楼梦研究集刊》第一辑）

《〈红楼梦〉原稿后半部若干情节的推测》（《红楼梦研究集刊》第三辑、第四辑、第五辑）

赵卫邦：《从脂砚斋两条批语看〈红楼梦〉的下半部》（《红楼梦研究集刊》第三辑）

陈邦炎：《〈梅溪词〉与史湘云》（《红楼梦研究集刊》第三辑）

祝东泗：《〈十独吟〉的作者和内容》（上海古籍出版社 1980 年 9 月出版《红楼梦研究集刊》第四辑）

解之汉：《妙玉出身新说》（《红楼梦研究集刊》第四辑）

马力：《从叙述手法看"石头"在〈红楼梦〉中的作用》（《红楼梦学刊》1980 年第 3 辑）

洛地：《关于秦可卿之死》（《红楼梦学刊》1980 年第 3 辑）

林方直：《多姑娘与灯姑娘》（上海古籍出版社 1980 年 11 月出版《红楼梦研究集刊》第五辑）

《曹雪芹笔下的病症药方》（《内蒙古大学学报》1983 年第 1 期）

梁归智：《探春的结局——海外王妃》（香港《抖擞》学刊 1981 年第 1 期、《红楼梦研究集刊》第九辑）

《论"红学"中"探佚学"之兴起》（香港《文汇报》1982 年 4 月 9、10、11 日连载、《晋阳学刊》1982 年第 4 期）

《老太太和太太》（贵州人民出版社 1988 年 2 月出版《红楼梦人物论》）

《探佚的空间与限度》（《太原日报》1994 年 7 月 26 日，收入

山西教育出版社 2000 年出版《箫剑集》)

《读〈红〉拾遗》(《红楼梦学刊》1995 年第 4 辑)

《关于"红学探佚学与结构论"的对话》(《山西大学学报》1998 年第 2 期,收入《箫剑集》)

《泾渭分明与负阴抱阳——也谈"红学探佚学"的逻辑与感悟问题》(《红楼梦学刊》2000 年第 1 辑)

《草蛇灰线之演绎——由清代人两段点评窥探〈红楼梦〉之境界》(《红楼梦学刊》2001 年第 2 辑)

徐恭时:《〈红楼梦〉版本新语》(《河北师范大学学报》1981 年第 2 期)

文讯:《关于"一从二令三人木"的几种解释》(《红楼梦学刊》1982 年第 2 辑)

周岭、刘振农:《贾元春判词新探》(《红楼梦学刊》1982 年第 2 辑)

周岭:《"悬崖撒手"和"困顿以终"》(《红楼梦学刊》1988 年第 3 辑)

《甄、贾宝玉婚事证析》(《红楼梦学刊》1989 年第 3 辑)

胡邦炜:《贾瑞与王熙凤》(《红楼梦研究集刊》第九辑)

《妙玉结局浅探》(重庆出版社 1986 年出版《中国古典小说研究论集》)

张宇绰:《"一从二令三人木"的可能解》(《红楼梦研究集刊》第九辑)

梁左、李彤:《"警幻情榜"增删辨——从庚辰本的两条脂评

谈起》(《红楼梦研究集刊》第九辑)

林冠夫：《辨"虎兔相逢"》(《红楼梦研究集刊》第十辑)

张宏雷：《从巧姐结局说到"奸兄"》(《红楼梦研究集刊》第十辑)

卢红：《略论曹雪芹笔下的林黛玉之死——与蔡义江同志商榷》(《红楼梦学刊》1982 年第 3 辑)

郭文彪：《"潢海铁网山"佚事初探》(《山西大学学报》1983 年第 4 期增刊)

张庆善：《探春远嫁蠡测》(《红楼梦学刊》1984 年第 2 辑)

王志尧、仝海天：《论秦可卿之死》(《河南大学学报》1984 年第 5 期)

任少东：《"一从二令三人木"管见》(《大庆师专学报》1985 年第 1 期)

《抄检大观园初探》(1986 年哈尔滨国际红楼梦研讨会论文)

《妙玉性格与命运结局初探》(《红楼梦学刊》1996 年第 2 辑)

朱淡文：《吟红后笺——读明义〈题红楼梦〉组诗札记之三》(《红楼梦学刊》1986 年第 1 辑)

安默：《关于黛玉之死的考证》(《红楼梦学刊》1987 年第 1 辑)

邓遂夫：《"绛洞花王"小考》(重庆出版社 1987 年出版《红学论稿》)

徐继文：《花谢花飞，殊途同归——钗黛同因祸变悬梁殉情》(《广州师院学报》1988 年第 1 期)

《"春梦随云散"何所寓》(《红楼》1988 年第 4 期)

王彩华、彭蕴辉：《民俗现象在〈红楼梦〉中的认识价值与审美价值》(《红楼梦学刊》1988 年第 1 辑)

彭蕴辉：《李纨贾兰命运蠡测》(《红楼》1997 年第 3 期)

周五纯：《李纨三题》(《红楼梦学刊》1988 年第 1 辑)

刘操南：《秦可卿之死新论》(《北方论丛》1988 年第 1 期)

丁淦(丁维忠)：《元妃之死》(《红楼梦学刊》1988 年第 2 辑)

《〈红楼梦〉中的五个"秦可卿"》(《河南教育学院学报》2005 年第 6 期)

《粤海"姬子"——探春的结局探佚》(贵州人民出版社 1988 年 2 月出版《〈红楼梦〉人物论》)

《柳湘莲"作强梁"之谜》(《红楼梦学刊》1991 年第 4 辑)

黄鹤乡(王湘浩)：《〈红楼梦〉八十回后的史湘云》(《吉林大学社会科学学报》1988 年第 3 期)

范国良：《"弓"与"宫"》(《红楼》1988 年第 4 期)

李子虔：《"薄命司"的册数、人数应再研讨》(《红楼梦学刊》1989 年第 2 辑)

胡晨：《关于"狱神庙"的性质——读〈红楼梦〉札记》(《红楼梦学刊》1989 年第 3 辑)

金适：《论〈红楼梦〉未完稿中的若干情节》(《满族研究》1989 年第 4 期)

周观武：《"秦可卿淫丧天香楼"新臆》(《中州学刊》1989 年第 4 期)

吴少平：《"一从二令三人木"析》(《红楼梦学刊》1990 年第

1 辑）

刘世德：《破解了〈红楼梦〉的一个谜》（《红楼梦学刊》1990年第 2 辑）

《彩霞与彩云齐飞》（《红楼梦学刊》1996 年第 2 辑）

沈治钧：《谈"被借阅者迷失"的〈红楼梦〉书稿》（《红楼梦学刊》1991 年第 4 辑）

朱斌如：《从秦可卿之死看秦可卿其人》（《德州师专学报》1992 年第 1 期）

冯精志：《关于"天香楼案犯"的一个猜想》（中国文联出版公司 1992 年出版冯精志《百年宫廷秘史——〈红楼梦〉谜底》）

刘心武：《秦可卿出身未必寒微》（《红楼梦学刊》1992 年第 2 辑）

韩东：《论李纨、贾兰母子的结局》（《红楼梦学刊》1993 年第 3 辑）

陈诏：《也谈秦可卿的出身问题——与刘心武同志商榷》（《红楼》1994 年第 2 期）

刘心武：《甄士隐本姓秦？》（《太原日报》1994 年 6 月 7 日）

刘心武：《"秦学"探佚的四个层次》（《太原日报》1994 年 9 月 6 日，收入《红楼望月》）

陈景河：《长白神女秦可卿》（《松辽学刊》1995 年第 2 期）

蔡志孝：《袭人出嫁在何时——对〈红楼梦〉八十回以后原稿内容的一处探讨》（《固原师专学报》1995 年第 4 期）

王哲刚：《可卿疑案细商量——与刘心武先生商榷》（《东北师

大学报》1996 年第 2 期）

邓庆祐：《秦可卿非允禑女儿考辨》（《明清小说研究》1997
年第 4 期）

胡文炜：《秦可卿出身论》（《明清小说研究》1997 年第 4 期）

张一民：《"湘云眠石"的寓意》（《红楼》1997 年第 1 期）

汪宏华：《梦生断处——〈红楼梦〉八十回之后曹雪芹原意的
推演》（《深圳大学学报》1998 年第 2 期）

陈维昭：《"红学探佚学"与结构论》（《山西大学学报》1998
年第 2 期）

《关于"红学探佚学"的逻辑与感悟问题——与梁归智先生、
周汝昌先生商榷》（《红楼梦学刊》1999 年第 3 辑）

张庆民：《黛玉之死考论》（《红楼梦学刊》2000 年第 2 辑）

曹革成：《探春"远适"何方作"王妃"？》（《红楼》2000
年第 2 期）

王靖：《石头·神瑛·贾宝玉》（《红楼》2000 年第 4 期）

田同旭：《薛宝钗另有情缘》（《山西大学学报》2001 年第 4 期）

徐乃为：《薛宝钗另无情缘》（《山西大学学报》2002 年第 1 期）

李小龙：《十二金钗归何处——红楼十二伶隐寓试诠》（《红楼
梦学刊》2002 年第 1 辑）

王玉林：《〈红楼梦〉是隐秘曹家历史的小说考证——元春情
榜判词考释》（《红楼》2003 年第 3 期）

一方金：《论宝玉的人生五阶段》（1992 年写成，约于 2000
年左右发表于红学网站）

《"芸香"考——绛芸轩的一朵奇葩》(约于 2003 年发表于红学网站)

武当山人:《色空之论——兼说方金论宝玉人生五阶段》(于2002 年左右发表于红学网站)

高飏:《从"终久"看〈乐中悲〉及湘云结局》(《红楼》2002年第 4 期,山西古籍出版社 2005 年出版梁归智《独上红楼》附录)

《话说"金麒麟"》(《〈红楼梦〉网刊》2004 年第 3 期,《独上红楼》附录)

刘福勤:《"一从二令三人木"诸说漫评》(《红楼》2003 年第4 期;《明清小说研究》2004 年第 3 期重新发表时易名为《王熙凤判词里的闷葫芦》)

袁勤孝:《浅析探春远嫁——探曹寅次女遣嫁》(《红楼》2003年第 4 期)

张燕:《脂砚斋为史湘云新证》(《晋东南师范专科学校学报》2003 年第 6 期)

《另一个湘妃的命运:畸零——从"全部之主惟二玉"看史湘云的悲剧》(《红楼梦学刊》2005 年第 5 辑)

李新灿:《对"一从二令三人木"的分析与补白》(《西南民族大学学报》2004 年第 3 期)

石建国、张秉旺:《花芳官与柳湘莲》(《红楼》2004 年第 4 期)

童力群:《论贾府被籍没的时间与迎春的"一载赴黄粱"》(《攀枝花学院学报》2004 年第 4 期)

詹丹:《论脂评与"警幻情榜"》(《河南教育学院学报》2005

年第 1 期）

宋子俊：《金陵十二钗副册、又副册人物读解》（《红楼梦学刊》2005 年第 1 辑）

吴晓龙：《"狱神庙"脂评新探》（《红楼梦学刊》2005 年第 4 辑）

王克正：《宝湘结合论之一——金玉情缘网络中的史湘云》（《红楼》2005 年第 1 期）

《宝湘结合论之二之三——"白首双星"辨义》（《红楼》2005 年第 2 期）

《宝湘结合论之四之五——"谁为情种"答问》（《红楼》2005 年第 3 期）

《宝湘结合论之六——〈访妙玉乞红梅〉》（《红楼》2005 年第 4 期）

王俊德、王俊智：《留得衣衾尚有香——释〈红楼梦〉贾元春判词》（《忻州师范学院学报》2005 年第 3 期）

董晔：《〈红楼梦〉探佚研究综述》（《河南教育学院学报》2006 年第 1 期）

高阳：《曹雪芹对〈红楼梦〉的最后构想》（百花文艺出版社 1981 年 10 月出版胡文彬、周雷编《台湾红学论文选》）

宋淇：《论"冷月葬花魂"》《论"怡红院总一园之首"》（俱见百花文艺出版社 1982 年 6 月出版胡文彬、周雷编《香港红学论文选》）

梅节：《史湘云结局探索》（《香港红学论文选》）

那宗训：《"一从二令三人木"新解》（上海古籍出版社 1982 年 7 月出版胡文彬、周雷编《海外红学论集》）

周策纵：《论关于凤姐的"一从二令三人木"》（《海外红学论集》）

赵冈、陈钟毅：《〈红楼梦〉后三十回的情节》（北京出版社 1984 年 4 月出版胡文彬、周雷编《红学世界》）

附录2 《红楼梦》家族简谱

贾家

第一代

宁国公贾演。

荣国公贾源。

（第一代的名字是三点水偏旁，"演"和"源"是"演变、起源"，表示开创家业的意思。）

第二代

宁国公贾代化。

荣国公贾代善，正配史太君贾母。

不知姓名的几个贾母的老妯娌。

与贾母同辈的本家贾代儒。

（第二代的名字两个字，第一个字都是"代"字。）

第三代

宁国府：

贾代化长子贾敷，早夭。

贾代化次子贾敬，在城外修道，贾敬夫人已死。

荣国府：

贾代善与史太君长子贾赦，袭荣国公爵位，一等将军，正配邢夫人是续弦，原配贾琏生母已死；尚有姬妾多人，第四十六回鸳鸯抗婚后又买来嫣红做小妾。

贾代善与史太君次子贾政，任工部员外郎，后点学差，原配王夫人；妾赵姨娘和周姨娘。

贾代善与史太君之女贾敏，嫁林如海，生林黛玉，贾敏还有三个姐姐，俱已去世。

（第三代的名字成了一个字，文字偏旁。这与曹家历史有关，曹尔玉由于康熙笔误而改名曹玺，曹家后代从此皆改单名。）

第四代

宁国府：

贾敬独子贾珍，袭宁国公爵位，递降三品爵威烈将军，正配尤氏，亦是续弦，非贾蓉生母。

贾敬之女贾惜春，贾敬正妻所生，与贾珍同胞，但一生下来母亲就死去，贾母命王夫人抱到荣国府抚养长大。

荣国府：

贾赦长子贾琏，正配王熙凤，是王夫人的内侄女；通房丫头平儿，乃王熙凤陪嫁带来的丫头；后娶尤二姐为二房，乃尤氏继母尤老娘改嫁时带来的前夫之女。

贾赦之女贾迎春，某妾所生，这个妾在贾琏生母死后可能曾一度扶正，但不久病死，贾赦又续弦邢夫人。迎春很小就失去了母亲，跟着贾母和王夫人生活。

贾赦次子贾琮，可能是一个姬妾所生。

贾政长子贾珠，王夫人所生，已死，留下妻子李纨和儿子贾兰。

贾政长女贾元春，王夫人所生。

贾政次子贾宝玉，王夫人所生。贾宝玉是小名，大名专家考证叫贾瑛。

贾政次女贾探春，赵姨娘所生。

贾政三子贾环，赵姨娘所生。

（第四代的名字是玉字偏旁。有不少玉字偏旁的本家，如贾琼、贾瑞等，金荣的姑妈璜大奶奶的丈夫叫贾璜，已死。）

第五代

宁国府：

贾蓉，贾珍之子，当是贾珍原配生，非填房尤氏生，妻子秦可卿，秦可卿死后买龙禁尉官衔，后又续娶一个姓胡的女子。

贾蔷，宁国公某一支的后代，即贾蓉的叔伯兄弟一类，父母双亡，跟贾珍过活。

荣国府：

贾巧姐，贾琏和王熙凤之女。

贾兰，贾珠和李纨之子。

（第五代的名字是草字头偏旁。有许多这一代的本家后代，如贾菌、贾芸、贾芹、贾菖、贾菱等。）

史家

贾母原是史家的小姐，是史湘云祖父的妹妹。

史湘云，贾母的娘家侄孙女，父母双亡，跟着叔叔婶婶过日子。

保龄侯史鼐，史湘云的一个叔叔，贾母的侄子，后到外省做官。

忠靖侯史鼎，史湘云的另一个叔叔。小说中还提到了史鼎的夫人。

王家

王夫人和王熙凤都是王家之女而嫁到贾家。

王子腾，王夫人的哥哥，王熙凤的叔叔，京营节度使，后升任九省都检点。

王仁、王信，王熙凤的兄弟，从名字规律看，王熙凤有兄弟五人，分别叫王仁、王义、王礼、王智、王信。

薛家

薛姨妈，王夫人和王子腾的妹妹，也是王家的女儿，丈夫是皇商，已死，但薛家仍然世袭着皇商职务。

薛蟠，薛姨妈之子，正配经营桂花营销的商家女夏金桂，妾香菱，即象征性人物乡宦甄士隐之女甄英莲。

薛宝钗，薛姨妈之女，后嫁贾宝玉。

薛蝌（专家考证"蝌"应是"虮"之误），薛姨妈的侄子，薛蟠、宝钗的堂兄弟，父母俱亡，与邢夫人的侄女邢岫烟定亲。

薛宝琴，薛蝌的妹妹，已许配梅翰林之子。

贾府的重要亲友与社会关系

宁国府：

尤老娘，尤氏继母。

尤二姐、尤三姐，尤老娘带到尤家的前夫之女。

秦业，工部营缮郎，秦可卿的父亲，但秦可卿是秦业从养生堂抱养。

秦钟，秦可卿的弟弟，秦业亲生。

荣国府：

林如海，贾代善和史太君的女婿，贾敏的丈夫，林黛玉的父亲，任兰台寺大夫、钦点巡盐御史。

邢忠夫妇，邢夫人的堂兄嫂，邢岫烟的父母。

邢岫烟，邢夫人的侄女。

邢德全，邢夫人的胞弟。

孙绍祖，现袭指挥，在兵部候缺题升，娶贾迎春。

李守中，李纨的父亲，任国子监祭酒，已故。

李婶娘，李纨的寡婶。

李纹、李绮，李婶娘的女儿。

贾雨村，与贾府联宗，曾是林黛玉的老师，娶甄士隐家丫头娇杏为二房，后元配去世，娇杏扶正。小说后半部时升任兵部尚书。

王狗儿，其祖曾与王夫人娘家联宗，其妻刘氏，生女王青儿，子王板儿。

刘姥姥，王狗儿的岳母。

北静郡王水溶，在东、南、西、北四郡王中地位最高，四王皆与贾府交厚，北王尤关系密切，同难同荣，又是贾宝玉好友。

镇国公、理国公、齐国公、治国公、修国公、缮国公：与宁国公、荣国公合称八公。

冯紫英，神武将军冯唐之子，贾府世交，贾宝玉好友。

柳湘莲，世家子弟，父母双亡，贾宝玉好友。

卫若兰、陈也俊、韩奇等，皆是王孙公子，秦可卿丧事中来贾府吊丧。

蒋玉菡，演小旦的戏子，贾宝玉好友。

妙玉，本是富贵家之女，因生病而出家为尼，父母双亡，元春归省时入住大观园拢翠庵，在十二钗中排正册第六。

义忠亲王，已犯罪被贬，秦可卿死后用其棺木。刘心武认为即影射康熙废太子胤礽。

忠顺亲王，曾派长史到荣国府索要蒋玉菡，与贾府素无来往，属于另一政治集团。

附录 3　曹雪芹家世简谱

北宋

曹彬，平江南，封济阳王，谥武惠，称武惠王。

南宋

曹彬第三子曹玮后代曹孝庆，官隆兴府，落户于宦地（今南昌）之武阳渡。

明代

成祖永乐年间，南昌曹端明、端广兄弟二人北迁，卜居京东丰润。端广于英宗正统初出关后落户辽北铁岭卫之腰堡（百户所）。是为曹雪芹关东始迁祖。

明末

万历戊午，即满洲"后金"天命三年，满兵攻陷铁岭（今属辽宁省）十数堡，曹雪芹太高祖曹世选被俘虏，编旗为奴籍（包衣）。

一说曹世选是从今辽宁省辽阳起家。

清代

曹振彦，曹世选子，曾任山西平阳府吉州知州、大同知府，后调两浙都转运使盐法道。曹雪芹高祖。

曹尔正，曹振彦长子，正白旗包衣第五参领第三旗鼓佐领。曹雪芹伯曾祖。

曹尔玉，曹振彦次子，后改名曹玺，江宁（南京）织造三品郎中加四级，赠工部尚书衔。妻孙氏，康熙皇帝幼时"保母"之一，封一品夫人。曹雪芹曾祖。

曹寅，曹玺长子，管理苏州、江宁织造，通政使司通政使，巡视两淮盐漕监察御史，兼校理扬州书局。妻李氏，苏州织造李煦之堂妹。曹雪芹祖父。

曹宣，曹玺次子，官侍卫，任司库。曹雪芹二叔祖、血缘上的本生祖父。

曹宜，曹尔正之子，正白旗包衣第四护军参领兼第二旗鼓佐领加一级。曹雪芹三叔祖。

曹顺，曹宜之子，二等侍卫兼佐领。曹雪芹堂伯。

曹颀，曹宜之子。曹雪芹堂伯。

曹颙，小名连生，曹寅长子，任江宁织造郎中一年多去世，妻马氏。曹雪芹伯父。

曹頫，曹宣第四子，曹颙死后奉康熙之命入嗣于曹寅李氏，江宁织造员外郎。曹雪芹父亲。雍正五年被逮捕抄家，并被"枷号"。

曹珍儿，珍儿是小名，曹寅次子，早殇。曹雪芹叔父。

曹天佑，曹颙子，可能即马氏所生遗腹子，官州同。曹雪芹堂兄。

曹棠村，棠村是别号。曹雪芹弟。

曹雪芹有一子，在曹雪芹去世前不久早殇。

李煦，苏州织造，曹家至亲，雍正元年被抄家流放至黑龙江，死于流所。

孙文成，杭州织造，与江宁、苏州并列三织造，关系密切。

傅鼐，雍正二年任汉军镶黄旗副都统，后任兵部右侍郎，雍正四年革职流放黑龙江，后官复原职，乾隆元年任兵部尚书、刑部尚书，曹玺的一个女婿，曹寅的妹夫。曹雪芹的祖姑夫。

纳尔苏，努尔哈赤次子五世孙，封郡王，随康熙十四子胤禵西征，任抚远大将军，曹寅长女曹佳氏之婿。曹雪芹的姑夫。

福彭，纳尔苏与曹佳氏所生长子，袭封多罗平郡王。曹雪芹的表兄。

某侍卫，也是一个王子，曹寅另一女儿之婿。曹雪芹的姑夫。

傅恒，乾隆皇帝孝贤纯皇后之弟，任户部尚书，周汝昌认为可能与曹家有亲戚关系。

敦敏，全名爱新觉罗·敦敏，清太祖努尔哈赤第十二子英亲王阿济格五世孙，阿济格被顺治皇帝赐自尽，理事官瑚玏长子，有《四松堂集》，其中有赠送与悼念曹雪芹的诗作。

敦诚，全名爱新觉罗·敦诚，瑚玏次子，出继于从堂叔父宁仁为嗣，有《懋斋诗钞》，其中有赠送与悼念曹雪芹的诗作。

张宜泉，汉军旗人，有《春柳堂诗稿》，其中有赠送与悼念曹雪芹的诗作。

永忠，全名爱新觉罗·永忠，康熙第十四子胤禵之孙，胤禵是雍正皇帝同母弟，被雍正圈禁多年。永忠有《因墨香得观〈红楼梦〉小说吊雪芹三绝句》。墨香名爱新觉罗·额尔赫宜，墨香是字号，敦敏、敦诚的叔父。

裕瑞，努尔哈赤第十五子多铎之五世孙，豫良亲王修龄第二子，封不入八分辅国公，乾隆时曾任镶白旗蒙古副都统，嘉庆时任镶红旗、正黄旗、正白旗副都统和护军统领，其母为傅恒的侄女。有《枣窗闲笔》，记叙了曹雪芹的品貌、为人等。

脂砚斋，《石头记》抄本上署名，其真实身份有不同说法，但总之是与曹雪芹关系密切的一个亲友，协助曹雪芹写《红楼梦》，并写了许多重要的批语。

畸笏叟，《石头记》抄本上署名，其真实身份及是否即脂砚斋另一别署有不同认识，《石头记》抄本上写有重要批语。

棠村，甲戌本《石头记》抄本上批语提及，是曹雪芹之弟，曾为雪芹旧作《风月宝鉴》作序。

梅溪，甲戌本、庚辰本《石头记》抄本第十三回一条批语署名，有人认为即《红楼梦》第一回提到的孔梅溪，或说是脂砚斋另一化名。

松斋，甲戌本、庚辰本《石头记》抄本第十三回一条批语署名，另一条批语则提及"松斋"说的话，当为曹雪芹亲友，具体身份有不同说法。

立松轩，戚序本《石头记》第四十一回回前诗署名，研究者认为戚序本、蒙古王府本上的回前诗大多数是其所作，或认为与"松斋"为同一人。

鉴堂，庚辰本《石头记》抄本上十七条墨笔眉批署名，一般认为晚于其他脂批者，亦非曹雪芹亲友。

绮园，庚辰本《石头记》抄本上八条墨笔眉批署名，一般认为晚于其他脂批者，亦非曹雪芹亲友。

玉蓝坡，庚辰本《石头记》第十九回一条大字墨批署名，身份待考。

左绵痴道人，甲戌本《石头记》第三回有一条墨笔眉批落款"同治丙寅季冬月左绵痴道人记"，并钤有"情主人"印章。同本中还有笔迹相同的批语和校改正文几十处。甲戌本收藏者刘铨福在书后跋语提到"绵州孙小峰太守"，研究者考证孙小峰名桐生，号痴道人、情主人等，咸丰二年（1852）进士，四川绵阳人，曾任湖南永州知府，他写批语的时间在清同治五年（1866）。

（据周汝昌《红楼梦新证》《红楼家世》）

后 记

这本小书是在笔者 1984 年旧稿《被迷失的世界——红楼梦佚话》基础上加工重写的。我当年的写作角度，是通俗性地全面评述红学探佚学的概况，有意和专著《石头记探佚》有所区别，即前者是对各家观点的介绍述评，也可以说就是"红学探佚学述评"，而后者是一家之言的专著。在写作方法上，《佚话》注意方便大众阅读的通俗性，《探佚》则具有"论文体"的学术性。

从 1984 年到 2006 年，已经过去了二十二年，真是光阴似箭，日月如梭。而红学探佚学不仅没有过气过时，反而在新的时代条件下，成了社会关注的文化热点。真是耐人寻味！经过二十年的发展演变，红学研究者们不断贡献，薪尽火传，探佚研究当然也增添了不少新气象，许多新内容，需要进一步整合总结，这本新书就是适应这一新的社会需要。它当然与时俱进，内容更加充实，写法也更加注意可读性，涉及红学的某些争论，不回避，不人云亦云，不隐瞒自己的观点。除了追求智慧和学术，不顾及不考虑别的东西，藐视学术的"身外之物"。说一句不自谦的话，这本书大概既有学术含量，也有一定的市场效应吧。希望大家喜欢。

　　于鹏先生对版本部分的介绍提出了宝贵的意见，谨致谢意。

2006 年 1 月 20 日于大连箫剑轩

三联版后记

在绝大多数人眼中，我父亲可能只是狭义的《红楼梦》探佚学的开创者，而在我眼中，广义的探佚才是他的人生标记。父亲是一位具有强烈好奇心和想象力的人，对万事万物都充满了童真一般的兴趣和质疑，眼睛里永远混杂着对学术、人生、生命甚至宇宙命运的怀疑、困惑、豁然、澄澈。一生中，他探索学术世界里的神秘和未知，探索个人精神时空里的脆弱和顽强，也探索家情国运中的沧桑和迷惘。他貌似躲进小楼成一统，实际上非常关心春夏与秋冬。面对内心世界的斗转星移，父亲的智识、才情和领悟力复杂地交织在一起，汇聚进《红楼梦》这部伟大的小说，在千里伏脉中走过一条条草蛇灰线，破译了暗藏小说艺术结构、人物命运的密码。

这本《红楼疑案》，就是破译密码的必备密钥。

《红楼梦》探佚学，从 1981 年 7 月 24 日周汝昌先生为父亲专著《石头记探佚》写序命名而正式成立，走到今日，成绩斐然，相关论文近百篇，专著出版十余种。

　　这本书还受到周汝昌先生、李泽厚先生、刘再复先生等大家的称赞。周汝昌先生是父亲相识多年的知音,与父亲琴箫合奏,如高山流水,意境高远。李泽厚先生功力深厚,看待生命和世界的超然态度令人钦佩,虽不是专业的红学研究者,但具有一流的学术创造力和想象力,悟性灵性极高,字字珠玑。他曾说:"这本书是很好的红学探佚入门书,要了解红学探佚,首先就读这本书,是捷径。"李泽厚先生对《红楼梦》的认知,和父亲达到了既可意会又能言传的心灵交融。这是深入灵魂的交流,是可遇不可求的默契。

　　刘再复先生和父亲的交往同样密切。父亲曾写过一篇《问题域中的〈红楼梦〉"大问题"》,文章称刘先生为"畸人",指出了刘先生红学研究中精彩的闪光点,也提及了有待商榷之处。刘先生读罢之后,拍案叫绝,未有任何不悦,给父亲写来一封态度诚恳的回信,字里行间抱着谦虚求教的态度,尽显大家胸襟。自那以后,刘先生和父亲就多有学术往来,成了很好的朋友。父亲去世后,刘先生第一时间撰写了纪念文章,并为三联版作序,其情殷殷,让人深深体会到了他和父亲的君子之交,真诚、淡然。

　　读探佚学的书,需要知遇之感。父亲此书,就是这样一本知遇之人读了能会心一笑的书,深入浅出,雅俗共赏。生活·读书·新知三联书店的王竞女士,就是这样一位知遇之人。真心感谢刘再复先生和刘剑梅女士,你们的支持让我再次感受到当代学术世界那份稀有的纯真;特别感谢长期以来喜欢父亲探佚学研究成果的广大红迷,是你们的灵心慧性让真正的探佚学蓬勃发展,成为诸多红学宝藏中一颗璀璨的明珠。

人类遗忘的大海可以淹没小丘和山冈，但淹没不了高峰。父亲的探佚学著作会如群岛那般，傲然挺立在大海之上，露出它们那千姿百态的尖顶。

梁剑箫

2020 年 8 月 1 日